KB089362

당신의 독자적인
슬픔을 존중해

당신의 독자적인 슬픔을 존중해

허희 산문집

작가의 말

예술에 기습당한 인생

남들은 취미로 감상하는 예술을 전문적으로 비평하는 일을 업으로 삼았다. 어쩌다 이런 선택을 했나 자책할 때가 없지 않다. 그러나 어차피 나는 이렇게 살 수밖에 없는 인간이 아니었을까. 그런 체념인지 긍정인지 모를 생각을 자주 한다. 예술에 관해 말하거나 쓰는 일 말고, 다른 일을 평생 하라고 한다면(다른 일도 좀 해 본 적 있다) 그 시간을 계속 버텨 낼 자신이 없다. 의심 많은 성격 탓이겠지. 한 가지 진리를 확신하는 타입이었다면 종교인이 됐을 테다. 천성이 회의적인 나의 안테나에는 명확한 답을 전하는 신학보다는,

복잡한 질문을 던지는 예술 주파수가 또렷하게 잡혔다.

예술은 명확한 답이 아니라 복잡한 질문을 던진다고 썼다. 그도 그럴 것이 아무리 예술을 많이 접해도 실용 지식은 쌓기 어렵다. 예컨대 도스토예프스키의 『카라마조프가의 형제들』을 탐독해 봤자 자격증 따는 데는 전혀 도움이 안 된다. 랭보의 『지옥에서 보낸 한 철』을 독해하는 실력은 주식이나 부동산 투자를 잘하는 능력과 하등 상관이 없다. 많은 사람에게 감화를 준 자기 계발서 『성공하는 사람들의 7가지 습관』에 적힌 간명한 가르침에 대해서도 예술에 빠진 사람은 의문을 품는다. 성공의 정의부터 애매하잖아! 그걸 측정할 수나 있는 거야? 이 같은 삐딱한 성향을 가진 사람일수록 예술과 친해지기 쉽다.

데카르트는 모든 것을 의심한 끝에 사유하는 주체를 발견했으나, 나는 아직 아무것도 결론 내린 게 없다. 영영 결론 내리지 못할 거라는 예감만 든다. 그런데 뒤집어 보면 바로 그렇기 때문에 일생을 예술과 동행할 수 있을 거라는 묘한 위안을 얻는다. 출구 없는 미로에 엔딩은 없을 테니. 예술계 중심부(?)에서 활약하는 영향력 있는 인물이 되지 못한 채, 그 언저리만 맴돌다 잊히게 될 확률이 훨씬 크다는 사실 정도는 안다. 그렇지만 어떡하나. 세상에 인정받지 못하고 잊히든 말든 그것은 내 소관이 아니다. 그러거나 말거나 나는 예술에 관해 말하거나 쓰는 일을 포기할 마음이 없다.

말할 기회가 없다면 개인 채널을 만들고, 쓸 지면이 없다면 블로그에 올려야지. 각오라고 표현하기에는 거창하지만 그렇게 되뇐다. 유명인이 되지 못해도, 안정된 삶을 누리지 못해도, 예술에 관해 말하거나 쓰는 일이 내 삶의 거의 전부라서 그렇다. 과장하거나 폄하할 것도 없다. 그저 이를 내 삶과 일치시키고자 했을 뿐이다. 스스로 삶을 놓아 버리지 않는 한, 이대로 어떻게든 살아가는 수밖에 없다. 혼자만의 결심은 아닐 것이다. 대부분의 예술가 혹은 예술가 지망생들이 그럴 테지. 부디 부귀영화를 누리려고 이 길로 뛰어든 어리석은 자가 없기를!

여타 분야도 마찬가지겠지만, 자기 이름을 알릴 수 있는 예술가는 백 명 중 한둘에 지나지 않는다. 예술가 지망생이라면 더 말할 것도 없다. 부귀영화를 성공 기준으로 잡는다면 극소수를 제외한 나머지는 처참한 실패를 예약하고 있다. 나는 예술가 지망생에게, 실은 나에게, 다음과 같은 전언을 들려주고 싶다. '당신은(나는) 세속적 성공을 성취하는 데 실패했을지언정 인생 전체를 실패한 게 아니다. 오히려 당신은(나는) 누구보다 성공한 인생을 살았는지도 모른다.' 궤변? 글쎄, 나는 여기에 근거를 두고 있다. 영문학사에 족적을 남긴 작가 E.M. 포스터가 장편소설 『하워즈 엔드』에 쓴 구절이다.

“우리는 엄청난 노력과 용기를 기울여서 오지도 않을 위기에 대비한다. 가장 성공한 인생은 산이라도 옮길 만한 힘을 낭비한 인생일 것이다. 그리고 가장 성공하지 못한 인생은 준비 없이 기습당하는 인생이 아니라, 준비하고 있는데 기습이 닥치지 않는 인생이다.” 예술가로 살기란 달리 보면 “산이라도 옮길 만한 힘을 낭비한 인생일 것이다.” E.M. 포스터는 이편이 열심히 “준비하고 있는데 기습이 닥치지 않는 인생”보다 낫다고 평한다. 반박하는 사람이 있겠으나 나는 그의 통찰에 동의한다. 준비 없이 예술에 기습당해서다. 허송세월한다고 세간으로부터 비난받는, 준비 없이 예술에 기습당한 이들 역시 그럴 것이다.

영화도 준비 없이 나를 기습한 예술이다. 영화는 시간과 윤리를 성찰하는 방식에 대해서, 문학과는 또 다른 형태의 고민으로 이끌었다. 그럼에도 늘 문학하는 마음으로 영화를 보았다. 문학하는 마음이란 특정한 사건과 마주한 등장인물, 그리고 그들을 바라보며 일어나는 독자의 감정을 아울러 살피려는 태도를 뜻한다. 거기에 바탕을 두고 ‘당신의 독자적인 슬픔을 존중해’를 표제로 삼았다. 슬픔이라는 단어를 썼지만 이것을 기쁨으로 바꿔도 무방하다. 슬픔과 기쁨을 포함한 우리가 느끼는 모든 정서는 그 자체로 독자적이고 존중받아 마땅하다. 다름을 같음으로 환원하려는 폭력이 만연한 시대일수록 그 가치는 빛난다.

그러한 입장에서 예술은 보는 것이 아니다. 읽는 것이 아니다. 탐식하는 것이다. 근사한 언어를 꼭꼭 씹어 삼킨다. 거기에 담긴 창작자의 사유로 다시 생각을 공글린다. 그럴 때 나는 나의 깜냥보다 넓고 깊으며 집요한 사고를 할 수 있다. 이것을 내 삶과 연결된 언어로 풀어내지 않으면 안 된다고 느낀다. 소설가 보후밀 흐라발의 말마따나 '너무 시끄러운 고독' 때문일 것이다. 타인으로 인해 생겨 나는 외로움과 달리, 자기 자신으로 인해 발생하는 고독은 결코 조용한 법이 없다. 누군가 고독에서 고요를 떠올린다면, 그는 고독의 한가운데에 아직 들어가 본 적 없는 사람임에 틀림없다.

고독의 한가운데는 소란스럽다. 나의 그곳에는 그동안 쌓인 언어들이 웅성댄다. 고독을 탐색한 결과물이므로 이 글은 감독과 영화를 설명하는 데 목적을 두지 않는다. 그러나 혼자만의 공상으로 그치지도 않는다. 이를테면 이는 당신이 느끼는 고유한 서정에 가닿을 것이다. 언어 행위는 무언가가 지금 여기에 없음을 자각함으로써, 그것이 존재했고 혹은 여전히 존재함을 증언하는 일이기에 그렇다. 어떤가 하면 나는 문학하는 마음, 그중에서도 시를 읽는 마음으로 영화를 보았다. 시적 자아로 영상 언어를 탐식했다. 일상적 자아는 일상을 의심 없이 적응하도록 하는 데 비해, 시적 자아는 일상의 균열을 발견하고 주변인으로 남도록 한다.

그렇게 이 세상에서 딴 세상을 살기가 녹록하지는 않다. 하지만 이쪽 영화와 저쪽 영화를 왕래하는 움직임 속에서 마치 나는 두 개의 세계를 동시에 사는 듯한 기분이 들었다. 덕분에 양쪽의 현실을 전부 긍정하지는 못해도 존중할 수 있게 되었다. 나의 수선스러운 고독에서 출발하여 당신의 심연에 도착하려는 쓰기의 모험 역시 그러지 않을까. 책을 쓰는 사이 영화 같은 일이 나에게 실제로 일어났다. 짝을 만나 가정을 이뤄 아이를 낳아 기르는 생활은 스크린에서만 보아 오던 낯선 장면이었는데, 이제는 일상이 된 것이다. 2022년 여름 평생의 반려가 되기를 약속한 도연, 2023년 봄 우리의 딸로 와준 시율로 인해, 영화 같지 않던 나의 세상은 어느새 영화가 되어 있었다. 언젠가 세상은 영화가 될 것이라던 철학자의 선언이 나에게는 이렇게 실현된 셈이다. 언제나 예술은 인생을 기습한다.

2023년 여름의 끝자락을 지나며
허희

차례

2부 어떻게 사는 것이 맞을까

3부 몰락함으로써, 몰락하지 않기

4부 내가 얼마나 복잡한 영혼을 가졌는지

5부 마음과 마음을 연결하는 길

6부 있는 그대로 받아들이기 위하여

1부
오늘과의 작별 의식

섬세하게 이해받고 싶다는 마음

다니엘 콴·다니엘 쉐이너트, <에브리씽 에브리웨어 올 앳 원스>(2022)와
자이다 베르그로트 감독, <토베 얀손>(2020)

분인(分人)이라는 개념이 있다. '나'는 고정 불변하지 않고 분할 가능하다는 뜻이다. 여러 환경에 대응하는 각각의 특성을 지닌 다양한 나'들'이 있다는 발상. 『일식』과 『결괴』 등의 소설로 한국에도 유명한 히라노 게이치로가 주창한 아이디어다. 상황에 맞게 가면을 바꿔치기 한다는 페르소나나, 의학적 치료 대상으로 여겨지는 해리성 정체 장애와는 다르다. 그에 따르면 타자와의 상호 작용 속에서 생겨나는 분인은 모두 진정한 '나'다. 이를 요즘 영화에 유행하는 다중 우주론과 접목시켜 볼 수 있다. 무수한 세계에서 인간 혹은 인간이 아닌 모습으로 살아가는 '나'는 전부 진짜이고, 또한 이는 어떤 식으로든 연결된다는 설정이다.

〈에브리씽 에브리웨어 올 앳 원스〉는 이러한 관점으로 봐야 하는 영화다. 직역하면 '모든 것(Everything), 모든 곳(Everywhere), 한꺼번에(All at once)'라는 제목이다. 미국에 온 중국 이민자 가정의 이야기다. 그렇게 보면 언뜻 〈미나리〉(2020)와 비슷하게 느껴지지만 서사를 풀어 가는 방식은 전혀 다르다. 이 영화를 만든 사람이 다니엘 콴과 다니엘 샤이너트, 줄여서 '다니엘스'라고 불리는 이들이기 때문이다. 두 사람은 재기발랄한 유머를 구사하면서 거기에 철학적 메시지를 녹여 내는 뮤직비디오 감독 출신의 연출가로 유명하다. 해변에 떠밀려 온 시체와 친구가 되어 함께 무인도를 탈출한다는 전작 〈스위스 아미 맨〉(2016)도 마찬가지다.

〈에브리씽 에브리웨어 올 앳 원스〉의 주인공은 에블린(양자경)이다. 그녀의 인생은 스트레스로 가득하다. 운영 중인 세탁소는 세무 조사 위기에 처해 있고, 남편 웨이먼드(조너선 케 콴)는 그녀 몰래 이혼 서류를 준비해 두었으며, 딸 조이(스테파니 수)는 학교를 그만두고 평범한 생활로부터 자꾸 이탈하려 한다. 그에 더해 아버지(제임스 홍)까지 자기를 압박하니 에블린은 불안에서 벗어날 길이 없다. 다니엘 콴은 이 작품이 불안을 다루고 있다고 말한다. "불안을 잠재우고 마음을 돌보는 좋은 방법은 그저 존재하고 살아가는 것"이고, "살아 있기에 나와 같은 감정을 느끼는 다른 사람을 만날 수 있다."는 것이다.

이와 같은 살아감은 물론 단일한 '나'로만 국한되지 않는다. 에블린은 다른 우주에서 온 웨이먼드의 도움을 받아, 각양각색의 형태로 살고 있는 나'들'과 이어진다. 처음에는 그들의 힘을 이용하는 데 급급하다. 그렇지만 점점 나'들'의 삶이 나은 방향으로 바뀌어 갈 수 있도록 그녀가 영향을 끼친다. 여기에서 핵심은 타자와의 긍정적 관계 맺기다. 히라노 게이치로 역시 강조한다. "나를 사랑하기 위해서는 타자의 존재가 불가결하다는 역설이야말로 분인주의의 자기 긍정에서 가장 중요한 점이다." 비단 에블린의 남편, 딸, 아버지에만 국한되지 않는다. 온전한 '나'라고 믿어 왔던 자아가 우리에게 제일 낯선 타자일 수 있다.

그러므로 우리는 타자로서의 '나'의 이야기는 물론 남 이야기에 관심이 많다. 소설, 드라마, 영화도 다 남 이야기다. 거기에는 극중 인물처럼 누군가에게 나도 섬세하게 이해받고 싶다는 마음이 자리하고 있다. 극중 인물은 최소 두 번 섬세하게 이해받기 때문이다. 처음에는 감독에게, 나중에는 관객에게. 실존 인물을 조명한 전기 영화 〈토베 얀손〉도 마찬가지다. 토베 얀손(1914~2001)은 무민 시리즈의 원작자로 알려진 핀란드 작가다. 귀여운 그림체로 아이들에게 인기 있는 작품을 여럿 남겼다는 정보 정도는 아는 사람이 많을 테다. 그러나 한두 줄 요약된 문장으로 토베는 설명되지 않는다. 우리의 삶이 고작 한두 줄 요약된 문장으로 설명될 수 없듯이. 자이다 베리로트 감독은 말한다.

"영화의 핵심은 순수 예술과 무민 창작 사이의 고민과 아토스·비비카와의 열정적인 사랑 이야기에서 볼 수 있는 예술가로서의 자신을 찾기 위한 그의 탐구이다." 이처럼 토베는 먼저 감독에게 섬세하게 이해받았다. 회화와 같은 순수 예술을 하는 자신이 진짜 정체성이고, 무민을 그리는 자신은 돈을 벌기 위한 가짜 정체성이라고, 30대 토베(알마 포위스티)는 생각했다. 또한 그는 사람을 사랑하는 감정의 방이 하나가 아니라, 추가로 만들어질 수도 있음도 체감했다. 토베와 아토스(샨티 로니), 비비카(크리스타 코소넨)와의 동시적 관계는 그렇게 생겨났다.

토베는 본인이 탄생시킨 귀여운 그림체와 비슷한 귀여운 인생을 산 사람이 아니었다. 그가 사랑한 아토스나 비비카와 동일하게 토베 역시 모순적인 모습을 보였다. 이제 우리의 몫이 중요해진다. 그에 대한 섬세한 이해는 관객에 의해 한 번 더 수행돼야 하기 때문이다. 감독이 오프닝과 클로징을 극중 토베와 실제 토베가 춤추는 장면으로 배치한 연유를 궁리해 보는 것도 한 방법이다. 더불어 토베가 아토스를 떠나고, 비비카가 토베를 떠났던 순간에 그가 느꼈을 감정에 이입해 보는 것도 추천하는 방법이다.

관객으로서 취하면 안 되는 태도도 있다. 특히 토베의 사랑을 자기 규범에 맞춰 옳고 그름으로 평가하면 곤란하다. 『당신이 옳다』를 쓴 정혜신의 전언을 참고하면, '충조평판'(충고·조언·평가·판단)은 타인을 섬세하게 이해하려는 자세를 무너뜨린다. 영화 한 편 보는 데 왜 이래야 하나. 되풀이하건대, 누군가에게 나도 섬세하게 이해받고 싶다는 마음이 보편적이라서 그렇다. 그것이 충족되려면 각자 연습이 필요하다. 세상은 나를 포함한 타인에 대해 이해가 아닌 평가를 강요하므로, 본질적으로 완전한 이해란 불가능하므로, 우리는 더욱 섬세하지 않으면 안 된다. 남 이야기는 이렇게 하는 것이다.

얼굴과 가면

크레이그 질레스피 감독, <아이, 토냐>(2017)와
저스틴 켈리 감독, <제이티 르로이>(2020)

내 얼굴이 온전히 내 것일 수 있을까. 그렇다고 쉽게 답하기는 어려울 듯하다. 우리가 우리 얼굴을 직접 본 적이 한 번도 없어서다. 엄밀히 말해 내가 내 얼굴을 아는 까닭은 거울에 비치거나, 카메라에 찍힌 '내 얼굴의 이미지'를 봤기 때문이다. '내 얼굴 자체'를 본 사람은 아무도 없다. 내 얼굴이 온전히 내 것일 수 없다는 명제는 이런 의미에서 성립한다. 이것은 인생에도 비슷하게 적용된다. 우리는 인생을 살지만 '내 인생 자체'를 직접 보진 못한다. 그것은 자기의 기억과 다른 사람의 증언 등, 뭔가로 재구성된 '내 인생의 이미지'를 통해서만 흐릿하게 보인다. 다시 말해 내 얼굴이나, 내 인생이나, 있는 그대로 내 것이 될 수는 없다는 뜻이다.

바로 그런 이야기를 〈아이, 토냐〉가 담아낸다. 이 영화는 제목처럼, 1990년대 미국 피겨 스케이팅 선수였던 실존 인물 토냐 하딩(마고 로비)의 삶을 조명하고 있다. 하나의 관점이 아니라 여러 관점을 취해 입체적으로. 어떻게 했는가 하면 토냐를 비롯해, 엄마(앨리슨 제니)와 전남편(세바스찬 스탠)과 같이 그녀와 관련된 사람들의 인터뷰를 모아 극 형식으로 편집했다. 그리고 크레이그 질레스피 감독은 오프닝 화면에 한 문장을 써넣었다. "직설적이고 반박의 여지가 가득한 실제 인터뷰를 바탕으로 함.". 예컨대 토냐의 경쟁자 낸시 캐리건(케이틀린 카버)이 폭행을 당한 사건을 두고도 그들의 말들이 그려 내는 '토냐의 이미지'는 서로 어긋나기 일쑤다.

그러니까 이 영화는 제목과 달리 명확한 '나(I), 토냐(Tonya)', 즉 '토냐 자체'는 누구에 의해서도 제대로 파악될 수 없음을 지적한다. 당연히 토냐 스스로도 모른다. 이 작품이 자신의 삶을 다루고 있을지언정, 여기에서는 그녀도 한정된 시각을 가진 인터뷰이 중 한 명으로 나올 뿐이다. 풀스크린 화면은 등장인물들의 개별 인터뷰 장면이 나올 때만 양옆이 좁아진다. 전체는 한 사람의 입장에서 안 보인다는 예증이다. 따라서 이를 종합해도(관객을 포함한) 모든 사람이 납득할 만한 토냐의 진실은 만들어지지 않는다. 그녀의 말대로 "모두에겐 각자 자신만의 진실이 있다."고 할 수밖에.

물론 거기에는 거짓도 많이 섞여 있다. 진실 또한 '진실 자체'가 아닌 '진실의 이미지'로만 우리에게 받아들여져서다. 이미지는 허상이다. 그런데 그 허상은 분명 나를 반영하고 있다. 내가 되고 싶었거나, 내가 되고 싶지 않았던, 혹은 내가 감히 상상도 못 했던 나를 말이다. 토냐만 그랬다는 것이 아니다. 딸을 강하게 키우려고 했다고 말하는(하지만 딸을 학대한 것처럼 보이는) 엄마, 아내를 열렬히 사랑했다고 말하는(하지만 아내를 상습적으로 때린 것처럼 보이는) 전남편도 마찬가지다. 그럴 때 이 작품은 이렇게 말하는 것 같기도 하다. 내 얼굴과 내 인생의 진실은 내 생각보다 훨씬 이상하다고.

이는 가면과 얼굴이 붙어 버린 진실이기도 하다. 영화 〈제이티 르로이〉가 예증한다. 이야기는 2000년으로 거슬러 올라간다. 당시 미국에서 출간된 소설 『사라』는 베스트셀러에 올랐다. 매춘부 어머니 밑에서 학대당하며 자란 매춘 (여장)소년의 인생도 충격적이지만, 그보다 더 충격적인 점은 이 작품이 실화에 기반을 두고 있다는 사실이었다. 소설이라고는 하나, 자전(自傳)에 더 강조점이 찍혀 화제가 된 책을 낸 작가가 제이티 르로이다. 그는 자전 소설 『호밀밭의 파수꾼』을 쓴 제이디 샐린저처럼 철저히 자기를 감췄다. 그런데 어느 날 그가 대중 앞에 모습을 드러냈다. 검은 선글라스를 낀 패션모델 스타일로 중성적인 매력을 어필한 르로이는 단숨에 문화계의 새로운 아이콘으로 등극했다.

흔한 성공담 아닌가. 여기까지만 들으면 그렇게 생각할지도 모르겠다. 하지만 안심하시라. 진짜 에피소드는 이제부터 시작이다. 몇 가지 진실부터 밝혀야겠다. (1)르로이는 실존 인물이 아니다. (2)소설 『사라』를 쓴 사람은 로라다. (3)로라는 남자 친구의 동생 사바나를 만난 후, 만약 르로이가 실제로 존재한다면 바로 그녀 같은 사람일 거라고 굳게 믿는다. (4)로라는 사바나에게 제안한다. 네가 르로이가 돼 인터뷰 사진을 찍으면 좋겠다. (5)『사라』를 읽고 감동한 사바나는 그러겠다고 승낙한다. 내가 아닌 사람이 되어 보는 경험도 재미있겠다 싶었고. (6)로라 역시 연기에 동참한다. 그녀는 르로이의 수다스러운 매니저 스피디로 캐릭터를 설정했다.

한마디로 독자를 기만한 사기극이다. 그러나 이런 한마디로 르로이 사건이 정리될 수 없다고 본 사람도 있었다. 감독 저스틴 켈리가 대표적이다. 그는 "진실은 순수하기 힘들며 결코 단순하지 않다."라는 오스카 와일드의 말을 인용한다. 이 문구를 제사로 저스틴 켈리는 "표류하는 정체성"에 초점을 맞춰 다층적인 진실을 재구성한 영화 〈제이티 르로이〉를 만들었다. 그것을 가능케 한 주연 배우의 공도 크다. 크리스틴 스튜어트가 사바나를, 로라 던이 로라를 맡아, 극 안에서 각각 르로이와 스피디를 다시 연기하는 어려운 도전을 성실하게 해냈다. 유튜브 등에서 사바나와 로라를 직접 찾아보면 배우들의 높은 싱크로율에 놀랄 것이다.

〈제이티 르로이〉는 이른바 '부캐' 놀이가 일상화된 현상과 연관 지어 해석할 여지가 많은 영화다. 물론 누군가의 실체를 알고 속아 주는 것과 모르고 속는 것은 차이가 있다. 그렇지만 이 작품을 보고 있으면 누군가의 실체라는 것이 대체 무엇인가 자꾸 자문하게 된다. 정체성과 멀티 페르소나도 그리 명확하게 구분되는 개념이 아니다. 처음에는 내가 썼다 벗었다 할 수 있는 가면이라고 여겼는데, 어느 순간 가면이 얼굴에 달라붙어, 나중에는 가면도 아니고 내 얼굴도 아닌 기묘한 형상으로 변한 스스로를 당혹스러워하는 전개. 거기에 공감할 관객이 제법 많지 않을까 싶다. 한 사람이 익명의 여러 계정을 운영하는 SNS 시대가 된 지 오래니까.

부서지기 쉬운 삶이라는 장소

샐리 포터 감독, <더 파티>(2017)와
케네스 로너건 감독, <맨체스터 바이 더 씨>(2016)

나는 지금 삶을 살고 있지만 정작 삶에 대해 아는 게 별로 없다. 음식을 잘 먹는 사람이 반드시 음식에 대한 해박한 지식을 가진 게 아니듯이. 그런 나도 삶에 관해 말할 수 있는 게 하나 있기는 하다. 어떤 것인가 하면, 우리네 삶은 생각보다 부서지기 쉽다는 점이다. 빈틈없어 보이는 삶일수록 더욱 그렇다. 늘 염두에 뒀던 명제인데 영화 〈더 파티(The Party)〉를 보고 머릿속에서 그 비중이 한층 커졌다. 파티가 열리는 장소는 자넷(크리스틴 스콧 토마스)과 빌(티모시 스폴) 부부의 집이다. 영국 보건복지부 장관으로 임명된 자넷을 축하하려고 친구들이 그곳에 모이기로 했기 때문이다. 이제 그들이 도착했다.

냉소적 현실주의자 에이프릴(패트리시아 클락슨)과 명상하는 인생 상담 코치 고프리드(브루노 강쯔) 커플, 페미니스트 마사(체리 존스)와 인공 수정으로 세쌍둥이를 임신한 그의 연인 지니(에밀리 모티머), 젊은 은행가 톰(킬리언 머피)이다. 다들 짝이 있는데 톰만 싱글이냐고? 아니다. 그에게도 짝이 있다. 에이프릴의 평에 따르면 "태풍의 눈"에 해당하는 "아리따운 메리앤"이다. 그녀는 오늘 조금 늦는단다. 그런데 여기 모인 이들의 상태가 심상찮다. 특히 두 사람이 눈에 띈다. 넋이 나간 빌과 좀처럼 흥분을 가라앉히지 못하는 톰이다. 둘의 모습에서 관객은 이곳에 곧 '태풍'이 몰아닥칠 것임을 예감하게 된다.

그 거대한 사건이 무엇인지 이 글에서 밝힐 수는 없다. 다만 고백과 폭로, 그럼에도 남아 있는 비밀이 얽힌 가운데 '더 파티'가 진행된다는 사실은 언급해도 괜찮을 듯싶다. 유력 정치인과 명문대 교수라는 그럴 듯한 외피 안에, 어쩌면 자기 삶을 끝장낼 수도 있는 진실이 꿈틀대고 있는지도 모른다. 그래서 우리네 삶은 생각보다 부서지기 쉽다는 것이다. 영화 초반에 고프리드는 자넷에게 농담을 한다. "미리 위로할게요. 정상에 올랐으니 이젠 내리막길만 있겠네요." 한데 자넷을 위한 축하 파티가 점점 희비극으로 바뀌어 가는 장면을 보면서 우리는 직감한다. 고프리드가 던진 농담이 실은 진리였음을.

이는 자넷에게만 해당되는 인생의 냉엄함이 아니다. 거기에는 예외가 없다. 누군가 행복하다고 느끼는 순간 그에게 불행이 닥치는 경우는 수두룩하다. 아니 정확히 표현하자면, 행복 안에 불행이 잠재해 있다고 해야 할 테다. 암담한 생이다. 그나마 위로가 되는 건 그 반대—'불행 안에 행복이 깃들어 있다.'—도 참이라는 점이다. 한 철학자는 부서지기 쉬운 삶을 사는 우리에게 근본적인 존재의 불안을 담담하게 수용하라고 충고한다. 그런데 기쁨과 만족보다 고통과 회한이 더 많은 삶을 살면서 어떻게 그럴 수 있을까. 영화 〈맨체스터 바이 더 씨(Manchester by the sea)〉에서 힌트를 얻을 수 있다.

'맨체스터 바이 더 씨'는 미국 매사추세츠 주 에섹스 카운티의 바다가 있는 작은 마을이다. 영화 〈갱스 오브 뉴욕〉 등 각본가로도 유명한 케네스 로너건 감독은 직접 쓴 시나리오를 연출한 신작에 바로 이 지명을 제목으로 붙였다. 이야기가 펼쳐지는 배경이 맨체스터 바이 더 씨라는 이유가 가장 클 것이다. 하지만 여기에는 조금 더 부연 설명이 필요하다. 장소(place)와 공간(space)의 차이다. 그곳에서 느끼는 감각의 유무가 두 가지를 가르는 기준이다. 오랜만에 돌아온 고향과 어쩌다 잠깐 들르게 된 생소한 지역이 같은 의미를 가질 수는 없으니까.

장소가 감각을 일깨우고 기억을 환기한다면 공간은 그런 것과는 무관하다. 가령 지금은 보스턴에 사는 리(케이시 애플렉)에게 맨체스터 바이 더 씨는 공간이 아니라, 장소일 수밖에 없다. 그곳에서 그는 나고 자랐고, 아내와 아이들과 함께 살았으며, 형 조(카일 챈들러)의 가족과 이웃해 지냈다. 그런데 어떤 까닭에서인지 현재 리는 외따로 떨어져 있다. 반지하 방에 혼자 살면서 건물 잡역부로 무표정하게 일하는 그는 어쩐지 스스로를 유폐시키고 있는 것처럼 보인다. 술집에서 눈이 마주친 남자에게 괜한 시비를 걸어 난동을 부리기도 한다. 뭔지 모를 울분이 리에게 가득 쌓여 있다. 그는 아마 울분의 원인이 된 그 사건으로 인해 고향을 떠났으리라.

리가 몇 년 만에 맨체스터 바이 더 씨로 발걸음을 돌리는 것은 조가 위독하다는 소식을 듣고 나서다. 형은 아들 패트릭(루카스 헤지스)의 후견인으로 그를 지정하고 세상을 떠났다. 리는 당황스럽다. 조가 살아 있을 때 그는 이에 대해 일언반구 들은 바가 없었다. 갑자기 고등학생 조카의 양육을 떠맡게 된 리. 그는 패트릭을 데리고 보스턴으로 가려고 한다. 그러나 자기 삶의 모든 기반이 이곳에 있는 조카는 삼촌의 생각을 따르려 하지 않는다. 영화는 이런 대치—맨체스터 바이 더 씨라는 장소에서 떠나려는 사람과 남으려는 사람의 갈등을 다룬다.

조의 죽음에 패트릭의 잘못은 없다. 애도 과정을 충실히 거치면서 그는 이곳에 계속 살아도 될 것이다. 반면 리에게 이곳은 자꾸 예전의 추억과 아픔을 떠올리게 한다. 지난날은 그의 현실로 느닷없이 밀어닥친다.(실제로 감독이 특히 신경 쓴 부분이 과거가 현재로 소환되는 장면의 교차 편집이다.) 리는 고향을 견디지 못한다. 무엇보다 그의 실수로 아이들이 죽었다는 죄책감에서 벗어날 수가 없다. 동네 사람들은 리의 불행을 이해하는 척하며 뒤에서 수군댄다. 소중한 사람의 죽음을 겪었다는 사실은 같다. 그렇지만 이처럼 죄책감의 여부에 따라 삼촌과 조카의 이후 선택은 달라진다. 다시 그들은 본인의 자리에서 각자의 장소성을 만들어 갈 것이다. 삶은 옳고 그름의 문제가 아니라 그런 것일 수밖에 없다는 말이다.

오늘과의 작별 의식

크리스티안 문주 감독, <엘리자의 내일>(2016)과
클린트 이스트우드 감독, <라스트 미션>(2018)

니콜라에 차우셰스쿠라는 남자가 있다. 1967년에 루마니아 최고 권력자가 된 뒤, 20여 년간 그 자리에서 내려오지 않은 인물이다. 그는 체제 유지를 위해 철권통치를 펼쳤다. 비밀경찰의 도청과 감시가 삼엄했다. 조금이라도 반정부적인 말과 행동을 하면 즉시 정보기관에 끌려갔다. 혹독한 고문과 억울한 죽음이 이어졌다. 당시 루마니아인들의 공포를 체감하는 데, 루마니아 출신 작가 헤르타 뮐러의 작품이 도움이 될 것이다. 그녀는 차우셰스쿠를 비판하다 1987년 독일로 망명했다. 이후 뮐러는 엄혹한 그 시대를 그린 소설을 꾸준히 썼다. 뮐러가 2009년 받은 노벨문학상은 이에 대한 문학적 지지와 격려였다.

차우셰스쿠의 전횡으로 국가 경제는 붕괴됐다. 궁핍에 시달리던 국민들은 1989년 12월, 마침내 대규모 민중 봉기를 일으킨다. 시위대에 붙잡힌 차우셰스쿠는 곧 총살당했다. 드디어 루마니아는 이전보다 더 나아질 것이다. 루마니아인들은 이런 기대를 걸었다. 그때 20대 초반이던 크리스티안 문주도 마찬가지였다. 이제 20여 년의 세월이 흘렀다. 루마니아는 과연 더 살 만한 나라가 됐을까? 이 시기를 겪으며 청년에서 중년이 된 문주 감독은 고개를 가로젓는다. 그가 만든 영화 〈엘리자의 내일〉을 통해서다. 이 작품은 민주화를 성취한 다음의, 오늘날 루마니아가 처한 현실을 담아낸다.

주인공은 의사 로메오(애드리언 티티에니)다. 그는 과거 차우셰스쿠 정권에 항거했던 의식 있는 젊은이였다. 그런데 생각이 많이 달라졌다. 그는 현재 루마니아에 희망이 없다고 여긴다. 자신은 그럭저럭 중산층의 삶을 살고 있지만, 부정부패가 만연한 이곳에서 딸 엘리자(마리아 빅토리아 드래거스)만은 탈출하기를 바란다. 우등생인 그녀는 영국의 명문 대학 입학 허가를 받은 상태다. 남은 문제는 엘리자가 고등학교 졸업 시험을 잘 치르느냐에 달려 있다. 한데 첫 번째 시험 전날, 그녀에게 불행이 닥친다. 괴한에게 성폭행을 당할 뻔한 것이다. 엘리자는 심적 충격을 받았다. 저항하다 팔도 다쳤다. 도저히 내일 졸업 시험을 볼 수 있는 상황이 아니다.

그러나 로메오는 엘리자에게 시험장에 가야 한다고 종용한다. 당장은 힘들겠지만, 이렇게 기회를 놓침으로써 앞날을 망쳐서는 안 된다는 논리다. 아버지는 딸에게 말한다. "때로 인생에선 결과가 더 중요하단다. 너에게 늘 정직하라고 가르쳤지만, 우리가 사는 세상은 그렇지 않아." 지금 로메오는 옛날에 그가 대항했던 독재자가 했을 법한 소리를 하고 있다. 바로 이것이 차우셰스쿠의 인생관이었으리라. 엘리자에게 실리적인 도움이 된다면, 로메오는 무엇이든 하겠다고 나선다. 괴물과 싸웠던 영웅이 괴물이 되고 말았다. 그렇다면 앞으로 어떻게 하면 좋은가. '로메오의 오늘'에 답은 없다. 미래가 미래 세대의 것이듯, '엘리자의 내일'은 온전히 그녀의 것이다.

기성세대 클린트 이스트우드도 이제 총을 버렸다. 십 년 전, 그러니까 〈그랜 토리노〉(2008)까지만 해도 그의 손에는 총이 들려 있었는데 말이다. 당연한 일인지도 모른다. 어느새 이스트우드도 아흔 살이 넘었으니까. 누군가를 지키기보다는, 누군가에게 돌봄을 받는 것이 자연스러운 나이다. 하지만 〈그랜 토리노〉에서 그랬듯이 그는 노년을 그렇게 편히 보내지 않는다. 〈라스트 미션〉에서도 마찬가지다. 이스트우드는 누군가의 돌봄을 받기보다 누군가를 지키는 쪽을 택한다. 그의 보수주의는 여전히 굳건하다. 한 가지 달라진 점이 있긴 하다. 이스트우드가 보호하려는 대상이 타인이 아니라 본인이라는 사실이다.

〈그랜 토리노〉에서 그는 '나'와 무관한 이웃집 소년을 지켰다. 반면 〈라스트 미션〉에서 그는 '나'의 확장인 가족 공동체를 지키려 한다. 이 영화에서 이스트우드가 연기한 얼 스톤은 마약 운반으로 돈을 벌었다. 그 돈으로 그는 손녀의 대학 등록금을 대고, 자기도 멤버로 있는 참전 용사 회관을 재건한다. 어떤 사람은 이를 이스트우드의 퇴행이라고 해석할 수도 있을 테다. 돌고 돌아 그는 안온한 '나', 가족 공동체의 품 안으로 다시 돌아왔으니까. 그런데 좀 다르게 볼 여지도 있지 않을까 싶다. 그것은 삶의 막바지에 끝내 지켜야 할 존재가 다름 아닌 '나'라는 명제에 가닿는다.

이 말을 그는 일찌감치 했다. 〈밀리언 달러 베이비〉(2004)의 트레이너 프랭키의 입을 빌려서다. "항상 자신을 보호해라." 권투의 이런 제일 원칙은 각자 받아들이기 나름이다. 그래도 인생의 끝에 다다른 사람(얼≒이스트우드)에게는 이 말이 더 각별하게 느껴지지 않았을까. 한데 따지고 보면 원

예사였던 얼이야말로 평생을 자기 마음대로, 자신을 보호하면서 산 남자였다. 꽃을 가꾸고 관련된 여러 모임에 참석하는 바쁜 나날이 그를 행복하게 했다. 가족은 후순위였다. 얼은 딸 결혼식조차 가지 않았다. 그에게는 백합 경연 대회가 우선이었기 때문이다. 얼은 이렇게 항상 자신을 보호하라는 신념에 투철했다.

그러나 세월이 흘러 그는 깨닫는다. 필사적으로 본인을 지키려 한 노력이 오히려 본인을 해쳤다는 아픈 진실 말이다. 예컨대 지금까지 얼은 사회적 업적과 연결된 공적 자아를 보호하는 것만으로 충분하다고 믿으며 살아왔다. 그렇지만 그러는 동안 그는 감정적 교류와 연관된 사적 자아를 잃어버렸다. 얼은 자기 자신의 절반만 몰두했다. 나중에 공적 자아가 위태로워졌을 때야 그는 상실한 사적 자아의 중요성을 절감한다. 그리고 얼은 알게 된다. 공적 자아처럼 사적 자아 역시 혼자서 만들 수 없는 것임을. 드디어 그는 온전한 '나'를 보호하기 위한, 여태껏 놓친 것을 되찾기 위한 임무를 수행하기로 한다. 이것이 얼의 라스트 미션—총 없이 펼쳐지는 맹렬한 전투의 개시다.

순간순간 그 자리에 머무르세요

짐 자무쉬 감독, <패터슨>(2016)과
오모리 타츠시 감독, <일일시호일>(2018)

자무쉬 감독의 영화 〈패터슨〉에서 패터슨은 두 가지를 뜻한다. 하나는 장소. 패터슨은 미국 뉴저지주에 위치한 소도시의 실제 지명이다. 다른 하나는 사람. 패터슨(아담 드라이버)은 패터슨 동네에 살면서 시내버스 운전을 하는 남자 이름이다. 한국식으로 바꿔서 생각하면, 이 영화는 상도동에 거주하는 상도 씨가 시내버스 운전을 하는 이야기라고 할 수 있을 것이다.

〈패터슨〉은 월요일부터 일요일까지 일주일 동안 그의 삶을 그린다. 거의 똑같은 반복이다. 패터슨은 오전 6시쯤 일어나 아침을 먹는다. 그리고 아내 로라(골쉬프테 파라하니)와 인사를 나눈 뒤 회사에 출근한다. 한나절 버스 운전을 하고 오후에 퇴근. 그는 반려견을 산책시키러 길을 나선다. 그러고는 단골 술집에 들러 맥주 한 잔을 마시고 집으로 돌아온다.

이런 패터슨의 일상을 거듭 보여 주는 영화를 보고, 어떤 관객은 불만을 터뜨릴지도 모르겠다. 이렇게 심심한 작품이라니! 그런 사람에게 한 가지 위로가 될 말을 전하고 싶다. 원래 자무쉬 영화의 스토리 자체는 이와 같이 별 게 아니었다는 사실이다. 다만 그는 남들과 다른 특별한 능력이 하나 있었을 뿐이다. 별 게 아닌 스토리를 별스럽게 찍어 내는 연출 스타일이다. 자무쉬의 대표작 〈커피와 담배〉(2003)나, 〈오직 사랑하는 이들만이 살아남는다〉(2013)등을 곰곰 따져 봐도 그렇다. 역시 작가의 역량을 가르는 성패는 무엇을 고르느냐가 아니라, 그것을 어떻게 다루느냐에 있다. 위에서 '거의 똑같은 반복'이라고 썼지만, 그는 거기에서 발생하는 아주 미세한 차이를 놓치지 않는다. 거장은 무심한 듯, 그러나 분명하게 디테일을 신경 쓴다.

짐 자무쉬는 말한다. "〈패터슨〉은 그냥 평온한 이야기예요. 인생이 항상 드라마틱한 건 아니니까. 하루하루 살아가는 것에 대한 영화죠. 폭력이나 분쟁 같은 건 나오지 않아요. 다른 종류의 영화도 필요하니까. 내 영화들에서 내가 바라는 건, 플롯에 대해 너무 신경 쓰지 않는 거죠. 그냥 순간순간마다 그 자리에 머물기를 원해요. 다음에 무슨 일이 벌어질지 너무 많이 생각하지 말아 주세요." 지구를 정복하려는 악의 무리가 나오는 영화는 세상에 왜 그렇게 많은지. 지금까지 세계는 지나치게 많이 구해진 것 같다. 혹시 여기에 중독돼 괴롭다면, 자무쉬의 심심(甚深)한 영화는 좋은 해독제가 될 만하다. 심지어 이 작품에는 우리에게 가장 무용하다고 알려진 '시'도 여러 번 나오니까. 시 쓰기는 패터슨의 취미다.

운행 시작 전 운전석에 앉아, 벤치에 앉아 점심을 먹으면서, 휴일 골방에 틀어박혀 그는 노트에 시를 적는다. 그다지 뛰어난 시처럼 보이지는 않지만, 희한하게도 그의 시는 감동을 준다. 이것은 아마도 패터슨이 시적으로 살기 때문인 듯싶다. '그냥 순간순간마다 그 자리에 머물기'로 한다면, 당신도 충분히 느낄 수 있는 정서다. 그러면 하루하루가 '날마다 좋은 날'이라고 여기지 않을까.

이런 뜻을 가진 한문이 '일일시호일(日日是好日)'이다. 이 덕담은 불운이 닥치지 않기를 비는 마음과는 관련이 없다. 슬픔을 자아내는 일, 화가 치미는 일은 어차피 우리에게 또 일어날 테니 말이다. 그럼 어떻게 날마다 좋은 날을 살 수 있나. 영화 〈일일시호일〉은 다도로 그 방법을 알려 준다. 작가 모리시타 노리코의 실제 이야기가 바탕이다.

노리코(쿠로키 하루)는 스무 살 때 다도에 입문한다. 어째서 다도였을까. 실은 뭐라도 상관없었는지 모른다. 당시 그는 딱히 하고 싶은 걸 찾지 못해 불안해하던 참이었다. 뭔가 구체적인 걸 해 보자. 노리코는 이렇게 결심하고 다도 선생 다케다(키키 키린)에게 가르침을 받는다. 시작부터 난관이다. 단계별로 찻수건 접는 법이 너무 복잡하다. 이 밖에도 지켜야 하는 규칙이 한두 가지가 아니다.

"찻솔을 찻잔에 넣고 밖에서 안으로 끌어오면서 손목을 빙 돌려요. 그리고 멈추면서 왼손으로 잔을 잡고 찻솔을 돌리면서 위로 들어요. 이걸 반복해요." 손목을 돌리는 이유가 궁금하다. 이를 묻자 다케다는 당혹스러워한다. 그는 그냥 그렇게 하는 거라고, 그게 바로 다도라고 답한다. 혹시 스승이 사이비가 아닌가. 그런 의심이 들 법한 순간 다케다가 다시 말한다. "차는 형식이 먼저예요. 처음에 형태를 잡고 거기에 마음을 담는 거죠."

노리코는 어땠는지 모르겠으나 그의 설명을 듣고 나는 납득했다. 다도가 테크닉의 '술(術)'이나, 합리성의 '학

(學)'이 아닌, 깨달음의 '도(道)'인 까닭을. 형식만 따르는 테크닉과 의미만 따지는 합리성만으로 우리는 잘 살지 못한다. 왜냐하면 삶에는 형식과 의미 둘 다 필요하다는 깨달음이 전제돼야 하기 때문이다. 선후 관계를 보면 형식이 앞선다. 인간이 태어나 죽는다는 조건이 삶에 이미 결정돼 있어서다. 이제 관건은 주어진 형식에 어떤 의미를 새롭게 부여할 것인가다. 이는 노리코에게 다도를 전수하는 다케다의 메시지—'처음에 형태를 잡고 거기에 마음을 담는다.'와 연결된다. 삶을 흔히 길에 비유하는 것도 이와 같은 연유일테다.

노리코는 오랜 시간이 지나 체득한다. "비 오는 날에는 빗소리를 듣는다. 눈 오는 날에는 눈을 바라본다. 여름에는 찌는 더위를, 겨울에는 살을 에는 추위를 느낀다. 어떤 날이든 오감을 동원해 마음껏 즐긴다. 다도란 그런 '삶의 방식'인 것이다." 그것이 우리가 다도를 통해 배울 수 있는 날마다 좋은 날의 의의다. 꼭 다도가 아니라도 괜찮다. 지금 여기에 정신을 온전히 집중하게 하는 것이라면, 그래서 그저 그런 매일을 날마다 좋은 날로 바꿀 수 있게 하는 것이라면.

낯선 뭔가로 되어 가는 나날

그레타 거윅 감독, <레이디 버드>(2018)와
페르닐레 피셔 크리스텐센 감독, <비커밍 아스트리드>(2018)

크리스틴(시얼샤 로넌)은 부모가 지어 준 이름이 마음에 들지 않았다. 그래서 직접 본인을 명명한다. "레이디 버드(LADY BIRD)". 그녀는 이것이 자신의 진짜 이름이라고 생각한다. 이를 레이디버드(ladybird)라고 붙여 쓰면 '무당벌레' 혹은 '연인'이라는 뜻이다. 하지만 나는 레이디 버드를 '아가씨 새'로 직역하고 싶다. 진부하게 들리겠으나, 『데미안』의 저 유명한 구절 때문이다. "새는 알에서 나오려고 투쟁한다. 알은 세계이다. 태어나려는 자는 세계를 깨뜨려야 한다." 이렇게 보면 자칭 레이디 버드는, 기성 질서에서 벗어나 독자적인 삶을 살려는 그녀의 의지가 담긴 선언이라고 할 수 있을 것이다.

레이디 버드는 두 개의 세계에 맞선다. 하나는 그녀의 고향 새크라멘토다. 이곳은 캘리포니아주에 속해 있다. 그러나 같은 행정 구역인 로스엔젤레스나 샌프란시스코와는 비교도 되지 않을 정도로 인지도가 낮다. 영화 오프닝에 아예 이런 문장이 나올 정도다. "캘리포니아의 쾌락주의를 말하는 자는 새크라멘토에서 크리스마스를 보내 봐야 한다." 새크라멘토 출신 작가 존 디디온의 말이다. 한마디로 새크라멘토는 흥미 있는 일이 일어나지 않는, 심심하고 지루한 동네라는 이야기다. 고등학교 졸업반인 레이디 버드가 기어코 뉴욕 같은 대도시에 있는 대학에 들어가려고 애쓰는 이유도 여기에 있다.

그녀가 맞서는 다른 하나의 세계는 엄마 매리언(로리 멧칼프)이다. 매리언은 미국 명문대에 진학하겠다는 레이디 버드를 향해 차갑게 대꾸한다. "넌 그런 학교 못 가. 그냥 시립대학에나 가. 그런 정신 상태로는 시립대 아니면 감방밖에 못 가. 그런데 들락대다 보면 자립 방법은 배우겠지." 아무리 평소 딸의 행실을 잘 알고 있어도 지나치다 싶은 언사이기는 하다. 그렇지만 평범함을 거부하는 레이디 버드의 성품이 어디서 왔겠는가.(이 대화는 매리언이 운전하는 차 안에서 이루어졌고, 레이디 버드가 달리는 차 문을 열고 뛰어내리면서 끝났다. 새는 알에서 나오려고 정말로 죽을 만큼 싸우는 것이다.) 모전여전이다.

이 영화는 이처럼 두 개의 세계에 대항하는 레이디 버드의 분투기를 담아낸다. 한데 동시에 다음과 같은 질문 거리도 던진다. 이를테면 '알은 새를 가두기만 하는, 그러니까 산산이 부숴 버려야 할 세계인가?' 하는 점이다. 적어도 그레타 거윅 감독은 그렇게 보지 않는 것 같다. 영화는 뒤로 가면서 새로운 명제를 제시한다. 새가 아니었던 어떤 생명체가 새로 태어날 수 있도록 따뜻하게 지켜 준 세계가 바로 알이라는 사실이다. 새가 알을 깨야 하는 것은 맞다. 그래야 하늘로 날아오를 수 있으니까. 하나 그렇다고 새가 지금까지 자신을 보호해 왔던 알을 완전히 부정할 수는 없을 테다. 새크라멘토—엄마라는 알 없이는 레이디 버드도 없었다. 그녀는 천천히 그것을 체감한다.

일찍이 스웨덴에도 레이디 버드가 있었다. 아동문학계의 노벨상이라고 불리는 상과 관련된 인물이다. 스웨덴이 주관하고 상의 권위가 높다는 공통점 때문에 이렇게 불리는데, 그 상의 명칭이 아스트리드 린드그렌상이다. 『구름빵』으로 유명한 백희나 작가가 받아 한국에서도 큰 화제가 됐다. 아스트리드 린드그렌상은 '내 이름은 삐삐 롱스타킹'의 작가 아스트리드를 기념한다. 기성세대에게는 '내 이름은 삐삐 롱스타킹'(롱스타킹은 긴 양말을 신었다는 뜻이 아니라 영어식 성이다)보다, '말괄량이 삐삐'라는 제목이 익숙할지도 모르겠다. "말이나 행동이 얌전하지 못하고 덜렁거리는 여자"가 말괄량이의 사전적 정의다. 사사건건 말대답하고 때때로 어른을 무안하게 만드니까 삐삐에게 붙여진 말괄량이 별명이 어울린다 싶기도 하다.

하지만 곰곰 생각해 보면 그렇지 않다. 삐삐는 어른이 그것을 제대로 설명해 주지 않고 강요하니까 반문하고, 어른이 이상하게도 약자를 괴롭히니까 반격에 나선다. 게다가 말괄량이라는 단어에는 무릇 여자는 말이나 행동이 얌전해야 한다는 사회적 편견이 녹아 있다. 삐삐 시리즈가 출간됐을 때, 당시 스웨덴 어른들은 자유분방하게 행동하는 소녀 이야기가 어린이 독자에게 악영향을 끼친다고 비난했다. 그렇지만 예나 지금이나 삐삐는 아이들이 속마음을 공유할 수 있는 좋은 친구로 남아 있다. 그리고 영화 '비커밍 아스트리드'를 보면 알게 된다. 10대 시절 아스트리드의 자의식이 듬뿍 투영된 주인공이 삐삐라는 걸 말이다.

파티에서 아스트리드는 같이 춤추겠느냐고 묻는 소년들의 제안을 가만히 기다리지 않는다. 너희가 쩨쩨하게 군다면 차라리 나 혼자 춤출 거야. 격식 따위 아랑곳 않고 아스트리드는 독무를 춘다. 그녀는 삐삐처럼 씩씩한 소녀였다. 그러나 1920년대 스웨덴은 여성에게 호의적이지 않았다. 예컨대 아들은 밤늦게 들어와도 되지만, 딸은 안 된다는 성차별 속에서 아스트리드(알바 어거스트)는 자랐다. 그러니까 들판에서 소리 지르며 울분을 풀었던 것이다.

이런 가운데 아스트리드는 (스포일러라 밝히기 어려운)거대한 시련과 마주한다. 혼자서 헤쳐 나가기 힘든 일이었기에 그녀는 덴마크로 가 도움의 손길을 구한다. 이제 아스트리드는 삐삐가 가진 힘과 용기를 정말로 필요로 하게 된다.(실제로 그녀가 삐삐 시리즈를 집필하는 시기는 이보다 훨씬 뒤다.) 엄마가 세상을 떠나고 아빠도 실종됐지만 삐삐는 호언장담하지 않았던가. "내 걱정은 마세요. 난 언제나 잘해 나갈 테니까." 이것은 마음고생 하던 어제의 아스트리드에게 오늘의 아스트리드가 해 주고 싶었던 말이었으리라. 또한 낯선 뭔가로 되어 가는(becoming) 과정에 놓인 모든 이들에게도.

나도 모르는 나를 찾아 줘

올리비에 아사야스 감독, <논-픽션>(2018)과
리처드 링클레이터 감독, <어디갔어, 버나뎃>(2019)

『축음기·영화·타자기』(프리드리히 키틀러, 유현주·김남시 옮김, 문학과지성사, 2019)에서 키틀러는 단언한다. "매체가 우리의 상황을 결정한다." 매체학자니까 그렇게 말할 수 있겠다 싶으면서도, 그의 말을 쉽게 넘겨 버릴 수가 없다. 그간 기술—매체들은 생활을 편리하게 해 주는 도구라고 여겨 왔으니까. 한데 그것이 우리의 존재 양식 자체를 틀 짓는 절대적인 조건이 된다니. 그런 사례 중 대표적인 매체로 키틀러는 19세기 후반의 발명품인 축음기·영화·타자기를 든다. 기존에는 문자로만 저장되던 정보를 각각 음향·광학·텍스트로 나누어 처리하게 되면서 인간의 감각 체계가 완전히 달라졌다는 것이다. 그는 아날로그 매체뿐 아니라 디지털화에 대해서도 언급한다.

"변조, 변환, 동기화. 느리게 하기, 저장하기, 전환하기. 혼합화, 스캐닝, 매핑. 이렇게 디지털을 기반으로 한 총체적인 매체 연합이 매체 개념 자체를 흡수한다. 기술이 사람들에게 연결되는 대신, 절대적 지식이 끝없는 순환 루프로서 돌아간다." 이 책이 출간된 지 30년이 넘었지만 키틀러의 문제의식은 여전히 유효하다. 올리비에 아사야스 감독에게도 디지털화는 탐구 대상이었다. 이에 대한 나름의 답변을 그는 영화 〈논-픽션〉으로 내놓았다. 사실 키틀러의 매체론 연구와 비교하면 이 작품은 아쉬운 점이 적지 않다. 정교한 관점, 치밀한 논증, 충격적 반향이 부족해서다.

그렇지만 〈클라우즈 오브 실스마리아〉와 〈퍼스널 쇼퍼〉 등의 수작을 만든 감독의 작품인 만큼 〈논-픽션〉도 근사한 매력이 있긴 하다. 출판인·작가·마케터·배우·비서관이 서로 얽혀 나누는 지적인 대화는 물론, 각각의 에피소드가 결합해 빚어내는 아이러니한 유머는 관객에게 충분하진 않아도 괜찮은 만족감을 선사한다. 오디오북에 참여할 스타로 줄리엣 비노쉬를 거론하는 자리에서 셀레나(줄리엣 비노쉬)가 끼어드는 장면은 좀 지나치다 싶지만 말이다. 감독이 뭘 이야기하려고 했는지는 알겠다. 이는 모든 것이 조작 가능한 디지털 시대에 논-픽션, 다시 말해 사실-허구의 구분이 어떻게 가능할 수 있느냐 하는 질문이다.

이쯤에서 〈논-픽션〉의 원제목이 '이중생활'임을 염두에 둘 필요가 있다. 등장인물들은 겉으로 드러나는 직업 활동 외에 비밀스러운 사적 생활을 해 나가고 있다. 한마디로 불륜을 저지른다는 뜻이다. 누가 누구와 관계를 맺는지는 직접 확인해 보시길. 다만 나는 이들의 직업 활동과 사적 생활이 마치 사실-허구의 논-픽션인 양 뚜렷이 구별되지 않는다는 점을 지적하고 싶었다. 더불어 이것은 진실을 은폐하거나 변형시키는, 혹은 애초에 진실 따위는 존재하지 않는다는, 삶의 디지털화가 이미 한창 진행 중이라는 메시지를 관객에게 전하려는 감독의 의도가 아닌가 생각했다. 디지털화라는 물살에 일찌감치 올라탄 한국인들에게는 좀 심심한 전언이긴 해도.

사실-허구를 '나'에게 초점을 맞춘 작품도 참조해 볼 수 있다. 영화 〈어디갔어, 버나뎃〉이다. "크리스마스를 이틀 앞두고 나한테 말 한마디 없이 엄마가 사라져 버렸다? 물론 복잡한 일이다. 그러나 복잡하다고 해서, 사람을 완전히 이해하는 게 불가능하다고 해서 찾아볼 시도조차 하지 말란 법은 없다." 영화 원작인 마리아 셈플의 장편소설 『어디 갔어, 버나뎃』(2012)은 갑자기 엄마를 잃은 딸의 독백으로 시작한다. 이후 이메일을 포함한 실종과 관련된 각종 자료들이 제시된다. 독자는 모자이크를 맞추듯, 조각조각 단서를 모아 종적을 감춘 인물에 대해 파악해 간다. 추리 요소로 가득한 이 작품은 그러나 진지한 스릴러는 아니다. SNL 방송작가 출신이 쓴 작품답게 유쾌함이 묻어나는 코미디다.

그렇다고 가벼운 웃음만 자아내지도 않는다. 독자에게 울림을 주는 뚜렷한 메시지가 있다. 안 그랬다면 〈비포 시리즈〉와 〈보이 후드〉 등 명작을 만든 리처드 링클레이터 감독이 선뜻 영화화에 나섰을 리 없다. 명배우 케이트 블란쳇 역시 소설을 읽고 버나뎃을 연기하고 싶어 했다. 다음과 같은 이유에서다. "배우로서 연기력을 인정받고 나면, 많은 분들이 제 다음 행보를 기대하고 있다는 걸 안다. 바로 이 지점이 예술가인 버나뎃에 깊이 공감한 부분이다." 정리하면 이런 문제의식이다. 최고 자리에 오른 다음의 행로를 어떻게 설정할 것인가? 누군가에게는 배부른 소리처럼 들릴지도 모르겠다.

하지만 이는 모두에게 해당되는 모험이다. '진정한 나'를 찾아가는 과정. 그것은 아무리 되풀이해도 끝나지 않는다. '진정한 나'는 누구인지 불분명한 탓이다. 융 심리학에서는 타인의 시선에 좌우되는 사회적 자아(ego)가 아닌, 내면의 목소리를 따르는 본래적 자기(self)를 추구하라고 조언하나, 사회적 자아와 본래적 자기를 엄밀하게 구별하고 살기는 어렵다. 그런 까닭에 어디 있는지 모르는 '진정한 나'의 자취를 발견하려고 우리는 애쓴다. 이것은 무의미한 행위일 수 없다. '진정한 나'의 정체가 무엇인지 몰라도, 이를 찾아가는 과정을 통해 적어도 우리는 '거짓된 나'의 존재가 무엇인지 눈치채기 때문이다.

여기에서 흥미로운 점은 이 영화가 '파이어족(젊은 시절 재정 자립을 이뤄 은퇴하려는 사람들)'을 비판하는 작품으로 읽힌다는 사실이다. 파이어족은 일과 삶을 분리한다. '나'를 찾는 데 방해되는 노동을 일찍 마치고, '나'를 찾는 데 집중할 수 있는 여가를 나중에 즐기겠다는 논리다. 그렇지만 〈어디 갔어, 버나뎃〉은 일과 삶이 구분될 수 없음을 이야기한다. 사회적 자아와 본래적 자기의 합이 실은 '진정한 나'이듯이. 놀고먹으면 마냥 좋을까? 처음이야 행복해도 점점 지루해진다. 인간은 복잡한 고등생물이다. 천국이 일상이 되는 순간 싫증을 낸다. 그러니까 '진정한 나'를 찾아가는 과정은 완결될 수 없기에 유효적절하다. 버나뎃 딸의 말을 다시 빌리면, "불가능하다고 해서 찾아볼 시도조차 하지 말란 법은 없다."

살아 냄으로써 다시 배우기

맷 로스 감독, <캡틴 판타스틱>(2016)과
마크 길 감독, <잉글랜드 이즈 마인>(2017)

벤(비고 모텐슨)은 여섯 아이의 아버지이자 교사다. 그는 곧 성년이 되는 첫째 보(조지 맥케이)부터 벌거벗고 돌아다니기를 좋아하는 막내 나이(찰리 쇼트웰)까지 혼자 가르친다. 자녀들을 학교에 보내지 않고, 홈 스쿨링을 하는 벤의 교육 목표는 플라톤적 이상 사회를 건설할 철인 양성이다. 그래서 그는 철학과 과학(기하학), 신체 단련을 병행하는 전인 교육을 실시한다. 벤의 가르침은 결실을 맺는 것처럼 보인다. 아이들은 또래에 비해 월등한 지력과 체력을 갖게 된다. 예컨대 이제 겨우 열 살 남짓한 다섯째 사자(슈리 크룩스)는 비상한 암기력과 논리력—'권리 장전'에 대한 설명으로 고등학교에 다니는 사촌을 압도한다.

그런데 영화 〈캡틴 판타스틱〉을 연출한 맷 로스 감독은 이런 장면을 보여 주면서, 동시에 이렇게 묻는 것 같다. 바깥세상과 단절된 채로만 유지될 수 있는 이상 (가족) 사회는 과연 누구를 위한 것인가. 이것은 우리 모두의 천국이 아니라, 실은 벤 '당신만의 천국'이지 않을까. 그런 질문에 답하려는 과정이 작품에서는 로드 무비적 요소로 나타난다. 그것을 가능하게 한 사람은 레슬리다. 여섯 아이의 어머니이자 교사였던 그녀는 조울증에 시달리다 병원에서 스스로 목숨을 끊었다. 덩그러니 남겨진 일곱 식구는 긴 여행에 나선다. 마지막으로 레슬리를 만나고 제대로 장례를 치르기 위해서다.

여정은 낯선 것과 마주치는 경험의 연속이다. 그렇기 때문에 길 위에 있는 사람은 변하게 마련이다. 아버지가 바라는 대로 철인이 되어 가는 듯 보였던 여섯 아이는 물론이고, 이들로 하여금 작은 이상 사회를 구현할 수 있으리라고 믿었던 벤의 인식도 차츰 바뀌게 된다. 벤의 가족이 향하는 곳은 더 나은 쪽이라기보다는 덜 나쁜 쪽이다. 적어도 자식들은 마땅히 따라야 한다고 여겼던 '아버지의 법'을 의심할 수 있게 되었고, 벤도 자신의 신념이 과욕일지 모른다는 생각을 하게 되었다. 한 번도 회의하지 않고 앞으로 달려가는 사람은 맹목이기 십상이다. 집 밖에 나가 항해하면서 벤과 아이들은 자기 인생의 진짜 선장(캡틴)이 된다.

벤이 참조했던, 플라톤을 전유한 루소의 교육론에 쓰여 있는 것처럼. "삶을 사는 것이 내가 그에게 가르치고 싶은 일이다. 내 손을 떠날 때 그는, 나도 인정하건대, 법률가도 군인도 성직자도 아닐 것이다. 그렇지만 그는 무엇보다도 먼저 인간이 되어 있을 것이다. 그는 필요할 경우 누구 못지않게, 한 인간이 되어야 할 바가 무엇이든 그렇게 될 수 있을 것이다. 그리고 운명이 그의 위치를 바꾸려 해도 소용없이, 그는 언제나 그의 자리에 있을 것이다."(장 자크 루소, 이용철·문경자 옮김,『에밀 또는 교육론 1』, 한길사, 2007, 67쪽) 벤과 아이들은 책에 적힌 삶을 넘어선다. 그들은 실제 삶을 살며 다시 배운다.

더 스미스(The Smiths) 멤버 모리시도 실제 삶을 살며 다시 배우는 사람이다. 더 스미스는 1980년대 영국에서 활동한 록 밴드다. 이들은 라디오헤드와 오아시스 등 후배 뮤지션에게 많은 음악적 영향을 끼쳤는데, 그 중심에 더 스미스의 보컬과 작사를 맡았던 모리시가 있었다. 그에게는 '브릿팝의 셰익스피어'라는 수식어가 따라다녔다. 그만큼 모리시가 지은 가사가 문학적이었다는 뜻이다. 이 영화의 제목 '잉글랜드 이즈 마인'도 그가 쓴 가사에서 빌려 왔다.

〈여전히 아파(Still ill)〉라는 곡이다. "오늘 나는 선언할 거야. 삶은 그저 빼앗아 갈 뿐이고 가져다주는 건 없다고. 잉글랜드는 내가 사는 나라야(England Is Mine). 나를 살아갈 수 있게 해 줘야지. (……) 우리는 더 이상 낡은 꿈에 매달릴 수 없어."

이처럼 모리시는 당시 영국 사회의 엄숙주의에 반감을 담은 노래에도 서정적인 가사를 붙이기로 유명했다. 〈잉글랜드 이즈 마인(England is mine)〉은 바로 이런 그를 조명한 영화다. 한데 이 작품은 더 스미스로 명성을 떨치기 이전의 모리시, 그러니까 스티븐으로 불리던 그의 데뷔 전 시절만 다루기에 독특성이 있다. 비유하자면 이 영화는 팔랑팔랑 나는 나비의 전성기가 아니라, 꾸역꾸역 기면서 하루빨리 나비가 되기를 바랐던 유충의 고난기다. 그러니까 1970년대 맨체스터에 살던 청년 스티븐(잭 로던)의 생활은 어땠나. 그는 항상 공책에 뭔가를 끄적거린다. 예컨대 나중에 더 스미스의 가사로 승화된 다음과 같은 문장 말이다. "인생은 그 따분함으로 볼 때 피할 만하다."

스티븐은 자기 처지에 불만이 많다. 그럴 만도 한 것이 그가 스스로를 음악에 관한 '무명의 천재'로 여기는 데 비해, 그가 지금 하고 있는 일은 사무 보조인 탓이다. 생계를 꾸려야 한다는 압박감에 직장을 다니는 스티븐. 그러다 보니 업무를 열심히 할 리 없다. 지각은 자주, 결근은 종종, 태업은 눈치껏 한다. 그런 그에게 상사가 분통을 터뜨리며 말한다. "왜 남들처럼 할 수 없나?" 상사의 입장도 이해가 안 되는 것은 아니다. 하지만 스티븐은 '남들처럼' 이미 주어진 세계에 잘 적응할 수가 없었다. 그는 자신만의 온전한 세계를 창조하려는 예술적 기질로 충만했으니까.

아티스트 린더(제시카 브라운 핀들레이)·기타리스트 빌리(애덤 로렌스) 등과 친구가 되면서, 스티븐은 본인이 진짜 무엇을 해야 하는가를 점점 깨닫는다. 그는 밴드에 합류해 무대에 서기로 한다. 물론 거기까지 이르는 과정과 이후의 상황은 그에게 마냥 우호적으로 펼쳐지지 않는다.(결말 부분이 비약으로 느껴지기도 하나) 스티븐이 모리시가 되기 위해서는 더 긴 고통의 시간이 필요했다. 이렇게 보면, 마크 길 감독은 이 작품에서 '새로운 꿈을 꾸는 계속적인 의지'를 강조하는 듯하다. 이는 세속적 성공의 추구와는 무관하다. 다만 "더 이상 낡은 꿈에 매달릴 수 없"는, 도무지 평범하게 살 수 없는 사람도 있다는 것이다.

죄책감이라는 동인

장 피에르 다르덴·뤽 다르덴 감독,
<언노운 걸>(2016)과 <소년 아메드>(2019)

울릉도 천부를 여행하며, 임경섭 시인은 잘못에 책임을 느끼는 마음을 「죄책감—천부에서」라는 시로 썼다. 그래서 제목도 죄책감이다. 한데 이것은 우리가 아는 보통의 죄책감, "저지른 잘못에 대하여 책임을 느끼는 마음"(표준국어대사전)과 성질이 다르다. 벨기에 영화감독 다르덴 형제(장 피에르 다르덴·뤽 다르덴)의 영화 〈언노운 걸(The unknown girl)〉은 시와 연동하는 죄책감의 독특성으로 이야기하지 않으면 안 된다.

진료 시간이 끝났다. 하지만 의사 제니(아델 하에넬)는 아직 병원에 남아 있다. 그녀는 아까 위급 상황에서 멍하니 있던 인턴 줄리앙(올리비에 보노)을 나무라는 중이다. 그때 누군가 병원 문을 두드린다. 의사로서의 똑 부러진 태도를 강조하던 제니는 그 소리를 무시한다. 병원의 공식 업무는 끝났다. 진짜 급한 일이라면 병원 문을 더 많이 두드리겠지. 그녀는 그렇게 생각했다. 그 소리는 곧 사라진다. 제니의 설교를 듣던 줄리앙도 아무 말 없이 병원을 나가 버린다. 다음 날 제니는 어젯밤 병원 문을 두드렸던 사람이 강가에서 변사체로 발견됐다는 사실을 알게 된다. 병원 현관 CCTV 영상을 확인해 보니, 거기에는 '웬 모르는 소녀'가 찍혀 있다.

그날부터 제니는 두 가지 죄책감에 시달린다. 하나는 줄리앙에 대한 것이다. 그는 의대를 그만두고 고향으로 돌아가기로 결정한다. 그것이 자기 때문인 것 같아서 그녀는 괴롭다. 다른 하나는 신원 미상의 소녀에 대한 것이다. 자신이 병원 문을 열어 줬다면 그녀가 죽지 않았을 것이라고 제니는 자책한다. 이후 제니는 줄리앙과 소녀에게 각별한 관심을 기울인다. 줄리앙을 설득하러 고향 집까지 찾아가는가 하면, 가족이 시신을 인계할 수 있도록 소녀의 이름을 알아내는 데 온 힘을 쏟는다. 주변 사람들은 동분서주하는 제니를 이상하게 여긴다. 줄리앙이 학업을 포기한 것과 소녀가 죽은 것이 제니의 탓은 아니지 않은가.

인터뷰에서 뤽 다르덴은 말한다. "(제니는) 아무것도

안 하는 걸 거부하고, 아무것도 말하지 않는 걸 거부해요. '아무것도 보지 못했고, 아무것도 듣지 못했어요.'라고 하지 않는 거죠." 반대로 말하면—아무것도 안 하고, 아무것도 말하지 않고, 아무것도 보지 못했고, 아무것도 듣지 못했다고 모른 척하는 행위야말로 나쁘다는 것이다. 법에 저촉되지 않아도 윤리를 위반하는 죄다. 「죄책감—천부에서」에 따르면, 죄책감은 보이지 않는 곳에 길이 있다고 믿으면서 나가는, 아니 길 없는 곳에 우리가 길을 만들어 나가는 동인이다. 〈언노운 걸〉에 담긴 죄책감도 이렇다.

죄책감과 연결된 (속)죄에 대하여 다르덴 형제는 〈소년 아메드〉로 심문한다. 학생 아메드(이디르 벤 아디)는 교사 이네스(메리엄 아카디우)에게 인사하지 않는다. 진정한 이슬람교도는 여자와 악수하지 않는다는 종교적 믿음 때문이다. 이네스는 아메드가 어린 시절부터 그를 헌신적으로 가르친 교사다. 사제 간의 추억은 타협 없는 교리 앞에 무력하다. 참된 무슬림이 돼야 한다는 의식 아래 아메드는 이네스를 멀리한다. 이슬람 근본주의자 이맘(오스만 모먼)을 안 다음부터다. 아메드는 딴사람이 됐다. 사촌이 무장 테러범, 이맘의 표현에 따르면 성전에 참전한 순교자가 됐다는 사실도 아메드의 변모에 커다란 영향을 끼쳤다. 어디서 마주치든 알라의 이름으로 적을 죽여야 한다. 그것이 지금 아메드가 가진 신조다.

그래서 아메드는 이네스를 살해하려 한다. 그녀가 이슬람 율법을 어긴 배교자라는 이유에서다. 이네스는 돌봄 교실 아랍어 수업에서 노래를 활용할 생각이었다. 이게 문제인가? 이맘이 보기에는 심각한 문제다. "예언자의 신성한 언어를 노래로 배우는 건 신성 모독"이라는 그의 주장을 아메드는 순순히 받아들인다. 아메드는 이네스를 처단하겠다고 결심한다. 그는 주저하지 않는다. 아메드는 칼을 들고 이네스의 집으로 간다. 이것이 〈소년 아메드〉의 초반 이야기다. 언제나 현재를 영화화하고, 현재에 맞서야 한다고 피력하는 다르덴 형제. 이 작품에서 이들은 광신주의의 폭력과 마주한 유럽의 현재를 초점화한다.

다르덴 형제는 도덕군자처럼 굴지 않는다. 도덕군자의 말씀을 그대로 옮긴다고 좋은 영화가 되는 것은 아니니까. 자칫하면 그런 가르침은 원리주의로 귀결된다. 잘한 것과 잘못한 것을 단순하게 가른다는 뜻이다. 거기에는 일방적인 칭송과 비난밖에 없다. 좋은 영화는 잘한 것과 잘못한 것의 모호한 경계를 탐색한다. 여기에는 섬세한 질문과 응답이 있다. '소년 아메드'에서 다르덴 형제는 끈질기게 현재를 묻고 현재에 답한다. 이 영화가 2019년 칸영화제 감독상을 허투루 받은 게 아니다. 그들은 아메드가 이네스를 찌르는데 성공하느냐 실패하느냐보다, 왜 아메드가 칼을 잡았는지, 어떻게 해야 아메드 스스로 칼을 내려놓게 할 수 있는지 심문한다.

아메드에게 변화 가능성이 남아 있어서다. 그는 열세 살이다. 이 작품의 원제 '어린 아메드(Young Ahmed)'에서 다르덴 형제는 특히 '어린'에 방점을 찍었다. 전과 다르게 그가 성장할 수 있다는 의미다. 또한 그러는 데 필요한 여건을 제공할 책임이 어른에게 있다는 말이고. "신은 위대하시다."를 입에 달고 살던 아메드가 언제 신 대신 간절하게 "엄마"를 부르는지, "당신의 손을 잡지 않겠다."던 아메드가 어떤 순간과 맞닥뜨려 당신에게 먼저 손을 내미는지 관객은 유심히 봐야 한다. 이견이야 있겠지만 다르덴 형제는 본인들이 던진 질문에 분명하게 응답했다. 적대를 부추기는 신을 과연 신으로 추앙할 수 있을까.

꿈이 현실에 패배할지라도

자크 오디아드 감독, <내 심장이 건너뛴 박동>(2005)과
페드로 알모도바르 감독, <페인 앤 글로리>(2019)

〈예언자〉(2009)와 〈러스트 앤 본〉(2012) 등으로 널리 알려진 자크 오디아르 감독의 '오래된 신작'이 2016년 한국에 도착했다. 그가 10여 년 전 만들어, 55회 베를린국제영화제 은곰상·영화음악상을 수상한 〈내 심장이 건너뛴 박동〉이다. 이 영화는 제임스 토백 감독의 첫 연출작 〈핑거스〉(1978)를 리메이크한 작품이다. 토백의 원작은 뉴욕을 배경으로, 아버지의 폭력과 어머니의 정신 질환에 노출된 천재 피아니스트의 방황을 그리고 있다. 그에 비해 오디아르가 새롭게 다시 만든 작품은 파리를 배경으로, 아버지의 압박과 어머니의 부재 속에서 뒤늦게 피아니스트가 되겠다고 꿈꾸는 청년의 이야기를 담아낸다.

스물여덟 토마(로망 뒤리스)는 합법을 가장한 불법적인 부동산 일, 해결사 노릇을 하면서 지내고 있다. 그러던 어느 날 그는 피아니스트였던 어머니의 옛 에이전트를 만나게 된다. 피아노를 잘 치던 토마의 어린 시절을 떠올린 에이전트. 그는 토마에게 피아노 오디션을 보러 오라고 권한다. 예상치 못한 제안에 그는 오랜만에 심장이 두근거리는 것을 느낀다. 이후 토마는 중국 유학생(린당 팜)에게 피아노 레슨까지 받아 가며 연습에 몰두한다. 어쩌면 이것이 자신의 별 볼 일 없는 인생을 반전시킬 기회가 될지도 모른다고 생각하기 때문이다. 끊어졌던 피아노와의 인연을 이어 붙이려는 것은 모종의 우연이라기보다 토마의 의지다.

길을 가다 어머니의 옛 에이전트를 발견했을 때, 토마는 앞뒤 가리지 않고 그를 향해 뛰어간다. 무슨 대화가 오갈지도 알 수 없는 상황이었지만, 토마는 이미 거기에서 어떤 희망을 보았던 것 같다. 그는 독립해 살지만 탐욕을 부리는 아버지(닐스 아르스트럽)의 영향에서 벗어나지 못하고 있다. 이런 아버지에 대한 애증이 토마를 괴롭힌다. 여기에서 그가 찾아낸 출구가 세상을 떠난 어머니와의 연결이다. 어머니와 겹치는 피아노 앞에 토마가 앉아 있는 그 순간만큼은 아버지의 자장에서 벗어날 수 있다. 순수한 박동에 몸을 맡긴 예술의 향연—어머니의 영역은 냉혹한 현실의 법칙—

아버지의 권력이 침범하지 못하는 유일한 영역이다.

토마는 과연 자기 재능을 십분 발휘해 피아니스트로 성공할까. 삼류 감독이라면 그런 장밋빛 미래를 찍을 것이다. 그러나 오디아르는 일류 감독이다. 그는 손쉬운 인생의 낙관주의를 경계하고, 비정한 현실의 리얼리티를 직시한다. 그러는 한에서 피아니스트가 되려는 토마는 좌절할 수밖에 없다. 그런데 중요한 문제는 피아니스트가 못 되는 그의 실패가 아니다. 눈여겨봐야 할 점은 토마가 어떻게 실패하게 되느냐, 실패한 뒤 그가 어떻게 행동하느냐이다. 그러니까 '다시 시도하라. 또 실패하라. 더 낫게 실패하라.'(사무엘 베케트, 「최악을 향하여」) 꿈꾸던 사람이 되지 못했다고 해서, 예전에 꿈꾸었던 나날과 앞으로 꿈꿀 날들마저 부정당해서는 안 된다. 토마는 심장이 건너뛴 박동을, 심장으로 쿵쿵 뛰게 한다.

실패의 고통과 더 나은 실패의 영광은 회고를 통해 재현되기도 한다. 〈내 어머니의 모든 것〉(1999)·〈그녀에게〉(2002)·〈나쁜 교육〉(2004)·〈귀향〉(2006) 등 유명 영화를 제작한 감독 페드로 알모도바르의 작품 〈페인 앤 글로리(Pain and Glory)〉가 그러하다. 그는 칸영화제를 비롯한 유수의 영화제에서 섬세한 연출력을 인정받으며 스페인 영화계를 대표하는 감독으로 오래 자리매김해 왔다. 그런데 페드로 알모도바르도 이제 일흔이 넘었다. 몸과 마음의 컨디션이 한창 때를 지났다는 뜻이다. 역시 젊음이 좋지. 이런 하나 마나 한 이야기를 하려는 것은 아니다. 청춘은 청춘대로, 노년은 노년대로, 저마다의 특징과 가치가 있다. 예컨대 청춘은 질주하는 에너지를 내뿜고, 노년은 그런 시절을 돌아볼 줄 아는 미덕을 지니지 않았나.

〈페인 앤 글로리〉는 후자에 해당하는 영화다. 이 작품은 페드로 알모도바르의 회상록이라 할 수 있다. 자전적 영화지만 그래도 등장인물의 이름을 바꾸는 식으로 최소한의 객관적 거리는 유지하려고 애썼다. 알모도바르 자신을 투영한 주인공을 살바도르 말로(안토니오 반데라스)로 명명한 예가 그렇다. 자서전이기는 한데 실제와 허구가 뒤섞였다는 말이다. 그뿐 아니라 실은 모든 자서전이 비슷하다. 회고하는 사람이 있는 그대로의 과거를 불러올 수는 없기 때문이다. 자서전이 기억에 바탕을 두는 한에서 그것은 (무)의식적으로 편집된다. 〈페인 앤 글로리〉도 마찬가지다. 페드로 알모도바르의 '고통과 영광'은 각색의 산물이다.

그러기에 영민한 감독이 만든 이 영화는 고통을 겪은 뒤에야 비로소 영광을 얻을 수 있다는 자기 계발서 같은 메시지를 전하지 않는다. 제목에 등위 접속사 '앤드(and)'가 괜히 들어간 게 아니다. 이 작품은 고통과 영광이 선후 관계로 나타난다기보다, 대등 관계로 삶을 구성한다는 사실을 전한다. 말로가 세계적 거장으로서 누리는 영광은 병으로 시들어 가는 몸과 더 이상 작품 활동을 하기 어렵다는 마음의 고통에 줄곧 붙어 다닌다. 영광만 강조하거나 혹은 고통만 드러내는 서사에 나는 심드렁하다. 인생이 그렇게 단순하지 않다고 생각해서다. 인생을 묘파한 좋은 작품에서 희비는 서로 교차하지 않는다. 함께 상존한다.

예전에도 그랬다. 말로네 식구는 동굴을 개조한 집에서 살았다. 어머니 하신타(페넬로페 크루즈)가 준 초콜릿 빵을 먹으면서 그는 겨우 허기를 달랬다. 궁핍한 생활이었다. 그러나 그때를 고통의 나날이라고만 보기는 어렵다. 말로의 입장에서 이때는 영광의 시간이기도 했다. 그는 똑똑한 아이로 칭찬받았다. 문맹인 동네 청년에게 글을 읽고 쓰는 법을 가르쳤다. 말로는 야무진 꼬마 선생이었다. 일방적으로 주기만 한 것은 아니다. 그를 통해 얻은 것도 있다. 바로 에로스의 열병이었다. 말로는 혼곤히 앓으며 난생처음 빛나는 아름다움을 느꼈다. 이처럼 고통과 영광은 언제나 같이 있다. 그의 삶만 그렇지는 않을 것이다.

당신의 독자적인 슬픔을 존중해

하시모토 나오키 감독, <역으로 가는 길을 알려 줘>(2019)와
셀린 사아마 감독, <쁘띠 마망>(2021)

이중적인 공간들이 있다. 누군가는 떠나고 누군가는 도착하는 역 같은 곳이 그렇다. 공간으로 세상을 비유한다면 이 또한 역에 속한다. 여기에서 누군가는 죽고 누군가는 태어나는 까닭이다. 그러나 이렇게 생각해도 누군가의 떠남이나 죽음을 담담히 받아들이기는 쉽지 않다. 특히 그 존재가 생전 나와 끈끈한 사이였다면 상실에 의한 상처는 평생 간다. 그러니까 자꾸 바라는 것이다. 다시 한번 당신과 만날 수 있는 자리가 있기를, 그때 미처 하지 못했던 작별 인사를 제대로 나눌 수 있기를. 이 영화는 바로 그런 기적이 일어나는 역을 가르쳐 달라고 호소하는 제목을 가졌다.

여덟 살 소녀 사야카(닛츠 치세)가 주인공이다. 그녀

는 외톨이다. 사야카의 등에 난 흉터를 "더럽다"고 경멸하는 동급생 무리에서 지내고 있어서다. "남의 외모를 함부로 말해선 안 돼."라고 사야카는 대꾸한다. 하지만 윤리 의식이 있는 아이들이었다면 애초에 사야카를 집단 따돌림하지 않았을 테지.(이런 에피소드에는 영화의 원작 단편소설을 쓴 작가의 상황이 반영되었을 듯하다. 그는 재일한국인 2세다.) 같은 교실에서 공부한다고 다 친구는 아니다. 사야카는 현명하다. 형편없는 반에 녹아들려고 애쓸 필요가 없다는 점을 잘 안다. 대신 그녀는 루라는 이름의 개와 우정을 나눈다. 동물 가게에 홀로 방치된 루에게 사야카는 동질감을 느꼈으리라.

그녀와 루는 서로의 반려가 되어 일 년여의 시간을 즐겁게 보낸다. 그런데 루가 심장 이상으로 갑작스럽게 무지개다리를 건너고 만다. 사야카는 깊은 상실감에 빠진다. 이를 '펫로스 증후군'이라고 하면 그뿐이겠지만, 그렇게 뭉뚱그리면 사야카와 루가 맺은 고유한 관계성이 드러나지 않는다. 이때 중요한 점은 "남들도 다 너와 비슷한 고통에 시달려."라면서 누군가의 슬픔을 빨리 보편화시키는 게 아니다. 누군가의 슬픔을 개별적으로 존중하는 태도가 핵심이다. 노인 후세(오이다 요시)는 그것을 실천하는 인물이다. 오래전 어린 아들을 잃은 아픔을 그가 여전히 간직하고 있기 때문이다. 이것이 수십 년의 나이 차를 뛰어넘어 사야카와 후세가 친구가 될 수 있었던 이유다.

더불어 두 사람은 잃어버린 대상이 돌아오기를 가만히 기다리지 않는다는 공통점이 있다. 이들은 어딘가에 있을, 각자의 무언가를 찾으러 길을 나선다. 위에 언급한 의미의 역으로 가는 길을 알려 달라고 절대자에게 요청하는 데 그치지 않고, 역으로 가는 길을 함께 궁리하는 모습을 통해 이 영화는 아름다워진다. 메시지를 전하는 만듦새가 단순하고, 사색보다는 눈물을 쏟게 한다는 등의 비판적 목소리도 나오리라 예상한다. 그럼에도 불구하고 〈역으로 가는 길을 알려 줘〉는 하마구치 류스케 감독의 역작 〈드라이브 마이 카〉(2021)의 순한 버전으로 볼 만한 영화다. 탈 것이야 다를지언정 둘 다 상징적인 역을 상정하고 경유하니까. 이중적인 공간들은 도처에 있다.

집도 누군가 떠나고 누군가 도착하는 이중적인 공간이다. 〈쁘띠 마망(Petite Maman)〉은 여기에 과거와 현재의 시간을 중첩하여 독자적인 슬픔을 존중하는 메시지를 담아낸 영화다. 〈타오르는 여인의 초상〉(2019)으로 전 세계 영화인이 주목하는 유명 감독 반열에 오른 셀린 시아마가 만들었다. 그녀는 "어린 시절 자신의 부모를 만나는 상상은 누구든 할 수 있는 상상이다. 모두가 이해하고 공감할 수 있는 상상을, 나의 연출로 자유롭게 표현해 보고 싶었다."라고 기획 의도를 밝힌다.

'쁘띠 마망'은 '꼬마 엄마'라는 뜻이다. 기획 의도와 제목에 영화 비밀이 다 들어 있다. 이 작품은 외갓집에 온 딸 넬리(조세핀 산스)가 자신과 같은 여덟 살 나이의 엄마 마리옹(가브리엘 산스)과 만나는 신비한 이야기다. 이를 스포일러라고 하기는 어렵다. 왜냐하면 현재를 사는 딸과 과거를 사는 꼬마 엄마와의 교류는 영화의 설정이지 주제가 아니기 때문이다. 셀린 시아마 말대로 어린 시절 자신의 부모를 만나는 상상은 누구나 할 수 있다. 중요한 점은 이런 판타지의 구현으로 관객에게 무엇을 전하느냐다.

두드러지는 가치는 위로다. 두 가지를 언급할 수 있다. 하나는 과거의 꼬마 엄마를 현재의 딸이 위로한다는 것이다. 여덟 살 마리옹은 외로워 보인다. 또래 친구가 없어서다. 그래서 놀이 삼아 마리옹은 숲속에 나뭇가지로 얼기설기 쌓은 오두막을 혼자 짓고 있다. 그때 넬리가 나타난다. 같이 오두막을 완성해 가면서 두 사람은 비밀 장소를 공유한 친구로 거듭난다. 다리 수술까지 예정돼 있어 걱정 많던 마리옹에게 넬리는 존재 자체로 커다란 위로가 되어 준 셈이다.

다른 하나는 현재의 딸을 과거의 꼬마 엄마가 위로한다는 것이다. 넬리가 외갓집에 온 이유는 외할머니의 죽음에 있었다. 외할머니 유품을 정리하기 위해 부모님은 넬리와 함께 이곳을 찾았다. 그런데 마리옹은 사별의 아픔을 감당하기 힘들어 홀로 외갓집을 떠나 버린다. 아빠가 있긴 해도 넬리는 고독하게 애도의 시간을 견뎌야 했다. 외할머니를 깊이 사랑한 사람은 마리옹만이 아니었다. 의지처가 필요했던 상황에서 넬리는 꼬마 엄마 덕분에 위로받았다. 무엇보다 꼬마 엄마 곁에는 젊은 시절의 외할머니가 다정하게 있어 주었으니까.

셀린 시아마도 〈쁘띠 마망〉으로 팬데믹으로 고난을 겪는 사람들을 위로하고 싶었다고 이야기한다. 사실 그것은 위로라기보다 촉구이다. 그녀는 넬리의 입을 빌려 "다음번은 없어."라는 메시지를 전달한다. 이제 떠나야 한다며, 친구(꼬마 엄마)의 초대를 다음번으로 미루라는 아빠에게 하는 말이다. 지금 만끽해야 하는 순간을 우리는 얼마나 많이 다음번으로 기약하며 살았나. 그렇게 해서 실현된 다음번은 없다. 설령 있다고 해도 당시의 순간과 같은 양과 질을 갖지 못한다. 그러니까 셀린 시아마는 관객에게 이렇게 전하는 듯하다. 미적대지 말라, 타인과 얽힌 당신의 그 일을.

여름은 고독하고 찬란한 청춘

안드레아 아놀드 감독, <아메리칸 허니: 방황하는 별의 노래>(2016)와
미야케 쇼 감독, <너의 새는 노래할 수 있어>(2018)

제53회 그래미상에서 5개 부문을 수상한 레이디 앤터 벨룸이라는 밴드가 있다. 2010년 발표한 두 번째 정규 앨범 〈Need you now〉로 영예를 누렸는데, '아메리칸 허니(American honey)'는 거기에 수록된 노래 중 하나다. 이런 가사를 가진 곡이다. "정신없는 인생의 경주에 붙들려/ 부질없이 애를 쓰면 미쳐 버릴지도 몰라 /난 돌아가고 싶을 뿐이야/ 아메리칸 허니에게.". 바로 이 부분에서 안드레아 아놀드 감독은 영화 〈아메리칸 허니: 방황하는 별의 노래〉의 제목을 따오기로 결심한 것 같다. 아메리칸 허니는 직역하면 '미국 벌꿀'이고, '(미국식) 달콤함'이나 '(미국인) 귀염둥이'로도 해석될 수 있다. 그러나 이 작품이 하는 이야기는 달달하지만은 않다.

스타(사샤 레인)는 어린 동생들과 같이 쓰레기통을 뒤져 먹을 것을 찾는 열여덟 살 소녀다. 명목상 보호자가 있긴 하다. 하지만 이들은 아이들을 보살피지 않는다. 그때 우연히 만난 제이크(샤이아 라보프)는 그녀에게 자기 일행에 합류하라고 권한다. 그들은 크리스탈(라일리 코프)을 리더로 미국 전역을 돌며 잡지를 파는 무리다. 자신을 둘러싼 모든 상황에 넌더리가 난 스타는 제이크를 따라 나선다. 그리고 난생처음 가 보는 여러 곳에서, 낮에는 잡지를 판매하고, 밤에는 어울려 노는 생활을 시작한다. 그런 와중에 스타는 제이크와 사랑에 빠진다. 두 사람은 서로의 꿈에 대해서도 대화를 주고받는다.

간략하게 정리했지만 스타의 삶은 녹록하지 않다. 집을 떠나기 전에도, 그 후에도 그렇다. 매일 차를 타고 먼 거리를 이동하면서 모텔에서 잠을 자는 생활, 낯선 집을 방문해 어떻게든 잡지를 팔아야 하는 일은 언제나 힘에 부친다. 그래도 그녀를 비롯한 멤버들은 그렇게 산다. 돈을 벌어야 하기 때문이다. 낭만적 요소가 아예 없는 것은 아니지만 이것은 엄연한 비즈니스다. 크리스탈은 그 사실을 계속 강조한다. 집단의 규칙을 어기거나, 제대로 세일즈를 하지 못하면 여기에서 쫓겨난다. 아무리 흥겨운 음악을 들어도, 괜히 장난을 쳐 봐도, 이와 같은 냉혹한 현실 법칙에서 자유로울 수는 없다.

스타가 속한 공동체의 구성원들은 "정신없는 인생의 경주에 붙들려/ 부질없이 애를 쓰면 미쳐 버릴지도 몰라"서 떠돌아다니기로 한 것이 아니다. 애초에 그들은 정신없는 인생의 경주에 참가할 수조차 없었다. 그래서 정신없는 인생의 경주를 하다 보면 얻게 된다고 믿어지는 것들, 이를테면 정착해 살 수 있는 작은 집 마련하기 등을 나름대로의 방식으로 성취하려고 한다. 그러니까 이들이 젊어서 이렇게 산다고 말해서는 안 된다. 이렇게 살 수밖에 없는 조건 속에, 오늘날 젊은이들이 가까스로 버티고 있음을 '코리안 허니'로서의 우리는 잘 생각해 봐야 한다. 막연하게 청춘을 예찬하지 말고 함께 겪어 보라. 그것이 이 영화의 러닝 타임이 2시간 40분이 넘는 이유다.

모자라다면 또 하나의 청춘 영화를 권한다. 〈너의 새는 노래할 수 있어〉이다. "나에게는 이 여름이 언제까지라도 계속되리라는 느낌이 들었다. 9월이 돼도 10월이 돼도 다음 계절은 오지 않을 것 같다고 생각했다." 〈너의 새는 노래할 수 있어〉의 분위기를 집약하는 문구는 이것일 수밖에 없다. 그렇게 감독 미야케 쇼는 여긴 듯하다. 안 그랬다면 영화 초반 '나'(에모토 타스쿠)의 내레이션으로 그 문장을 읽게 했을 리 없다. 이 구절은 사토 야스시(1949~1990)가 쓴 동명의 원작 소설에 쓰인 그대로다. 여기에서 여름은 청춘의 은유다. 시대와 장소를 바꿔 어떤 스타일로 변주하든, 자신이 발견한 소설의 심장만은 영화에 똑같이 이식하겠다. 이와 같은 포부를 미야케 쇼는 이런 식으로 선언했다.

〈너의 새는 노래할 수 있어〉는 세 명이 주인공이다. 서점에서 일하는 '나'를 포함해, '나'의 룸메이트 시즈오(소메타니 쇼타)와 '나'의 아르바이트 동료 사치코(이시바시 시즈카)가 긴밀하게 엮인다. '나'와 사치코가 동료에서 연인으로 발전하고, 자연스럽게 시즈오도 사치코와 친구가 된다는 설정이다. 셋은 다 같이 어울려 다닌다. 클럽에서 춤추고, 당구장에서 당구 치고, 집에서 술 마시며 왁자지껄한다. 이럴 때 세 사람은 청춘의 트리니티(trinity)처럼 보인다. 어디로부터 왔는지 모르는 열기에는 휩싸여 있는데, 이를 어떻게 하면 좋을지 도무지 알 수 없어 혼란스러워하는 청춘의 속성. 바로 그것으로 이들은 한 몸이다.

그러나 각기 다른 개성을 가진 그들의 관계는 그 안에서 변화한다. 사랑과 우정이 명확하게 구별되지 않는 사건도 생긴다. 시즈오가 제안한 캠핑이 그렇다. 사치코는 승낙.

반면 '나'는 거절한다. 시즈오와 사치코만 캠핑을 가도 괜찮다고 하면서. 이렇게 말하는 순간 '나'의 마음이 어땠는지는 확언하기 어렵다. 유추해 볼 수는 있다. '나'와 사치코가 사귀기 시작할 무렵의 에피소드다. "질척거리는 사이는 싫어." 사치코의 말에 '나'는 동의를 표했다. 실제로 '나'는 사치코에게 질척거리는 언행을 한 적이 없다. 그런데 이쯤에서 곰곰 물어야 할 점이 있다. 상대에게 연연하지 않는 태도, 최소한의 감정 소비가 그를 행복하게 했을까?

그냥 할 뿐이지 행복과는 상관없다. 누군가는 그리 답할 수도 있다. 하지만 '나'는 그렇지 않음을 점점 깨닫는다. 질척거리지 않으려고 캠핑에 따라가지 않았지만, 이후 뭔가 어긋나 버렸다는 사실을 체감하기 때문이다. 영화의 결말은 그래서 인상적이다. 본인의 행복 따위는 아무래도 좋다는 식으로 살아온 '내'가 처음으로 달라진 모습을 보여서다. 맨 앞에 쓴 대로 '나'의 계절은 여름—청춘밖에 없었다. 거기에는 한낮의 쓸쓸함과 한밤의 흥성임이 공존한다. 고독하고 찬란하다. 그렇지만 여름이 청춘인 한에서 영원히 한자리에만 머물 리 없다. 다음 계절이 온다.

보이(지 않)는 것과
보이고 싶(지 않)은 것

파블로 라라인 감독, <재키>(2016)와 <네루다>(2016)

재키는 재클린 케네디의 애칭이다. 그녀는 남편 존 F. 케네디가 미국 35대 대통령에 취임하면서, 서른한 살에 퍼스트레이디가 되었고, 서른네 살에 그 자리에서 내려왔다. 1963년 11월 22일 댈러스에서 존 F. 케네디가 암살되었기 때문이다. 영화 〈재키〉는 바로 여기서부터 재클린의 삶을 조명한다. "비탄에 잠겨 있었지만 그녀는 알고 있었다. 누군가는 그의 이야기를 끝내야 한다는 것을. 그녀는 남편을 하나의 이미지로, 하나의 전설로 상징화시킨다. 그리고 스스로를 '재키'라는 이름의 아이콘으로 전 세계에 인지시킨다. 20세기, 가장 이름을 많이 알린 여인 중 한 명이지만 우리는 그녀에 대해 알지 못한다." 파블로 라라인 감독의 말이다.

실제로 칠레 출신의 파블로 라라인은 재클린에 대해 거의 아는 것이 없었다. 이것은 다시 말해, 미국인이라면 가질 수밖에 없는 그녀에 대한 선입견에서 그가 상대적으로 자유로웠다는 뜻이기도 하다. 영화를 준비하면서 파블로 라라인은 재클린을 조금씩 알아 간다. 그러니까 이 작품은 그가 모자이크처럼 그녀를 재구성한 해석의 산물이다. 중간중간 또 다른 플래시백이 쓰이기는 하지만, 재클린을 보다 세밀하게 재현하기 위해 파블로 라라인은 영화적 시간을 크게 둘로 나눈다. 하나는 존 F. 케네디의 사망부터 장례식까지의 시간, 다른 하나는 재클린이 기자를 불러 그때의 상황을 인터뷰하는 장례식 이후의 시간이다. 이러한 두 가지 시간을 교차하면서, 영화는 재클린의 캐릭터를 입체적으로 보여 준다.

파블로 라라인이 언급한 대로, 재클린이 잃은 것은 남편만이 아니다. 퍼스트레이디라는 '왕좌'도 잃었다. 그녀는 존 F. 케네디를 남편으로서 애도하는 동시에, 정치인으로서 우상화하는 데 애썼다. 재클린은 이미지 메이킹에 능했다. 그렇지 않으면, 지금까지 자기가 쌓아 온 것들이 금방 무너진다는 사실을 그녀는 잘 알고 있었다. 게다가 재클린은 겨우 30대 중반이었다. 어린 두 아이를 보살피며 살아야 할 날이 한참 남아 있었다. 영화에도 나오지만 존 F. 케네디의 죽음 직후, 그녀를 사로잡았던 근심거리 중 하나는 앞으로 빈곤하게 살지도 모른다는 경제적 불안이었다. 그로부터 5년 뒤, 재클린이 그리스 대부호 오나시스와 재혼한 것은 그런 점에서 이해할 수 있는 선택이다.

재클린은 보이는 것과 보이고 싶은 것의 틈을 최소화하려고 노력한 사람이었다. 자신을 인터뷰하는 기자가 메모한 문장을 하나하나 검토하고 편집권을 행사하는 등 여러 사례에서 이런 면모가 드러난다. 정치적 성패야 어떻든 간에, 존 F. 케네디와 재클린이 호감의 아이콘으로 대중의 기억에 남게 된 데는 그녀의 공이 컸다. 그러나 보이지 않는 것과 보이고 싶지 않은 것의 괴리 또한 재클린이 감당해야 할 몫이었다. 모든 결단에 따르는 영광과 책임—상처를 그녀는 회피하지 않았다. 재클린은 옳았다기보다 강인한 사람이었다. 그녀를 연기한 나탈리 포트만은 그것을 정확히 알고 있었다.

위에 언급한 대로 파블로 라라인은 칠레 출신이다. 그는 1971년 노벨문학상을 수상한 칠레 시인 파블로 네루다에 대한 영화도 만들었다. 네루다 하면 떠오르는 영화는 마이클 래드포드 감독의 〈일 포스티노〉(1994)다. "전 사랑에 빠졌어요. 치료약은 없어요. 치료되고 싶지 않아요. 계속 아프고 싶어요." 우편배달부 마리오의 이런 대사를 외우고 있는 사람도 꽤 많을 것 같다. 그는 메타포로 가득 찬 세상의 시적 진실을 포착하는 능력을 갖고 있다. 이 영화에서 네루다는 마리오와 교류하며, 그가 가진 시인으로서의 잠재성을 일깨워 준 선생으로 나온다. 하지만 〈일 포스티노〉는 실화가 아니다. 사실과 허구가 뒤섞인 작품이다. 영화는 안토니오 스카르메타의 소설 『네루다의 우편배달부』를 바탕으로 하고 있다. 네루다를 제외한 나머지 인물들은 가상 캐릭터다.

파블로 라라인이 연출한 영화 〈네루다〉도 가상 캐릭터가 나온다. 비밀경찰 오스카(가엘 가르시아 베르날)다. 그는 곤살레스 비델라 대통령의 실정을 비판했다는 이유로 하루아침에 상원의원에서 지명수배자 신세로 전락한 네루다(루이스 그네코)를 체포하는 임무를 맡게 된다. 오스카만 실존 인물이 아닐 뿐, 네루다가 겪은 정치적 탄압과 도피는 실제 있었던 역사적 사건이다. 이때가 1948년, 네루다의 나이 마흔넷이었다. 그는 부인 델리아(메르세데스 모란)와 같이 당국의 감시를 피해 몸을 숨긴다. 그때부터 칠레의 이곳저곳을 전전해야 했던 그들의 도망자 생활이 시작되는 것이다. 그렇게 숨죽여 지낸 지 1년. 마침내 네루다는 안데스산맥을 넘어 아르헨티나로 탈출하는 데 성공한다.

〈네루다〉는 바로 이 기간에 초점을 맞춘다. 영화를 끌어가는 기본 동력은 네루다의 은신과 오스카의 추적이다.

네루다가 과연 오스카에게 잡힐 것이냐, 아니면 무사히 탈출할 것이냐. 이 작품에는 분명 이와 같은 스릴러적 요소가 녹아 있다. 그런데 영화를 보고 있으면 점점 다른 생각이 든다. 파블로 라라인이 작품의 외피만 그렇게 꾸며 놓았다는 의심에 휩싸이게 되는 것이다. 오스카는 유능한 경찰인 것 같다. 그런데 네루다를 잡는 데만큼은 이상하리만치 무능하다. 아니 어쩌지 그는 네루다를 뒤쫓는 일에 일부러 실패하는 듯 보인다. 술래잡기를 영원히 끝내고 싶어 하지 않는 아이처럼.

그러니까 영화 제목은 〈네루다〉가 아니라, 〈네루다와 오스카〉여야 하지 않았을까. 등장인물의 비중을 따져 봐도 그렇다. 이 작품에서 네루다와 오스카는 서로를 비추며 존재한다. 그런 점에서 관객은 파블로 라라인이 한 다음의 말을 곰곰 새길 필요가 있다. "영화가 끝날 때는, (네루다와 오스카가) 처음 시작했을 때의 모습과는 전혀 다른 인물이 된다. 네루다가 자신의 세상을 만들어 냈듯이 우리도 새로운 세상을 만들었다. 이 영화는 네루다에 대한 영화라기보다는 '네루다식의 영화'일 수 있다. 아니, 혹은 그 두 가지 다 해당될 수도 있다. 우린 네루다가 읽고 싶어 했을 것 같은 그런 이야기를 창조했다."

2부
어떻게 사는 것이 맞을까

그렇게 어른, 가족이 된다

고레에다 히로카즈 감독,
<태풍이 지나가고>(2016)와 <어느 가족>(2018)

고레에다 히로카즈 감독은 원래 TV 다큐멘터리 연출로 방송계에 입문했다. 그래서 어떤 사람들은 그의 영화가 다큐멘터리 같다고 평하기도 한다. 고레에다 히로카즈 스스로는 이렇게 밝히고 있다. "작가란 세계를 지배하는 것이 아니라 세계의 부자유를 받아들이는 존재라는 체념적인 태도. 그리고 그런 부자유스러움을 재미있다고 생각할 수 있는 감각. 이것이야말로 다큐멘터리적으로 보인다고 나 스스로는 분석한다."(『걷는 듯 천천히』, 이영희 옮김, 문학동네, 2015) 이러한 지평에서 그가 지향하는 연출론은 간명하다. 오늘을 보여 줌으로써 어제와 내일을 상상하게 하는 것. 영화에 그려진 나날뿐 아니라, 등장인물이 과거와 미래에 거기에서 살아가는 모습을 관객이 떠올리도록 하고 싶다는 것

이다.

〈태풍이 지나가고〉 역시 그의 제작 의도가 고스란히 반영된 영화다. 자신이 꿈꾸던 인생과는 동떨어진 현실을 사는(세계의 부자유), 한 남자의 현재를 중심으로(부자유에 대한 체념 혹은 재미), 전날과 훗날의 삶을 연상하도록 만든다(다큐멘터리적 분위기). 이쯤에서 퀴즈 하나. 소설을 한 편 써서 문학상을 받은 청년이 있다. 15년 뒤 그는 어떤 사람이 됐을까. 다음 보기에서 고르면 된다. 〔①이혼남 ②흥신소 직원 ③도박 중독자〕 앞에서 잔뜩 운을 띄워 놓았으니 벌써 답을 눈치챘는지도 모르겠다. 그렇다, 세 개 다 동그라미다. 한데 그거야 그렇다 쳐도, 예시가 뭔가 이상하다는 느낌을 받았을 것 같다. 〔④소설가〕 항목이 빠져 있기 때문이다.

사실은 청년이 소설가로서 계속 작품을 발표하리라 예상하는 것이 첫 번째 선택지가 돼야 마땅하다. 문제를 통해 그에 대해 알 수 있던 정보는 그것밖에 없었으니까. 하지만 청년은 이후 차기작을 발표하지 못하고 허랑하게 산다. 아내와 헤어져 한 달에 한 번 아들과 만날 수 있는 것을 다행으로 여기는 처지가 됐고, 남의 뒤를 캐 번 돈을 노름으로 날리는 한심한 인간이 됐다. 전도유망하던 청년은 이제 초라한 아저씨로 전락했다. 그가 한숨을 내쉰다. "내 인생은 어디서부터 이렇게 꼬인 건지." 이것은 불행한 료타(아베 히로시)의 이야기다. 그렇지만 어느새 엉켜 버린 지금의 삶과 마주하여, 좋았던 지난날의 기억만 움켜쥐려고 하는 사람이 비단 그뿐일까. 이것은 불행한 우리의 이야기다.

그럼 어떡해야 행복하게 살 수 있을까. 고레에다 히로카즈는 료타보다 오래 산 인물들의 입을 빌린다. "행복은 뭔가를 포기하지 않으면 손에 넣을 수 없단다." 그의 어머니(키키 키린) 말이다. 포기해야 하는 뭔가 중 하나는 흥신소 사장(릴리 프랭키)이 알려 준다. "어떤 사람의 과거가 될 용기를 가져야 진정한 어른이 되는 거야." 진부한 조언인데 설득력이 있다. 최소한 료타만큼, 어쩌면 그보다 더한, 이상과 실제의 어그러짐을 경험했을 이들의 충고라서 그럴 것이다. 누구나 각자의 태풍과 맞닥뜨린다. 〈태풍이 지나가고〉는 그 이전과 그 너머를 담은 타큐멘터리다.

〈태풍이 지나가고〉 이후 당분간 가족을 제재로 한 영화는 만들지 않겠다고 공언한 고레에다 히로카즈. 그도 주제와 스타일이 비슷한 작품을 연속해 내놓는 것에 부담을 느꼈던 모양이다. 결심한 대로 고레에다 히로카즈는 자신의 전작들과는 분위기가 완전히 다른 심리 스릴러 〈세 번째 살인〉(2017)을 완성했다. 이 영화의 만듦새 자체는 나쁘지 않았다. 그러나 한 가지 분명한 것은, 진실을 둘러싼 문제를 파헤치는 고레에다 히로카즈에게 관객이 기대한 바가 그가 내놓은 결과물보다 더 컸다는 점이다. 본인이 정말 하고 싶은 것과 본인이 가장 잘할 수 있는 것이 늘 같지는 않다. 고레에다 히로카즈의 장기는 역시 가족을 다루는 영화에서 제대로 발휘된다.

〈어느 가족〉은 고레에다 히로카즈가 가장 잘할 수 있는 영역, 즉 가족을 다루는 영화로의 귀환을 알린 작품이다. 그리고 그는 이 영화로 올해 칸국제영화제 황금종려상을 받았다. 나는 이것이 〈어느 가족〉에 온전히 주어진 상이라고 보지 않는다. 해결하기 어려운 질문을 품고 나름의 답안을 지속적으로 써냈던 고레에다 히로카즈의 작업에 칸국제영화제 심사위원들이 이번 기회를 통해 확실한 지지를 표명한 것이라고 추측한다. 옛날부터 지금까지 그의 물음은 일관됐다. 요약하면 '가족은 어떻게 형성되고, 무엇으로 유지되며, 무슨 위협에 시달리는가?'이다. 물론 응답 방식과 내용은 고레에다 히로카즈의 작품마다 차이가 있다.

〈어느 가족〉은 어떤가 하면, 혈연으로 묶이지 않은 가족의 성립 (불)가능성에 주목한다. 이 영화의 중심인물은 어쩌다 보니 한집에 같이 살게 된 타인들이다. 공교롭게도 이들이 수행하는 역할도 할머니(키키 키린)·어머니(안도 사쿠라)·이모(마츠오카 마유)·아버지(릴리 프랭키)·아들(죠 카이리)·딸(사사키 미유)로 마침맞다. 예컨대 누군가 그들이 바다 여행에서 다 같이 즐거운 시간을 보내는 장면을 봤다면 어땠을까? 당연히 단란한 가족의 모습이라 말했을 테다. 그렇지만 앞서 밝혔듯이 이 사람들은 법적으로 공인된 가족이 아니다. 거기에 더해 이 사람들은 절도 등 법을 어기는 일쯤 대수롭지 않게 여긴다.

그렇게 보면 이 영화의 원제목이 '좀도둑 가족'인 것도 이해가 된다. 이들은 훔치는 것 외에도 적발되면 중형을 선고받을 만한 행위까지 저지른다. 그런데 기묘하다. 그들의 범죄가 오히려 윤리적 행동처럼 느껴져서다. 이런 당혹감 속에서 우리는 대답해야 한다. '가족은 어떻게 형성되고, 무엇으로 유지되며, 무슨 위협에 시달리는가?'라는, 고레에다 히로카즈가 거듭 제기하는 의문에 말이다. 나는 '어느 가족'을 보고 다음과 같이 생각했다. 가족은 핏줄이 아닌 온정으로 형성되고, 사랑의 유대감으로 유지되며, 정상 가족 이데올로기의 위협에 시달린다고. 바꿔 말하면 이렇다. 온정과 사랑의 유대감 없는 정상 가족은 그냥 남남이라고.

딸과 아들 그리고 엄마에 대하여

박석영 감독, <바람의 언덕>(2019)과
이동은 감독, <환절기>(2018)

"너를 붙들어 두고 싶어! 네가 괴로운 건 상관 안 해. 왜 너는 괴로우면 안 되니? 나는 괴로운데!"(에밀리 브론테, 김정아 옮김, 『폭풍의 언덕』, 문학동네, 2011) 캐서린이 히스클리프에게 말한다. "보고 싶었어. 그러니 가지 말아요. 나는 안 미워해."(박석영 감독, 영화 〈바람의 언덕〉) 딸이 엄마에게 말한다. 내 곁에 당신이 있어 달라는 메시지는 같은데 전하는 방식이 다르다. 거센 바람과 순한 바람의 차이다. 하지만 그리움의 밀도는 비슷하다. 아니 『폭풍의 언덕』에 비해 〈바람의 언덕〉이 더 짙은 것 같다. 남녀보다 모녀 사이의 관계가 끈끈해서가 아니다. 어렸을 때 자신을 버리고 떠난 엄마와 어른이 된 딸이 이제야 다시 만났기 때문이다.

엄마 영분(정은경)이 고향 태백으로 돌아왔다. 거기에서 그녀는 낳기만 했을 뿐 돌본 적이 없던 딸 한희(장선)의 소식을 접하게 된다. 그곳에서 한희는 필라테스 교습소를 운영 중이다. 딸이 어떻게 컸는지 얼굴이라도 보고 싶어 발걸음을 옮긴 영분. 그런데 엉겁결에 필라테스 수강생이 돼 정기적으로 딸과 일대일 수업을 하기에 이른다. 한희는 영분이 엄마인 줄 모르지만 살가운 그녀에게 자꾸 정이 간다. 그렇게 시간이 지나 한희는 영분의 정체를 눈치챈다. 위에 옮긴 대사는 그 이후 펼쳐진 상황에서 나왔다. 의아하게 생각될 수도 있다. 딸은 뒤늦게 자기를 찾아온 엄마를 왜 원망하지 않을까?

오히려 영분이 한희에게 독설한다. "너 끔찍해. 나는 네가 미워. 너 때문에 나는 평생 나쁜 사람으로 살아야 돼." 딸을 버리고 떠난 엄마가 어떻게 이런 말을 할 수 있나. 그러나 한희는 안다. 영분의 나쁜 말이 진심이 아니라는 사실 말이다. 딸은 엄마가 밤마다 필라테스 교습소 전단지를 벽에 붙이러 다니는 것을 목격했다. 딸은 엄마가 자신에게 커다란 죄책감을 가졌고, 커다란 죄책감보다 더 크게 자신을 사랑하고 있음을 느낀다. 한희는 외로웠다. 그녀는 식당에서 친구와 통화하는 척하며 혼자 고기를 구워 먹고, 필라테스 교습소에 텐트를 치고 고독한 섬처럼 홀로 잠든다. 그래서 한희는 영분의 존재 자체만으로 좋았다.

그러니까 "보고 싶었어. 그러니 가지 말아요. 나는 안 미워." 하고 딸은 엄마에게 말한 것이고, 엄마는 그런 딸을 차마 외면하지 못한 것이다. 자칫하면 신파조의 울음을 자아낼 수 있는 설정이다. 그렇지만 〈바람의 언덕〉은 감정선을 능숙하게 조율한다. 관객에게 눈물 흘리라고 강요하지 않고 눈물을 슬쩍 훔칠 수 있는 분위기를 만든다. 이 영화의 캐릭터들이 입체성을 띤다는 점도 한몫한다. 영분과 한희 외, 용진(김태희)과 윤식(김준배)과 같이 이름을 부여받은 등장인물들은 허투루 낭비되지 않는다. 〈바람의 언덕〉은 『폭풍의 언덕』 식의 격정이 없는 대신 윤리가 있다. 순한 바람이 엄마와 딸의 마음을 잇는다.

〈바람의 언덕〉과 더불어 감상하기에 좋은 책이 김혜진 작가의 장편소설 『딸에 대하여』다. 2017년 한국 문학이 거둔 성취를 돌아볼 때, 나는 이 작품을 빼놓아서는 안 된다고 여기는 사람 중 한 명이다. 주인공은 30대 딸을 둔 60대 여성이다. 원래 모녀는 따로 살았다. 그러던 어느 날, 딸이 경제적 사정으로 엄마 집에 들어오게 된다. 한데 한 가지 문제가 있다. 딸의 동성 연인도 한집에서 살게 됐기 때문이다.

이런 곤혹스러운 상황을 엄마는 어떻게 받아들여야 할까. 제목은 '딸에 대하여'지만, 실은 이 소설은 "내 피와 살 속에서 생겨나고 자라난 딸이 어쩌면 나로부터 가장 먼 사람일지도 모른다."고 느끼는 엄마의 이야기다.

이에 이동은 감독의 영화 〈환절기〉도 공명한다. 주인공은 20대 아들 수현(지윤호)을 둔 50대 여성 미경(배종옥)이다. 그녀는 고등학생 때부터 아들의 절친한 친구이던 용준(이원근)과도 살갑게 지냈다. 그런데 미경에게 마른하늘에 날벼락 같은 소식이 전해진다. 수현이 교통사고를 당해 식물인간이 됐다는 것이다. 아들과 함께 여행을 떠났던 용준은 비교적 가벼운 부상만 입었는데 말이다. 미경은 당혹스럽다. 그런 와중에 그녀는 자신을 더 큰 혼란에 빠뜨리게 하는 아들의 비밀을 알게 된다. 수현과 용준이 맺은 관계가 우정이 아니라 사랑이라는 사실이었다.

그러니까 이 영화의 부제는 '아들에 대하여'로 붙일 수 있을 것 같다. 이 제목은 "아들인데도 너무 몰랐나 봐. 내 자식이니까 당연히 전부 알 거라고 생각했는데……."라고 한숨을 내쉬는 엄마의 복잡한 심경을 담은 것이기도 하다. 이처럼 『딸에 대하여』나 〈환절기〉는 이해할 수 없는 자식—타인과 내가 어떤 식으로 상호 작용할 수 있는지, 그 가능성의 여부를 질문한다. 제일 쉬운 방안은 무시나 거부하는 태도다. 하지만 엄마에게 딸이나 아들은 그렇게 냉정하게 배제해 버릴 수 있는 대상이 아니다. 엄마는 자식을 필사적으로 '번역(translation)'하려고 애쓴다.

번역이라는 단어가 뜬금없이 들릴지도 모르겠다. 이것은 아래에 가만히 서서 나보다 위에 위치한 타인을 순순히 따르는 행위인 이해(under+standing)와 구별하려고 쓴 표현이다. 번역은 '~을 통해서 ~에 이르는' 횡단 과정이다. 이때는 어느 한쪽의 일방적 위계가 성립하지 않는다. 소설과 영화에서 엄마는 자식이라는 원어를 자기만의 역어로 옮긴다. 비평가 발터 벤야민은 이렇게 쓴 적이 있다. "번역가의 과제는 원작의 메아리를 깨워 번역어 속에서 울려 퍼지게 하는 의도, 번역어를 향한 바로 그 의도를 찾아내는 데 있다."(발터 벤야민, 최성만 옮김, 『번역자의 과제』 외, 도서출판 길, 2008) 엄마는 서툴지만 '원문의 메아리'를 포착하기 위해 노력하고 있다. 이런 그녀도 성실하게 번역돼야 마땅하다. 그것이 딸과 아들의 책무다.

커플이 부모가 되는 일

앤 조라 베라치드 감독, <24주>(2016)와
사베리아 코스탄조 감독, <헝그리 하트>(2014)

커플이 되는 것과 부모가 되는 것은 완전히 다른 문제다. 과거에는 막연히 그럴 거라고 상상만 했으나, 이제 부모로서의 삶을 살면서 확실히 알게 되었다. 영화 〈24주〉를 만든 앤 조라 베라치드 감독도 말한다. “실제로 그 상황에 처하기 전까지는 아무것도 알 수 없다.” 뭐든 꼭 해 봐야 아는 것은 아니지만, 꼭 해봐야 알게 되는 것도 있는 법이다. 부모 마음이 그렇다. 커플은 둘이라는 상수만 고려하면 되지만, 부모는 거기에 자식이라는 변수가 더해진다.

커플은 이것저것 따지며 짝을 얻는다. 반면 부모가 아무리 이것저것 따져도 자식은 어떻게 될지 모른다. 부모 입장에서 자식은 변수이면서 미지수이기도 하다. 확실히 커플이 되는 것과 부모가 되는 것은 완전히 다른 문제인 것이다. 아스트리드(줄리아 옌체)·마르쿠스(비얀 미들) 커플도 이런 문제를 겪는다. 사실 두 사람은 이미 아들 넬레(에밀리아 피에스크)를 둔 부모다. 그렇지만 이들은 둘째 아이를 가지면서, 부모 역할의 중요성을 이전과는 비교할 수 없을 정도로 진지하게 고민한다. 그럴 만한 사연이 있다. 임신 4개월째, 태아가 다운증후군이라는 검사 결과가 나와서다.

살다 보면 예상할 수 없는 일이 일어나기도 한다고 누군가 위로할지도 모른다. 아이가 장애가 있어도 잘 키울 수 있으니까, 용기를 잃지 말라고 누군가 격려할지도 모른다. 아스트리드·마르쿠스도 그것을 모르는 바가 아니다. 그래서 그들은 충격을 받긴 했으나, 아이를 포기하지 않기로 결심한다. (독일에서는 태아가 장애를 가진 것으로 판명되면, 출산 직전까지 낙태가 합법적으로 가능하다.) 여기까지가 영화의 1/3 지점이다. 그렇다면 나머지 내용은 아이가 세상에 나온 다음의 이야기일까? 그렇지 않다. 〈24주〉는 휴머니즘 가득한 영화가 아니라, 휴머니즘의 정체를 집요하게 질문하는 영화다.

의사는 태아의 심장에 이상이 있다고 진단한다. 태어난 후에 톱으로 뼈를 썰어 가슴을 여는 수술을 여러 번 받아야 한다고, 그렇게 해도 심장 기능이 회복될지 장담할 수 없다고 설명한다. 일단락됐던 아스트리드·마르쿠스의 고뇌는 이제 새로운 국면에 접어든다. 현실적으로는 이와 같은 처지에서 낙태를 택하는 비율이 90퍼센트에 달한다. 그러나 그 사람들의 결단을 놓고, 우리가 감히 어떻게 왈가왈부할 수 있단 말인가. 이것은 결정 불가능성의 극한이다. 앤 조라 베라치드 감독의 말마따나, "실제로 그 상황에 처하기 전까지는 아무것도 알 수 없다." 이토록 막막한 문제에서 답을 찾는 과정 자체가 괴롭고 아프다. 답을 찾은 이후에도 계속 괴롭고 아플 것이다. 커플은 이렇게 부모가 된다.

사랑을 이론적으로 근사하게 해명한 사람 중 한 명은 프랑스 철학자 알랭 바디우다. 그는 둘이 하나가 되는 사랑이 아니라, 둘로 남는 사랑을 주장한다. 바디우는 이렇게 말한다. "사랑 속의 타자라는 매개는 그 자체로 가치를 지니고 있습니다. 바로 이것이 사랑의 만남입니다. 다시 말해, 타자를 있는 그대로 당신과 함께 존재하게 하기 위해서 당신은 타자를 공략하러 간다는 것입니다."(알랭 바디우, 조재룡 옮김, 『사랑 예찬』, 도서출판 길, 2010) 사랑한다는 선언을 통해, 만남의 당사자들은 사랑의 주체가 된다. 사랑은 '하나(나에게만 국한된 세계)의 관점'을 '둘(타자와 함께 보는 세계)의 관점'으로 바꾸어 차이의 진리를 만들어 낸다. 사랑은 생존이나 이해관계를 초과하는 탈중심적 세계의 구축이다. 동일성에 사로잡힌 '나'의 세계를 강요하려는 자아는 사랑을 훼방 놓는다.

그러나 그의 똑떨어지는 사랑론에도 한계는 있다. 두 사람 사이에 아이가 생긴 이후의 변화는 바디우 철학으로 잘 설명되지 않는다. 둘의 진리를 생산하는 사랑에 제3의 인물이 개입하기 때문이다. 그렇게 보면 영화 〈헝그리 하트〉 포스터 문구 "당신이 완전하다고 믿는 이 사랑, 영원할까?"의 답도 이미 나온 셈이다. 미나(알바 로르와처)와 주드(아담 드라이버)의 사랑은 아들이 태어나면서 조금씩 변하기 시작한다. 서로 다름을 존중하고 각자의 영역을 침범하지 않는 사랑은 두 사람만 있을 때는 유지되지만, 두 사람 가운데 아이가 위치하는 순간 사랑은 위태로워진다. 아이는 둘의 관점을 평화롭게 공존시킬 수 있는 대상이 아니다.

이를테면 미나는 아들이 '인디고 차일드(Indigo child)'라고 생각한다. 인류 문명의 발전을 위해 외계에서 보내진 아이라고 믿는 만큼, 그녀는 자식을 특별하게 키우려고 한다. 그런 양육법 중 하나가 아이에게 고기를 먹이지 않는 것이다. 심지어 몸을 정화해야 한다고 일정 기간 아이에게 밥을 안 먹이기도 한다. 세상에 나온 지 1년도 안 된

아기의 발육은 더딜 수밖에 없다. 주드는 아들의 성장이 문제가 아니라, 생존이 문제라고 판단한다. 그는 아내 몰래 아이에게 햄을 먹인다. 그 사실을 안 미나는 독을 제거하는 오일—동물성 단백질 흡수를 막는 기름을 아이에게 먹인다. 이런 상황에서 바디우의 사랑론이 들어설 여지는 없다. 둘의 차이를 그대로 고수하는 것이 아이에게 부정적 영향을 끼치는 탓이다.

결코 타협될 수 없는 방식으로 미나와 주드는 아들을 사랑한다. 한데 이것을 정말 아들에 대한 사랑이라고 할 수 있을까. 두 사람은 상대에게 자신의 동일성을 강제하지 않는다. 그렇지만 아이에게는 다른 입장을 취한다. 이들은 보살핌이라는 명목으로 '나'의 세계에 아들을 종속시키려 한다. 영화에서는 미나가 더 극단적인 것처럼 그려지지만, 그녀에게서 아들을 빼앗아 격리시킨 주드의 행동이 그렇다고 많이 나아 보이진 않는다. '굶주린 마음(Hungry hearts)'은 미나와 주드보다, 부모가 단 한 번도 자기 이름을 불러주지 않았던 아들이 느낄 법한 심정이다. 사랑 아닌 사랑에 아이는 허기지다.

우정과 사랑, 그 사이를 헤엄치는 영법

김양희 감독, <시인의 사랑>(2017)과
자비에 돌란 감독, <마티아스와 막심>(2019)

시인 베를렌과 랭보의 사랑은 1870년대 프랑스를 떠들썩하게 한 사건이었다. 그렇지만 대부분 사랑의 행로가 그렇듯, 시인들의 사랑도 비극적 종말을 맞았다. 잔인한 이별이었다. 언쟁을 벌이다 격분한 베를렌은 랭보를 향해 총을 쐈다. 손목에 총알이 박힌 랭보는 베를렌을 경찰에 신고했다. 〈토탈 이클립스〉(1995)는 이 사랑의 전말을 담은 영화다. 이 작품을 염두에 둬야, 김양희 감독의 첫 번째 장편영화 〈시인의 사랑〉이 더 깊게 보일 것 같다. 우선 시인 택기(양익준)를 베를렌에, 그가 애정을 느낀 소년 세윤(정가람)을 랭보에 겹쳐 놓자. 그다음 이 영화와 〈토탈 이클립스〉가 공명하고 분화하는 지점을 눈여겨보는 것이다.

택기는 제주 곶자왈의 시인이다. 하지만 제일 먼저 슬픔을 느끼고, 다른 사람 대신 울어 주는 시인으로 살기는 쉽지 않다. 경제적 무능력도 그를 위축시킨다. 시로는 먹고살 만큼의 돈을 벌 수 없다. 생계는 내성적인 택기와 달리 매사 쾌활한 아내 강순(전혜진)의 몫이다. 남편에게 종종 잔소리는 해도, 그녀는 그를 무시하지는 않는다. 강순이 택기를 많이 사랑해서다. 그러던 어느 날, 택기는 도넛 가게에서 일하는 소년 세윤을 보고 가슴이 두근거린다. 그는 혼란스럽다. 이런 자신의 감정을 도무지 설명할 길이 없기 때문이다. 불우한 가정환경으로 괴로워하는 세윤. 그런 그에게 택기는 유일한 의지가 돼 준다.

그러나 세상은 택기의 마음을 한마디로 곡해한다. "너 개랑 자고 싶은 거지?" 그의 변화를 눈치챈 강순의 말이다. 남편이 소년에게 호감을 품고 있다는 사실을 안 그녀의 심정은 누구도 헤아리기 어려울 만큼 참담했으리라. 한데 이와 별개로, 택기가 세윤을 통해 경험하는 다층적 정서도 이렇게 단순하게 규정될 수 있는 것이 아니었다. 의미의 획일화는 시인을 비탄에 빠뜨리는 끔찍한 폭력이다. 평범한 단어로 다 나타낼 수 없는 감각의 세밀한 결을 표현하기 위해, 정확한 시어를 치열하게 고민하는 사람이 바로 시인이기 때문이다. 사랑을 곧 섹스로 등치하는 이들에게 '시인의 사랑'

은 제대로 받아들여지지 않는다. 랭보의 말마따나 사랑은 재발명돼야 한다.

앞서 〈토탈 이클립스〉와 〈시인의 사랑〉을 비교·대조해 볼 것을 권했다. 베를렌이 택기와, 랭보가 세윤과 유사하다는 것은 이미 지적했다. 그러면 두 영화는 무엇이 다른가. 그것은 19세기 프랑스와 21세기 한국이라는 시공간적 차이와 맞물려 있다. 이것은 사랑의 충동에 온몸을 내맡긴 그들이 모든 것을 내던지고, 함께 떠날 수 있느냐 없느냐를 가른다. 낭만주의적 전자와 현실주의적 후자의 거리는 멀다. 지금 이곳에서 베를렌과 랭보의 동행은 허락되지 않는다. 과연 그렇구나 하고 고개를 끄덕이면서도, 역시 그럴 수밖에 없다는 데 고개를 가로젓게 된다. 오늘날 시인의 사랑은 체제가 용인하는 온건한 범주 안에서만 작동한다.

이와 관련해 영화 〈마티아스와 막심〉 색다른 방향성을 제시한다. 강에서 똑바로 앞을 향해 헤엄치면 엉뚱한 곳에 가 닿는다. 물살 때문이다. 마티아스(가브리엘 달메이다 프레이타스)도 그랬다. 새벽에 그는 강에서 수영을 하다 전혀 의도치 않은 곳에 도착한다. 마티아스는 잠을 이루지 못하고 밖으로 나왔다. 머릿속이 혼란스럽다. 지난밤 그는 죽마고우 막심(자비에 돌란)과 딥 키스를 했다. 일부러 한 건 아니었다. 또 다른 친구의 동생이 찍는 영화에 마지못해 출연했을 뿐이다. 만약 막심과 딥 키스를 해야 한다는 것을 알았다면, 비록 내기에서 졌다 해도 촬영을 한사코 거부했으리라. 그는 막스에게 성적인 매력을 느낀 적이 없으니까. 마티아스는 둘 사이의 관계는 우정이지 사랑이 아님을 확신하고 있다.

그런데 카메라 앞에서 막스와 딥 키스를 하고 난 다음 마티아스는 멍해졌다. 그는 막스를 향한 자신의 마음이 우정에서 사랑으로 바뀌었을지도 모른다는 예감에 휩싸였다. 딥 키스를 하지 않았다면 일어나지 않았을 일인지도 모른다. 그러나 방아쇠를 당겼고 총알은 발사됐다. 이제는 돌이킬 수 없다. 마티아스는 똑바로 앞을 향해 헤엄치고 있다고 여겼을 테지만, 물살이 센 강물은 그를 예상치 못한 장소에 데려다 놓았다. 아직 본인의 변화를 직시할 용기가 마티아스에게는 없다. 막심과의 만남을 피하고 그와 거리를 두려 한다. 그러다 보니 마티아스의 언행은 부자연스러워졌다. 불안하고 폭력적인 모습마저 보인다.

마티아스의 변모를 막스가 눈치채지 못했을 리 없다. 막스도 마티아스만큼이나 머릿속이 혼란스러웠을 것이다. 다만 거기에만 신경 쓰기에 막스에게 주어진 삶의 과제가 만만찮았다. 호주에 일자리를 얻어 얼마 뒤면 캐나다를 떠날 예정이었고, 금치산자인 엄마를 홀로 돌보고 있던 터라 이에 관한 처리도 미리 해 두어야 했다. 둘 사이의 관계가 우정에서 사랑으로 전환됐다 해도 결과는 달라질 게 없다. 막스와 마티아스는 곧 헤어질 운명이다. 그렇지만 서로가 공유하게 된 특별한 정서를 이해하려는 노력까지 쓸모없지는 않다. 들여다보고 대화함으로써 두 사람은 새로운 단계로 진입하게 된 삶을 유연하게 받아들일 수 있다.

감독으로서 자비에 돌란은 이런 과정을 〈마티아스와 막심〉에 담았다. 하나도 같은 리듬이 없다. 그는 때로는 느린 속도의 영상으로 급격한 감정의 진폭을 표현해 내고, 때로는 빠른 속도의 영상으로 섬세한 사건의 이면을 포착해 낸다. 장면의 병치와 대칭은 마티아스와 막심의 교차하는 심리 그 자체이고. 자칫하면 치기로 느껴질 법도 한데 자비에 돌란은 능숙하게 기법을 서사에 녹여 낸다. 그의 감각은 여전히 승하지만 감각에만 의존하지 않는다. 자비에 돌란은 천재에서 대가로 진화 중이다. 강 건너 목적지에 제대로 도달하려면 나아가는 방향은 비스듬해야 한다. 마티아스는 몰랐으나 막스, 그리고 자비에 돌란은 그 사실을 안다.

시간에 그을린 흔적들

마이웬 감독, <몽 루아>(2015)와
앤드류 헤이 감독, <45년 후>(2015)

장면 하나—현재: 토니(엠마누엘 베르코 분)는 오른쪽 다리 인대가 끊어졌다. 스키로 빠르게 활강하다 당한 사고다. 그녀는 재활 센터에 들어가 다시 걷기 위한, 고통스럽고 기나긴 치료를 시작한다.

장면 둘—과거: 토니는 조르조(뱅상 카셀 분)와 사랑에 빠진다. 그녀는 이혼의 아픔을 한 번 겪은 적이 있지만, 첫눈에 반한 그와 평생을 함께한다면 좋겠다고 생각한다. 토니와 조르조는 결혼식을 올린다.

영화 〈몽 루아(Mon roi)〉는 토니의 입장에서 현재와 과거 장면이 번갈아 진행된다. (감독 마이웬 르 베스코가 등장인물과 비슷한 나이대의 여성이라는 사실과 관련 있을 것이다.) 그리고 이미 눈치챘겠지만, 결혼한 뒤부터 토니와 조르조의 관계는 삐걱댄다. 예컨대 이런 일이 있었다. 한밤중에 전화벨이 울린다. 전화를 받은 조르조가 급히 나가 봐야겠다고 토니에게 말한다. 그의 전 여자 친구—아녜스가 자살을 기도했다는 소식을 들었기 때문이다. 그녀는 토니의 임신 소식을 알고 나서 칼로 손목을 그었다. 그때부터 조르조는 아녜스를 돌보는 데 열심이다. 아이를 밴 아내는 뒷전이다. 그런 남편에게 실망한 토니가 화를 내자, 조르조는 항변한다. "당신을 사랑해. 하지만 하루 종일 같이 있다간 미치겠어."

그는 따로 집을 얻어 나가 산다. 그럼에도 불구하고 토니와 조르조의 결혼 생활은 유지된다. 여전히 그녀에게 그는 사랑의 대상, 명실상부한 '나의 왕(Mon roi)'이다. 그러면서 토니는 망가져 간다. 조울증에 시달리는 그녀는 마모해 가는 삶을 약물에 의지해 겨우 견뎌 낸다. 한참 자신을 파괴하고 나서야 토니는 조르조와 헤어지기로 결심한다. 그런데 첫 번째 이혼과 두 번째 이혼은 양상이 다르다. 두 사람은 부부에서 남이 되었으나, 아들—신바드로 인해 불가피하게 이어져 있을 수밖에 없다. 토니와 조르조는 사랑과 불화의 과정을 되풀이한다. 예전과는 똑같지 않은, 차이를 내재한 반복이다. 같이 있어서 그들은 뒤뚝뒤뚝한다. 어찌 됐든 앞을 향해 나아가며.

내가 아는 한, 부부를 절뚝발이에 비유한 원조는 작가 이상(李箱)이다. 그는 소설 「날개」에서 이렇게 쓴다. "우리 부부는 숙명적으로 발이 맞지 않는 절름발이인 것이다. 나나 아내나 제 거동에 로직(logic)을 붙일 필요는 없다. 변해(辯解)할 필요도 없다. 사실은 사실대로 오해는 오해대로 그저 끝없이 발을 절뚝거리면서 세상을 걸어가면 되는 것이다. 그렇지 않을까?"(이상, 「날개」, 『조광』, 1936년 9월) 어쩌면 그럴지도 모른다. 조르조와 토니뿐 아니라, 많은 부부가 오히려 둘이어서 절름발이로 사는 것 같다. 그래서 토니의 현재 상황—재활은 중요한 의미를 갖는다. 언젠가 목발 없이도 잘 걸을 수 있듯이, 언젠가 조르조 없이도 그녀는 잘 살 수 있을 것이다. 그를 볼 때마다 설레는 마음이야 시간이 지나도 어쩔 수 없겠지만. 지금 토니는 혼자 똑바로 걷기(살기) 위한 연습을 하고 있다.

토니와 조르조와 달리, 해로하여 며칠 뒤면 결혼 45주년을 맞는 부부가 있다. 아내 케이트(샬롯 램플링)는 그날을 기념하기 위한 파티를 준비한다. 그때 남편 제프(톰 커트니)에게 편지가 한 통 배달된다. 거기에는 50여 년 전 알프스에서 실종된 여성의 시신을 찾았다는 내용이 쓰여 있다. 그녀는 당시 제프의 여자 친구 카티야이다. 그는 얼음 속에 젊은 시절 그대로의 모습을 간직하고 있다는 카티야를 보고 싶어 한다. 반면 그런 제프의 모습을 지켜보는 케이트는 기가 막힌다. 자신과의 결혼 기념 파티를 앞두고 옛 연인을 추억하는 남편이라니.

영화 〈45년 후〉의 원제는 〈45 Years〉이다. 〈45(주)년〉이라고 옮겼어야 하나, 한국 개봉 제목에는 '후'를 더했다. 그렇지만 뒤나 다음을 뜻하는 명사를 덧붙이지 않는 편이 좋았을 것이다. 케이트와 제프는 아직 45년을 같이 살지 않았다. 영화는 결혼 45주년을 5일 앞둔 월요일에 시작해, 결혼 45주년 축하연이 열리는 토요일에 끝난다. 그 기간이 채워져야 비로소 부부는 45년을 해로한 것이 된다. 앤드류 헤이 감독이 초점을 맞춘, 바로 이 시점을 생각해 보는 일이 중요하다. '후'를 넣으면 45년이라는 세월은 동결되어 외따로 떨어져 버리고 만다. 그렇게 두어서는 안 된다. 45년은 순수한 사랑의 결정(結晶)이 아니라, 혼란과 갈등이 뒤섞인 결혼의 자취이기 때문이다.

죽은 카티야가 갑자기 케이트와 제프의 삶에 끼어들었다. 그래서 이들의 사랑에 균열이 일어났다. 이와 같은 해석에 나는 동의하지 않는다. 영화에서 조명되지 않은 부부의 과거—지금까지의 결혼 생활이 내내 장밋빛이었음을 입증할 근거는 어디에도 없다. 균열은 느닷없이 생기지 않는다. 어떤 관계이든 불완전한 사람들끼리 맺는 것이므로, 균열은 이미 내재될 수밖에 없다. 케이트가 토로한다. "괜찮다고 했지만, 실제로는 그렇지 않아." 이것은 그녀에게만 해당되는 말은 아니다. 결혼 상태를 유지하는 것과 사랑이 굳건하다는 것은 별개의 문제이다. 좋아하다 미워하다, 가까워졌다 멀어지기를 되풀이하다 보니, 어느새 45년이 된 것이다. 제프가 술회한다. "늙으니까 자꾸 목적의식을 잊게 돼." 이 또한 그에게만 적용되는 말이 아니다. 반복되어 쌓이는 나날을 보내며, 우리는 사랑을 비롯한 무엇인가를 계속 잃는다. 시간은 에누리가 없다.

안녕, 열등감 콤플렉스

마이크 화이트 감독, <괜찮아요, 미스터 브래드>(2017)와
키프 데이비슨·페드로 코스 감독, <벤딩 디 아크: 세상을 바꾸는 힘>(2017)

열등감 없는 사람이 과연 있을까? 누군가 잘났다 해도 그보다 더 잘난 사람이 어딘가 분명 있기 마련이다. 열등감은 상대적이다. 영화 〈괜찮아요, 미스터 브래드〉의 주인공 47세 브래드(벤 스틸러)는 어땠나. 비영리단체에서 일하는 그는 부와 명예를 거머쥔 대학 동창들에게 열등감을 느낀다. 대학 다닐 때는 엇비슷했는데(실은 내가 제일 낫다고 생각했는데), 지금 그들은 금융회사 CEO·베스트셀러 저자로 매스컴에 수시로 얼굴을 비춘다. 브래드는 배가 아프다. 이들과 비교하면 자기 인생은 대학 졸업 후 줄곧 내리막길이었던 듯싶다. 그의 희망은 하버드대학 진학이 유력한 아들 트로이(오스틴 에이브람스)뿐이다.

브래드는 한껏 기대에 부푼다. 아들의 하버드 합격이 자신이 가진 열등감을 단번에 우월감으로 바꿔 놓으리라. 그러나 우리는 안다. 자식이 명문대에 입학한다고 아버지의 열등감이 사라지지 않는다는 것 말이다. 트로이가 하버드에 들어가든 말든, '브래드의 지위'(이 작품의 원제)는 별반 달라질 게 없다. 그럼 그를 괴롭히는 열등감은 어떡해야 할까. 이대로 끙끙대면서 그냥 참아야 하는 것일까. 마이크 화이트 감독은 이런 대안을 제시한다. 브래드가 부러워하는 대학 동창들의 삶이 실제로는 별 볼 일 없고, 그들이 각자의 문제에 부닥쳐 고통스러워한다는 진실을 보여 주는 것이다. 그런 과정에서 브래드는 본인에게 가장 중요한 가치, 이를테면 가족의 소중함 등을 깨닫는다.

하지만 이 영화가 제시하는 열등감 극복 방법은 조금 아쉽다. 결국 타인과의 비교—타인의 결점을 확인하는 방식을 통해 나의 자존감을 회복하기 때문이다. 우리에게는 이와는 다른 방안이 필요할 것 같다. 작가 무라카미 하루키와 대담집을 내기도 한 심리학자 가와이 하야오가 『콤플렉스』라는 저서에 쓴 처방은 이렇다. 열등감 콤플렉스는 예컨대 야구를 잘하지도 못하면서, 선발 투수가 되지 못해 불만을 터뜨리는 사람이 갖는다. 그것을 해결하는 두 가지 길이 있다. 하나는 훈련을 열심히 해서 야구를 잘하는 것, 다른 하나는 야구를 잘하지 못한다는 사실을 인정하는 것이다.

이제 와 브래드가 대학 동창들처럼 엄청난 부자나 유명 인사가 되기는 아무래도 어렵다. 그러니까 전자는 제외하자. 그에게 남은 선택지는 후자밖에 없다. 대학 동창들처럼 될 수 없는 현실을 받아들이는 것이다. "해방하는 것과 구속하는 것이 같은 마음의 움직임, 같은 삶의 자세에서 온다."는 인문학자 김우창의 통찰에 따르면, 이것은 체념이되 절망은 아니다. 애초에 그렇게 하나의 잣대로 서로를 비교할 이유도 없다. 돈이나 명성, 학력 따위는 지위의 필수 요소에 해당되지 않는다. 하버드생 아난야(샤지 라자)는 더 나은 사회를 만들고자 비영리단체에서 활동하는 브래드야말로 대단한 인물이라고 말한다. 그를 이렇게 여기는 사람이 세상에 그녀만은 아닐 것이다.

이것은 다음과 같은 질문과 연동한다. "세상에서 우리의 책임이란 어떤 것인가?" 이런 거대한 물음에 당신은 어떻게 답할까. 누군가는 세상을 걱정하기 전에 본인 걱정부터 하라고 쌀쌀하게 비웃을지도 모른다. 내 코가 석 자인데 무슨 세상 운운하느냐고. 하지만 우리는 안다. 그렇게 자주 말하는 사람일수록 자기 문제가 해결된 후에도, 다른 이들의 문제를 돌아보지 않는다는 사실 말이다. 모든 삶의 기준을 '나'에게 맞추면 어찌 됐든 남의 사정은 자신과는 무관해진다. 그리고 '나'는 점점 유아론(唯我論)에 속박된 괴물로 변해 간다. 지옥은 저기 어딘가에 있지 않다. 세상에 오직 '나'만 존재하는 것처럼 말하고 행동하는 괴물들로 가득 찬 곳이 지옥이다.

따라서 "세상에서 우리의 책임이란 어떤 것인가?"라는 질문을 던지고 응답하려는 노력은 결코 허망하지 않다. 그것은 '나'를 괴물로, 세상을 지옥으로 악화시키는 폭력에 대한 저항이다. 때로 퇴행하기도 했으나, 아주 느리게, 역사는 세상에서 자기 자신의 책임을 자각한 사람들을 동력 삼아 바뀌어 왔다. 1980년대에도 그런 세 사람이 있었다. 〈밴딩 디 아크: 세상을 바꾸는 힘〉은 그때부터 지금까지 세상을 좀 더 나은 쪽으로 바꾸려고 시도한 폴 파머·김용·오필리아 달의 활동을 담은 다큐멘터리 영화다. 당시 20대 청년이었던 그들의 행보는 아이티 캉주에서 시작된다. 이곳은 결핵으로 죽어 가는 사람들이 많은 마을이었다. 가난 탓에 제대로 치료를 받지 못해서다.

의대생인 폴 파머와 김용, 빈민가 자원봉사에 열심이었던 오필리아 달은 아이티인들을 살리기 위해 의기투합한다. 우선 병원이 필요했다. 이들은 사방으로 뛰어다니며 기부금을 모으려고 애썼다. 그러다 마침내 재력가의 도움을 얻어 작은 규모로나마 진료소를 짓는 데 성공한다. 차기 계획 수립의 거점이 마련된 것이다. 그 뒤 세 사람은 평범한 주민들을 보건 도우미로 교육하는 '동반자 프로그램'을 고안해 결핵 완치율을 획기적으로 끌어올린다. 또한 그들은 값비싼 치료약 가격을 낮추기 위한 방법을 찾았고, 페루 등 다른 여러 나라에 캉주에서 실행한 모델을 보급했다. 이제 세 사람은 에이즈 치료에 분투하고 있다.

물론 여기까지 이르는 과정이 험난했음은 두말할 것도 없다. 이들은 차별 없는 보편적 의료 혜택을 주장했다. 그렇기 때문에 가진 것 없는 사람들을 치료하는 데 많은 돈을 써서는 안 된다는 다수의 편견에 맞서 싸워야 했다. 이 영화의 표제를 의역한다면 '정의로 향하는 도덕'이 될 것이다. 제목에는 대략 다음과 같은 뜻이 내포돼 있다. '도덕의 궤적은 결국 정의에 닿는다. 그러나 너무 오래 걸린다. 이를 단축시키는 방안은 하나다. 바로 세상에 대해 책임을 느낀 사람들의 헌신이다.' 젊은 시절 폴 파머·김용·오필리아 달이 밤새워 대화를 나눈 주제가 "세상에서 우리의 책임이란 어떤 것인가?"였다. 세 사람은 그 책임을 찾았고 미루지 않았다.

어떻게 사는 것이 맞을까

김보라 감독, <벌새>(2018)와 김인선 감독, <어른도감>(2017)

"어떻게 사는 것이 맞을까?" 영화 〈벌새〉는 관객에게 이런 질문을 던진다. 이것은 선생 영지(김새벽)가 제자 은희(박지후)에게 보낸 편지의 첫 문장이기도 하다. 그 답을 누가 알까. 몽테뉴? 톨스토이? 이들의 견해는 참고할 만하지만 우리 삶에 그대로 적용되기는 어렵다. 각자 처한 조건—시대와 환경이 달라서다. 예컨대 '인간성을 지켜 내라.'는 몽테뉴의 조언은 어떤가. (인간성에 대한 정의부터 논쟁의 대상이 되겠으나, 여기서는 쉽게 '선(善)'이라고 규정해 보자.) 자기를 마구잡이로 때리는 오빠를 둔 은희에게, 그런 오빠의 폭력을 고발해도 "너희 제발 싸우지 좀 마."라고 그냥 넘겨 버리는 부모를 둔 은희에게 인간성을 지켜 내라는 격언이 와닿기나 할까.

이럴 때 성현의 가르침은 공허해진다. 나를 둘러싼 모든 사람이 선하지 않은데 혼자 선을 추구하는 순간, 나는 호구가 되기 때문이다. 추상적이기만 한 인생론은 쓸모없다. 그것은 현실적 맥락에 바탕을 둬야 실효성을 가진다. 이와 같은 점에서 〈벌새〉는 스스로의 상황에 맞춰 써 나가는 은희만의 인생론이라 할 만하다. 함께 물건을 훔치다 붙잡힌 친구가 문구점 주인에게 은희의 신상 정보만 털어놓을 때 느끼는 배신감, 은희에게 좋아한다고 매달려 놓고 얼마 지나지 않아 변심하는 또래들에게 느끼는 허탈감. 도무지 인간성을 지켜 내기 힘든 과정을 맞닥뜨리면서 열네 살 은희는 1994년 강남을 살아간다.

그렇지만 은희에게 나쁜 일만 일어나지는 않는다. 은희는 한문 학원에서 자신의 아픔을 온전히 이해해 주는 강사 영지를 만났다. 선생이라도 선불리 학생에게 충고하지 않는다는 것이 영지의 좋은 점이다. 은희의 입장에서 오래, 깊이 생각한 다음 영지는 이야기한다. "누구라도 널 때리면 어떻게든 맞서 싸워." "우울할 땐 손가락을 움직여 봐. 아무것도 못할 것 같아도 그래도 이건 움직일 수 있으니까." 이 말에 담긴 메시지가 아주 특별하다고는 볼 수 없다. 그러나 이 말은 은희에게 특별하게 다가온다. 마음을 담은 커뮤니케이션

이어서 그렇다. 은희로서는 가족에게도 친구에게도 받아 본 적 없는 '선'이었다.

어디에서도 찾을 수 없다고 여겼던 감정을 직접 느끼면서 은희의 인생론은 새로 쓰인다. 영지를 통해서만은 아니다. 인간 말종인 줄로만 알았던 오빠와 아빠가 눈물을 흘릴 수 있는 사람임을 은희가 발견했을 때, 평소 순종하던 엄마가 아빠에게 엄청난 분노를 터뜨리는 모습을 목격했을 때, 배신자로 치부했던 친구가 "우리 오빠처럼 문구점 아저씨가 때릴까 봐 너무 무서웠어."라고 고백했을 때가 그랬다. 은희는 '선'이 아니라고 간주했던 주변인을 다시 평가한다. 그들은 나만큼이나 이상하고 복잡한 생각과 마음을 가진 존재일 따름이다. 그러니까 나 같은 당신, 당신 같은 나는 어떻게 사는 것이 맞을까. 은희의 인생론이 우리를 비춘다.

어떻게 사는 것이 맞을까? 이에 대한 또 다른 답변을 김인선 감독의 영화 〈어른도감〉이 해 준다. 김인선은 좋아하는 소설로 에밀 아자르(로맹 가리)의 『자기 앞의 생』을 꼽았다. 열네 살 소년 모모의 성장기라고 할 수 있는 이 작품을 애독한다는 말을 들으니, 그녀가 왜 열네 살 소녀 경언(이재인)을 주인공으로 한 〈어른도감〉을 만들었는지 이해가 된다. 하지만 아이만으로 이야기는 진행되기 어렵다. 아이가 커 나가는 데는 어른이 필요하다. 모모 곁에는 하밀 할아버지와 로자 아줌마가 있었다. 그럼 경언 곁에는 누가 있나. 재민(엄태구) 삼촌과 점희(서정연) 아줌마다. 그리고 두 작품은 공통적으로 이런 물음을 제기한다. "사람은 사랑 없이도 살 수 있나요?" 모모처럼 경언도 어른들과 관계 맺으며 이에 대한 답을 찾는다.

정답이야 뻔하다. 분명 이 영화는 사람은 사랑 없이 살 수 없다는 결론을 내놓을 것이다. 그런데 거기까지 이르는 과정이 뻔하지 않다. 우선 경언의 입장에서 일어나는 일들을 정리해 보자. ①아빠가 숨을 거뒀다. ②경언이 어렸을 때 자취를 감춘 엄마의 행방은 묘연한 상태다. ③얼굴도 본 적 없는 삼촌이 갑자기 나타나 경언의 보호자를 자처한다. ④예감이 좋지 않았는데 역시나 삼촌이 아빠의 사망 보험금을 가로챈다. ⑤자기 빚을 갚는데 그 돈을 다 써 버린 삼촌. ⑥경언이 돈을 돌려 달라고 요구하자 삼촌은 자신이 세운 계획을 털어놓는다. ⑦부자인 점희 아줌마를 유혹해 돈을 얻어낼 테니 경언도 동참하라고 말이다.

이로써 〈어른도감〉은 부녀를 가장한 삼촌-조카 사기단의 행태를 보여 주는 것으로 넘어간다. 한데 여기에는 큰 문제가 하나 있다. 이들이 어리숙하다는 점이다. 경언은 말할 것도 없고 재민마저 그렇다. 두 사람은 비정하지 않다. 경언의 경우는 특히 더 심하다. 삼촌의 신분증을 미리 캡처해 둘 만큼 영악하고, 그의 급소를 걷어찰 정도로 당차지만, 목적을 달성하기 위해 사람을 수단으로 대하는 짓은 못 한다. 경언은 연기를 하면서도 점희 아줌마에게 진심을 내어 줬다. 재민도 실은 그랬던 것 같다. 삼촌-조카 사기단 공작이 수포로 돌아갈 것임은 틀림없어 보인다. 그러나 이것은 범죄의 실패이지 그들의 실패가 아니다.

경언과 재민은(심지어 점희마저도) 이전보다 더 괜찮은 삶을 살 수 있을 테다. 서로 진짜 마음을 담아 오랜 시간을 공유했기 때문이다. 예전에 재민은 협잡을 정당화하며 경언에게 다음과 같이 말한 적이 있었다. "누군가에게 시간을 들인다는 건, 다시는 돌려받지 못할 삶의 일부를 주는 거야." 이후 경언은 그 말을 재민에게 이렇게 돌려준다. "나도 점희 아줌마도 똑같이 우리 시간 나눠 준 거예요." 세 사람은 다시는 돌려받지 못할 삶의 일부를 나눴다. 그것을 사랑이 아니라면 대체 뭐라고 부를 수 있을까. 『자기 앞의 생』의 마지막 문장 "사랑해야 한다."를 〈어른도감〉은 이토록 근사하게 변주했다.

살벌한 이웃과 달콤한 외계인

구로사와 기요시 감독,
<크리피: 일가족 연쇄 실종 사건>(2016)과 <산책하는 침략자>(2017)

이웃을 내 몸처럼 사랑해야 한다는 종교적 가르침이 있다. 그에 대해 프로이트는 다음과 같이 쓴다. "낯선 사람인 나를 존중해 주고 너그럽게 대하면, '네 이웃을 네 몸처럼 사랑하라'는 명령과는 관계없이 나도 기꺼이 그 사람을 그렇게 대할 것이다. 그 젠체하는 명령이 '네 이웃이 너를 사랑하는 만큼 네 이웃을 사랑하라'는 것이었다면, 나도 거기에 이의를 제기하지는 않을 것이다."(지그문트 프로이트, 김석희 옮김, 『문명 속의 불만』, 열린책들, 2004) 그의 의견에 고개를 끄덕이게 된다. 이웃을 자기 자신처럼 소중히 여기는 사람이 얼마나 있을까. 하지만 그러는 '나' 또한 타인의 이웃이다. 상대방의 환대를 기대하려면, 이웃으로서 '나'는 먼저 살갑게 다가가지 않으면 안 된다.

공포 스릴러 거장 구로사와 기요시 감독은 이러한 명제들을 둘러싼 독특한 의문을 제기한다. '오싹한·기이한'이라는 뜻을 가진 영화 〈크리피(creepy): 일가족 연쇄 실종 사건〉에서다. 한적한 동네로 이사 온 다카쿠라(니시지마 히데토시)와 야스코(다케우치 유코) 부부는 이웃집에 인사차 들른다. 그런데 옆집에 사는 니시노(카가와 테루유키)는 왠지 모를 섬뜩한 분위기를 풍긴다. 위화감을 느낀 부부는 그와 거리를 두려 한다. 그러나 생활공간이 겹치는 한, 그들의 삶은 어떤 식으로든 얽힐 수밖에 없다. 안온하던 '나'의 일상은 이웃의 등장으로 깨진다. 다카쿠라와 야스코 부부만이 아니다. 니시노의 입장에서도 그렇다.

영화는 동명의 소설을 원작으로 삼았다. 구로사와는 "'내가 그토록 찾아 헤매던 범인이 가장 가까이 있는 옆집 사람일지도 모른다.'라는 서스펜스 스릴러의 기본적인 아이디어가 매우 매력적이었다."라고 밝히고 있다. 그렇지만 그는 그야말로 '기본적인 아이디어'를 언급했을 뿐이다. 구로사와 기요시는 그보다 훨씬 더 풍부한 함의를 담은 영화를 만들었다. 니시노가 범죄자—악인이라는 사실은 스포일러라고 할 것도 없다. 그러한 설정을 가진 작품은 이미 많이 있다. 〈크리피〉는 '이웃은 괴물'이라는 테제를 재확인하는 데만 그치지 않아서 흥미로운 영화다. 구로사와는 이렇게

되묻는 것 같다. '누군가의 이웃으로서 실은 나도 괴물이다. 그렇지 않은가?'

이웃의 방문을 니시노는 극도로 경계한다. '나'를 위협할 지도 모르는 미지의 존재이기 때문이다. 실제로 다카쿠라와 야스코 부부는 그의 인생을 뒤흔들어 놓는다. 이 점은 권선징악이라는 도덕적 차원에서는 온당한 귀결이겠지만, 나와 타자의 관계 맺음이라는 존재론적 차원에서는 첨예한 문제다. 더불어 〈크리피〉는 다카쿠라와 야스코 부부가 서로가 서로에게 생소한 이웃일 수 있음을 보여 준다. 한집에 살아도 남편과 아내는 한 몸이 아니다. 이들은 "네 이웃이 너를 사랑하는 만큼 네 이웃을 사랑하라."는 프로이트의 등가교환 논리를 충실히 따른다. 허나 그것으로는 이웃 간의 빈틈을 완전히 메우지 못한다. 그 지점을 또 다른 이웃 니시노가 파고든다. 공백의 자리에서 세 사람은 쾌락을 향유하며 몰락해 간다. 이것이 구로사와 기요시가 그리는 진짜 이웃의 공포다.

그런데 그 뒤에 그는 타자에 대한 두려움이 사랑으로 대치될 수도 있다는 메시지를 전한다. 영화 〈산책하는 침략자〉를 통해서다. 침략자는 외계인을 가리킨다. 그들(영화에는 외계인이 세 명 나온다)은 인간의 육체를 빼앗아 이곳저곳을 돌아다닌다. 목적은 개념을 수집하는 것. 예를 들어 '일(work)'이 무슨 뜻인지 외계인이 알고 싶다고 치자. 먼저 그들은 '일'의 개념을 알 만한 사람을 찾는다. 그리고 그 사람에게 '일'의 개념을 머릿속으로 이미지화해 달라고 부탁한다. 이윽고 외계인이 말한다. "그거 내가 받을게." '일'의 개념을 떠올린 그 사람 이마에 그들이 집게손가락을 갖다 댄다. 자, '일'의 개념은 외계인으로 옮겨 왔다. 이제 그 사람에게 '일'의 개념은 존재하지 않는다.

그들은 왜 개념을 모으는 것일까? 외계인의 목표는 그들이 밝힌 대로 '지구 침략'인데 말이다. 어차피 인류를 멸망시킬 작정이라면, 개념을 채집할 필요 없이 바로 쳐들어오면 되지 않나. 그런데 그들은 그렇게 하지 않는다. 척후대로 온 세 명의 외계인은 인간이 가진 개념의 크기와 질로 지구 침략 여부를 결정하려는 것 같다. 이것은 작품 해석의 중요한 키워드다. 왜냐하면 과학 기술이 아닌, 구체화된 개념이야말로 어떤 문명의 진정한 유산이라는 인식이 깔려 있기 때문이다. 개념이라는 보편적 관념은 그냥 만들어지지 않는다. 오랜 시간에 걸쳐 대중에 의해 형성된다. 이런 의미에서 개념은 어떤 문명의 수준을 판가름하는 척도라 할 만하다.

이쯤에서 한 가지 질문을 해 볼 법하다. '인류가 생산한

다양한 개념 중에서 외계인에게 특별하게 다가오는 것은 무엇인가?' 하는 점이다. 가령 신지(마츠다 류헤이)의 몸을 빌린 외계인은 어떨까. 그는 '가족'·'~의(소유격조사)' 등의 개념을 탈취한다. 그렇지만 그런 개념들이 외계인을 깜짝 놀라게 하지는 않는다. 이성적 능력만 고도로 발달한 생명체라서 그렇다. 그는 개념을 이해할 뿐 감응하지는 못한다. 그렇다고 할 때, 이 같은 외계인이 수긍할 수 없는 불가사의한 개념이 뭐일지 당신도 슬슬 눈치챘을 것이다. 맞다. 우리가 다 아는 그것, 알지만 말로는 설명하기 어려운 '사랑'이다.

구로사와 기요시는 외계인의 지구 침략을 테마로 한 이 영화가 실은 "신지와 나루미(나가사와 마사미) 부부의 러브 스토리에 가깝다."고 코멘트한다. 그 말대로다. 이 작품은 온갖 위협에도 불구하고 끝내 정복당하지 않는 사랑의 위대함을 역설한다. 외계인에게도 사랑은 인류 문명이 발명한 최고 단계의 개념으로 여겨진다. 느끼지 않으면 납득 자체가 불가능해서다. 알다시피 사랑은 논리적 분석의 대상이 아니다. 만약 외계인이 사랑을 온전히 받아들인다면, 그는 이전과는 완전히 달라진 개체가 될 테다. 없던 감성이 충만해질 테니까. 그럼 지구 침략도 분명 재고하게 되리라. 외계인의 감각을 재배치하는 사랑은 어벤져스보다 강한 개념의 지구방위대다.

브레이크 없는 질주

윌리엄 올드로이드 감독, <레이디 맥베스>(2016)와
조슈아 사프디·베니 사프디 감독, <굿타임>(2017)

셰익스피어가 쓴 4대 비극 중 하나인 〈맥베스〉는 권력에 눈먼 맥베스가 왕위를 찬탈했다 몰락하는 내용을 담은 희곡이다. 그런데 이 작품을 꼼꼼히 읽어 보면 주인공은 맥베스가 아닌 것처럼 느껴진다. 오히려 그의 아내인 레이디 맥베스야말로 진짜 극의 중심인물인 듯 보인다. 맥베스는 분명 야심에 들린 남자가 맞다. 하지만 그는 "무엇이든 일어날 일은 일어나라."(윌리엄 셰익스피어, 김강 옮김, 『맥베스』, 펭귄클래식코리아, 2014)라고 중얼거릴 뿐이다. 맥베스는 원하는 것을 적극적으로 얻으려고 나서지 않는다. 반면 레이디 맥베스는 그와 대조적이다. 그녀는 맥베스에게 다음과 같이 말한다.

“당신이 원하는 건 이렇게 외치고 있습니다. 원한다면 ‘이렇게 해야만 한다.’라고. 당신은 그 일이 일어나지 않기를 바라는 게 아니라, 그 일을 하는 것을 두려워하고 있습니다.” 레이디 맥베스는 ‘그 일’을 주저하는 맥베스의 야욕을 자극하고, 결국 ‘그 일’을 하게 만든다. 자기 욕망을 모른 척하는 맥베스보다는, 그것을 충실하게 따르다 파멸하는 레이디 맥베스가 비극 캐릭터에 훨씬 더 어울린다. 19세기 러시아 작가 니콜라이 레스코프도 그렇게 생각했던 것 같다. 1865년에 그는 존속 살인을 저지른 여인의 삶을 그린 소설 「러시아의 맥베스 부인」(원제: 「므첸스크 군(郡)의 맥베스 부인」)을 발표한다.

이를 원작으로 만든 영화가 윌리엄 올드로이드 감독의 〈레이디 맥베스〉다. 소설에는 나오지 않는 흑인 하녀 애나(나오미 아키에)를 비중 있는 등장인물로 다루는 등, 그는 자신만의 관점으로 텍스트를 재해석해 ‘영국의 맥베스 부인’을 새롭게 탄생시켰다. 그러면서 공간적 배경도 달라졌다. 시간적 배경은 19세기로 같지만, 장소는 러시아에서 영국으로 바뀌었다. 무엇보다 원작과 결정적으로 다른 점은 결말이다. 레이디 맥베스는 자기 욕망을 결코 굽히지 않는 사람이다. 그런 그녀가 할 법한 선택은 소설이 아니라, 영화 쪽 엔딩에 가까울 것이다. 여기에 나는 한 표를 던진다.

캐서린(플로렌스 퓨)은 열일곱 살 소녀다. 그녀는 알렉산더(폴 힐턴)와 결혼했는데, 사실상 시아버지 보리스(크리스토퍼 페어뱅크)에게 팔려 온 것이나 다름없다. 아무런 애정 없이 그저 아내와 며느리로서의 의무만을 다해야 하는 나날. 이런 생활에 캐서린은 염증을 낸다. 그러다 남편과 시아버지가 오래 집을 떠나 있을 일이 생기고, 그녀는 모처럼 자유를 만끽한다. 캐서린은 쾌락도 알게 됐다. 정부가 된 하인 세바스찬(코스모 자비스) 덕분이다. 그와 헤어질 수 없었던 그녀는 방해물을 하나하나 제거하기로 결심한다. 캐서린은 '너의 욕망을 포기하지 말라.'는 정신분석의 윤리로 무장했다. 이것이 얼마나 끔찍해질 수 있고, 한편으로는 또 얼마나 급진적일 수 있는지 그녀는 행동으로 보여 준다. 캐서린은 후회 따윈 하지 않는 레이디 맥베스다.

21세기 미국 청년도 '너의 욕망을 포기하지 말라.'는 정신분석의 윤리로 무장한다. 뉴욕의 하룻밤을 그린 영화 〈굿타임〉에 나오는 코니(로버트 패틴슨)다. 사실 그에 관해서는 별다른 정보가 없다. 다만 한 가지는 확실하다. 코니가 지적장애를 가진 남동생 닉(베니 사프디)을 끔찍이 아낀다는 것이다. "우리 둘뿐인 거야. 내가 네 친구야." 형은 동생에게 이렇게 말한다. 동생도 그런 형을 절대적으로 신뢰한다. "할머니는 아니지만 형은 날 사랑해요." 이처럼 끈끈한 형제애는 이 작품의 전면에 부각된다. 그런데 이들의 형제애가 발현되는 방식이 독특하다. 이런 논리다. '세상에서 서로 믿을 수 있는 사람은 형제밖에 없다. 우리는 우리를 갈라놓으려는 방해꾼이 많은 이곳을 떠나고 싶다. 그러려면 돈이 필요하다.'

형제는 은행 강도가 되기로 한다. 의외로 그들의 은행털이는 쉽게 이뤄진다. 그렇지만 돈을 들고 도망치던 도중 닉이 경찰에 붙잡히고 만다. 코니의 머릿속은 체포된 동생을 어떻게든 구해야 한다는 생각으로 꽉 들어찬다. 그가 한바탕 동분서주하는 긴긴밤이 이제 막 시작된 것이다. 굿타임은 직역하면 '좋은 시간'이라는 의미다. 한데 이 제목은 형제 입장에서 보면 반어적인 타이틀임에 틀림없다. 동생은 구치소에 갇혀 있고, 형은 정신없이 뛰어다니는 한밤이 이들에게 좋은 시간일 리 없을 테니까. 그러나 다른 의미에서 굿타임은 적절한 제목이기도 하다. 왜냐하면 굿타임에는 '쾌락'이라는 뜻도 있기 때문이다.

이때 쾌락은 두 가지 대상을 향한다. 하나는 관객이다. 형제의 고생담은 그것이 박진감 넘칠수록 관객에게 즐거움을 준다. 역설적이지만 타인의 고통을 체감하는 일이 자신에게는 기쁨으로 승화되는 경우가 종종 있다. 특히 예술 작품을 감상할 때 그렇다. 이와 같은 기묘한 마음의 정화 작용을 아리스토텔레스는 『시학』에서 '카타르시스'라고 설명했다. 그렇다면 쾌락이 향하는 나머지 대상은 누굴까? 바로 코니다. 이 말이 이상하게 들릴지도 모르겠다. 하지만 그는 자기가 맞닥뜨린 곤혹스러운 상황을 괴로워하는 동시에, 이를 기꺼이 향유하는 것처럼 보인다.

임기응변으로 난관을 넘을 때마다, 그러니까 거짓말을 할 때마다, 코니는 스스로 꾸며 낸 그 인물이 돼 버린다. 무엇이든 될 수 있다는 자아도취에 빠진 그는 변신의 쾌락을 거부하지 못하는 도착증자 같다. 정신분석학에서는 도착증자를 다음과 같이 규정한다. "도착증자에게는 존재에 대한 지속적인 질문이 없다. 그는 자신의 존재가 어디에서 오는지에 대해 더 이상 질문하지 않는다."(브루스 핑크, 맹정현 옮김, 『라캉과 정신의학』, 민음사, 2002) 정리하자. 〈굿타임〉은 형제애를 표방하고 있으나, 실제로는 형제애가 중심인 영화가 아니다. 본인에 대한 한 치의 의심 없이, 세상을 치받는 존재자의 응축된 에너지를 한꺼번에 쏟아 내는 영화다. 그야말로 충만한 쾌락이다.

척하는 삶

아쉬가르 파라디 감독,
<세일즈맨>(2016)과 <누구나 아는 비밀>(2018)

아쉬가르 파라디 감독은 〈어바웃 엘리〉(2009)·〈씨민과 나데르의 별거〉(2011) 등으로 유명 영화제에서 다수의 상을 받은, 이란을 대표하는 감독 중 한 명이다. 2016년 그가 만든 영화 〈세일즈맨〉에는 아서 밀러가 쓴 희곡 『세일즈맨의 죽음』이 상연된다. 20세기 미국을 배경으로 하는 작품이 21세기 이란에서 공연된다는 사실 자체가 이상하다는 생각이 들 수도 있겠다. 알다시피 미국과 이란의 적대 관계는 오래 지속되고 있으니까. 특히 검열관이 존재하는 이란에서 미국 작품이 수용되기는 쉬운 일이 아니다. 실제로 〈세일즈맨〉의 등장인물들은 『세일즈맨의 죽음』을 무대에 올릴 때 당국의 검열에 걸릴 만한 부분을 걱정한다. 그렇지만 이 영화가 미국과 이란의 정치적 갈등을 제재로 삼는 것은 아니

다. 아쉬가르 파라디는 『세일즈맨의 죽음』에 나오는 유명한 대사를 궁굴린다.

"이 사람을 비난할 자는 아무도 없어. 세일즈맨은 꿈꾸는 사람이거든." 윌리의 죽음을 애도하는 이웃 찰리의 말이다. 윌리는 세일즈맨으로 일하다 자신의 삶을 세일즈하는 방식으로 최후를 맞이했다. 한데 그런 윌리의 인생은 찰리의 말마따나 비난받을 수 없는 것일까? 그렇지 않으면, 찰리의 변명과 상관없이 윌리를 비난할 수 있는 것일까? 아니 애초에 윌리가 꿈꾸는 사람이기는 했을까? 만약 그렇다고 한다면, 그가 꿨던 꿈의 실체는 무엇이었을까? 이것이 희곡을 바탕으로 영화가 던지는 질문의 목록이다. 아쉬가르 파라디는 다음과 같은 내용으로 각색했다.

부부인 에마드(샤하브 호세이니)와 라나(타라네 앨리두스티)는 연극 『세일즈맨의 죽음』에 출연하는 배우다. 두 사람은 극 중에서도 주인공 부부—윌리와 린다 역을 맡아 연기한다. 그러던 어느 날, 새로 이사 간 집에 혼자 있던 라나가 괴한의 습격을 받는다. 병원에 실려 갈 정도로 그녀는 크게 다친다. 하지만 라나는 이 사건을 경찰에 신고하지 않는다. 증언을 하려면 악몽 같은 그 순간을 계속 떠올려야 하기 때문이다. 그녀는 이런 상황과 마주하기를 원치 않는다.

에마드도 그러자고 한다. 그러나 그는 범인을 도저히 용서할 수 없다. 자기 나름대로 범인을 추적하기 시작한 에마드. 마침내 그는 범인과 대면한다.

이때쯤이면 관객은 아쉬가르 파라디가 얼마나 영리한 감독인지 알게 된다. 그 이유 중 하나는 그가 원작의 중심 캐릭터 윌리를 영화에서 단 한 사람으로 특정하지 않는다는 데 있다. 우선 매일 밤 윌리로 분하는 에마드가 윌리라고 할 수 있다. 그는 '무대의 윌리'다. 다른 윌리는 에마드가 찾아낸 범인이다. 세일즈맨으로서 돈을 벌고 있는 그는 '현실의 윌리'다. 이렇게 무대의 윌리와 현실의 윌리가 부닥치는 것이다. 그러는 동안 위에 언급한 질문들이 둘을 향해 쏟아진다. 섣부른 답은 금물. 여기에서는 다만 윌리의 마지막 선택에 대한 린다의 독백을 옮기려 한다. "미안해요, 여보. 울 수가 없어요. 알 수가 없네요. 왜 그런 짓을 했어요?"

윌리에게 실은 관객에게 이런 질문을 던진 아쉬가르 파라디는 2018년 스페인에서 신작을 찍었다. 익숙한 환경이 아닌 곳에서 영화를 만드는 일이 쉽진 않았겠지. 그래서인지 아쉬가르 파라디는 완전히 새로운 도전을 하지는 않는다. 작품 속 나라와 언어는 달라졌지만 작품의 경향과 키워드는 전작들과 비슷하다. 그것은 부부 관계로 집약되는 가족의 심연, 법망의 그물코를 빠져나가는 자력 구제—혹은 사적 복수라는 테마다.

〈누구나 아는 비밀〉은 좋게 표현하면 이런 그의 지속되는 탐구의 결과물이다. 나쁘게 표현하면 안전한 답습의 산물이고. 이 영화는 2018년 칸영화제 경쟁 부문에 진출해 개막작으로까지 선정됐으나 무관에 그쳤다. 그랬다는 것은 전자보다 후자에 동의하는 심사위원들이 아무래도 많았다는 뜻이다. 하지만 〈누구나 아는 비밀〉이 그저 그런 영화는 아니다. 아쉬가르 파라디의 이름값에 거는 기대치를 조금만 낮추면 이 작품은 꽤 볼 만하다. 진지한 생각 거리를 많이 찾을 수 있기 때문이다. 그중 두 가지는 이미 언급했다. 아쉬가르 파라디의 관심사인 가족의 심연과 자력 구제에 관한 이야기 말이다. 이것이 공공연한 비밀과 엮인다.

라우라(페넬로페 크루즈)는 동생 결혼식에 참석하기 위해 오랜만에 귀향했다. 성대한 피로연을 즐기는 사람들. 그런데 딸 이레네(칼라 캄프라)가 보이지 않는다. 납치였다. 납치범들은 3억 원이 넘는 돈을 몸값으로 요구한다. 라우라는 망연자실해진다. 이때 적극적으로 그녀를 도와 사건 해결에 나서는 남자가 있다. 라우라의 오랜 친구 파코(하비에르 바르뎀)다. 그러자 마을 사람들이 쑥덕거리기 시작한다. '라우라 딸 일에 남편도 아닌 파코가 저렇게까지 앞장설 이유가 있나? 지금이야 각자 가정을 꾸렸지만 두 사람 원래 연인이었다고 하던데.' 실체가 어떻든 무성한 소문의 벽은 점점 단단하고 높게 쌓아진다.

이 영화에서 가족의 심연은 부부-대가족-마을로 계열화되어 그려진다. 이를 보며 관객은 '행복한 가정은 모습이 비슷하고, 불행한 가정은 제각각의 불행을 안고 있다'는 『안나 카레니나』의 첫 문장에 공감할 테다. 작든 크든 가족 시스템이 실은 얼마나 허약한 토대 위에 구축되는지, 우리가 정말 모르는 것이 아니다. 모르는 척하는 것이다. 그렇지 않으면 아예 무너지기 쉬우니까. 이러니까 위기 상황에서의 자력 구제도 당연해진다. 법 앞에 서는 순간 아는 걸 모르는 척하는 가면을 벗을 수밖에 없어서다. '척하는 삶'이 끝나므로 진실과 대면하는 것은 항상 두렵다. 진실은 행복보다는 용기에 가까운 말이다.

파스텔 톤 필터 없는 생활

박강아름 감독, <박강아름 결혼하다>(2019)와
빅토르 코사코프스키 감독, <군다>(2020)

평소 결혼의 허례허식에 비판적인 사람도 이게 자기 문제가 되면 뭐가 허례이고 허식인지 판단하기가 어려워진다. 또한 연애라는 사적 결합에서, 혼인이라는 법적 결합으로 전환하는 이유나 목적 등을 새삼 다시 고민할 수밖에 없다. 그러한 시간을 보내는 관객에게 다큐멘터리 영화 〈박강아름 결혼하다〉는 추천할 만하다. 〈박강아름의 가장무도회〉(2015)에서 외모와 얽힌 사랑의 착종을 날카롭게 포착했던 역량으로, 그녀는 생활과 얽힌 결혼의 복잡다단함을 적나라하게 보여 준다.

자전적 다큐멘터리를 표방하는 감독답게 박강아름은 정성만과 결혼 이후의 삶을 낱낱이 기록해 두었다. 그럼 요즘 유행하는 브이로그와 비슷하지 않나? 아니, 그렇지 않다. 두 가지가 다르다. 하나는 이 영화의 분위기가 파스텔 톤이 아니라는 것, 다른 하나는 이 영화가 수년간의 시간을 집적해 놓은 결과물이라는 것이다. 박강아름에게 아기(보리)와 만났다는 기쁨은 대단하다. 그렇지만 입덧(구토)·변비(치질) 등 임신과 출산으로 인해 여성의 몸이 얼마나 커다란 고통을 겪는가를 박강아름 스스로가 증명하는 장면에서 브이로그의 파스텔 톤을 기대하기는 어렵다. 전작과 마찬가지로 박강아름은 화사한 필터를 제거한 현실의 맨얼굴을 적시한다.

이는 〈박강아름 결혼하다〉가 수년간의 시간을 집적한 결과물이라는 사실과도 연관된다. 프랑스로 건너간 부부는 박강아름이 돈벌이를 하고, 정성만이 가사와 육아를 맡아 다툼과 화해를 이어 간다. 그 와중에 남편은 주부 우울증으로 괴로워한다. 아내는 본인 언행에 묻어나는 가부장의 폭력성을 인지하고 놀란다. 하루 이틀 찍어서는 드러나지 않는 생활과 얽힌 결혼의 실재다. 결혼을 구성하는 필수 요소는 사랑이다. 그러나 사랑은 결혼을 유지하는 가운데 필연적으로 발생하는 경제력 등의 권력 관계에 의해 끊임없이 위협당한다. 결혼에서 사랑이 사라지지 않도록 어떡해야 좋을까. 이 영화는 답 대신 실감나는 질문을 던진다. 박강아름이 추구하는 자전적 다큐멘터리의 매력이다.

흔히 다큐멘터리 영화하면 우리가 떠올리는 작품의 폭은 실상 넓지 않다. 역사적·정치적·사회적 주목도와 중요도가 높다고 여겨지는 특정한 사건을 다룬 작품이 주로 화제가 되는 까닭이다. 마이클 무어 감독 영화가 그렇다. 〈화씨 9/11〉(2004)이나 〈식코〉(2007) 등의 작품이 유수의 영화제에서 수상한 좋은 다큐멘터리라는 점에는 이견이 없다. 단, 행정부의 실책을 고발하고 의료보험 운영의 맹점을 꼬집는, 이른바 '큰 이야기'만 다큐멘터리의 본령이라는 편견을 가지면 곤란하다. 잘 만든 자전적 다큐멘터리는 '나'의 세계를 중심에 두지만 결코 '작은 이야기'가 아니다. 여기에 편차는 없다. 전부 다 인생이다.

아니 다큐멘터리는 인생만이 아니라 삶 자체를 다룬다. 예컨대 축생도 그러하다. 돼지냐, 소냐, 닭이냐. 이 말을 듣고 회식 메뉴로 무엇을 고를까 하는 생각밖에 떠오르지 않는다면, 당신에게 이 영화는 충격으로 다가올 것이다. 다큐멘터리 영화 〈군다〉는 돼지와 소와 닭이 맛있는 고기이기 이전에 고유한 생명체였음을 일깨운다. 보나마나 뻔한 이야기를 그럴싸하게 늘어놓는다고 예상할지도 모르겠다. 그렇다. 짐작대로 모든 존재가 귀하다는 메시지를 전하는 작품이다. 하지만 이를 전달하는 화법이 남다르다. 뻔한 이야기를 그럴싸하게 늘어놓는 게 아니라 생명체가 살아가는 풍경을 가만히 오래 비춘다.

이를테면 새끼들이 어미 돼지의 젖을 찾아 빠는 장면 하나를 몇 분씩 보여 주는 식이다. 다큐멘터리 특유의 내레이션이 없고, 배경음악조차 나오지 않는다. 화면도 흑백이다. 다른 데 말고 오직 돼지와 소와 닭이 영위하는 삶에 주목하라는 감독의 의도이다. 카메라는 이들의 눈높이에 위치해 있다. 그리고 자주 클로즈업한다. 예컨대 닭이 발을 어떻게 지면에 맞닿게 하여 움직이는가를 영상에 담아낸다. 특별한 기교 없는 기교의 특별함이다. 이러한 솜씨는 다큐멘터리 영화계의 거장 빅토르 코사코프스키가 발휘한다. 1990년대부터 다큐멘터리 영화를 만들어 온 그는 대상과 주제에 맞는 표현법을 적용하는 데 능숙하다.

완성도의 핵심은 새로운 소재를 얼마나 많이 발굴했느냐보다는, 무언가를 새로운 시각으로 얼마나 잘 포착했느냐에 따라 달라진다. 소재의 새로움은 새로운 시각을 담보하지 못한다. 그러나 그 반대는 성립한다. 새로운 시각이 소재를 새롭게 탄생시킨다. 낯선 피사체일 리 없는 돼지와 소와 닭은 그렇게 〈군다〉에서 낯설어진다. 영화의 언어가 큰 몫을 차지한다. 인간이 스크린에 등장하지 않는 가운데, 관객은 동물의 몸짓과 소리가 그들의 구사하는 언어임을 깨닫는다. 얼굴로 정신없이 날아드는 파리 떼를 서로의 꼬리로 쫓아 주는 소들의 모습이 적확한 예다. 소는 미련하지 않다.

돼지를 삼겹살로, 소를 육회로, 닭을 치킨으로 인식하는 사람이 적잖은 것 같다. 이 작품은 돼지와 소와 닭의 생활 리듬을 천천히 느끼게 하면서, 가축이 음식으로만 치환되어서는 안 된다고 전한다. 그 말이 직접 언급되지 않아도 관객은 감응한다. 영화 말미에 갑자기 트랙터가 들이닥쳐 어미 돼지에게서 새끼들을 모조리 빼앗는 순간이 대표적이다. 작별을 준비할 새도 없이 새끼들을 떠나보낸 어미 돼지는 망연자실한다. 새끼들이 있던 자리를 맴돌면서 운다. 그것이 단순한 꽥꽥거림이 아님을 알아차리지 못한다면, 당신의 공통 감각에 심각한 문제가 생겼음이 틀림없다.

동물을 먹어서는 안 된다고 훈계하려는 것은 아니다. 이 영화는 다만 '동물을 먹는다는 것에 대하여'(조너선 사프란 포어) 우리가 고민하지 않을 수 없다고 넌지시 전언할 뿐이다. '군다'는 새끼들을 낳고 키우다 잃어버린 어미 돼지의 이름이기도 하다.

소수적인, 인간적인

션 베이커 감독,
<탠저린>(2015)과 <플로리다 프로젝트>(2017)

탠저린(tangerine)은 귤을 뜻하는 영어 단어다. 왜 과일 이름을 영화 제목으로 삼았을까. 감독 션 베이커의 말을 들어 보자. "제작비를 절감하기 위해 이 영화는 아이폰으로 찍었다. 그래서인지 전체적으로 촬영 톤에서 오렌지 사탕 느낌이 났다." 화면 색감이 귤빛을 띠어서 탠저린을 타이틀로 삼았다는 설명인데, 내가 보기에는 등장인물과 그들이 만들어 내는 내러티브에서도 오렌지 사탕—귤 느낌이 난다. 상큼하고 통통 튀기 때문이다. 중심 캐릭터는 두 명의 트랜스젠더, 신디(키타나 키키 로드리게즈)와 알렉산드라(마이아 테일러)다. 이들을 연기한 키타나와 마이아는 전문 배우가 아니다. 무슨 말인가 하면 진짜 트랜스젠더라는 이야기다.

그렇다고 이 영화를 다큐멘터리로 받아들여서는 곤란하다. 〈탠저린〉은 엄연한 극영화다. 캐릭터의 리얼리티를 살리기 위해 실제 트랜스젠더를 캐스팅한 것인데, 결과를 놓고 보면 이런 시도는 충분히 성공적이었다고 볼 수 있다. 이 작품은 신디와 알렉산드라가 빚어내는 (불협)화음을 지켜보는 것만으로도 충분한 재미를 준다. 줄거리는 간단하다. 짧은 복역을 마치고 출소한 신디는 남자 친구 체스터(제임스 랜스)가 다른 여자를 만났다는 사실을 알고 분노에 휩싸인다. 신디의 애인 찾기에 엉겁결에 동행하게 된 알렉산드라. 이렇게 영화는 두 사람을 중심으로, 크리스마스이브 LA에서 벌어지는 하루 동안의 좌충우돌 에피소드를 담아낸다.

어쩌면 주인공이 트랜스젠더라는 〈탠저린〉의 설정 자체가 당신을 불편하게 할지도 모르겠다. 심지어 매춘과 마약 관련 장면도 나오니까, 누군가에게는 이 작품이 이른바 '불온한 영화'가 될 수도 있을 것 같다. 그러나 정말 그런지는 곰곰 따져 봐야 한다. 이를테면 똑같이 LA가 배경인 〈라라랜드〉와 비교해 보면 어떨까. 나는 〈라라랜드〉가 꿈의 (비)현실성을 포착한 좋은 영화라고 생각하지만, 그 작품이 또한 LA를 백인만의 공간으로 전유하고 있음을 잊어서는 안 된다는 입장에 서 있다. LA에는 인종적 다수자인 백인뿐 아니라, 흑인·황인을 포함한 인종적 소수자도 살고 있다. 물론 성적 소수자도.

이때 '소수'라는 의미가 숫자의 개념이 아님을 당신도 잘 알 것이다. 여기서 소수는 사회적 비주류와 동의어다. 소수자는 너무 적게 발언권을 얻고, 너무 상투적으로 재현된다. 거의 항상 그래 왔다. 〈탠저린〉은 그러지 않아서 볼 만한 영화다. 션 베이커는 분명 이곳에 존재하고 있되 배제된 사람들에 주목한다. 투박한 면이 없지 않지만 진솔한 태도다. 그것은 정의롭고 아름다운 형상화와는 아무 관련이 없다. '왜 자기 권리의 정당성을 인정받기 위해 소수자만 완벽한 인간이 돼야 하는가? 다수자처럼 소수자도 서로 미워하고, 싸우며, 화해하기도 한다.' 이것이 이 작품이 가진 문제의식이자, 부끄러워할 것 없는 우리 삶의 민낯이다.

〈탠저린〉에서 LA의 하루를 담아낸 션 베이커의 다음 행선지는 플로리다이다. 여기에서 수행한 프로젝트에서 그는 주인공을 우리 사회의 또 다른 소수인 '아이'로 바꿨다. 어른이 되면 우리는 자신이 아이였던 적이 없는 것처럼 군다. 아이는 보통 미성숙의 대명사로 여겨지니까. 그런데 한 선지자는 다음과 같이 설파한다. "어떻게 하여 정신이 낙타가 되고, 낙타는 사자가 되며, 사자는 마침내 아이가 되는

가". (니체가 쓴) 차라투스트라의 말이다. 그에 따르면 정신은 세 단계를 거쳐 성숙한다. 첫 번째 단계- 낙타가 상징하는 '인내의 의무', 두 번째 단계- 사자가 상징하는 '자유의 탈환', 세 번째 단계- 아이가 상징하는 '긍정의 창조'. 낙타와 사자 같은 어른이 될수록 정신은 퇴보한다는 것이 차라투스트라의 가르침이다. 그러니까 "새로운 출발, 놀이, 스스로 도는 수레바퀴"인 아이였을 때, 어쩌면 우리의 정신은 가장 성숙했을 지도 모를 일이다.

그런 점에서 〈플로리다 프로젝트〉의 중심인물이 아이들이라는 사실을 눈여겨볼 필요가 있다. 이들은 플로리다 디즈니월드 맞은편 모텔 '매직 캐슬'에 산다. 가난 탓에 정착할 집을 구할 수 없어서다. 실제로 여기에는 관광객이 아니라, 주 단위로 모텔 숙박비를 내면서 사는 빈곤층이 많다. 션 베이커는 오래 그들과 교류하며 영화 만들 준비를 했고, "디즈니월드 맞은편에 또 다른 세상이 있음을 깨닫게 되는 계기"를 아이의 시각에서 풀어놓았다. 그 주인공이 여섯 살 소녀 무니(브루클린 프린스)다. 그녀는 자기처럼 모텔에 사는 또래 친구들과 어울려 장난을 치는 말괄량이다. 무니만 떴다 하면 그곳은 금세 왁자지껄해진다.

그러나 무니는 속 깊은 아이기도 하다. 그녀는 "난 어른들이 울기 직전에 어떤 표정을 하는지 알아."라고, "내가 이 나무를 좋아하는 이유는 쓰러졌는데도 계속 자라나기 때문이야."라고 이야기한다. 가만 따지고 보면 무니의 생활환경은 최악에 가깝다. 엄마 핼리(브리아 비나이트)가 딸을 사랑하지만 제대로 돌봐 주지는 못해서다. 방세는 밀리기 일쑤고, 음식은 구호물자에 의존한다. 무니는 분명 척박한 땅에서 자라고 있다. 그렇지만 그녀가 사는 '마법의 성'에 아예 마법이 없는 것은 아니다. 예컨대 아이들을 따뜻하게 챙기는 모텔 매니저 바비(윌렘 대포)의 모습이 그렇다. 덕분에 무니도 잘 자라고 있다.

한데 뭐니 뭐니 해도 제일 위대한 마법은 무니를 비롯한 아이들이 부린다. 그네들은 디즈니월드 맞은편 모텔촌의 너절한 분위기를 단숨에 생동감 넘치게 바꾼다. 아이들의 존재로 인해 이곳은 디즈니월드보다 더 환상적인 장소로 변모하는 것이다. 아이를 주제로 삼아 차라투스트라는 이렇게 말한다. "창조의 유희를 위해서는 성스러운 긍정이 필요하다. 이제 정신은 자신의 의지를 원하고, 세계를 상실한 자는 자신의 세계를 되찾는다." 이런 것이 아이의 정신이 실현하는 '긍정의 창조'다. 다시 말해, 어른이 돼서도 우리는 자신이 아이였던 시절을 쉽게 잊으면 안 된다는 것이다.

끈기에 대하여

박혁지 감독, <행복의 속도>(2020)와
세실 베스노·이반 마시카 감독의 영화 <기도의 숨결>(2020)

끈기는 재능이다. 무엇이든 단념하지 않고 버텨 내는 기운을 아무나 갖고 있지는 않기 때문이다. 끈기를 가지라는 충고를 아무리 들어도 없던 끈기가 갑자기 발휘되지는 않는다. 간혹 후천적으로 끈기가 습득되는 경우가 있기는 하다. 지켜 내야만 하는 소중한 무언가가 생겼을 때다. 이를테면 자식을 낳은 부모가 그렇다. 자녀가 어른으로 성장하기 전까지 잘 보살펴야 한다는 책임감이 놀라운 끈기가 나타나도록 만든다. 일의 보람만으로 직장인들이 반복되는 격무를 견디는 것은 아니다. 짊어진 책임감의 무게가 무거울수록 끈기에 기대는 방법 외에는 별다른 도리가 없다.

다큐멘터리 영화 〈행복의 속도〉를 보면서 떠올린 생각

들이다. 전작 〈춘희막이〉(2015)와 〈오 마이 파파〉(2016)에서 불가항력적인 운명에 어떻게 인간은 대처하여 살아가는가를 질문해 온 감독 박혁지의 작품이다. 이번에 그는 오제에서 일하는 사람들을 초점화하여 같은 물음을 던진다. 오제는 일본 중부에 위치한 국립공원이다. 람사르 협약에 따라 보존 습지로 지정된 곳이라 절경을 자랑한다. 오제는 환경 보호가 최우선이라 여러 산장에서 사용하는 물품들을 차량으로 실어 나를 수 없다. 운반은 봇카(歩荷)라고 불리는 사람들이 맡는다. 이들은 평균 80kg에 달하는 짐을 양어깨에 메고, 편도 약 10km 외길을 주 6일 걷는다.

바꿔 말하면, 쌀 한 가마니를 지게로 지고 광화문에서 강남역까지 거의 매일 도보로 이동하는 일이다. 하루도 나는 못 할 것 같은데 이가라시는 24년째 봇카로 활동 중이다. 이시타카도 청년봇카 대표로서 성실하게 업무를 수행한다. 다들 피할 법한 극한 직업을 이어 나갈 수 있는 이유는 그들이 어린 자식을 둔 아버지라는 사실과 맞닿는다. 가정에 대한 책임감은 때로 초월적인 끈기를 이끌어 낸다. 한데 신기하다. 이가라시와 이시타카는 피로에 찌든 불행한 얼굴을 하고 짐을 나르지 않는다. '행복의 속도'라는 제목처럼, 두 사람은 행복한 얼굴을 하고 각자의 속도에 맞춰 짐을 나른다.

"처음에는 체력으로 짐을 버텼습니다. 그런데 시간이 지날수록 '무사히 산장까지 물건을 전달한다'란 마음이 짐을 떠받치게 되었어요." 이것이 비결이라면 비결이다. 그렇지만 또 다른 비결이 있는 듯하다. "사람은 오제한테서 뭘 빼앗지 않고, 오제도 사람에게서 뭘 빼앗지 않아." 이가라시가 아들에게 하는 말이다. 내가 보기에는 그것이 진짜 비결인 것 같다. 누군가를 이겨야 한다는 경쟁의식이 봇카에게는 없어서다. 이들은 그저 본인의 리듬에 따라 오제를 왕복할 뿐이다. 또한 일터에서 그들은 찡그린 표정을 짓는 사람들을 마주하는 대신, 물파초와 큰원추리 등의 식물과 할미새 등의 동물을 본다. 이런 마음가짐과 상황이 짐을, 아니 인생을 떠받치는 끈기로 작용한다. 끈기에 늘 고통만 따라붙는 것은 아니다. 아스라한 희망이 있다.

성직자의 길을 걷는 데에도 엄청난 끈기가 요구된다. 그래서인지 성직자에 자원하는 사람은 많지 않다. 본격적으로 신앙을 추구하는 일이 무척이나 고되기 때문이다. 일반 신도는 일주일에 한 번 성직자를 대면하고 그의 말씀을 들음으로써 믿음을 실천한다. 성직자는 그럴 수 없다. 때와 장소를 가리지 않고 절대자를 경배하여 응답을 구하지 않으면 안 된다. 언제나 영혼이 맑은 상태로 신 앞에 서야 하는 것이다. 하지만 세속은 영혼의 맑음보다는 일신의 안위를 먼저 챙겨야 한다고 가르친다. 그런 와중에 성직자의 길을 걷기로 결심한 사람들은 그 자체로 경이로운 존재로 간주될 수밖에 없다.

다큐멘터리 영화 〈기도의 숨결〉은 그래서 독특한 색채를 드러낸다. 프랑스 남부에 위치한 성 베네딕도회 수녀원 생활을 2시간 분량의 영상으로 담아낸 까닭이다. 한편으로 이런 생각도 든다. 블록버스터가 장악한 오늘날 영화계에서 이와 같은 다양성 영화를 제작하고 상영하는 사람들의 작업은, 어렵고 힘든 성직자의 길을 꿋꿋하게 걷는 행위와 다름없게 여겨진다고. 인생의 목적을 부귀영화 누리기로 정한 사람이 많음을 안다. 이루기에 거의 불가능하다고 예상되지만 일단 행로는 대부분 그렇게 설정해 둔다. 그러나 인생의 목적을 거기에만 두지 않는 사람이 적게나마 있다. 그보다 높고 귀한 가치가 있다는 신념을 가진 관객에게 〈기도의 숨결〉은 권할 만하다.

이 영화는 줄거리라고 할 만한 내용이 없다. 주인공도 따로 염두에 두지 않았다. 작품을 만든 세실 베스노와 이반 마시카 감독은 "수녀들의 존재 방식과 삶의 방식, 신앙생활을 환기"하고 "그들이 어떻게 삶을 관통하고 모든 질문에 대답하는지 보여 주는, '기도의 숨결'이라고 밖에 부를 수 없는 그 이미지를 전달하고 싶었"다고 밝힌다. 이처럼 '기도의 숨결'은 상징적인 제목이다. 풀어서 말하면 수녀들이 숨쉬며 살아가는 모든 순간에 영성이 함께한다는 뜻이다. 성무일도만이 아니다. 종 치고, 식사하고, 책 읽고, 성화 그리고, 십자가 목걸이 만들고, 농사일에 힘쓰는 장면에서도, 수녀들은 기도의 숨결을 관객에게 전한다.

따라서 이 영화는 특별한 장면을 골라 해석할 필요가 없다. 들숨과 날숨을 의식하지 않고 우리가 호흡하듯이 자연스럽게 작품에 몰입하면 충분하다. 그러기가 쉽지는 않다. 화려한 스펙터클과 속도감 있는 전개에 길들여진 관객이라면 오히려 고통스러울지도 모른다. 침묵과 찬송을 천천히 오래 보여 주고 들려주는 구성이 시간 낭비라고 느낄 수도 있다. 그렇지만 애초부터 〈기도의 숨결〉은 "사건 같은 건 필요하지 않고, 그것으로 이들을 정의할 수 없다."는 의도하에 만들어졌다. 성직자는 기적이 일어나기를 희구하기보다는, 기적 없음의 시간을 묵묵히 견디는 사람에 가깝기에 그렇다. 스크린에서 수녀들이 몸소 증명하는 바 영혼의 맑음은 그리하여 유지된다.

3부
몰락함으로써, 몰락하지 않기

통과 세계의 아포리아

크리스티안 펫졸드 감독, <트랜짓>(2018)과
클로스 드렉셀 감독, <파리의 별빛 아래>(2020)

독일어로 '통과'라는 뜻을 가진 단어가 트랜짓(transit)이다. 영어에서는 '환승'이라는 뜻으로도 쓰인다. 제목처럼 영화 〈트랜짓〉의 인물들은 끊임없이 떠돈다. 이들은 떠돎 자체를 즐기는 유목민이 아니다. 목적은 정착이다. 어딘가에 머물러 살기 위해 그들은 지금 여기를 지나치려 한다. 그러나 발목 잡힌다. 타국으로 가려고 이곳에 왔으나, 이곳을 떠나는 일은 지극히 어렵다. 이 작품에서 유럽인들은 아메리카로 이주하려고 한다. 독일군의 위협이 커져서다. 프랑스 파리까지 점령한 독일군을 피해 사람들은 항구도시 마르세유로 모여든다. 반체제 인사 게오르그(프란츠 로고스키)도 그중 한 명이다.

그는 어쩌다 보니 탈출을 계획하게 됐다. 반체제 인사라고는 하지만, 게오르그는 엉겁결에 편지 전달 및 동료 피신 임무를 떠맡아 마르세유까지 왔다. 임무는 달성하지 못했다. 편지의 수신인은 자살했고, 동료도 부상을 입어 숨을 거뒀다. 그럼 이제 나는 무엇을 해야 하나. 고민하던 차에 그는 새로운 사실과 신비한 사람을 알게 된다. 먼저 게오르그가 알게 된 새로운 사실은 그의 신분이 바뀌었다는 것이다. 게오르그를 편지의 수신인으로 착각한 미국 영사는 외국으로 갈 때 필요한 통과 비자를 순순히 내어 준다. 마르세유로 온 사람들이 간절히 갖기를 원하지만 아무나 가질 수 없는 통과 비자를 그는 거저 얻었다.

그다음 게오르그가 알게 된 신비한 사람은 마리(폴라 비어)다. 마리가 신비한 사람으로 여겨지는 까닭은 게오르그가 어디를 가든 그 앞에 자꾸 그녀가 나타나기 때문이다. 나중에 밝혀지지만 그것은 게오르그가 지닌 편지의 수신인과 관련 있다. 부쳐졌으나 수취인 부재로 전할 수 없게 된 편지는 통과 상태의 운명에 빠져든 셈이고, 이것은 〈트랜짓〉에 나오는 출발했으나 통과 비자가 나오지 않아 그곳에 도착할 수 없게 된 사람들의 처지와 고스란히 겹친다. 물론 게오르그에게는 통과 비자가 있다. 언제라도 이곳을 떠날 수 있다는 말이다. 그렇지만 아메리카에 입성한다고 한들 그가 통과 상태를 벗어났다고 할 수 있을까.

〈트랜짓〉의 감독 크리스티안 펫졸드는 그렇다고 확언하지 않는다. 이 작품의 원작 소설 『통과 비자』(1944)를 쓴 안나 제거스도 마찬가지다. 어떤 곳이나 때를 거쳐 간다는 의미에서 통과는 결국 죽음으로 귀결되는 모든 삶에 대한 은유니까. 그리고 거기에 '비자'의 속성이 덧씌워져 문제는 더 심화된다. 비자는 통과를 승인하거나 연기하거나 거부하는 모호한 체계다. 이로 인해 우리는 이곳에 붙들리는 동시에 쫓겨나는, 이곳에 포함되는 동시에 배제당하는 현실과 맞닥뜨린다. 국민도 예외가 아니지만 난민은 이를 특히 절감한다. 20세기 통과 세계의 아포리아를 다룬 〈트랜짓〉의 주제 의식은 21세기에도 유효하다.

통과 세계의 아포리아는 프랑스에서도 생겨난다. 프랑스를 방문하는 외국 관광객은 파리 센(Seine)강을 꼭 찾는다. 실제 블로그나 SNS를 검색해 보면, 센강 유람선을 타고 본 파리 야경이 예쁘다는 글과 사진이 잔뜩 나온다. 그것은 겉에 드러난 '지상의 센강'이다. 반대로 안에 감추어진 '지하의 센강'도 엄연히 실재한다. 외국 관광객은 예쁘지 않은 지하의 센강에 관심이 없다. 외국 관광객뿐일까. 지상의 센강만 즐기는 것은 프랑스 국민도 마찬가지다.

그렇기 때문에 영화 〈파리의 별빛 아래〉는 지하의 센강에 사람이 살고 있음을 역설한다. 거기에는 정말로 크리스틴(카트린 프로)의 보금자리가 있다. 좋은 집은 아니다. 냉난방 시설은 물론이고 화장실도 없는 창고다. 밤에는 촛불 하나에 의지한다. 하지만 그녀에게 이곳은 파리에 몸을 뉘일 수 있는 유일한 공간이다. 크리스틴은 노숙인이니까. 낮에는 무료 급식소에서 식사하고, 벤치에 앉아 풍경을 감상하며, 남이 버린 과학 잡지를 주워 읽던 그녀의 일상. 그런 크리스틴의 규칙적인 생활은 술리(마하마두 야파)의 등장으로 끝이 난다.

술리는 엄마와 함께 아프리카에서 배를 타고 프랑스로 밀입국한 난민 소년이다. 한데 무슨 사연인지 지금은 엄마와 떨어져 파리 시내를 헤매다 크리스틴의 거처까지 오게 됐다. 눈이 펑펑 내리는 날, 얇은 옷을 입고 떠는 술리를 차마 외면하지 못한 그녀는 딱 하룻밤만 재워 주는 거라며 철문을 연다. 이렇게 철문과 같이 마음의 문을 연 크리스틴이 결국 술리의 '엄마 찾아 삼만 리' 여정까지 따라나선다는 것이 〈파리의 별빛 아래〉 내용이다.

이 같은 노숙인과 난민의 만남과 동행을 관객은 어떻

게 보면 좋을까. 두 가지를 추천할 수 있겠다. 하나는 서로의 언어는 모르지만 소통은 능숙한 두 사람의 관계에 집중하는 감상법이다. 술리는 크리스틴이 자신을 헌신적으로 도와준다는 사실을, 크리스틴은 술리가 자신을 전적으로 신뢰한다는 사실을 감지한다. 때로 느낌이 주는 앎은 지식이 주는 앎보다 강한 힘을 낸다. 사회 맨 밑바닥에 있는 이들끼리 뭉쳐야 한다는 의식은 그럴듯한 배움이 아니라 생생한 감각의 교류에서 비롯된다.

다른 하나는 감독 클로스 드렉셀의 말 "파리는 지금 우리가 살고 있는 세계를 보여 주는 메타포"라는 힌트에 집중하는 감상법이다. 위에 언급한 대로 세상에는 지상의 센강과 지하의 센강이 공존한다. 그럼에도 우리는 지상의 센강만 있다고 착각한다. 지하의 센강은 보이지 않는 탓이다. 여기 있으나 없는 취급받는 대상을 온전히 조명하려는 시도, 그러니까 비가시적 존재를 가시화하는 행위를 프랑스 철학자 자크 랑시에르는 '감각적인 것의 재배치'라고 불렀다. 또한 그는 이것이 정치에 속하는 사건임을 분명하게 밝힌다. 영화 등의 예술을 통해 감각적인 것의 재배치는 가능하나, 동시에 현실 정치 영역에서도 우리가 목소리를 내지 않으면 안 된다는 뜻이다.

선언의 격

마이클 무어 감독, <화씨 11/9: 트럼프의 시대>(2018)와
라울 펙 감독, <아이 엠 낫 유어 니그로>(2016)

2018년 마이클 무어 감독의 타깃은 트럼프 당시 미국 대통령이었다. 〈화씨 11/9〉라는 제목부터가 그렇다. (부제 '트럼프의 시대'는 한국 배급사에서 붙였다.) 2016년 11월 9일은 트럼프가 대선에서 이긴 날이다. 그러니까 〈화씨 11/9〉는 그때부터 진실을 말소하는 정치 온도가 한층 더 높아졌음을 가리킨다. 또한 공교롭게도 이것은 마이클 무어가 부시 전 미국 대통령을 비판한 영화 〈화씨 9/11〉(2004년 개봉)의 숫자만 뒤집어 놓은 타이틀이기도 하다. 한마디로 전작의 맥락과 의미를 잇는 후속작이란 뜻이다.

우선 마이클 무어는 트럼프가 어떻게 대통령이 될 수 있었는가를 따져 묻는다. 정치 전문가 중 그의 당선을 예측

한 사람은 거의 없었다. 그런 점에서 트럼프의 승리는 우연처럼 보인다. 어쩌다 보니 다양한 상황이 기묘하게 맞물려 그가 집권하게 됐다는 것이다. 틀린 말은 아니다. 무어도 모든 것이 싱어송라이터 그웬 스테파니로부터 시작됐다고 이야기한다. 사정은 이렇다. 2015년 당시 스테파니는 트럼프보다 방송 출연료를 많이 받았다. 이 사실에 트럼프는 자존심이 상한다. 어떡하면 내가 훨씬 유명해질 수 있을까? 고민하던 그는 거대한 쇼를 연다. 그것은 다름 아닌 가짜 대통령 출마 선언이었다. 트럼프는 고용한 엑스트라들을 자기 지지자로 꾸며 유세까지 했다.

이후 과정은 모두가 아는 대로다. 그의 쇼는 현실이 됐다. 관객에게 마이클 무어는 다시 이런 메시지를 전한다. 믿을 수 없는 사태가 발생한 데는 우연뿐 아니라 여러 필연도 작용했다고. 두 가지만 꼽아 보자. 하나는 언론사, 다른 하나는 민주당이다. 언론사는 트럼프의 온갖 자극적인 언행을 앞다퉈 보도했다. 시청률을 끌어올리려는 속셈이었다. 그러나 이는 결과적으로 언론사가 담합해 트럼프의 선거 운동을 도운 것과 같은 효과를 가져왔다. 민주당도 비슷했다. 민주당 지도부가 힐러리를 대통령 후보로 만들려고 경선 투표 집계까지 조작했기 때문이다. 버니 샌더스 열풍을 협잡으로 억누른 민주당은 '민주'의 가치를 스스로 저버렸다.

이러니 미국에 트럼프의 시대가 도래할 수밖에 없었던 것이다.(2020년 트럼프는 재선에 성공하지 못했지만, 분열의 정치는 끝날 기미가 보이지 않는다.) 마이클 무어는 트럼프의 전제주의 행태를 경고한다. 동시에 그는 불의에 굴복한 미국의 과거와 현재가 아니라, 아직 한 번도 가져 보지 못한 미국의 미래를 구해야 한다고 역설한다. 이 영화 곳곳에 마이클 무어는 그럴 수 있는 잠재성을 배치해 뒀다. 예전에 그가 책에 썼던 구절이 힌트가 될 듯하다. "변화는 일어날 수 있다. 어디에서나 가능하다. 아주 평범하기 짝이 없는 사람도 그런 변화를 일으킬 수 있으며, 말도 안 되는 엉뚱한 생각이 변화의 단초가 될 수 있다."(『세상에 부딪쳐라 세상이 답해줄 때까지』, 오애리 옮김, 교보문고, 2013) 변화에 대한 믿음과 실천이 진실을 말소하는 정치 온도를 내린다. 마이클 무어는 강력 냉각제다.

트럼프를 떠올리면 제스처로 가득하던 그의 연설이 떠오른다. 선언에도 격이 있다. 이를테면 "무조건 아메리카가 우선(America first)"이라던 트럼프의 말과 "나는 너의 검둥이가 아니다(I am not your Negro)."라는 아프리카계 미국인들의 외침을 비교해 보면 어떨까. 우리는 어느 쪽의 선언이 경청할 만한 가치가 있는지 잘 안다. 한때 미국 최고

지도자였던 트럼프가 구상하는 아메리카는 배타적이다. 다른 국가에 대해서만이 아니다. 자국민들에게도 그렇다. 검은 피부 혹은 노란 피부의 인종이 미국 시민권을 가지고 있어도, 하얀 피부를 가진 인종만 일등 시민이 될 수 있다. 실은 다들 유색인인데 말이다. 사람들은 흰색도 색(色)이라는 사실을 자주 잊는다.

아프리카계 미국인들의 선언은 이런 폭력에 대항한다는 점에서 중요하다. 포스트휴먼 운운하는 요즘 시대에도 이들의 목소리는 절박한데, 하물며 옛날에는 오죽했을까. 다큐멘터리 영화 〈아이 엠 낫 유어 니그로〉는 1960년대 미국을 조명한다. 소설가 제임스 볼드윈의 에세이를 누빔점 삼아서다. 그의 목표는 "살해당한 친구들을 통해 미국에 대한 자신의 이야기를 쓰는 것"이었다. 이때 살해당한 친구들은 세 명의 인권 운동가—메드가 에버스(1963년 사망)·맬컴 엑스(1965년 사망)·마틴 루서 킹(1968년 사망)을 가리킨다. 방법과 노선은 달랐으나, 제임스 볼드윈을 포함한 네 사람은 인종 차별이 사라진 세상을 꿈꿨다.

당시 인종 차별은 실생활에서뿐 아니라 영화 등 각종 매체에서도 행해졌다. 매스미디어는 민첩하고 영리한 백인과 대조되는 게으르고 아둔한 흑인, 문명화된 백인을 괴롭히는 야만적 흑인이라는 왜곡된 이미지를 고착시켰다.(이것은 제국 일본이 식민지 조선을 위계적으로 형상화하던 방식과 같다.) 〈아이 엠 낫 유어 니그로〉에서 라울 펙 감독은 이를 폭로한다. 자명하게 여겨지는 재현과 표상을 문제 삼아야 한다는 의도다. 현실을 다시 나타내 보이는 상징물은 그 안에 특정 이데올로기를 담고 있다. 재현과 표상은 그 자체로 하나의 선언인 것이다. 그러니까 아무거나 덜컥 믿어서는 안 된다. 거듭 밝히건대 선언에도 격이 있다.

인종 차별은 미국에 흑인 대통령이 나왔다고 해서 단숨에 철폐되지 않는다. 한국에 여성 대통령이 나왔다고 여권이 비약적으로 상승하지 않았듯이, 아프리카계 미국인들의 권리는 여전히 낮다. 여성과 흑인의 신체는 치열한 정치적 장이다. 그래서 "나는 너의 (계집애 또는)검둥이가 아니다."로 집약되는 투쟁은 현재 진행 중이다. 그 싸움은 사안을 똑바로 보는 것으로부터 시작된다. 권력자는 기득권의 변화를 요구하는 사건의 본질을 자꾸 흩트리려고 하니까. 볼드윈은 이렇게 썼다. "직시한다고 해서 모든 게 바뀌진 않지만, 직시하지 않고서는 아무것도 바뀌지 않는다." 그것을 직시하는 데 이 영화가 도움이 될 것이다.

날씨의 아이로 환생한 오멜라스의 아이

신카이 마코토 감독, <날씨의 아이>(2019)와
라울 펙 감독, <청년 마르크스>(2017)

「오멜라스를 떠나는 사람들」(1973)은 작가 어슐러 르 귄이 쓴 단편이다. 방탄소년단의 〈봄날〉(2017) 뮤직비디오에도 언급돼 새삼 화제가 된 작품이기도 하다. 이 소설이 제기하는 질문은 이런 것이다. '오멜라스는 한 아이를 지옥에 가둠으로써 천국이 된 사회다. 그 아이가 해방되면 오멜라스의 안녕도 끝난다. 당신이 그런 모든 사실을 아는 오멜라스의 주민이라면 어떤 선택을 할 것인가?' 소설에 따르면, 다수는 이를 묵인하고 소수는 오멜라스를 떠난다. 하지만 그 정도 결론으로는 불충분하지 않나. 신카이 마코토 감독은 그렇게 생각한 듯하다. 그는 소설과는 사뭇 다른 영화적 답변을 내놓았다. 그것이 애니메이션 〈날씨의 아이〉다.

신카이 마코토가 섬세한 감정 표현에 특화된 것은 맞다. 그러나 그는 자신의 정치적 입장도 작품에 선명하게 드러낸다. 전작 〈너의 이름은〉(2016)도 그랬다. 이 영화는 소년 소녀의 연애만 그리지 않았다. 이들의 사랑은 재난으로부터 세계를 구원하는 메시아적 사명에 맞닿는다. 관객이 여기에 동일본 대지진—후쿠시마 원전 사고(2011)를 겹쳐 떠올리는 것도 당연하다. 신카이 마코토는 이에 대한 국가의 역할과 책임을 소년 소녀에 집중한 재현 방식으로 비판했다. 의외로 〈너의 이름은〉은 온건한 영화가 아니다. 〈날씨의 아이〉는 더 급진적이다. 이 영화는 현재 일본 사회가 안고 있는 문제를 전면화한다.

누군가는 젠더·계급·통치 등의 테마를 발견할 테다. 나는 의식을 봤다. '전체의 행복을 위해 한 사람의 불행쯤은 괜찮다.'는 희생양 이데올로기다. 이 같은 말을 스가(오구리 슌)가 한다. 가출한 소년 호다카(다이고 코타로)를 도와준 그마저 희생양 이데올로기에 순응하는 지금의 일본이 바로 오멜라스라는 것. 이것이 신카이 마코토의 현실 인식이다. 비가 그치지 않는 일본이라는 설정은 그에 알맞은 은유이고. 그럴 때 질문은 이렇게 바뀐다. '기도로 날씨를 맑게 할 수 있는 소녀 히나(모리 나나)가 있다. 그런데 그녀가 아예 사라져 버리면 장마가 계속되는 이상 기후도 정상으로

돌아온다. 그럼 히나는 모두의 평안을 기원하며 없어져야 하나?'

가령 영화 〈케빈 인 더 우즈〉(2012)를 만든 감독 드류 고다드는 어떤 반응을 보였나. '감히 나를 제물로 삼아 체제를 유지시킨다고? 그따위 세상 폭삭 망해라.' 이에 준하는 과격한 결말은 아니지만 신카이 마코토 역시 고개를 가로젓는다. 그는 거대한 고통을 소녀 혼자 짊어지게 하지 않는다. 행여 그래서 운영되는 시스템이라면 그 자체가 오류다. 포맷해 다시 세팅해야지. 거대한 고통을 전부 나눠 들어 가볍게 하는 쪽으로. 어쩌면 우리는 오멜라스의 주민보다 오멜라스의 아이에 가까운 삶을 살고 있는지도 모른다. 그러니까 신카이 마코토는 역설한다. 그 아이를, 나 자신을 방치해선 안 된다고. 날씨의 아이는 환생한 오멜라스의 아이이다.

시스템 혁명을 주창한 사상가로 대표적인 인물이 카를 마르크스다. 2018년은 카를 마르스크(1818~1883) 탄생 200주년이었다. 영화 〈청년 마르크스〉는 이를 기념해 마침 맞게 개봉했던 작품이다. 여기에는 마르크스 말고 한 명의 주인공이 더 있다. 바로 프리드리히 엥겔스(1820~1895)다. 두 사람은 평생의 지기였다. 그들은 또한 사상적 동지로서 이른바 '마르크스주의'의 초석을 놓았다. 그래서 라울 펙 감독은 영화에서 마르크스(오거스트 딜)만큼이나 엥겔스(스테판 코나스케) 조명에 많은 분량을 할애한다. 이런 사실을 고려한다면 이 작품의 제목을 '청년 마르크스·엥겔스의 투쟁기'로 고쳐도 괜찮을 것이다. 한데 이들은 무엇과 싸우는 걸까? 둘의 공동 저작 『공산당 선언』(1848)에는 이렇게 쓰여 있다.

"우리가 없애려는 것은 노동자가 자본을 증식시키기 위해서만 살고, 지배 계급의 이익이 필요로 하는 범주에서만 생존을 허락받는 노동의 비참한 성격이다." 이때 마르크스는 30세, 엥겔스는 28세였다. 그야말로 청년이던 시절 의기투합한 두 사람은 자본(가)에 의해 착취당했던 노동(자)의 변혁을 꿈꿨다. 그것은 마르크스·엥겔스가 주장하는 바, "지금까지 존재한 모든 사회의 역사가 계급투쟁의 역사"라는 점에서 그렇다. 어떤 사람은 소련 해체 등 현실 사회주의가 붕괴한 오늘날 무슨 철 지난 계급 운운하느냐고 힐난할지도 모르겠다. 그런데 당신도 정말 그런 입장인가?

이쯤에서 (층간)소음에 시달리는 한 인물을 소개하고 싶다. 2010년대 한국에 사는 젊은 여성이다. 그녀는 자신이 폭력적인 소음으로부터 차단될 권리를 비롯해, 남들에게 시달리지 않을 권리를 당연히 갖고 있음을 떠올린다. 하지만 그 권리를 행사하지 못하는 이유가 있다. 그녀는 생각한다. "그걸 확실하게 실현하려면 돈을 가지고 있어서 돈으로 그 권리를 실현할 수 있어야 하는 거야. 그렇게 할 수 있는 인간이라야 비로소 그 권리를 가지고 있다고 할 수 있는 계급인 거야. 그런데 나는 그게 아니지. 나는 지금 그게 아니고 아마 죽을 때까지도 그게 아니다. 나는 그래 그거다. 그렇게 할 수 있는 방법이 없는 계급……."(황정은, 「누가」)

이래도 지금 이 시대에 마르크스·엥겔스 어쩌고저쩌고 한다고 비난할 수 있을까. 여러 형태의 노동 착취에 뿌리를 둔 계급 갈등은 안팎으로 여전히 심하다. 이 같은 상황이므로 청년 마르크스·엥겔스의 투쟁기를 담은 영화를 보는 것은 각별한 의미를 지닌다. 이것은 과거 공산주의로의 회귀, 혹은 북한 체제 찬양과는 아무 상관없다. 핵심은 마르크스·엥겔스 학설을 교조적으로 떠받드는 것이 아니라, 사회 경제 구조의 불의를 과학적으로 타파하려 한 마르크스·엥겔스의 사유를 재전유하는 데 있다. 이론적 실천과 실천적 이론에 바탕을 둔 다음 걸음을 잘 내딛어야 한다. 그래야 몫 없는 자들의 몫—빼앗긴 우리의 몫을 되찾는다.

죽으라는 명령을 거부하기

이태겸 감독, <나는 나를 해고하지 않는다>(2020)와
나루시마 이즈루 감독, <잠깐만 회사 좀 관두고 올게>(2017)

또 전 미국 대통령 트럼프를 거론할 수밖에 없는 이야기다. 그가 방송인 시절 유행시킨 말 때문이다. "You are fired(당신 해고야)." 여러 구직자가 경쟁해 단 한 명만 트럼프 사업체에 (단기)취직하는 리얼리티 프로그램에서였다. 현 미국 대통령 바이든 당선 뒤 미국인들은 그 말을 트럼프에게 그대로 돌려줬다. 그러나 여전히 트럼프는 부동산 재벌이다. 얼마든지 고용인에게 해고를 통보할 수 있다. 해고는 고용주가 고용 계약을 해지한다는 건조한 의미를 가졌지만, 직장이 유일한 생계 수단인 사람들에게 해고는 섬뜩한 단어다. 실제로 'fire'는 '발사하다, 불태우다'라는 뜻이 있으니까. 해고는 총살 혹은 화형이나 다름없다.

누군가는 이렇게 반론할지도 모르겠다. 기업은 자선단체가 아니다. 경영 효율성을 위해 업무 능력이 떨어지는 직원을 구조 조정하는 것은 당연하다. 하지만 그게 간단한 논리로 현실에서 실행될 수 없음을 〈나는 나를 해고하지 않는다〉는 분명하게 증언한다. 제목부터 명징하다. 스스로를 총살 혹은 화형에 처하지 않는다는 메시지를 담아, 이 작품은 오늘날 위협받는 노동(자)의 가치에 초점을 맞춘다. 노동영화 특유의 이분법(가해자 회사와 피해자 근로자의 구도 등)이 불편하다고 여기는 관객이 있을 법하다. 그렇지만 이태겸 감독은 이를 단순하게 형상화하지 않았다. 그는 제국과 식민지의 메커니즘—제국이 식민지를 착취하여, 식민지인끼리 서로 싸우게 부추기는 관점으로 현안을 파악한다.

예컨대 그것은 원청 회사와 하청 업체, 남성 상사와 여성 부하의 권력 관계가 얽힌 폭력적 모습으로 드러난다. 원래 정은(유다인)은 원청 회사 직원이었다. 인사팀장(원태희)은 그녀를 하청 업체에 파견 보낸다. 명목 상 파견일 뿐 퇴사 강요였다. 하청 업체 소장(김상규)은 난감하다. 원청 회사가 정은의 월급 지불까지 떠맡겨서다. 항의하면 하청 업체를 다른 곳으로 바꿀 게 뻔하다. 소장은 정은을 곱게 대하지 않는다. 그녀가 안 나가면 본래 있던 세 명의 일꾼 중 한 사람을 자르는 수밖에 없으니까. 그래도 정은에게 호의를 베푸는 사람이 있긴 하다. 정은이 오면서 정리 대상 1순위에 오른 막내(오정세)다.

그녀가 살면 자기가 죽는 상황에서 어떻게 그는 그럴 수 있나. 완벽한 성자라서가 아니라 철저한 노동자라서 그럴 것이다. 막내는 일하는 목적이 뚜렷하고, 고된 일에서 보람도 찾을 줄 안다. 이런 그가 노동 곧 생존 의지를 포기하지 않는 정은을 외면할 리 없다. 살아 보겠다고 아등바등하는 존재는 모두 동료다. 트럼프의 퇴진에도 불구하고 식민지인끼리 서로 싸우게 부추기는 트럼프 시대가 이어지는 지금, '나는 나를 해고하지 않는다'는 제국으로부터의 독립을 열망하도록, "견딜 수 없는 것을 더 이상 견디지 않겠노라 결단"(자크 랑시에르, 안준범 옮김, 『프롤레타리아의 밤』, 문학동네, 2021)하게 만든다.

그렇지만 다음과 같은 회사에 다닌다면 마땅히 도망쳐야 한다. 매일 아침 이런 근무 신조를 복창하는 회사다. 영업부 부장 야마가미(요시다 코타로)가 선창하면, 나머지 직원이 따라 외친다. "유급 휴가는 필요 없다. 몸만 둔해진다!" "상사의 지시는 하늘의 지시." "마음은 버려라. 꺾일 마음이 없으면 견딜 수 있다!" 뭐, 이따위 회사가 있나 싶겠지만 실은 당신도 알고 있을 것이다. 지금 당신이 일하(려)

는 직장도 이와 별반 다르지 않다는 사실 말이다. 물론 이렇게 대놓고 세뇌하지는 않을지 모른다. 그러나 회사는 암묵적으로 협박한다. 회사가 이익을 내지 못하면 당신 밥줄도 끊긴다고. 따라서 당신이 가진 모든 것을 회사에 바쳐야 한다고. 그렇게 회사는 직원을 착취하는 행위를 정당화한다.

문제는 직원이 로봇이 아닌 사람이라는 데 있다. 회사가 바라는 대로 한계를 넘어 계속 일하면 몸이든 마음이든 어딘가가 반드시 망가질 수밖에 없다. 아오야마(쿠도 아스카)도 마찬가지다. 일자리를 구하지 못하다가 가까스로 들어간 회사. 여기에서 그는 열심히 일하겠다고 다짐한다. 하지만 야마가미가 부하 직원에게 요구하는 '열심히'의 수준은 차원이 달랐다. 수당 없는 야근을 거듭하면서 아오야마의 몸과 마음은 피폐해졌다. 퇴근길 지하철을 기다리는 동안 그는 몽롱해진다. '내일 같은 건 안 와도 돼.' 아오야마가 비틀대며 선로로 떨어지려는 순간, 누군가가 그를 붙든다.

아오야마를 구해 준 사람은 야마모토(후쿠시 소우타)였다. 야마모토는 아오야마가 초등학교 동창임을 첫눈에 알아봤다면서 반가워하고, 아오야마는 긴가민가하지만 야마모토와 어울리며 조금씩 삶의 활기를 되찾는다. 그러던 어느 날 아오야마는 야마모토가 초등학교 동창이 아님을 눈치챈다. 혹시나 해서 포털 사이트에 야마모토를 검색해 보니, 그가 3년 전 회사 옥상에서 투신자살했다는 뉴스가 나온다. 야마모토의 정체는 대체 무엇일까? 그런 가운데 아오야마가 담당하던 업무에 착오가 생기고, 그의 회사 생활은 다시 힘겨워진다. 아니 더 정확하게 말하자. 야마가미—회사는 아오야먀의 인격을 살해했다.

아오야마는 스스로에게 묻는다. "사람은 무엇을 위해 일하는 것일까?" 먹고살려고 일한다. 이것은 이 질문에 나올 수 있는 모든 대답의 전제다. 그런데 회사에 출근해서 일할수록, 자신이 먹고살아야 하는 목적 자체를 잃게 된다면 어떡해야 할까. 이쯤 되면 '잠깐만 회사 좀 관두고 올게'가 왜 이 영화의 제목인지를 납득할 수 있을 것이다. 감독 나루시마 이즈루는 다음과 같이 연출 의도를 밝힌다. "젊은 시절 목숨을 끊은 친구들을 애도하고, 그때 내가 하지 못했던 것을 해야겠다는 생각에 이 작품을 만들었다." 그러니까 본인에게나 타인에게나 '회사 안 다니면 뭐 할래?'라고 다그치지 말자. 그가 그때 하지 못해 후회하는 그것을 우리는 할 수 있다.

우리가 당신을 놓쳤네요

켄 로치 감독,
<나, 다니엘 블레이크>(2016)와 <미안해요, 리키>(2019)

자기소개는 어렵다. 보통은 이름·나이·직업 등으로 자신을 드러내지만, 그것은 객관적 정보의 나열에 불과하다. 그런 사실만으로 '나'는 설명되지 않는다. 비록 자주 잊고 살아도 우리는 하나하나 고유한 존재다. 영화 〈나, 다니엘 블레이크〉의 주인공 다니엘 블레이크(데이브 존스)는 스스로를 이렇게 표현한다.

"나는 의뢰인도 고객도 사용자도 아닙니다. 나는 게으름뱅이도 사기꾼도 거지도 도둑도 아닙니다. 나는 보험 번호 숫자도 화면 속의 점도 아닙니다. 나는 묵묵히 책임을 다하며 떳떳하게 살았습니다. 나는 굽실대지 않고 이웃이 어려우면 기꺼이 도왔습니다. 자선을 구걸하거나 기대지도 않았습니다. 나는 다니엘 블레이크. 개가 아니라 인간입니다. 이에 나는 나의 권리를 요구합니다. 인간적 존중을 요구합니다. 나, 다니엘 블레이크는 한 사람의 시민 그 이상도 그 이하도 아닙니다."

이 작품은 다니엘의 자기소개가 거짓이 아님을 러닝 타임 내내 보여 준다. 본인 말대로 그는 묵묵히 책임을 다하며 떳떳하게 살고, 이웃이 어려우면 기꺼이 도움의 손길을 내민 '시민'이었다. 그런데 행정 당국은 다니엘을 시민이 아니라, '의뢰인·고객·사용자·게으름뱅이·사기꾼·거지·도둑·보험 번호 숫자·화면 속의 점' 따위로 여긴다. 다니엘을 일하지 않고 복지 수당이나 받아 편하게 살아 보려는 부류쯤으로 취급하는 것이다. 그는 평생을 목수로 성실하게 일한 사람이다.

다만 지금은 심장에 문제가 생겨 일하지 못할 뿐이다. 다니엘은 당연하게 정부 기관에 복지 수당을 신청한다. 이상한 태도를 보이는 것은 담당 관리들이다. 그들은 다니엘의 복지 수당 수령을 어떻게 해서든지 막고 싶어 하는 듯 보인다. 아니, 다니엘에게만 그렇다기보다 신청자—시민 모두를 무신경하거나 냉혹하게 대한다. 켄 로치 감독은 이 영화를 만들게 된 동기를 다음과 같이 밝힌다.

"생존을 위한 사람들의 분투에 대한 보편적인 이야기가 바로 시작점이었다. 국가의 절박한 도움이 필요한 사람들에게 제공되는 규정과 관료제의 쓰임, 국제적으로도 비효율을 야기하는 관료제, 정치적인 무기로서 '당신이 일하지 않으면 이런 일이 생기는 겁니다. 직업을 찾지 않으면 당신은 고통받을 겁니다.'와 같은 의도적 잔인함을 일상에서 볼 수 있다. 이에 대한 분노가 영화를 만들게 된 계기였다."

이런 부조리한 사건이 다니엘이 사는 영국에서만 일어나는 문제는 아닐 것이다. 예컨대 이 작품을 보는 한국인은 자연스럽게 한국의 상황을 떠올릴 수밖에 없게 된다. 국가는 언제나 국민을 내친다. 그러니까 이때 필요한 것은 객관적 정보로 환원되지 않는 고유한 '나'들끼리의 교류와 결속이다. 다니엘은 먼저 케이티(헤일리 스콰이어) 가족을 도왔고, 케이티 가족도 나중에 다니엘을 돕는다. 이들은 서로의 '나'를 온전히 받아들여 공존한다. 국가보다 나은 시민적 연대다.

〈나, 다니엘 블레이크〉의 문제의식을 견지하며 켄 로치는 이후 〈미안해요, 리키〉를 만들었다. 이 영화의 원제목은 '미안해요, 우리가 당신을 놓쳤네요(Sorry we missed you).'이다. 대체 무슨 말일까. 이것은 영미권 택배 회사에서 쓰는 문구다. 고객이 부재중이어서 택배 기사가 배달을 완료하지 못했을 때 문 앞에 붙이는 스티커. 받는 사람이 자리를 비운 것인데 왜 갖다 주는 사람이 사과해야 하는 걸까. 이상하다. 그래서인지 이 영화의 국내 배급사는 사과의 주체와 대상을 명확하게 바꾼 새 제목을 달았다. 우리가 리키에게 미안해야 한다는 것이다. 켄 로치 감독이 택배 회사의 스티커 문구를 차용해 의도한 원제목의 의미도 그랬을 테다. '미안해요, (리키) 우리가 당신을 놓쳤네요.'

리키(크리스 히친)는 영국 택배 기사다. 여기서 문제 하나. 영국 택배 기사는 노동자일까, 개인 사업자일까? 정답은 개인 사업자다. 그러니까 물건을 많이 배달하면 돈도 많이 벌겠지, 라고 생각하면 오산이다. 이들은 택배 회사와 계약을 맺고 일한다. 한데 그 계약은 회사에는 유리하게 기사에게는 불리하게 체결된다. 말만 개인 사업자이지 회사의 감독 아래 기사의 모든 행동이 통제당하는 것이다. 예컨대 (빚을 내 구입한)배송 차량이 리키 소유임에도 불구하고 거기에 딸도 태워서는 안 된다는 식이다. 분명한 구속이다. 그렇지만 회사는 이렇게 이야기할 뿐이다. 당신은 '자유로운' 개인 사업자라고.

리키도 처음에는 그 말을 믿는다. 한 주에 180만 원 이상의 소득이 생길 거라고 아내 애비(데비 허니우드)에게 호언장담하기도 한다. 그러나 그것은 애비의 지적대로 하루 14시간씩 주 6일을 쉬지 않고 일해야 거둘 수 있는 수입이다. 순수익도 아니다. 차량 할부금·연료비·보험료는 물론이고, 때때로 주차 위반 과태료와 대체 기사 고용 일당과 물품 도난 책임 비용 등을 물고 나면 실제로 그가 손에 쥐는 돈은 기대에 턱없이 못 미친다. 제대로 식사할 시간도, 마음 편히 용변 볼 시간도, 대화는커녕 가족과 얼굴 마주할 시간도 없다. "자본가는 노동자들의 건강과 시간을 아낌없이 썼습니다. 한마디로 그는 돈을 아끼고 생명을 낭비합니다."

마르크스의 『자본』을 새로 독해하는 작업을 한 철학자 고병권의 언급이 리키의 상황에 적확하게 들어맞는다. 아침 7시 30분부터 밤 9시까지 간병인으로 일하는 애비의 경우도 마찬가지다. 리키가 말한다. "사는 게 이렇게 힘들 줄 몰랐어." 애비가 답한다. "그러게." 사는 게 왜 그렇게 고단해야 하나. 최근 한국 법원은 택배 기사를 개인 사업자가 아닌 노동자라고 판결했다. 그나마 조금씩 나아지는 조짐이 보여 다행이다. 하지만 이를 택배 기사의 처우 개선으로만 한정시켜서는 곤란하다. 노동하는 우리 모두가 실은 리키와 애비일 테니까. 그런 까닭에 이 영화 제목이 내게 다음과 같이

바뀌어 들린다. '미안해요, 우리가 스스로를 놓치고 있었네요.' 🎬

달빛에 맞설 수는 없어

캐서린 비글로우 감독, <디트로이트>(2017)와
배리 젠킨스 감독, <문라이트>(2016)

똑같은 말과 행동도 어떤 관점에서 보느냐에 따라 그것을 규정하는 용어가 달라진다. 이를테면 '폭동'과 '봉기'가 그렇다. 권력(자)의 입장에서는 자기에게 복종하지 않고 거리로 뛰쳐나온 사람들의 모습을 폭동이라 칭할 테고, 거리로 뛰쳐나온 사람들의 입장에서는 권력(자)에 저항하는 스스로의 모습을 봉기라 칭할 테다. 그러면 1967년 디트로이트에서 실제 있었던 흑인들의 집단행동은 뭐라고 불러야 할까. 사회의 질서를 어지럽히는 폭력 행위인 폭동인가? 아니면 부당한 지배(자)에 맞서 떼 지어 일어난 봉기인가? 영화 〈디트로이트〉는 관객으로 하여금 우선 이런 물음을 갖도록 한다.

이 답을 찾기는 사실 어렵지 않다. 흑인들이 집단행동에 나선 원인이 미국에 만연한 인종 차별에 대한 반발 때문이었음을 고려한다면, 이것은 봉기라고 해야 옳을 것이다. 문제는 여기에 맞닥뜨린 공권력의 대처 방식에 있다. 봉기를 폭동으로 여긴 공권력은 비상사태를 선포하고 진압 작전에 돌입한다. 디트로이트 경찰 필립(윌 폴터)도 마찬가지였다. 야밤에 총소리가 난 알제모텔로 출동한 그는 투숙객들을 용의자로 단정한다. 모텔에 묵고 있던 이들은 모두 흑인 남성이었다. 두 명의 백인 여성도 있었는데, 그네들은 흑인 남성과 어울렸다는 이유로 용의자로 낙인 찍혔다.

이제 필립을 비롯한 경찰들은 그들을 상대로 심문을 시작한다. 더 정확히 말해 경찰들은 그들을 상대로 폭언과 폭행, 그리고 살인을 저질렀다. 관객은 용의자들이 무고하고, 오히려 경찰들이 죄를 범했다는 진실을 안다. 한데 그 진실이 어떻게 거짓에 덮이고 마는가를 가만히 지켜봐야 한다. 괴로운 일이다. 그렇지만 이와 비교할 수 없을 정도로 아픔을 겪은 사람들이 있다. 살해당한 사람들을 포함해, 그날 알제모텔에 있었던 사람들이다. 이들은 침묵을 강요당했다. 적반하장격으로 경비원 멜빈(존 보예가)은 살인 용의자로 체포되기도 했다. 전도유망했던 가수 래리(알지 스미스)는 또 어땠나. 그 사건 이후, 그는 자신이 그토록 꿈꿨던 무대에 서기를 포기했다.

다들 지금까지 영위하던 삶이 무너졌다. 봉기의 소용돌이에서 한 발짝 떨어져 있던 그들의 인생은 이를 계기로 단번에 바뀌었다. 특히 백인(경찰)을 위해 더는 노래하지 않겠다고 선언한 래리가 그랬다. 가만히 있지 않겠다는 봉기의 주체로 거듭난 것이다. 철학자 악셀 호네트는 주장한다. 법적 권리의 박탈을 포괄하는 모든 형태의 억압은 인간이 사회적으로 인정받으려는 욕구를 가로막는다고. 이와 같은 무시와 모욕의 경험이 분노를 갈무리한 봉기의 제일 큰 동기가 된다고 말이다. 캐서린 비글로우 감독은 이 영화로 "세상이 얼마나 바뀌었는지 또는 얼마나 바뀌지 않았는지 하는 질문"을 던진다고 했다.

이와 같은 물음을 시적으로 제기하는 영화가 〈문라이트〉이다. 각본가 타렐 알빈 맥크래니가 쓴 희곡 '달빛 아래에 흑인 소년들은 파랗게 보인다(In moonlight, black boys look blue)'를 바탕으로, 배리 젠킨스 감독은 영화 〈문라이트〉를 만들었다. 극 중 인물의 대사로도 언급되는, '달빛 아래에 흑인 소년들은 파랗게 보인다'는 천천히 되새길 필요가 있는 표제다. 이것은 영화를 보기 전에도, 영화를 보는 중에도, 영화를 보고 나서도 마음에 스며든다. 우선 이 문장에서 짐작할 수 있는 바는 이런 것이다. 인종과 관련된 편견과 차별에 반대하기. 공식적으로 미국은 인종에 관계없이 모든 시민이 평등한 나라다. 그러나 우리는 알고 있다. 비공식적으로 미국은 백인을 최상위에 두고, 흑인을 비롯한 유색 인종을 하대한다는 사실을.

따라서 원작을 쓴 맥크래니와 그것을 각색해 영화로 만든 젠킨스가 흑인이라는 점은 예사로운 일이 아니다. 게다가 마이애미를 배경으로 펼쳐지는 이 작품에는 단 한 명의 백인도 나오지 않는다. 주연부터 조연까지 다 흑인이다. 그렇다고 〈문라이트〉를 선동 영화로 봐서는 곤란하다. 백인의 (비)가시적 폭력에 대항해, 흑인이 투쟁에 나서야 한다고 일깨우는 메시지 전달은 이 작품과 관련이 없다. 물론 흑인이 모여 사는 동네에 작용하는 구조적 배제를 부인할 수 없는 것은 맞다. 하지만 이 영화는 그보다 훨씬 더 내밀한 이야기를 들려준다. 예컨대 덩치가 작아 리틀(little)이라는 별명으로 불리는, 주인공 샤이론(알렉스 히버트)을 괴롭히는 사람은 같은 학교에 다니는 동급생들이다.

강한 흑인은 약한 흑인을 못살게 군다. 흑인이 곧 선의 표상일 수는 없다는 뜻이다. 반면 그런 샤이론을 도와주는 사람—후안(마허샬라 알리)과 테레사(자넬 모네)도 흑인이다. 흑인이 곧 악의 표상일 수도 없다는 뜻이다. 우리와 똑같이 이들에게 선악은 공존한다. 마약에 중독된 샤이론의 엄마 폴라(나오미 해리스)가 아들을 사랑하면서도 내팽개치듯이. 폴라에게 마약을 파는 중개상 후안이 샤이론을 애틋하게 보살피듯이. 샤이론의 유일한 친구 케빈이 그를 좋아하면서도 때리듯이. 그들을 적나라하게 비추는 마이애미의 햇빛 아래에서는 죄다 이상하게 보인다. 그래서 요구되는 것은 모두를 포근하게 감싸 안는 달빛이다.

달빛 아래에서는 흑인 소년들뿐 아니라 전부가 파랗게 보인다. 여기에서는 인종을 포함한, 어떤 종류의 편견과 차별도 용납되지 않는다. 시인 송찬호는 「달빛은 무엇이든 구부려 만든다」는 시에 달빛을 사유하며 이렇게 쓴 적이 있다. "달이 빛나는 순간 세계는 없어져 버린다/ 세계는 환한 달빛 속에 감추어져 있다" 이 시의 구절이 〈문라이트〉를 시적으로 감상한 관객의 심정 가운데 하나일 것이다. 햇빛 아래 비루한 세계도 달빛 아래에서는 그냥 세계로 보인다. 그러니까 햇빛은 몰라도 달빛에 맞설 수는 없다.

몰락함으로써, 몰락하지 않기

올리버 스톤 감독, <스노든>(2016)과
피터 솔레트 감독, <로렐>(2015)

그때 남자는 스물아홉 살이었다. 미국 정보기관에서 핵심 실무자로 일하는 그의 미래는 창창했다. 남자와 같은 출중한 컴퓨터 프로그래머는 미국 정보기관에 반드시 필요한 인재였다. 마음만 먹으면 그곳에서 그는 승승장구할 수 있었다. 직급을 높여 가면서 막대한 권력을 거머쥐는 코스에는 자연스럽게 부와 명예도 따라올 것이었다. 그런 앞날이 보장돼 있는데 이를 걷어찰 사람이 과연 있을까. 만약 그리한다면 엄청난 바보짓을 하는 셈이다. 그러나 똑똑한 남자는 바로 그 멍청해 보이는 선택을 했다. 그는 미국 정보기관이 자국민은 물론 전 세계인의 말을 엿듣고, 행동을 엿본다는 사실을 언론에 제보했다.

남자는 내부 고발자가 되었다. 러시아에 망명한 그는 여전히 고국으로 돌아가지 못하고 있다. 귀국 즉시 남자는 당국에 체포되어 국가 안보를 위협했다는 이유로 중형을 선고받을 것이다. 타국에서 이제 그는 서른세 살이 되었다. 남자가 언제쯤 신변의 위협을 느끼지 않고 미국에 다시 갈 수 있을지는 알 수 없다. 인권을 중시한다는 오바마 정부도 그를 국가 반역자로 규정했다. 하물며 미국 우선주의를 천명한 트럼프 정부 시대에 남자는 미국에 발 들일 수 없을 것이다. 2016년 미국 대선 당시, 그의 행동이 시민이 누릴 자유의 소중함을 일깨워 주었다고 옹호한 정치인은 버니 샌더스뿐이었다.

미국 정보기관의 핵심 실무자에서, 미국의 적이 돼 버린 남자. 그의 이름은 에드워드, 성은 스노든이다. 〈스노든〉은 그의 이런 실화를 스크린으로 재현한 영화다. 〈플래툰〉·〈7월 4일생〉·〈JFK〉 등 예리한 정치적 메시지를 담아 뛰어난 영화를 만든 올리버 스톤 감독이 연출을 맡았다. 그런데 그보다 앞서, 로라 포이트라스 감독은 스노든이 미국 정보기관의 초법적 행태를 폭로하는 과정을 실제 촬영한 다큐멘터리 영화 〈시티즌포〉를 선보였다. 동어 반복을 하지 않기 위해 스톤은 포이트라스와는 다른 질문을 던진다. 그것은 "스노든이 무엇 때문에 고발자가 되었던 걸까? 폭로에 어떤 희생이 따를지 알고 있었을까?" 하는 물음이었다.

그래서 〈스노든〉은 조셉 고든 레빗이 주연을 맡아 극영화로 제작됐다. 내부 고발자가 되면 본인에게 닥칠 위험을 분명히 알면서도, 내부 고발자가 되기를 자처한 동기와 결정을 해명하려면, 스노든의 전사(前事)를 상세하게 다뤄야 했다. 〈시티즌포〉의 실제적 리얼리티가 보여 주지 못하는 부분을 〈스노든〉은 재현적 리얼리티로 보완한다. 이리하여 우리는 스노든에 대한 이야기를 제대로 한번 해 볼 수 있게 됐다. 그는 파멸을 각오하고 그 길로 걸어갔다. 그렇게 해서라도 지켜야 할 권리가 마땅히 있다고 생각했기 때문이다. 이것을 포기하는 순간, 스노든은 자기 자신을 포함한 미국이 진짜 끝장나리라고 예감했다. 그는 원칙을 따르는 애국자였다. 스스로 몰락함으로써, 스노든은 그가 믿는 숭고한 대상—가치의 몰락을 막았다.

스스로의 몰락을 각오하면서 싸운 사람은 스노든뿐 아니다. 로렐도 마찬가지다. 그녀의 이름을 제목으로 삼은 영화 〈로렐〉은 실화를 바탕으로 제작되었다. 2006년 2월, 미국 뉴저지주 경찰 로렐(줄리안 무어)이 암으로 세상을 떠난다. 그녀의 마지막을 지킨 사람은 연인 스테이시(엘리엇 페이지)였다. 사랑하는 사람과 사별하는 고통의 크기는 짐작조차 할 수 없지만, 그래도 로렐은 조금 홀가분한 마음으로 눈을 감았을 것이다. 스테이시가 배우자 자격으로 자기 연금을 수령하여, 두 사람의 추억이 깃든 집에 계속 살 수 있게 됐기 때문이다. 그것을 위해 죽기 얼마 전까지, 로렐은 뉴저지 오션카운티 의회와 싸웠다. 처음에 의회는 그녀의 요청을 받아들이지 않았다. 스테이시는 로렐의 법적 동거인이었지만, 두 사람이 부부로 인정받지는 못했던 탓이다. 의회는 이성 커플이 누리는 권리를 동성 커플에게 허용하지 않았다.

로렐 혼자 의회에 맞선 것은 아니다. 그녀를 도운 사람이 적지 않았다. 경찰 동료 데인(마이클 섀넌), 스스로를 유대인 중산층 게이라고 소개하는 인권 운동가 스티븐(스티브 카렐)이 대표적 인물이다. 이들이 시위에 앞장서지 않았다면, 의회는 원래 내린 결정을 번복하지 않았을 것이다. 암이 온몸에 퍼진 로렐에게는 투병이 곧 투쟁이었다. 의회가 태도를 바꾸기 전에 자신이 사망하면, 이제까지 해 온 모두의 노력이 물거품으로 변한다. 그녀는 악착같이 항암 치료를 받았다. 한데 스테이시는 좀 난감한 입장이지 않았을까. 로렐이 그녀에게 연금을 남겨 주려던 까닭은 세상에 혼자 남을 정인이 걱정돼서다. 하지만 이것을 아주 나쁘게 보면 어떨까.

가난한 자동차 정비공 스테이시가 유능한 경찰로 승승장구하던 로렐의 유족 연금을 갖기 위해 저러는 것이라고 손가락질받을 수도 있다. 열아홉 살이나 어린 여자가 애인의 돈을 노린 것이라는 세간의 비난이 나오지 않았을 리 없다. 이런 상황에서 그녀는 자신이 잘할 수 있고, 꼭 하고 싶은 일을 한다. 낮에는 직장에서 병원비를 벌고, 밤에는 로렐의 투병을 돕는 것이다. 사랑하는 사람과 함께 오래 있고 싶다는 마음이 시킨 행동이다. 연금 따위야 어찌 됐든, 로렐과 같이 있을 수 있는 날이 얼마 남지 않았다는 사실이 스테이시는 안타까울 뿐이다.

그런 그녀가 의회 설득 연설을 하기로 결심한 이유는 무엇일까. 나의 추측은 이렇다. 로렐이 자신에게 주려는 연금이 단순한 돈이 아님을 스테이시가 깨달았다고 말이다. 연금은 20여 년간 경찰로 근무한 로렐의 역사가 축적된 산물이다. 다시 말하면 연금은 지금 당장 필요하고, 앞으로도 가장 필요할 '로렐(과)의 시간'을 담은 대리물의 의미를 지닌다. 이와 같은 소중한 로렐의 유산을 어느 누구에게도 빼앗겨서는 안 된다고 스테이시는 생각한 것 같다. 마침내 의회는 연금 양도를 승인했다. 그로부터 10년 뒤, 미국은 동성결혼을 합법화하는 데까지 나아갔다.

절망의 세계에서 행복한 청춘

히라야나기 아츠코 감독, <오 루시!>(2017)와
츠키카와 쇼 감독, <너는 달밤에 빛나고>(2019)

〈오 루시!〉를 잘 감상하기 위해서는 현대 일본인들의 마음 상태에 관심을 가질 필요가 있다. 이에 관해서는 여러 접근법이 있겠지만, 나는 심리학자 가와이 하야오의 분석을 추천하고 싶다. 이를테면 그는 현대 일본인들에 만연한 무기력증을 거론한다. "무기력은 무욕망이다. 무엇에도 흥미가 없고 욕망이 솟지 않는다. '성'이라든가 '힘'에 대해서는 말할 것도 없고, 살아가는 것에 관심이 없다고 할 정도다. 자살을 하지 않는 것은 그조차 번거롭기 때문이라고까지 말한다. 무슨 일에 대해서건 '별로'라는 것이 그들의 반응이다. 근원적인 것으로 생각되었던 '욕망'이 없어지는 현상은 현대 일본 사회에서 많이 볼 수 있는 일종의 병리 현상이다."(백계문 옮김, 『일본인의 심성과 일본 문화』, 한울, 2018)

영화의 오프닝 장면은 이에 대한 적확한 예시다. 출근 시간 직장인들이 승강장에서 전철이 오기를 기다린다. 그들은 전부 하얀 마스크를 쓴 채 침묵하고 있다. 표정과 소리가 사라진, 마치 표백된 공간에 놓인 것 같은 사람들. 그곳의 적막을 깨뜨린 건 한 사내다. 그는 주인공 세츠코(테라지마 시노부)를 스치면서 말한다. "잘 있어." 그러고 나서 남자는 승강장에 진입하는 전철로 뛰어든다. 여기서 눈여겨봐야 하는 것은 그의 자살에 반응하는, 세츠코를 비롯한 다른 사람들의 태도다. 이들은 남의 죽음에 놀랍도록 무신경하다. 문제 삼는 것은 전철이 지연돼 출근이 늦어진다는 사실뿐이다.

이는 비정함만으로 해명되지 않는다. 가와이 하야오의 말대로 이것은 타인의 삶은 물론이고, 본인의 삶에서조차 의욕을 갖지 못하는 '무기력—무욕망의 병리 현상'인 탓이다. 이런 점을 고려하면 세츠코가 쓰레기 집에 사는 이유도 납득이 된다. 그녀는 자신의 생활을 방기한다. 이럴 때 해결의 키워드는 간명해진다. '소진된 욕망을 어떻게 다시 불 지피느냐?'이다. 세츠코의 경우는 영어 강사 존(조쉬 하트넷)과의 짧은 만남이 계기가 된다. 그 덕분에 그녀는 새로운 캐릭터로 변할 수 있었다. 욕망이 결여된 검은 머리 세츠코에서, 욕망으로 충만한 노란(가발) 머리 루시가 된 것이다.

그런데 존을 향한 사랑이 그녀를 마냥 행복하게 만들어 주지는 않는다. 루시가 돼 자기 욕망에 충실하면 충실할수록, 세츠코 주변에 상처받는 사람들이 늘어났기 때문이다. 떠나 버린 존을 찾아 미국까지 건너가게 한 엄청난 욕망은 결국 그녀도 망가뜨리고 만다. 분명 무욕망보다는 욕망을 가진 편이 낫다. 그러나 욕망을 좇는 동안 그것이 과연 어디로 뻗어 나가는가 하는, 욕망의 방향성 역시 고민하지 않으면 안 된다. 삐뚤어졌다면 내가 원하는 것으로부터 나를 지켜 내야 할 테다. 진짜 욕망을 자각하고 실현하는 데는 많은 연습이 요구된다. 이 명제가 꼭 현대 일본 사회에만 적용된다고 보기는 어렵다. 현대 한국 사회의 상황도 날로 비슷해지고 있다.

또 다른 사례는 영화 〈너는 달밤에 빛나고〉에서 찾을 수 있다. 이 작품의 세계에는 발광병(發光病)이라는 원인 불명의 불치병이 퍼져 있다. "증세는 다양하지만, 그중에서도 가장 특징적인 증상은 바로 피부에 생기는 이변이다. 빛난다. 밤에 달빛을 쐬면 몸에서 형광색처럼 은은하고 옅은 빛이 난다. 병세가 악화될수록 그 빛은 서서히 더 강해진다. 그래서 발광병이라는 이름이 붙었다." 이 같은 설명은 사노 테츠야의 소설 『너는 달밤에 빛나고』(박정원 옮김, 디앤씨

미디어, 2018)에서 옮겨 왔다. 일본에서 50만 부 판매를 기록하며 베스트셀러에 오른 작품을 읽고 감독 츠키카와 쇼는 곧바로 영화화를 결심했다고 한다. 그렇게 해서 탄생한 영화가 소설과 같은 제목의 〈너는 달밤에 빛나고〉다.

그는 이전에도 비슷한 작업을 한 적이 있다. 츠키카와 쇼는 스미노 요루의 소설 『너의 췌장을 먹고 싶어』를 영화화해, 이 작품으로 2018년 일본 아카데미상 남녀신인배우상과 화제상을 받았다. 확실히 그는 싸구려가 아닌 볼 만한 대중 영화를 만들 줄 아는 능력을 가진 감독이다. 츠키카와 쇼가 라이트 노벨 특유의 리듬감을 이해하고 있어서다. 라이트 노벨은 나쁘게 표현하면 클리셰의 반복, 좋게 표현하면 데이터베이스화된 양식을 변주하는 장르다. 두 편의 원작만 놓고 봐도 그렇다. 주인공이 고등학생인 청춘물, 시한부 인생을 사는 여학생과 그 곁을 지키는 남학생의 귀여운 로맨스라는 패턴이 똑같다.

그래서 라이트 노벨과 이를 영화화한 작품을 폄하하는 목소리도 적지 않다. 통속성과 상업성만 있을 뿐 작품성은 없다는 논리다. 다른 의견도 있다. 관점에 따라 여기에서 얼마든지 독특한 작품성을 발견해 낼 수 있다는 입장이다. 그중 하나가 '감정 알고리즘의 변화'다. 암울한 상황에도 불구하고 라이트 노벨—영화의 주인공은 비탄에만 잠기지 않는다. 우리가 아는 고전 비극의 주인공을 떠올려 보면 둘의 차이가 더 뚜렷해진다. 라이트 노벨—영화의 주인공은 사별이 예정돼 있다. 그러나 그들은 그런 운명에 슬퍼하기보다는, 남아 있는 시간을 행복하게 보낼 수 있는 방법을 궁리하고 실천한다.

〈너는 달밤에 빛나고〉에서 발광병을 앓는 마미즈(나가노 메이)의 버킷 리스트를 타쿠야(키타무라 타쿠미)가 대신 이뤄 주려는 노력은 이런 맥락에서 자연스럽다. 물론 타쿠야가 롤러코스터를 타고, 파르페를 먹는다고 발광병이 치료되진 않는다. 그렇지만 덕분에 마미즈는 웃음을 되찾았고 자신의 삶을 좋은 기억들로 채웠다. 이는 타쿠야도 마찬가지다. 이때 분명히 언급해야 할 점은 이들의 태도가 사토리(득도) 세대의 모습과 일치한다는 사실이다. '절망의 나라에서 행복한 젊은이들'(후루이치 노리토시)의 등장과 〈너의 췌장을 먹고 싶어〉·〈너는 달밤에 빛나고〉 등의 출현은 밀접하게 연결돼 있다. 일본에만 국한된 현상이 아니다. 한국도 유사하게 감정 알고리즘의 변화를 겪는 중이다.

지뢰밭의 소년들과 서스펜스의 윤리

사울 딥 감독, <저니스 엔드>(2017)와
마틴 잔드블리엣 감독의 <랜드 오브 마인>(2015)

제1차 세계 대전은 우리에게 무엇으로 기억될까. 아마도 '참호전'이 아닐까 싶다. 사실 많은 사람이 '참호(塹壕/塹濠)'라는 한자어보다는 '트렌치(trench)'라는 영단어에 익숙할 것이다. 지금도 우리는 트렌치코트를 즐겨 입는다. 하지만 참호에서 비를 피하려고 이 옷을 걸쳤던 영국군에게 그것은 패션 아이템이 아니었다. 트렌치코트는 트렌치에서 살아남기 위한 생존 도구였다. 그리고 트렌치코트를 입었든 안 입었든, 기관총탄을 피하려는 목적에서 파기 시작한 흙구덩이에서 대치하던 군인들은 이 전쟁이 본인을 갉아먹고 있음을 직감했을 테다.

여기에는 피아가 없다. 그들은 적군 외에 참호와도 싸

워야 했으니까. 곳곳에 널린 시체와 오물 썩는 냄새가 진동했던 참호는 감염의 온상지이기도 했다. 어느 통계에 따르면, 군인들이 참호에서 병들어 사망한 경우가 총에 맞아 전사한 경우보다 더 많았다. 이런 역사적 현실에 바탕을 둔 영화가 〈저니스 엔드(Journey's end)〉다. 원작은 R. S. 셰리프가 쓴 동명의 희곡(1928년 런던 초연)이다. 그런 까닭에 사울 딥 감독은 작품을 완성하는데 연극적 요소를 적극적으로 활용했다. 무슨 말인가 하면, 한정된 시공간에서 인물과 인물 혹은 인물과 상황의 긴장감을 높이는 방식으로 역작을 만들어 냈다는 뜻이다.

1918년 3월 프랑스 전선에 파병된 영국군을 다룬 이 영화는 특히 세 캐릭터에 집중한다. 참호전이 놀이인 줄 알았던 소위 롤리, 참호전이라는 지옥을 버티려고 술을 마셔댔던 대위 스탠호프, 참호전이 야기하는 비참으로부터 롤리와 스탠호프 등 모두를 지켜 내고 싶었던 중위 오스본이 그 주인공이다. 이들의 모습을 통해 관객은 참호전을 비롯해 전쟁 자체에 내재된 부조리에 통감하게 된다.(예컨대 영국군에게는 자신들의 지휘부가 정예 독일군보다 더 치명적인 적처럼 보이기도 한다.) 이것을 체감하게 하는 영화 장치가 카메라의 움직임이다. 〈저니스 엔드〉에는 인물 옆이나 뒤에 카메라가 바짝 붙어서 찍은 장면이 유독 많다.

1인칭 체험이다. 영화를 보는 사람이 영화 속 인물이 되도록 만드는 것이다. 시각은 제한되나 실감은 커진다. 전쟁의 참혹성을 관념적으로만 알던 사람에게, 이 작품은 전쟁이 왜 참혹할 수밖에 없는지를 심리적으로 깨닫게 한다. 제작자의 발언은 그래서 거짓이 아니다. "우리는 사람들이 전쟁에 열광하는 걸 원치 않았다. 이 영화의 대부분은 전쟁의 혼란과 두려움에 관한 것이었고, 이는 일반적인 전쟁 영화와 완전히 다른 점이다." 그러기에 나는 아직도 모르겠다. 참호에서 죽은 군인들—아니 사람들이 왜 이렇게 생을 버려야만 했는지를, 긴 '여정의 끝'이 어째서 이 모양이어야 하는가를. 영화가 아니라 100년 전 일어났던 전쟁에 드는 회의감이다.

제2차 세계 대전에서도 그랬다. 덴마크 감독 마틴 잔드블리엣의 〈랜드 오브 마인(Land of Mine)〉은 서스펜스(Suspense)로 가득 찬 영화다. 서스펜스는 앞으로 일어날 상황에 대한 관객의 불안감·긴장감을 조성하는 극적 기법이다. 서스펜스 영화의 대가로 유명한 알프레드 히치콕 감독은 프랑수아 트뤼포 감독과의 대담에서, 관객이 등장인물과 관련된(특히 불행을 야기하는) 사실을 다 알지만 거기에 개입할 수는 없을 때 서스펜스가 발생한다고 언급한 적이 있다. 서스펜스의 라틴어 어원은 '매달다(Suspensus)'라는 뜻이다. 서스펜스를 제대로 활용하는 영화는 등장인물로 하여금 스스로 벼랑 끝까지 걸어가게 한 다음, 그가 떨어지도록 부추긴다. 그리고 해어진 밧줄 하나에 의지해 거기에 관객을 같이 매달리게 한다. 허공에 떠 있는 상태, 우리가 당연히 작동한다고 여기던 모든 것이 멈춰 버린다.

이것이 서스펜스의 또 다른 사전적 정의다. 〈랜드 오브 마인〉에 구현된 서스펜스는 관객을 이런 상태에 처하도록 한다. 짜릿하다기보다는 고통스러운 체험이다. '지뢰밭'이라는 제목에서 알 수 있듯이, 이 작품은 지뢰가 터져 팔다리가 잘리고, 흔적도 찾을 수 없이 폭사한 사람들의 이야기를 중심에 두기 때문이다. 그들은 제2차 세계 대전에서 패한 독일 군인들이다. 아니, 덴마크에 붙잡힌 독일 소년들이다. 전쟁 중 독일군이 매설한 150만여 개 지뢰를 해체하는 작업에, 덴마크 당국은 대다수가 소년병이었던 2천여 명의 독일군 포로를 강제 투입했다. 덴마크의 실제 역사다.

그중 반 이상이 죽었다. 덴마크는 독일이 저지른 만행을 앙갚음한다. 처음에는 피해자였으나 나중에는 가해자가 된 덴마크. "독일이 우리에게 한 짓을 생각해. 우리가 그들보다 나아."라고 덴마크군 대위는 말하지만, 이들은 괴물과 싸우다 괴물이 된 자의 행태를 적나라하게 드러낸다. 덴마크군 칼(로랜드 몰러) 상사도 마찬가지다. 그는 4만 5천 개 지뢰를 석 달 안에 제거하는 일을 해야 하는 열 명 남짓한 소년병들의 관리를 맡았다. 밥을 주지도 않고, 병이 나도 쉬게 하지 않는다. 지뢰를 다 없애야 독일로 보내 준다며 칼은 그들을 냉혹하게 대한다.

자, 이제 예상한 대로의 서스펜스가 펼쳐진다. 등장인물과 관객이 함께 느낄 수밖에 없는 서스펜스다. 소년들은 모래사장에 엎드려 지뢰를 찾아 기폭 장치를 분리한다. 갑자기 폭발음이 들린다. 한 아이가 두 팔을 잃고 울부짖고 있다. 어떤 날에는 집에 돌아가면 뭘 할지 대화를 주고받던 아이들이 폭발에 휘말려 사라져 버린다. 그렇게 지뢰 터지는 소리가 펑펑 날 때마다, 등장인물과 관객의 머릿속은 하얘진다. 여기에서는 국가의 법도, 인간의 도덕도 허공에 멈춰 버린다. 그런 서스펜스는 모두를 괴롭게 만든다. 칼 상사도 예외가 아니다. 잇따른 서스펜스를 경험하며, 그는 적의가 이렇게 표출돼서는 안 된다고 생각한다. 과거처럼 미래를 살지 말라. 〈랜드 오브 마인〉의 서스펜스가 수행하는 정지 효과는 우리를 향한 참혹한 경고의 윤리다.

쌍욕과 몸싸움의 도덕

이일하 감독, <카운터스>(2017)와
쿠엔틴 타란티노 감독, <원스 어폰 어 타임…… 인 할리우드>(2019)

강간을 하겠다고 외치는 불한당패가 거리를 활보한다. "그렇게 말하면 안 돼요." 한 신사가 점잖게 타이른다. 하지만 불한당패는 민주주의 원칙 중 하나인 '표현의 자유'를 자기들의 근거로 내세운다. 우리가 행동으로 옮기지 않는다면, 그런 의견이야 얼마든지 낼 수 있는 게 아니겠냐고. 경찰도 불한당패를 막지 못한다. 집회 신고를 한 합법적 행진이기 때문이다. 갈수록 불한당패의 목소리가 커진다. 그들을 지지하는 여론도 확산된다. TV에서는 여러 패널이 나와 토론을 펼친다. 강간 찬성·반대 구도가 만들어지고, 이들은 서로를 '합리적으로 설득'하기 위해 노력한다.

이런 말도 안 되는 일이 벌어질 리 없다고? 그러나 진짜 일어난 사건이다. 강간이라는 단어만 바꾸면 말이다. “조선인을 때려죽이자!”, “코리안 타운을 부수고 가스실을 만들자!” 수백 건의 일본 혐한 시위에서 나온 구호다. “거리에서 한국 여자를 보면 강간해도 무방하다!”라고 주장하는 선동가도 있었다. 이 같은 무리와 마주쳤을 때 우리는 어떡해야 할까. 철학자 슬라보예 지젝은 인터뷰에서 이렇게 코멘트했다. “정상적인 사회란 누군가가 ‘강간을 하고 싶어.’라고 말했을 때 이에 대해 논쟁을 벌이는 것이 아니라, ‘정신 나갔어?’라며 그를 미친 사람으로 취급하는 그런 사회입니다.”(슬라보예 지젝, 『불가능한 것의 가능성』(인디고 연구소 기획), 궁리, 2012) 그는 이것이 강간뿐 아니라 인종주의와 파시즘에도 똑같이 적용돼야 한다고 덧붙인다.

불한당패의 무논리에 일일이 논리적으로 대응할 필요는 없다. 중요한 점은 불한당패의 활동을 어떻게 저지할 것이냐다. ‘정의를 실현하기 위해 현장에서 항의한다.’는 모토 아래, 때에 따라서는 상대에 맞서 거친 언행도 불사해야 하지 않을까. 실제로 이 취지에 공감한 사람들이 있다. 〈카운터스〉는 혐오와 차별에 강경하게 대항하는 사회 운동가들의 모습을 담아낸 다큐멘터리 영화다. 행동주의 시민 단체 ‘카운터스’에는 무력 제압 부대 오토코구미도 있는데, 감독 이 직접 여기 단원이 되어 투쟁의 기록을 남겼다. 카운터스는 독특한 모임이다. 정치 성향으로는 좌우익, 직업적으로 교수·변호사 같은 엘리트부터 전직 야쿠자까지 한 구성원이다.

오토코구미 대장 다카하시가 대표적이다. 그는 야스쿠니 신사를 참배하는 우익이자 전직 야쿠자 출신이다. 다카하시는 아베 총리의 민족 정책에 항의하고, 사회적 약자를 위해 싸우는 자신이 바로 진정한 우익이라고 이야기한다. 이쯤 되면 도대체 뭐가 좌우익의 정체성인지 헷갈리기 시작한다. 그래도 괜찮다. 이때 핵심은 그를 비롯한 '카운터스'가 사회의 윤리적 수준을 끌어올리는 데 기여했다는 사실이니까. 오토코구미 멤버들은 인종주의는 정당하다는, 즉 강간을 하겠다고 외치는 불한당들에게 쌍욕을 퍼붓고, 그들의 행진을 온몸으로 가로막는다. 광기에 저항하는 도덕적인 폭력이다.

이런 속성은 쿠엔틴 타란티노 감독의 영화 〈원스 어폰 어 타임…… 인 할리우드(Once Upon a Time…… in Hollywood)〉도 드러난다. 옛날 옛적 할리우드에서는 무슨 일이 있었나. 시간은 1969년으로 거슬러 올라간다. 이 해에는 '샤론 테이트 살인 사건'이 일어났다. 로만 폴란스키 감독의 아내이자 배우였던 그녀는 LA 집에서 참혹하게 희생당했다. 범인은 찰스 맨슨 추종자들. 이들에게 살해의 이유를 묻는 것은 부질없다. 무논리의 광신도들이었으니까. 그럼 우리는 이런 아픈 과거를 어떻게 받아들여야 하나. 안타까움에 당신은 그저 혀만 끌끌 찰지 모르겠다. 나도 그랬다. 하지만 이보다 훨씬 더 적극적인 행동에 나서는 사람도 있다. 쿠엔틴 타란티노가 대표적이다. 그의 전작 〈바스터즈: 거친 녀석들〉(2009)과 〈장고: 분노의 추적자〉(2012)를 보라.

쿠엔틴 타란티노는 무논리의 광신도나 다름없는 인종차별주의자의 행태를 그냥 두지 않는다. 그는 두 영화에서 나치와 노예를 부리는 농장주를 처벌했다. 악을 통째로 뿌리 뽑아 버리는, 타란티노 특유의 폭력적인 제거 방식을 불편해하는 관객도 물론 있으리라. 다만 나는 이렇게 생각할 따름이다. 그가 역사의 반복에 관한 다음의 명제를 자기 나름대로 따르고 있다고 말이다. "처음에는 비극으로, 그다음에는 희극으로."(마르크스, 『루이 보나파르트 브뤼메르 18일』) '비극으로 끝난 첫 번째 역사는 바꿀 수 없다. 그렇다면 되풀이될 두 번째 역사는 철저한 희극으로 바꿔 놓아야지.' 그런 의도 하에 쿠엔틴 타란티노는 역사를 다시 쓴다.

〈원스 어폰 어 타임…… 인 할리우드〉도 마찬가지다. 그는 액션 스타 릭(레오나르도 디카프리오)과 스턴트맨 클리프(브래드 피트)를 이 영화의 주인공으로 내세운다. 그리고 샤론(마고 로비)이 아닌, 옆집 이웃이던 두 사람에게 찰스 맨슨 추종자들과 맞닥뜨리게 한다. 결과는? 다만 나는 아까 언급한 대로 〈원스 어폰 어 타임…… 인 할리우드〉가 타란티노식 역사 다시 쓰기의 희극 버전임을 강조하고 싶을 뿐이다. 실제의 아픈 과거는 그가 창안한 가상의 두 인물에 의해 전혀 다르게 변주된다. 그게 무슨 소용이냐고? 한데 놀랍게도 정말 소용이 있다. 역사는 한 번으로 끝나지 않기 때문이다.

역사 재해석은 지난날의 오류를 똑같이 겪지 않겠다고 다짐하는 현실 재창조의 선언이다. 쿠엔틴 타란티노는 이 같은 작업을 계속해 오고 있다. 그렇다고 그의 논점에 전부 동의할 필요는 없다. 가령 쿠엔틴 타란티노가 이소룡을 희화화하는 장면은 어떤가. 그리 유쾌하지만은 않을 테다. 그래도 하나 분명한 점은 그가 이 영화에 나오는 모든 캐릭터를 희화화한다는 사실이다. 릭이나 클리프도 예외가 아니다. 의외로 쿠엔틴 타란티노는 공평하게 비튼다. 릭과 클리프는 정의의 사도라기보단 흠결 많은 인간이다. 영광의 자리에서 물러나 지금은 상실감을 곱씹는 그들의 활극. 숭고하기만 한 영웅은 쿠엔틴 타란티노 세계에서 역사의 주연을 맡지 못한다. 이게 제일 나는 마음에 들었다.

강한 자는 살아남는다?

버러느버시 토트 감독, <살아남은 사람들>(2019)와
구스 반 산트 감독, <씨 오브 트리스>(2015)

나치의 유대인 학살은 체계적으로 이루어졌다. 선별-이송-죽임의 되풀이였다. 그렇게 유럽에 거주하던 유대인 1100만여 명 중 600만여 명이 희생됐다. 들어도 잘 가늠이 안 되는 사망자 수다. 죽음을 아직 모르는 나는 이들에 관해 어떤 말도 덧붙이기 어렵다. 다만 지금을 살아가는 자로서 생존자 500만여 명에 대해서는 조금 이야기할 수 있을 듯하다. 버르너바시 토트 감독의 영화 〈살아남은 사람들〉을 본 덕분이다. 이 작품의 배경은 1948년 헝가리다. 주인공은 10대 여학생 클라라(아비겔 소크)와 40대 남의사 알도(카롤리 하이덕). 두 사람은 성장이 멈춘 환자와 산부인과 전문의로 처음 만났다.

클라라의 발육 중단은 유대인 학살과 관련이 있다. 가족을 잃고 그녀는 홀로 살아남았으니까. 마음의 상처는 몸으로도 드러난다. 클라라의 상태를 진단하는 알도 역시 비슷한 처지다. 유대인 학살의 광풍에 그는 아내와 자식을 떠나보냈다. 그러면서 알도의 삶에서는 기쁨 혹은 즐거움이라고 부를 만한 감정도 사라져 버렸다. 그는 웃지 않는 사람이 됐다. 이런 상황에서 클라라가 먼저 알도에게 다가선다. 혼자 있기를 두려워하는 소녀가 내미는 손을 사내는 뿌리치지 않는다. 내색하지 않았으나 실은 그도 혼자 있기를 두려워했기 때문이다. 한 침대에서 잠을 청하고, 포옹하는 두 사람. 그 모습에서 바람직하지 못한 관계를 상상할지도 모르겠다.

실제 그들 주변에는 클라라와 알도의 성적 일탈을 의심하는 눈초리가 많았다. 그러나 둘은 남녀의 성애가 아니라 인간으로서의 온기를 나누었을 뿐이다. 처참하고 잔학한 시대를 통과한 이들에게 완전한 치유는 불가능하다. 그럼에도 불완전하나마 서로 간의 기댐은 얼마든지 가능하고, 각자에게 충분히 도움이 된다는 메시지를 '살아남은 사람들'은 명징하게 전한다. 설명할 수 없는 고유한 슬픔이야 도저히 어쩌지 못한다 해도. 이 영화와 연관해 참고할 수 있는 시가 있다. 브레히트가 쓴 「살아남은 자의 슬픔」(1944)이다. 원래 제목은 '나, 살아남은 자'인데, 역자 김광규 시인은 가까스로 살아남은 자가 느끼는 정서는 슬픔일 수밖에 없다고 생각한 것 같다.

"물론 나는 알고 있다. 오직 운이 좋았던 덕택에/ 나는 그 많은 친구들보다 오래 살아남았다. 그러나 지난밤 꿈속에서/ 이 친구들이 나에 대하여 이야기하는 소리가 들려왔다. '강한 자는 살아남는다.'/ 그러자 나는 자신이 미워졌다" '강한 자는 살아남는다.'는 명제는 요즘의 성공 이데올로기와 일맥상통한다. 내가 잘나서 부와 명예를 거머쥐었고, 그것이 몹시 뿌듯해 여기저기 자랑하지 않고는 못 배기겠다는 사람들에게, 이 시와 영화는 어떻게 받아들여질까. 살아남은 자가 있다는 것은 다시 말해 죽은 자가 대다수라는 뜻이다. 그들을 애도하지 않는, 스스로 부끄러워하지 않는 생존-성공 예찬은, 그러니까 얼마나 너절한지.

살고 있음을 자책하다 죽음을 선택하는 사람도 있다. 그들은 일본 후지산 근처 약 900만 평에 달하는 울창한 숲으로 향한다. "나무의 바다"로도 불리는 '아오키가하라'다. 이곳은 경관이 아름다운 관광지로 알려져 있는데, 다른 이유로도 입에 자주 오르내린다. 자살을 기도하는 사람이 유독 많이 찾아오기 때문이다. 경찰 기록에 따르면, 2010년에는 무려 247명이 아오키가하라에서 목숨을 끊으려 했다고 한다. 영화 〈씨 오브 트리스(The sea of trees)〉의 아서(매튜 맥커너히)도 그런 이들 중 한 명이다. 그에 대해서는 두 가지 궁금증이 생긴다. 하나는 '왜 죽음을 택하려는 것인가?' 하는 점이고, 다른 하나는 '왜 미국에서 멀리 떨어진 일본의 숲을 생의 마지막 행선지로 골랐느냐?' 하는 점이다. 그 답은 조안(나오미 왓츠)과 관련이 있다.

아서와 조안은 부부다. 한데 그들의 관계는 좋아 보이지 않는다. 아서와 조안은 늘 다툰다. 그는 그녀가 자기를 못마땅하게만 여긴다고 화를 내고, 그녀는 그가 계속 자기 등골만 빼먹는다고 소리친다. 그렇게 몇 년 동안 두 사람은 소원하게 지냈다. 사실 따지고 보면 갈등의 원인은 아서에게 있었다. 그의 외도가 들통나면서 조안의 믿음에 금이 간 것이다. 이런 상황에서도 그녀는 그와 헤어지지 않았고, 부동산 중개업자로 일하며 생계까지 책임졌다. 반면 아서는 어땠나. 이후 그도 나름대로 남편 역할을 한다고 했지만, 아내에게 진정 관심을 기울인 적은 많지 않았다. 돌이켜 보면 후회할 말과 행동을 아서 스스로가 줄곧 한 셈이다.

이제 조안은 세상에 없다. 비로소 아서도 자신을 되돌아본다. 남아 있는 것은 그녀에 대한 죄책감, 본인에 대한 자책감뿐이다. 그래서 그는 아오키가하라에 왔다.(또한 이 것은 언제가 될지는 몰라도, 당신 최후의 날은 차갑고 휑한 병원이 아닌 '죽기에 완벽한 장소'에서 맞으라는 조안의 부탁을 아서가 들어준 것이기도 하다.) 아서는 회한에 잠긴다. "꼭 그런 순간이 와야 알 수 있나 봐요. 삶이 흔들리는 순간이 와야만, 그제야 정말 소중한 걸 깨닫게 되잖아요. 문제는 그런 순간은 금세 사라지거나 너무 늦게 찾아온다는 거죠." 그런데 그는 누구에게 이 같은 고백을 하고 있는 걸까.

아서의 말을 듣고 있는 사람은 아오키가하라에서 만난 일본인 타쿠미(와타나베 켄)다. 두 사람은 죽고자 여기에 왔으나, 어느 순간부터 동행하면서 미로 같은 숲을 빠져나가기 위해 애쓴다. '죽기에 완벽한 장소'에서 '살 기회'를 다시 한 번 얻으려고 아등바등하는 것이다. 이때는 역설적으로 죽음이 삶을 돕는다. 예컨대 추위에 떨던 그들이 죽은 이의 외투를 입고, 시체가 있던 텐트에서 몸을 녹이는 장면이 그렇다. 앞서 2010년 아오키가하라에서 247명이 목숨을 끊으려 했다고 썼다. 그중 실제 자살한 사람은 몇 명일까? 54명이다. 다시 말해, 살아 돌아온 사람이 193명이었다는 이야기다. 이렇게 보면 아오키가하라의 별칭은 생동하는 "나무의 바다"가 맞는 것 같다.

출발점으로 돌아가 재시작하기

스티븐 스필버그 감독, <웨스트 사이드 스토리(West side story)>(2021)와
매튜 본 감독, <킹스맨: 퍼스트 에이전트>(2020)

〈웨스트 사이드 스토리〉는 1957년 초연된 이후 뮤지컬계에서 고전 반열에 올랐다. 그럴 수 있었던 몇 가지 이유가 있다. 여기에서는 두 가지만 언급하자. 첫 번째는 익숙함과 신선함의 조화다. 이 작품은 중세 이탈리아 베로나를 배경으로 한 〈로미오와 줄리엣〉을 1950년대 미국 뉴욕으로 옮겨 놓은 이야기다. 앙숙인 가문의 남녀가 첫눈에 사랑에 빠진다. 그러나 뿌리 깊은 가문 간의 불화는 이제 막 시작한 연인이라고 비껴가지 않는다. 복수와 오해가 불러온 죽음은 두 사람을 영영 갈라놓는다. 이와 같은 〈로미오와 줄리엣〉의 비극은 호소력이 짙다. 그래서 다들 익숙하다고 느낀다.

이런 익숙함을 계승하되, 〈웨스트 사이드 스토리〉는 당

시 현실에서 불거지던 실제 갈등을 집어넣었다. 원주민과 이주민의 충돌이다. 제트파로 불리는 뉴욕 하층 토박이 집단과 샤크파로 불리는 뉴욕 하층 이민자 집단은 서로의 존재를 용납 못 한다. 극단적 대립이 1950년대 미국에만 나타날 리 없다. 관객은 본인 상황을 거기에 이입하여 다들 신선하다고 느낀다. 〈웨스트 사이드 스토리〉가 뮤지컬계의 고전이 된 두 번째 연유는 감정을 고조시키는 노래와 시선을 사로잡는 춤에 있다. 이 작품의 작곡은 레너드 번스타인, 작사는 스티븐 손드하임, 안무 겸 연출은 제롬 로빈스가 맡았다. 당대 드림팀이 뭉쳤다는 뜻이다.

우여곡절이 없지 않았으나 〈웨스트 사이드 스토리〉는 뮤지컬계의 고전이 되었고, 1961년 영화로 제작돼 아카데미 작품상까지 거머쥐었다. 그러니까 빼어난 원작을 리메이크 영화로 만드는 작업은 위험 부담이 크다. 원작과의 비교를 피할 수 없기 때문이다. 대개 리메이크작이 진다. 그런데 〈웨스트 사이드 스토리〉를 스티븐 스필버그가 만들었다고 하면 사정이 달라진다. 그는 평단과 대중 둘 다 만족시킬 수 있는 몇 안 되는 감독 중 한 명이다. 처음 찍는 뮤지컬 영화라고 해서 그의 솜씨가 사라지지는 않는다. 정말로 스필버그는 원작을 이어받는 동시에 특색 있게 변주한 '21세기 웨스트 사이드 스토리'를 탄생시켰다.

주인공 토니와 마리아를 신예 배우인 안셀 엘고트와 레이첼 지글러로 캐스팅하는 것만으로는 충분하지 않다. 그는 주요 배역 중 하나로 이들의 조력자 발렌티나(리타 모레노)를 추가했다. 이는 원작의 아저씨 캐릭터 닥을 변용한 것에 그치지 않았다. 발렌티나는 〈웨스트 사이드 스토리〉에서 너무 적게 등장하는 여성 인물의 빈자리를 메웠고, 아저씨 캐릭터 닥이라면 부를 수 없었을 노래 'Somewhere'를 마침맞게 열창했다. 그럼에도 불구하고 어떤 이는 이 영화가 원작보다 못하다고 불평할지도 모르겠다. 아마 주연 배우들의 무대 장악력이 부족하다는 까닭일 것이다. 동의하기 어렵다. 최고는 아닐지라도 그들은 최선의 연기를 선보였다. 좋았던 과거에만 머물러 있으면 새로운 현재의 가능성은 생겨나지 않는다. 출발점으로 돌아가더라도 거기에서 다시 시작하지 않으면 안 된다.

〈킹스맨: 퍼스트 에이전트〉도 그렇다. 전작인 〈킹스맨: 골든서클〉(2017)은 실망이었다. 웃어넘기기에는 억지스러운 설정이 많았고 당연히 서사도 헐거워질 수밖에 없었다. 서사가 헐거우면 작품은 실패한다. 아무리 매력적인 캐릭터가 등장하고, 재기발랄한 연출 감각이 있어도 작품을 구해 내지 못한다. 전작 〈킹스맨: 시크릿 에이전트〉(2015)

가 평단과 대중의 호평을 받은 까닭도 따지고 보면 기존 첩보물과 선을 그은 탄탄한 서사 덕분이었다. 양복점과 매너, 스파이와 성장 서사의 결합이라니. 아무도 상상한 적 없던 이야기를 짜임새 있게 펼쳐 냄으로써 감독 매튜 본은 자신의 존재감을 전 세계에 알렸다. 그러니까 새로 나올 킹스맨 시리즈는 두 번째 작품보다는 첫 번째 작품의 계승이기를 모두가 바랐을 테다.

이런 점을 고려할 때 100여 년 전 킹스맨 탄생의 비화를 그린 〈킹스맨: 퍼스트 에이전트〉를 만든 것은 영리한 선택이었다. 원류로 돌아가 킹스맨의 세계관을 재정립할 수 있기 때문이다. 기대에 부합하지 못한 속편일 바에야 기원으로 돌아가 새로 시작하는 편이 낫다. 이 같은 해답을 매튜 본은 그가 프로듀서와 각색을 맡았던 〈엑스맨: 데이즈 오브 퓨처 패스트〉를 통해 증명한 바 있다. '퍼스트 에이전트'는 '시크릿 에이전트'에 필적하기는 어려울지 몰라도 '골든서클'보다는 확실히 즐길 만한 영화로 제작되었다. 발레 동작을 응용한 격투 등 기상천외한 활극을 보고 있노라면, 두 시간 넘는 러닝 타임도 훌쩍 지나간다.

이 영화의 배경은 1914년 발발해 4년 동안 지속된 제1차 세계 대전이다. 28대 미국 대통령 우드로 윌슨과 당시

스파이로 활동한 마타하리 등 실존 인물들이 대거 나온다. 그러나 킹스맨 시리즈답게 모든 관계는 음모론의 바탕 위에서 진행된다. 이를테면 우리가 알고 있는 공식적 역사의 뒤에 전쟁을 좌지우지한 흑막이 있다는 것이다. 그런 거대한 배후와 싸우는 사람이 영국의 공작 옥스포드(랄프 파인즈)이다. 예상 가능하듯이 그가 나중에 킹스맨 조직을 설립하는 '퍼스트 에이전트'이다. 옥스포드의 조력자도 있다. 폴리(젬마 아터튼)와 숄라(디몬 하운수)이다.

주목할 점은 폴리가 여성, 숄라가 흑인이라는 사실이다. 옥스포드가의 유모와 집사로 일하는 이들의 활약은 옥스포드에 못지않다. 당대 주류인 백인 남성을 보좌한다는 한계야 어쩔 수 없다. 그렇더라도 비주류인 흑인 그리고 여성이 1900년대 영국 첩보전에서 비중 있는 역할로 나온 것은 그 자체로 의의가 있다. 관객에 따라서는 '퍼스트 에이전트'의 진짜 주인공은 옥스포드가 아니라 폴리라고 주장할 수도 있을 듯하다. 그녀는 일급 정보 수집과 암호문 해독에도 능한 데다 뛰어난 사격 실력까지 갖추고 있으니까. 폴리가 없었다면 옥스포드는 임무 수행을 못 했으리라. '퍼스트 에이전트'는 신분에 매달리지 않아서 진보적이다. 핏줄이 아닌 숭고한 가치를 잇는 자가 킹스맨이다.

오늘의 지바고와 장발장

토마스 빈터베르그 감독, <쿠르스크>(2018)와
래드 리 감독, <레 미제라블>(2019)

러시아 소설 『닥터 지바고』(1957)의 주인공은 의사일 뿐 아니라 시인이기도 했다. 의사는 몸의 병을 고치지만 시인은 나라의 병폐를 꼬집는다. 지바고가 한 다음과 같은 말이 그 사실을 방증할 것이다. "권력을 가진 자들은 자신들에게 오류가 없다는 신화를 만들기 위해 온 힘을 다해 진실에 등을 돌리죠. 정치는 나에게 아무것도 말해 주지 않습니다. 나는 진리에 무관심한 사람들을 좋아하지 않습니다."(보리스 파스테르나크, 박형규 옮김, 『닥터 지바고』, 문학동네, 2018)

이 문장을 읽으니 알겠다. 『닥터 지바고』 작가가 왜 소련 당국의 미움을 샀는지 말이다. 권력을 가진 자들은 자신들이 만든 '무오류의 신화'를 추종하는 사람을 좋아하고, 그것이 진리가 아님을 지적해 '오류의 진실'을 추구하는 사람을 싫어한다. 이념과는 아무 상관없이. 이런 대립은 역사적으로 거듭된다. 예컨대 2000년 8월 12일 침몰한 러시아 핵잠수함 쿠르스크호 사건이 그렇다. 이번에도 권력을 가진 자들은 자신들이 만든 '무오류의 신화'를 지키고 싶어 했다. 그들은 생존자를 구하는 데는 무능했으나 관련 뉴스를 통제하는 데는 유능했다.

이 점을 비판하는 지바고 같은 인물이 필요하다. 〈더 헌트〉(2012)·〈사랑의 시대〉(2016) 등 뛰어난 작품을 연출한 토마스 빈터베르그 감독은 그렇게 생각한 것 같다. 그래서 그의 영화 〈쿠르스크〉는 시종일관 '오류의 진실'을 따른다. 그럼 이 영화에서 지바고에 해당하는 인물은 누구일까. 영화 포스터에 단독으로 등장하는 영국 해군 준장 데이빗(콜린 퍼스)인가, 해저에 가라앉은 쿠르스크호에서 영웅적으로 활약하는 러시아 해군 대위 미하일(마티아스 쇼에나에츠)인가.

나에게는 둘 다 지바고처럼 보이지 않았다. 이들보다는 러시아군의 무성의한 기자회견에 화를 내고 질문을 퍼붓는 미하일의 아내 타냐(레아 세이두)와 권력을 가진 자와의 악수를 거부한 아들 미샤(아르테미 스피리도노프)가 지바고의 현신처럼 보였다. 소설에서는 죽음을 맞았지만 그는 후대에 도 이렇게 살아 있었다.(지바고라는 성은 '생명이 있는, 살아 있는'이라는 뜻이다.) 기억 덕분일 테다. 이것은 죽음 이전의 삶을 잊지 않으려는 노력이자, 죽음 이후 다른 사람들 안에서 사는 삶을 가능케 하는 조건이다. 이로써 유한한 인간은 무한해질 수 있다.

『닥터 지바고』 작가는 그런 불멸성이야말로 자기 작품의 주제라고 밝혔다. 〈쿠르스크〉도 마찬가지다. 어둠 속에서 추위에 떨며 편지를 쓰는 미하일의 모습이 괜히 부각되는 게 아니다. 최악의 상황에서 무엇보다 그는 가족에게 본인의 기억을 전하려 애썼다. 다 무슨 소용인가 싶겠지만 소용이 있다. 이게 권력자를 위한 '무오류의 신화'에 금을 내는 '오류의 진실' 중 하나이기 때문이다. 살아 있음에 오류가 없다는 것이 진짜 오류다. 이를 지바고는 시구로 썼다. "산다는 건 들판을 건너는 일이 아니다."

러시아의 지바고만큼 알려진 캐릭터가 프랑스의 장 발장이다. "무지와 빈곤이 존재하는 한, 이 책이 무익하지는 않으리라." 1862년 소설 『레 미제라블』(Les Miserables)을 발표한 빅토르 위고는 서문에 이렇게 썼다. '불쌍한 사람들'이라는 뜻을 가진 제목처럼, 이 책은 장 발장이나 팡틴

등의 등장인물을 통해 당시 프랑스 빈민층에 속하는 불쌍한 사람들의 면면을 그려 낸다. 물론 이것이 이 작품에서 다루는 주제 전부는 아니지만 오늘날에도 이 점은 여전히 중요하다. 예나 지금이나 무지와 빈곤 등이 사라지지 않아서다. 그런 문제의식을 담아 래드 리 감독은 영화 〈레 미제라블〉을 완성했다.

소설과 제목이 같지만 내용이 같진 않다. 래드 리는 21세기 프랑스의 불쌍한 사람들을 포착한다. 단 주요 배경인 파리 외곽에 위치한 몽페르메유는 동일하다. 여러 이민자가 모여 사는 이곳은 낙후 지역이자 우범지대로 알려졌다. 래드 리 본인이 이민자로서 여기에서 성장했다. 그는 자신이 보고 듣고 느낀 체험을 바탕으로 영화의 뼈대가 되는 에피소드들을 만들었다. 그중 하나가 경찰들의 불심검문이다. "열 살 때 나는 불심검문을 처음 당했다." 래드 리 스스로 밝힌 사실이다.

불편한 진실은 그가 몽페르메유가 아닌 부유촌인 파시에 살았다면, 흑인이 아닌 백인이었다면, 불심검문과는 전혀 상관없는 유년기를 보냈으리라는 점이다. 경제력과 인종 차이는 단순한 다름이 아니다. 정치적 차별을 야기하는 구별 짓기다. 이 영화는 몽페르메유를 담당하는 세 명의 경찰들을 등장시켜 이 같은 실상을 드러낸다. 적당한 야합과 강압적 군림이 그곳을 통치하는 정의라고 믿는 두 명의 기존 경찰과 그것은 타락한 정의에 불과하다고 여기는 한 명의 전입 경찰이다.

후자에 아무래도 너그러운 눈길이 머문다. 그렇지만 그가 자기 신념에 따라 행동하기는 쉽지 않다. 늘 잠재적 범죄자 취급을 받는 몽페르메유 아이들 눈에도 그는 달리 보이지 않는다. (상관의 명령으로)기존 경찰들과 한 조를 이뤄 다니는 까닭이다. 부패하고 부당한 권력을 행사하는 무리를 향한 아이들의 적대에 그 역시 포함된다. 어째서 이런 말을 하는가 하면, 영화 후반부는 차곡차곡 쌓인 아이들의 분노가 한꺼번에 폭발하는 장면으로 채워지기 때문이다. 그들은 나쁜 어른들을 응징하는 앙팡 테리블(enfant terrible), 곧 무서운 아이들로 변모한다.

원작 『레 미제라블』에도 유사한 역사적 사례가 나온다. 뮤지컬과 영화 버전에서는 민중의 노래가 불리는 1832년 6월 봉기다. 시민 권리를 억압하는 왕정에 저항해 젊은 공화주의자들이 일으킨 항쟁에 코제트의 연인 마리우스도 동참한 바 있다. 봉기가 모든 것을 바꾸지는 못한다. 하지만 봉기는 현재 우리 사회가 뭔가 큰 잘못을 저지르고 있고, 그로 인한 피해자들과 동조자들이 결코 가만있지 않을 것이며, 당신도 얼마든지 거기에 휘말릴 수 있다는 메시지를 전한다. 특권 의식에 기반한 폭력이 존재하는 한, 이 영화도 무익하지는 않으리라.

4부
내가 얼마나 복잡한 영혼을 가졌는지

나는 작가다: 콜레트와 헬렌

워시 웨스트모어랜드 감독, <콜레트>(2018)와
안티 조키넨 감독, <헬렌: 내 영혼의 자화상>(2020)

콜레트는 한 사람을 가리키는 고유명사다. 그녀의 성명은 시도니 가브리엘 콜레트. 19세기 후반부터 20세기 중반까지 활동한 프랑스 작가다. 생소한 이름일 수도 있겠지만 콜레트는 불문학사에 한 획을 그은 문인이다. 한국에도 『여명』·『암고양이』·『방랑하는 여인』·『파리의 클로딘』 등의 소설이 번역돼 있다. 비평가 랑송은 그녀의 작품 테마를 "순수한 관능성"으로 요약한다. 그리고 거기에 덧붙여 콜레트를 "본능의 사제"이자 "감각의 천사"로 규정했다. 그녀가 일체의 속박을 거부한, 단지 스스로의 기율에 충실한 사람이었다는 말이다. 하지만 처음부터 그랬던 것은 아니다. 콜레트는 차츰차츰 바뀌어 간다. 〈콜레트〉는 이런 그녀의 변화를 담아낸 영화다.

콜레트(키이라 나이틀리)는 당대 문화적 아이콘이 된 베스트셀러 클로딘 시리즈를 썼다. 그러나 이 책들은 남편 윌리(도미닉 웨스트)의 이름으로 출간됐다. 콜레트라는 무명 여성 작가의 소설이라는 타이틀보다, 유명 남성 작가였던 윌리의 저작으로 출판되는 것이 상업적 성공을 거두는 데 도움이 된다고 여겨서다. 이쯤에서 영화를 보지 않은 당신은 이렇게 생각할지도 모르겠다. 이후 〈콜레트〉는 창작물을 남편에게 빼앗긴 아내의 정당한 권리 찾기에 초점을 맞출 거라고. 그 예상은 틀리지 않다. 다만 한 가지만 주의하자. 그것은 윌리와 콜레트의 구도가 가해자와 피해자로 분명하게 나뉘지 않는다는 사실이다.

물론 윌리는 콜레트가 집필한 작품을 본인이 쓴 것인 양 대중을 속인 파렴치한이 맞다. 차기작을 쓰라고 아내를 방에 밀어 넣은 다음 문을 잠가 버린 폭력 가장이기도 하다. 그렇지만 워시 웨스트모어랜드 감독은 콜레트를 윌리에게 일방적으로 당한 모양새로 그리지 않는다. 영화 중반까지 두 사람은 은밀한 공모 관계를 유지한다. 콜레트는 소설 주인공 클로딘에 열광하는 세간의 관심이 싫지 않았다. 클로딘의 모델이 바로 자신이라서 그렇다. 이로 인해 윌리의 언행이 부당하다고 느끼는 그의 불만은 저만치 뒤로 밀려난다. 콜레트의 우선순위는 지금 누리는 물질적 풍요와 사교계의 명성이다.

이를 자양분 삼아 그는 여러 인사를 만나고 연애도 한다. 조지 라울-듀발(엘리너 톰린슨)과 미시(데니스 고프)가 콜레트의 연인이다. 윌리도 끊임없이 바람을 피운다. 그런 서로의 비밀 생활을 두 사람은 눈치채고 있다. 그럼에도 부부는 갈라서지 않는다. 클로딘 시리즈를 중심에 둔 이들의 파트너십은 의외로 끈끈했다. 그러니까 콜레트의 독립은 윌리와의 경제 결속체가 깨진 후에 가능하다는 뜻이다. 콜레트는 영악해졌다. 더 이상 그는 남(자)의 말만 얌전히 따르는 '착한 여자'가 아니었다. 착하지 않아도 돼. 콜레트는 자기 욕망의 속살거림에 귀 기울인다. 그렇게 그는 선구적인 "본능의 사제"이자 "감각의 천사"가 됐다.

프랑스의 콜레트와 동시대에 활동했던 예술가가 핀란드의 화가 헬렌 쉐르벡이다. 지금은 복지 선진국이지만 과거 핀란드는 복지와 거리가 멀었다. 스웨덴 · 덴마크 · 러시아가 번갈아 핀란드를 식민 지배했고, 1919년 독립을 이루기 전에도 내전에 휩싸여 혼란한 시기를 보냈다. 이처럼 복지 없는 핀란드 근대사를 화가이자 여성으로 겪어 낸 사람이 〈헬렌: 내 영혼의 자화상〉의 주인공 헬렌(로라 비른)이다. 그녀는 1862년 삶을 시작해 1946년 삶을 마감했는데,

영화는 그녀의 50대 시절을 조명한다. 다양한 이유가 있겠으나 그중 두 가지가 중요하다. 헬렌의 전환기와 결부된 사건들이다.

첫째는 헬렌이 50대에 최초로 개인 전시회를 열었다는 사실이다. 열 살 무렵부터 그림을 그리면서 재능을 뽐냈던 그녀는 그제야 본인이 이룩한 예술적 성취를 공인받을 수 있었다. 둘째는 헬렌이 50대에 사랑을 발견했다는 사실이다. 그녀는 자신의 그림에 찬사를 보내는 청년 에이나르(요하네스 홀로파이넨)를 만나, 스스로도 깜짝 놀랄 정도로 그에게 열렬히 빠져든다. 일과 연애에서 기쁨을 찾은 헬렌의 삶은 오랜만에, 아니 처음으로 만족스러웠으리라. 그러나 결점이 없진 않았다.

위에 썼듯 헬렌이 복지 없는 핀란드 근대사를 화가이자 여성으로 겪어 낸 사람이라 그렇다. 이때 핀란드에는 복지의 근간인 평등, 특히 여성 권리에 대한 사회적 인식이 거의 없었다. 헬렌 오빠의 말을 빌리면 어떨까. "법적으로 여성은 작품 소유권을 가질 수 없다." 자기가 그렸음에도 불구하고 여성이므로 그림의 주인일 수 없는 시대. 바로 거기 헬렌이 살았다. 헬렌 엄마도 그녀 편이 아니었다. 딸의 그림을 아들에게 팔아 쓰라고 건네는 엄마를 보며 헬렌은 치미는 분노를 삼킨다.

당시 (남성)미술 비평가들은 어땠나. 전쟁과 가난을 화폭에 담은 헬렌에게 "그것은 여성 화가와 어울리는 주제가 아니다."라는 한심한 지적을 한다. 이에 헬렌은 본인이 여성 화가가 아니라 '화가'임을 주장한다. 스스로 여류 작가가 아니라 '작가'임을 강조했던 『토지』의 소설가 박경리와 겹치는 모습이다. 남성 예술가는 싸울 필요가 없던 대상과 여성 예술가는 국경을 초월해 계속 싸워야 했다. 그런 고단한 여정 가운데 자신을 역량 있는 화가로 높이 평가하는 청년과 조우했으니, 헬렌이 에이나르에게 마음의 문을 연 것이 이상한 일은 아니었다.

하지만 두 사람의 감정은 똑같지 않았다. 양과 질, 속도와 방향이 달랐다. 헬렌은 애정으로 지속했고 에이나르는 우정으로 이탈했다. 옛날에 헬렌은 실연한 친구에게 이런 위로를 건넨 적이 있다. "다시 일어설 땐 담금질한 쇠처럼 더 단단해지길." 이것이 훗날 자기를 향한 당부였던 양, 50대 시절을 지나며 헬렌의 영혼은 거듭 단련됐다. 그녀는 이를 자화상 연작으로 승화시켰다. 핀란드 미술사의 걸작으로 남은, 소리 없이 절규하는 그림들이다. 복지와 예술이 정비례하지 않음을 보여 주는 한 가지 사례다.

추하고 아름다운 재즈

로버트 뷔드로 감독, <본 투 비 블루>(2015)와
돈 치들 감독, <마일스>(2015)

소설가가 되기 전, 무라카미 하루키는 재즈 카페를 운영했다. 어쩌다 보니 대학에 다니다 결혼은 했는데, 회사에 취직하기는 싫고, 좋아하는 음악이나 실컷 들으며 일하자는 마음으로, 여기저기서 돈을 빌려 차린 가게였다. 그곳에서 아마 그는 쳇 베이커의 곡도 자주 틀었을 것이다. 그렇지 않았다면 이런 글을 쓸 수 있을 리 없다.

"쳇 베이커의 음악에서는 청춘의 냄새가 난다. 재즈의 역사에 이름을 남긴 뮤지션은 수없이 많지만, '청춘'의 숨결을 이토록 선명하게 느끼게 하는 연주자가 달리 있을까? 베이커가 연주하는 음악에는 이 사람의 음색과 프레이즈가 아니고는 전달할 수 없는 가슴의 상처가 있고 내면의 풍경이 있다. 그는 이를 아주 자연스럽게 숨을 들이쉬듯 빨아들이고, 그리고 숨을 내쉬듯 다시 밖으로 내뿜는다. 거기에는 인위적으로 조작된 것이 거의 없다. 굳이 조작할 필요가 없을 만큼 그 자신이 '아주 특별한 무엇'이었던 것이다."(무라카미 하루키, 김난주 옮김, 『포트레이트 인 재즈』, 문학사상, 2013)

쳇 베이커의 음악을 하루키보다 더 잘 표현하기는 어려울 것 같다. 다만 나는 '아주 특별한 무엇'이었던 쳇 베이커—'오직 자기 자신만을 상처 입혔던' 그의 삶에 대해 쓰고 싶었다. 로버트 뷔드로 감독의 영화 〈본 투 비 블루(Born to be Blue)〉를 보고 든 생각이다. 쳇 베이커의 인생 역정을 담아내지만, 이 작품은 그에 대한 평범한 전기 영화라고 할 수 없다. 쳇 베이커를 연기한 에단 호크가 밝혔듯이, 이 작품은 실제 쳇 베이커가 아니라 상상의 쳇 베이커를 그리기 때문이다. 누군가 다음과 같이 말할지도 모르겠다. 실존 인물을 다루면서 왜 온전히 사실을 바탕으로 한 영화를 만들지 않았냐고.

그러나 이 같은 지적이 합당한 비판처럼 보이지는 않는다. 〈본 투 비 블루〉는 쳇 베이커의, 쳇 베이커에 의한, 쳇 베이커를 위한 기록 영화가 아니기에 그렇다. 다시 정의하면 〈본 투 비 블루〉는 쳇 베이커의, 쳇 베이커를 통한, 쳇 베이커를 기억하는 사람들을 위한 헌정 영화이다. 어제에 남겨진 그의 영광(한 시대를 풍미한 트럼펫 연주자)과 오욕(구제불능의 마약 중독자)을 오늘날 재현하여 우리로 하여금 새로이 느끼게 하는 것이다. 현재의 감각과 잇닿아, 과거의 쳇 베이커는 항상 다르게 받아들여진다. 그렇게 그는 불멸한다. 이 영화에서 사실과 허구를 구분하려는 시도는 소모적이다.

사실은 그 자체로 아무 가치가 없다. 있는 것은 그냥 거기 있을 뿐이다. 그렇지만 사실은 허구와 결합하여 놀라운 의미를 생성해 낸다. 그것이 바로 '진실'이라는 사건의 출현이다. 쳇 베이커라는 사실을 재확인하려는 사람은 〈본 투 비 블루〉를 굳이 보지 않아도 된다. 이 작품은 쳇 베이커라는 진실을 찾아보려는 사람에게만 권한다. 탄생부터 지향까지 우울의 자장에 놓여 있던 쳇 베이커. 우울에서 태어나, 우울을 향해 나아갔던, 그의 행로를 같이 한번 걸어 보자는 뜻이다. 영화 제목 '본 투 비 블루'를 나는 이렇게 해석했다. 주인공이 다름 아닌 쳇 베이커라서 그럴 수밖에 없었다.

쳇 베이커만큼이나 유명한 트럼펫 연주자 마일스 데이비스는 자서전에 이렇게 쓰고 있다. "1975년부터 1980년

초까지 나는 트럼펫을 잡지 않았다. 다시 말해 4년이 넘게 단 한 번도 잡지 않았다. 지나가다 트럼펫을 보면 연주해 보고 싶은 생각이 들기도 했다. 그러나 얼마 후에는 그런 일도 없어졌다. 다른 일들을 하게 되었기 때문에 내 마음속에서 사라지게 되었다. 그리고 다른 일들이란 대개 나에게 좋지 않은 것이었다. 하지만 나는 어쨌든 그런 것들을 했고, 돌이켜 봐도 그렇게 했다는 것에 대해 어떤 죄의식도 없다."(성기완 옮김, 『마일스 데이비스』, 집사재, 2013) 30년 넘게 재즈를 연주하며 살아온 유명 뮤지션이 트럼펫을 내려놓은 까닭은 무엇이었을까. 음악이 자신의 전부라던 남자가 활동을 중단하고 대체 어떻게 살았던 것일까.

〈마일스〉는 이러한 물음에서 출발해 나름대로 답을 찾아가는 영화다. 마일스를 연기하고 〈마일스〉를 감독한 돈 치들은 그 시기를 마일스의 암흑기가 아니라 전환기로 그려낸다. 물론 이와 같은 관점 자체를 특별하다고 보기는 어렵다. 실제로 마일스는 1981년 음악계에 복귀한다. 마일스 생애 일부를 바탕에 두고 있지만, 영화가 그의 삶을 얼마나 사실적으로 재연하느냐는 중요하지 않다. 영화에서 관건은 마일스의 방황하는 나날과 각성의 계기를 얼마나 설득력 있게 재현하느냐에 달려 있다. 그것을 이해한 돈 치들은 마일스의 공백기에 대한 픽션적 상상—창조적 해석을 시도한다.

두 사람을 등장시켜, 칩거 전후 마일스의 상황을 각각 과거와 현재에서 보여 준다. 한 명은 마일스의 연인이었던 프랜시스 테일러(이마야치 코리닐디), 다른 한 명은 롤링스톤 기자인 데이브 브래든(이완 맥그리거)이다.

프랜시스는 실존 인물이다. 그녀는 마일스가 1961년 발표한 앨범 〈Someday my prince will come〉 표지 사진 주인공이기도 하다. 프랜시스와 사랑을 나누던 그때는 그에게 좋았던 옛날을 의미한다. 그녀와 헤어진 뒤 마일스는 자서전에서 후회를 내비친다. "프랜시스는 이제까지 내 아내 중 최고였고, 그녀를 얻는 사람은 누구라도 더럽게 운이 좋은 것이다. 지금에 와서야 알았지만, 그때 알았더라면 얼마나 좋았을까." 데이브는 가상 인물이다. 그는 프랜시스와 결별하고 집에 틀어박힌 마일스를 찾아온다. 마일스가 새 앨범을 녹음했다는 정보를 입수해 그에 대한 단독 기사를 쓰기 위해서다. 그의 미발표 앨범은 정말 존재했다. 그러나 누군가 그 앨범을 훔쳐 가 버리고, 마일스와 데이브는 앨범을 되찾으려고 동분서주한다.

추억과 추격을 교차하며 〈마일스〉는 마일스를 입체적으로 조명하려고 노력한다. 그렇지만 애초에 그는 한눈에 파악될 수 있는 캐릭터가 아니다. 쌍둥이자리로 태어난 마일스는 자기 안에 두 명의 자아가 산다고 믿었다. 코카인에 중독된 다음에 그는 자기 안에 네 명의 자아가 있음을 느낀다. 긍정할 수 있는 '나'와 부정하고 싶은 '나'까지 전부 마일스다. 그러니까 그의 곡에는 그들이 담겨 있다. 마일스 음악은 마일스들 사이의 대화와 다툼이 빚어낸 결과물이었으므로, 언제나 혁신적이라고 평가받았을 것이다. 한순간도 그는 스스로를 포기하지 않았다.

그녀의 언어는 노래

톰 볼프 감독, <마리아 칼라스: 세기의 디바>(2017)와
캐빈 맥도널드 감독, <휘트니>(2018)

조금의 냉소도 담지 않고 말하건대, 지금은 오페라의 시대가 아니다. 이제 오페라가 세간의 화제에 오르는 경우는 거의 없으니까. 하지만 적어도 서양의 1950~60년대 오페라는 문화적 변방에 있지 않았다. 그러는 데 소프라노 마리아 칼라스의 역할이 컸다. 이 영화는 "세기의 디바"로 불렸던 그녀의 음악적 성취, 그리고 "영원히 당신의 사랑과 존중을 필요"로 했던 그녀의 삶을 조명하는 다큐멘터리다.

무엇보다 감독의 개입이 두드러지는 내레이션과 마리아 칼라스 지인들의 인터뷰가 없다는 점이 독특하다. 이 작품에서는 오직 마리아 칼라스만 말하고 노래한다. 아니 그녀의 존재 자체가 오페라인 양, 마리아 칼라스는 말하듯 노

래하고, 노래하듯 말한다. 실제로 그녀는 이렇게 말한 적이 있다. "내 비망록은 노래 안에 담겨 있어요. 그게 내가 할 줄 아는 유일한 언어니까요."

위에 언급한 대로 이 영화를 보는 방법은 두 가지다. 마리아 칼라스의 음악적 성취에 집중하든지, 삶에 집중하든지. 둘 다 아우르는 게 제일 좋겠지만 이 글에서는 전자에만 초점을 맞춘다. 물론 유부녀였던 그녀가 그리스 선박 왕으로 불린 아리스토 오나시스와 염문을 뿌렸다는 사실, 그런 아리스토 오나시스가 마리아 칼라스를 배신하고 케네디 대통령의 부인이었던 재클린과 결혼했다는 사실이 중요하지 않은 것은 아니다.

그러나 그보다 더 주목할 사실이 있다. 이런 와중에 마리아 칼라스가 오페라 가수로 끊임없이 무대에 섰다는 것이다. 톰 볼프 감독은 비제 〈카르멘〉 '하바네라' 등 그녀가 공연에서 부른 아리아 영상을 곳곳에 배치해 두었다. 설령 이 영화를 통해 마리아 칼라스를 처음 알게 된 관객이라 할지라도 감동할 수밖에 없는 가창들이다. 그녀가 온몸으로 노래하기 때문이다. 목소리뿐만이 아니다. 표정과 제스처 역시 마리아 칼라스의 언어였다.

철학자 믈라덴 돌라르는 『오페라의 두 번째 죽음』이라는 책에 다음과 같이 썼다. "오페라의 매력은 아마도 오페라의 이상한 시간성과 연결되어 있을 것이다." 이것은 장르로서의 오페라에 관한 설명이다. 종언을 맞이한 듯 보이지만 여전히 살아 있는 오페라. 그것이 완전한 과거도 현재도 아닌 중첩된 시간대를 만들어 낸다는 이야기다. 한데 어쩐지 이 말은 마리아 칼라스에게 고스란히 적용되는 것처럼 느껴진다. 특히 아래 문장이 그렇다.

"오페라의 긴 생애의 여정 속에서 장엄한 죽음은 디바의 주된 직무였으며 그토록 많은 작품에서 그러한 죽음을 그토록 많이 겪은 이후에 그녀는 죽음에 대한 면역을 가지게 된 것처럼 보이기도 했을 것이다." 오페라에서 마리아 칼라스는 수없이 죽음을 맞았다. 그런데 어떤가. 그녀는 명실상부한 불멸의 디바가 됐다. 사후 42년이 지난 오늘날까지 마리아 칼라스는 노래로 우리에게 영향을 끼친다. 그녀의 예술이 인생보다 길다.

예술이 인생보다 긴 불멸의 디바는 또 있다. 2012년 2월 11일 베버리힐튼호텔에서 한 여성이 48세를 일기로 세상을 떠났다. 1985년 가수로 데뷔한 이래 30여 년간 언론의 스포트라이트를 받은 슈퍼스타였다. 그래미상 6회를 포함한

415회의 음악상 수상, 7곡 연속 빌보드 싱글 차트 1위, 누적 음반 판매량 1억 7천만 장이라는 엄청난 기록을 그녀가 세웠다. 하지만 이런 업적과 무관하게 그녀는 욕조 안에서 홀로 숨을 거뒀다. 사인은 약물중독에 의한 익사였다. '난 항상 그대를 사랑할 거예요'(I will always love you) 등 수많은 히트곡에서 그녀는 사랑을 노래했다. 대중에게 그녀는 사랑의 빛으로 반짝이던 별이었다. 그 별이 이렇게 사랑 없는 곳에 덧없이 지고 말았다.

그녀의 이름은 휘트니 휴스턴. 공적으로는 너무 유명한 가수였으나, 사적으로는 너무 알려진 바가 없는 사람이기도 했다. 무대 위가 아닌 무대 아래의 그녀를 조명할 필요가 있다. 〈휘트니〉는 그래서 제작된 다큐멘터리 영화다. 감독 케빈 맥도널드는 그녀에 대해 다음과 같이 코멘트한다. "휘트니는 인터뷰하는 걸 좋아하지 않았고, 자신을 숨기는 사람이었죠. 수수께끼 그 자체였어요." 그는 휘트니의 친인척과 지인들을 인터뷰이로 섭외했다. 회고를 통한 모자이크 방식으로 '수수께끼 그 자체'인 그녀의 모습을 재구성한 것이다. 그러므로 이 영화가 휘트니의 모든 것을 담아냈다고 여겨서는 안 된다. 그녀는 여전히 베일에 싸여 있다.

예컨대 〈휘트니〉를 봐도 우리는 그녀의 심정을 정확히

알기 어렵다. 딸이 번 돈을 횡령하고 왕처럼 군림한 아버지를 바라보던 그녀의 마음을, 동생에게 아무렇지도 않게 마약을 권하고 허세를 부린 오빠들을 대하던 그녀의 마음을, 어렸을 때 친척 언니에게 상습적으로 성추행을 당했음에도 오랜 시간 침묵해야 했던 그녀의 마음을, 흑인인데 백인처럼 군다는 비판에 시달렸던 그녀의 마음을, 남편이 가하는 폭력을 참아 내며 가정을 지키려 했던 그녀의 마음을, 아이들이 바로 미래임을 믿는다고 열창(Greatest love of all)했으나 정작 자기 딸을 제대로 돌보지 못해 자괴하던 그녀의 마음을 말이다.

2시간 동안 이 영화를 통해 휘트니의 삶을 지켜봤지만, 그런 점에서 나에게 그녀는 여전히 미스터리다. 휘트니뿐 아니다. 소설 『예감은 틀리지 않는다』의 한 대목처럼, "역사가 부정확한 기억이 불충분한 문서와 만나는 지점에서 빚어지는 확신"이라고 한다면 어느 누구라도 마찬가지일 테다. 한 사람의 진면목을 파악하는 것은 사실상 불가능하다. '휘트니'로 관객은 그녀의 존재를 제각각 다시 그려 낼 수밖에 없으리라. 그럴 때 위에 언급한 휘트니의 감정을 생각해 보는 일이 도움이 될 것이다. 심경을 속속들이 모른다 해도 괜찮다. 이를 시도하는 것만으로도 애도의 의미가 있으니까. 그녀가 음악으로 건넨 사랑을 이제 우리가 돌려줄 차례다.

건축의 풍경들 1: 안도 타다오와 이타미 준

미즈노 시게노리 감독, <안도 타다오>(2016)와
정다운 감독, <이타미 준의 바다>(2019)

트레이닝복을 입고 공터에서 운동을 하는 노인이 있다. 몸놀림이 꽤 날렵하다. 고등학생 때 권투 선수로 활약했다고 하는데 거짓말이 아닌 것 같다. 여전히 승리욕 넘치는 눈빛을 가진 남자. 바로 안도 타다오다. 그는 창조적 근육과 육체적 근육을 같이 단련해야 한다고 하면서 이렇게 덧붙인다. "그래야 남이 만든 훌륭한 건축물을 보고 그걸 넘어서겠다는 용기를 갖게 됩니다. 하루하루가 치열한 승부일 수밖에요." 이 말을 듣고 보니 안도에게 왜 '사무라이 건축가'라는 별칭이 붙었는지 알겠다. 어떤 일에서나 남보다 나아야 하고, 모든 일에 쓸모가 있도록 하는 것이 일본의 무사도(미야모토 무사시, 『오륜서』)라고 하니까.

그런 그의 건축을 보기 위해 꼭 외국으로 나갈 필요는 없다. 한국에도 안도의 설계로 지어진 건축물이 여럿 있기 때문이다. 제주의 본태박물관 · 원주의 뮤지엄 산 · 서울의 JCC 등이 그렇다. 그의 건축물에는 공통점이 있다. 콘크리트가 빛(예: 빛의 교회)—물(예: 물의 절)과 미학적으로 조화를 이룬다는 것이다. 당신은 고개를 갸웃할지도 모르겠다. 인공인 콘크리트가 어떻게 자연인 빛—물과 아름답게 공존한단 말인가. 그런데 정말 안도는 콘크리트에 생명의 기운을 불어넣는다. 이제는 그의 인장이 된 노출 콘크리트 공법—콘크리트의 물성 자체를 그대로 드러내는 방식을 통해서다.

따지고 보면 콘크리트 역시 모래 · 자갈 등 자연물을 섞어 만든 재료다. 응용만 잘하면 얼마든지 콘크리트와 빛—물이 어우러지도록 배치할 수 있을 테다. 문제는 '잘'하는 게 누구에게나 가능하지 않다는 사실이다. 모두가 해낼 수 없는 그것을 해냈다는 점에서 안도는 특별하다. 성공 비결이 무엇일까? 이런 물음의 답을 찾으려고 그에 관한 다큐멘터리 영화를 보는 관객도 있을 듯싶다. 안도 스스로는 독학과 답사라고 이야기한다. 실제로 그는 학교에서 건축을 배운 적이 없다. 공업고등학교 기계과 졸업생이었던 안도는 혼자 건축을 공부했고, 세계 각지의 유명 건축물을 찾아다니며 그곳의 장소성을 체험했다. 분명 이것이 그의 독보적인 스타일을 완성하는 바탕이 됐으리라.

하지만 이는 안도가 늘 고독한 길을 걸어왔다는 뜻이기도 하다. 그는 건축과 권투가 비슷하다고 말한다. 아무에게도 도움받지 않은 채 홀로서기를 해야 해서다. 안도는 "'이 기회를 놓치면 끝장'이라는 심정으로 매 작업마다 안간힘을 다했다"(안도 타다오, 이규원 옮김, 『나, 건축가 안도 타다오』, 안그라픽스, 2009)고 쓰고 있다. 여든 살이 넘은 지금도 그는 터프하게 작업한다. 한데 사무라이 타입이 아닌 나는 (젊은 시절에는 손발이 먼저 튀어 나갔다는)안도 같은 상사 밑에서 하루도 버텨 낼 자신이 없다. 그의 건축물에 감동하는 것과는 별개로, 나는 그에게서 '항상 위로 나아가려는 마음가짐'만 가려 배우고 싶다. 혈혈단신이 아니라 다른 사람과 함께 상승을 추구하는 글의 건축을 꿈꾸면서.

제주에 간다면 안도의 본태박물관 외에 이타미 준의 건축 탐방도 하고 싶다. 수풍석 미술관 · 방주교회 · 포도호텔 등이 이타미 준의 건축물이다. 영화 〈이타미 준의 바다〉를 보고 한 결심이다. 기예(techne)는 직접 체험해 봐야 그 진가를 느낄 수 있으니까. 일부러 기술과 예술을 합쳐 부르는 기예라는 단어를 썼다. 건축은 실용적인 동시에 미적이어야 하기 때문이다. 좋은 건축은 기술도 예술도 아닌, 둘의 융합인 기예일 수밖에 없다. 이타미 준의 건축이 바로 그렇다. 정다운 감독은 그의 기예에 반했다. 이타미 준의 건축이 "사람을 위로하는 공간"임을 체감한 그녀는 내친김에 그에 관한 영화까지 제작했다.

다큐멘터리지만 이 작품에는 소년-청년-노인 캐릭터가 등장한다. 이타미 준의 분신들이다. 그의 생애 주기에 따른 허구화된 표상인 이들은 각각 천진-열정-성숙을 의미한다. 그리고 여기에는 한 가지 상태를 덧붙여야 한다. 이방인의 고독이다. "나는 일본에서는 조센징, 한국에서는 일본인으로 살고 있어." 이렇게 토로하면서 이타미 준은 눈물 흘린 적이 있다. 재일 한국인으로서 그는 어느 쪽에도 속하지 않은 경계에 서 있었다. 자연인 유동룡(이타미 준의 본명)에게 이것은 견디기 힘든 고통이다. 그러나 건축가 이타미 준에게 경계의 감각은 기예의 풍부한 자양분이 됐다. 탁월한 기예는 이질적인 요소들의 혼종에서 탄생한다.

완전히 한국적인 것도, 완전히 일본적인 것도 아닌, 이타미 준만의 독특한 건축은 그렇게 만들어졌다. 경계인의 혼란을 그는 기예로 승화시켰다. "조형은 자연과 대립하면서도 조화를 추구해야 하고, 공간과 사람, 자신과 타인을 잇는 소통과 관계의 촉매제여야 한다." 이런 이타미 준의 건축 철학은 그가 추구한 삶의 방식이기도 했다. 정다운 감독이 강조한 이타미 준 건축의 따스함은 거기에 바탕을 둔다. 이타미 준이 언급한 '소통과 관계'는 그의 인생과 그의 건축에 찍힌 인장이다. 그것은 이방인의 정체성을 가진 이타미 준에게 절대적인 화두였다. 이때 나는 다음의 문구를 떠올린다.

"고향을 달콤하게 여기는 사람은 아직 미숙하고, 모든 곳을 고향으로 여기는 사람은 이미 강하며, 전 세계를 타향으로 여기는 사람은 완벽하다." 팔레스타인 출신 비평가 에드워드 사이드가 자주 인용한 구절이다. 그는 이스라엘의 팔레스타인 침략을 옹호한 미국에서 활동하면서 이방인의 고독에 휩싸였다. 하지만 에드워드 사이드는 그 운명을 껴안았다. 그에게 불확정성은 나쁘기만 한 것이 아니었다. 이타미 준도 마찬가지다. 그는 한국을 사랑하는 것과 별개로, 전 세계를 타향으로 여긴 사람이었다. 그래서 이타미 준은 강함을 넘어 완벽함에 어울리는 건축가가 될 수 있었다. 그 혼자 이룬 것이 아니다. 고향 같은 타향의 시간 · 지형 · 문화 · 재료, 무엇보다 사람과 이타미 준이 교류한 덕분이었다.

건축의 풍경들 2: 얼굴과 모더니즘

아녜스 바르다·제이알 감독, <바르다가 사랑한 얼굴들>(2017)과
코코나다 감독, <콜럼버스>(2017)

다음은 다큐멘터리 영화 〈바르다가 사랑한 얼굴들〉을 감상하기 위한 사전 질문이다. '얼굴과 장소에 공통점이 있을까?' 사실 얼굴과 장소는 나란히 놓고 비교하기 어려운 사물이다. 그래도 한번 천천히 생각해 보시길 바란다. 정답 같은 건 없는 물음이지만, 그 과정에서 평범한 일상을 예술적으로 바꿀 수 있는 작은 힌트를 얻을지도 모르니까. 당신의 답변을 기다리는 동안 우선 내가 떠올린 것부터 밝힌다.

①'얼굴과 장소는 고유하다.': 고유하다는 것은 다른 개체와 구별되는 특성이다. 그래서 얼굴은 A와 B가 똑같은 사람인지 아닌지를 판단하는 일차 기준이 된다. 장소도 마찬가지다. (당연한 말처럼 들릴 수도 있겠으나)서울과 뉴욕

이 다른 도시인 까닭은, 무엇보다 양자가 동일한 곳에 위치하지 않는다는 데 있다.

②'얼굴과 장소에는 역사가 새겨져 있다.': 역사는 흘러간 시간의 흔적이다. 이런 점에서 역사적 탐구는 그것을 잊지 않고 어떻게든 기억하여 지켜 내려는 싸움이기도 하다. 얼굴에는 한 사람이 지나온 나날이, 장소에는 한 공간이 품어 낸 과거가 오롯하게 담겨 있다. 그 자체로 얼굴과 장소는 역사다. 곧 역사적 탐구의 대상이 된다는 뜻이다.

③'다양한 표정을 얼굴과 장소가 짓는다': 얼굴에는 여러 가지 표정이 드러난다. 이것을 설명할 필요는 없을 듯하다. 하지만 장소도 색색의 표정을 갖는다는 주장에 대해서는 해명이 불가피하다. 장소가 표정을 짓는다는 것은 그곳에 감각적 정서가 내포돼 있다는 의미다. 어딘가에서 유독 포근한 느낌을 받은 경험, 다들 한 번쯤 있지 않을까 싶다. 장소는 단순한 땅덩이가 아니다. 사람과 교감한다.

이렇게 나는 얼굴과 장소의 세 가지 공통점을 찾았다. 실은 전부 〈바르다가 사랑한 얼굴들〉을 보면서 발견한 것들이다. 이 작품의 주인공은 누벨바그를 대표하는 감독 중 한 명인 아녜스 바르다와 그래피티 아티스트인 JR이다. 두 사람은 함께 예술 프로젝트를 추진한다. 어떤 것인가 하면 프랑스 곳곳을 누비면서 거기에서 만난 사람들의 얼굴 사진을 찍고, 이를 큰 사이즈로 출력해, 건물 벽면에 부착하는 작업이다.

예컨대 바르다와 JR은 곧 철거될 광산촌에 가 마지막까지 이곳을 지키고 있는 자닌을 만나 대화를 나눈다. 그리고 그녀의 사진을 비롯해, 예전에 여기에서 일했던 광부들의 사진을 커다랗게 인화해 담벼락에 붙였다. JR은 이야기한다. "우린 광부들을 기리고 최후의 저항자 자닌의 얼굴을 자택에 붙여 그녀에게 경의를 표했다." 이는 일상이 예술화된 한 가지 사례다. 그때의 얼굴과 장소는 분명 고유하고 역사적이다. 또한 숭고한 표정을 짓는다. 이외에도 얼굴과 장소의 공통점이 있을 것이다.

이상의 사유 바탕에는 모더니즘이 녹아 있다. 문화사학자 피터 게이는 모더니즘의 특징을 두 가지로 규정한다. 하나는 "관습적인 감수성에 저항하려는 충동", 다른 하나는 "철저한 자기 탐구"다. 이것은 모더니즘 건축(물)이 전경화되는 〈콜럼버스〉에도 고스란히 적용된다. 역시 두 가지 이유가 있다. 우선 이 영화의 제목이기도 한 콜럼버스 지역 자체의 특성이 그렇다. 이곳은 미국 인디애나주에 위치한 도

시로 현대 건축의 성지로 유명하다.

이를테면 여기에는 어윈 가든(1910년, 헨리 필립스 설계), 퍼스트 크리스천 교회(1942년, 엘리엘 사리넨 설계) · 어윈 컨퍼런스 센터(1954년, 에로 사리넨 설계) · 콜럼버스 정신과 병동(1972년, 제임스 폴섹 설계) · 어윈 유니언 뱅크(2006년, 데보라 버크 설계) 등 빼어난 모더니즘 건축물이 많다. 영화에는 이상의 명소가 주인공만큼 비중 있게 등장한다. 위에서 〈콜럼버스〉에 모더니즘 건축(물)이 전경화된다고 쓴 것도 이와 관련이 있다.

그럼 이제 모더니즘의 특징이 〈콜럼버스〉에 적용되는 나머지 이유를 밝힐 차례다. 그것은 두 인물과 연결된다. 콜럼버스도서관에서 임시 사서로 일하는 케이시(헤일리 루 리차드슨)와 한국에서 온 진(존 조)이다. 우연히 이야기를 나누게 된 그들은 이후, 감정적 교류를 시작한다. 나이 차이가 적지 않게 나고, 성별과 인종도 다른 이들이 친밀한 말벗이 될 수 있었던 까닭은 무엇일까. 서로가 서로의 상처를 알아채고 보듬은 덕분일 것이다.

케이시는 정규직 일자리를 구하려고 한다. 하지만 대학에 가지 않은 그녀가 마음에 드는 직장을 얻기는 녹록치 않다. 뭔가 반전의 계기가 필요하다고는 생각한다. 그러나 그런 방법을 찾는 것도 쉽지 않다. 케이시가 어머니를 보살펴야 한다는 강박관념을 가진 탓이다. 그녀는 어머니를 사랑하나, 동시에 어머니라는 존재에 발목 잡혀 있다. 한편 진은 건축과 교수인 아버지가 의식 불명이라는 소식을 듣고 콜럼버스에 왔다. 평소 부자 사이가 좋은 것은 아니었다. 그래서인지 그는 아버지가 입원한 병실에 잘 가지 않는다. 진은 아버지의 임종을 기다릴 뿐이다. 그는 아버지를 미워하고, 동시에 아버지라는 존재에 발목 잡혀 있다.

이와 같은 상황에 처한 케이시와 진을, 이 작품은 그야말로 모더니즘적으로 그려 낸다. 콜럼버스의 건축물을 매개체로 교호하는 두 사람의 감정선은 "관습적인 감수성에 저항하려는 충동"에 맞닿아 있다. 또한 문제의 원인과 대안을 스스로 고민하는 두 사람의 노력은 "철저한 자기 탐구"에 기반을 둔다. 콜럼버스라는 장소, 케이시와 진이라는 캐릭터는 모더니즘의 전형인 것이다. 더 나아가 〈콜럼버스〉는 장소와 캐릭터를 결합시켜 새로운 사조를 만들어 낸다. (진 아버지의 표현을 빌리면) "영혼이 깃든 모더니즘"이다. 감독 코고나다는 영화로 이런 건축을 했다.

예술을 테러하는 예술

엘리오 에스파냐 감독, <뱅크시>(2020)와
라두 주데 감독, <배드 럭 뱅잉>(2021)

민중 예술가는 얼굴을 드러내지 않는다. 그의 정체는 베일에 싸여 있다. 알려진 사실이라고는 예명과 그가 남긴 작품뿐이다. 이를테면 "1956년 전남 출생, 고교 졸업 후 현재 기능공"이라는 약력 한 줄로 1980년대 한국 시단에 등장한 박노해(박해받는 노동자 해방의 준말)가 그렇다. 그는 "얼굴 없는 시인"으로 회자되었고, 1984년 출간한 시집 『노동의 새벽』이 불러일으킨 이른바 '박노해 현상'은 문단을 넘어 1980년대 한국 사회를 뒤흔들었다. 이토록 그가 주목받았던 까닭은 무엇일까? 민중과 지식인의 경계를 허문 시를 썼다는 데에서 우선 그 이유를 찾을 수 있겠다. 또 다른 연유도 있다. 그의 익명성이다.

작품과 본명이 아닌 이름 외에 대부분의 사적 정보가 감춰져 있어, 오히려 사람들이 그에게 더욱 관심을 갖는다는 역설. 어느덧 세월이 흘러 박노해는 박기평이란 인물임이 밝혀졌다. 그러나 1990년대부터 지금까지 여전히 신비주의를 고수하는 예술가가 있다. 예술가라고 표현했으나 스스로 예술 테러리스트라 부르는 뱅크시이다. 1974년 영국 출생으로 추정된다는 소문 외에 그의 신상은 거의 공개되지 않았다. 그렇지만 현재 그는 전 세계에서 손꼽히는 유명세와 영향력을 가진 예술 테러리스트 예술가로 활동 중이다. 수집가들이 그의 작품들을 앞다퉈 모으면서 거래 가격은 날이 갈수록 오르고 있다. 뱅크시의 명성이 덩달아 높아진 것은 물론이다.

그의 이력을 조명하는 다큐멘터리 영화가 〈뱅크시〉이다. 엘리오 에스파냐 감독이 붙인 원제목은 '뱅크시와 법외 예술의 부상(Banksy and the rise of outlaw art)'이다. 무슨 말인가 하면 뱅크시의 작업이 시작부터 법 바깥에 있었다는 뜻이다. 그는 길거리 담벼락에 페인트를 뿌려 그림을 그리는 그라피티 운동에 몰두했는데, 대다수 국가는 공공기물에 손상을 입힌다며 이를 불법으로 규정했기 때문이다. 또한 그는 대영박물관 등에 자신의 작품을 몰래 걸어 두는 기행을 일삼았다. 이러한 행동은 가벼운 장난이 아니었다. 진지한 예술 테러였다. 엘리트만을 위한 예술, 값비싼 상품으로 전락한 예술을 조롱하고 공격한 것이다.

이 밖에 그는 반전과 탈권위 등 여러 메시지를 행위 예술을 아우르는 작품으로 전하는 데 힘썼다. 팔레스타인 베들레헴에 지은 '벽에 가로막힌 호텔(Walled off hotel)', 소더비 경매에서 낙찰되자마자 파쇄를 시도한 '풍선과 소녀'가 대표적이다. 이 영화는 뱅크시가 왜 21세기 화제의 안티-아티스트로 자리매김했는가를 각종 인터뷰와 자료를 활용하여 상세하게 설명한다. 그를 전혀 몰랐던 관객이라고 해도 〈뱅크시〉를 보고 나면, 그에 관해 한두 마디 견해를 덧붙일 수 있을 정도이다. 다양한 말이 오갈 수 있겠지만 뱅크시가 누구냐 하는 질문은 부질없다. 중요한 것은 그가 아니라 그가 야기한 효과에 있다.

〈배드 럭 뱅잉(Bad Luck Banging or Loony Porn)〉도 기존 영화를 테러하는 영화다. 이 작품은 그러한 급진성을 높이 사 2021년 베를린국제영화제 최고상인 황금곰상을 받았다. "대중영화를 위한 스케치"라는 부제가 붙어 있으나, 블록버스터 위주로 영화를 봐 왔던 관객이라면 이 작품은 당혹스러울 것이다. 이때의 당혹은 나쁜 뜻이 아니다. 익숙한 틀 안에서 해석되지 않는 영화라는 말이니까. 무릇 영화란 기승전결이 확실하고 메시지도 뚜렷해야 한다는 태도를 가진 관객에게는 이 작품을 권하지 않는다. 그러나 영화가 생활하느라 무뎌져 가는 감각을 새롭게 벼리는 계기가 될 수 있다고 믿는 관객에게 이 작품은 괜찮은 선택지이다.

영화의 큰 줄거리는 역사 교사 에미(카티아 파스칼리우)를 중심으로 펼쳐진다. 그녀는 곤란한 상황에 처해 있다. 남편과 찍은 성관계 동영상이 인터넷에 유포됐기 때문이다. 삽시간에 "현직 음란 교사"로 낙인찍힌 에미는 학부모 회의에 소집된다. 여기에 참석한 그녀가 어떤 결말을 맞을까. 그것이 이 영화의 뼈대이다. 뼈대만 놓고 보면 영화 〈경아의 딸〉과 비슷하다고 느낄 수도 있겠다. 이 작품 역시 유출된 성관계 동영상으로 일상이 송두리째 파괴된 인물이 고통받는 모습을 담아내기에 그렇다. 하지만 〈배드 럭 뱅잉〉의 에미는 학교 명예를 실추시키고 학생 신뢰를 잃었다고 자신을 비난하는 목소리에 이렇게 항변한다. "남편과 사랑을 나눈 영상은 음란한 게 아닙니다."

이러한 그녀의 변론에 대한 찬반 토론은 길게 이어진다. 그런데 정작 이 영화의 초점은 에미가 논쟁에서 이기고 지느냐에 맞춰져 있지 않다. 다큐멘터리와 극영화를 오가며, 자명해 보이는 것을 다기한 방식으로 비틀어 왔던 라두 주데 감독은 이번 영화도 그렇게 만들었다. 가령 에미의 이야기는 "1부 일방통행"과 "3부 실천과 빈정거림(시트콤)"에만 등장한다. "2부 일화, 기호, 경이에 관한 소사전"에 그녀가 나오지만 여러 에피소드 가운데 잠깐 얼굴을 비출 뿐이다. 2부는 "소사전"이라는 제목처럼 다양한 표제어가 언급되고, 이에 대한 감독의 뜻풀이가 실제 화면과 뒤섞여 제시된다.

예컨대 아파트 앞 들판에 동물들이 줄지어 지나가는 풍경을 배경으로 나타나는 '진실'이라는 항목은 다음과 같다. "진실/ 그것이 인간들 가운데로/ 들어선다/ 은유의 회오리/ 한가운데로" 그러한 정의에서 드러나듯이 감독은 진실을 밝히기 위한 "은유의 회오리"를 영화로 발생시킨다. 거기에는 외설성이란 무엇인가 하는 문제부터, 감독이 강조하는 바 "우리의 권리와 자유, 디지털 세계 및 모호한 존재론적 특성"이 거론된다. 더불어 과거 루마니아 독재 정권이 남긴 상흔, 이와 깊은 연관을 맺고 횡행하는 오늘의 속물성까지 폭로한다. 농담과 진담을 마구 버무린 블랙코미디 영화의 제목부터가 실은 중의적이었다. "들이닥친 불운, 혹은 미친 포르노".

단 하나의 소리를 향한 긴 여정

이정준 감독, <울림의 탄생>(2021)과
코마츠 소이치로 감독, <파리의 피아니스트: 후지코 헤밍의 시간들>(2018)

2018년 평창 동계패럴림픽 개회식은 대고(大鼓)를 두드리는 의식으로 시작되었다. 2006년 전국장애인체육대회 수영 금메달리스트 신명진이 대고를 쳤고, 그 모습을 중계한 아나운서는 "장쾌한 소리가 하늘과 땅의 기운을 일깨워 평창을 뜨겁게 달구겠습니다."라고 부연했다. 이 장면을 보았으나, 나에게는 소리를 감별할 능력이 없었다. 무대에 놓인 커다란 북에도 특별한 감흥이 들지 않았다. 그런데 같은 시간 그 장면을 바라보던 누군가는 전혀 다른 체험을 했으리라. 그는 장쾌하다는 표현으로 다 담아낼 수 없는 대고 소리의 복합적 의미를 정확하게 포착해 냈을 테고, 전 세계인이 지켜보는 무대에 놓인 커다란 북에 감격했을 테다.

왜냐하면 그가 바로 저 대고를 만든 장인이기 때문이다. 경기도 무형문화재 제30호 악기장 임선빈은 단 하나의 소리를 찾기 위해 60여 년 동안 북을 만들어 왔다. 그리고 마침내 필생의 역작으로 완성된 저 대고가 평창동계패럴림픽 개회식에 쓰였다. 혹자는 임선빈이 나라의 은혜를 입어 개인적 영광을 누린 거라고 말할 듯싶다. 하지만 2017년 봄부터 그의 작업기를 담은 영화 〈울림의 탄생〉을 본 관객이라면 반대로 말할 것 같다. 나라가 임선빈의 예술혼에 힘입어 소리의 영광을 드높일 수 있었다고 말이다. 과장이라고? 90여 분간 그가 작업하는 과정을 내내 본 사람이라면, 저 대고가 어떻게 제작되었는지를 확인한 사람이라면 과장이 아님에 고개를 끄덕일 것이다.

임선빈은 두 가지 장애가 있다. 한쪽 다리를 절고 한쪽 귀가 안 들린다. 전자는 선천성 소아마비로 인해, 후자는 넝마주이 무리에게 맞은 탓이다. 열 살 무렵까지 그의 유년기는 혹독했다. 다행스러운 점도 있었다. 그때 기연을 얻었다는 사실이다. 열한 살에 임선빈은 스승 황용옥 문하에 들어가 북메우기를 배웠고, 60여 년이 지난 지금은 악기장이 되었다. "병신"이라는 편견에 맞서 악을 써서 버텨 낸 거라고 그는 회고한다. 장인의 위치에 올랐다지만 임선빈이 부와 명예를 거머쥔 것은 아니다. 북은 완미하는 예술품인 동시에 팔려야 하는 상품이기도 한데, 세상은 둘 다 제대로 된 평가를 해 준 적이 없었다.

그래서 〈울림의 탄생〉을 감독한 이정준은 임선빈 외의 인물도 조명한다. 임선빈의 아들이자 전수 조교인 임동국이다. 고교 시절 전도유망한 유도 선수였던 그는 심각한 무릎 부상을 당한 뒤, 어렸을 때부터 곁에서 보던 아버지의 업을 잇기로 결정한다. 임선빈은 어땠을까? 아버지는 아들을 말렸다. 고생 많고 보상 적은 일을 아들에게 물려주고 싶지 않아서다. 그럼에도 불구하고 임동국은 결국 전수 조교가 되었다. 아버지와 티격태격해도 이후 그는 평창동계패럴림픽 개회식에 쓰인 임선빈의 대고를 만드는 데도 큰 도움을 주었다. 이는 '울림의 탄생'이 임선빈 대에서 끝나지 않고 임동국 대로 계승됨을 예감케 한다.

소리 진동은 피아노 연주를 통해서도 발생한다. 진솔한 삶이 화려한 기법에 우선하는 것 같다. 이를테면 미셸 슈나이더가 쓴 전기 『글렌 굴드, 피아노 솔로』를 읽으면 음악에 관한 굴드의 다음과 같은 충고와 마주한다. "혼자 있으십시오. 은총이라고 할 만한 명상 속에 머무르십시오."(미셸 슈나이더, 이창실 옮김, 『글렌 굴드, 피아노 솔로』, 동문선, 2002) 그러면 듣는 사람도 납득할 수 있다. 굴드의 연주는 피아노를 경유한 사색과 대화의 과정이기에 특유의 내적 흥얼거림을 동반하는 거라고.

어떤 분야든 기술 습득이 일정 영역에 다다르면 이후에는 고독 속에서 정신을 심화시켜 승부를 내는 법이다. '잉그리드 후지코 게오르기 헤밍'도 이를 잘 아는 피아니스트다. 본명에서 짐작할 수 있듯이, 그녀는 스웨덴인 아버지와 일본인 어머니 사이에서 태어났다. 피아노 교사였던 어머니가 유럽에 유학 와서 디자이너로 일하던 아버지와 이룬 사랑의 결실이었다. 1930년대 독일에서 출생한 후지코는 1940년대 일본으로 건너와 자랐다. 유년 시절은 녹록하지 않았다. 무국적자 혼혈인이라고 손가락질받으면서 온갖 차별에 시달렸기 때문이다.

그런 가운데 후지코는 여섯 살 때부터 시작한 피아노를 매일 쳤다. 어머니가 무섭게 다그쳤던 까닭이다. 유럽으로 돌아간 남편의 연락마저 끊어지자 그녀는 딸을 더욱 몰아세웠다. 피아노가 아니면 딸이 앞길을 꾸려 나가기 어렵다는 생각이 들어서였을 테다. 결과적으로 어머니의 바람은 예상보다 더 크게 이루어졌다. 그러나 이로 인해 후지코는 오랫동안 본인을 혐오하게 되었다. 머리가 희끗희끗해진 뒤에야 그녀는 "기나긴 인생 여정을 통해 나는 스스로를 사랑하게 되었다."라고 말할 수 있었다.

실제로 후지코가 세계적으로 유명한 피아니스트가 된 시기는 60대에 접어들어서였다. 방송 출연이라는 단 한 번의 기회를 붙잡아 그녀는 대기만성의 아이콘으로 거듭났다. 파리에 주로 머무는 후지코는 각국을 돌면서 콘서트를 열고 있다. 〈파리의 피아니스트: 후지코 헤밍의 시간들〉은 2017년부터 2019년까지의 기록인데, 당시 그녀는 연간 60회나 되는 공연을 소화하고 있었다. 80대 후반이라는 나이를 아랑곳하지 않고 후지코는 리스트의 '라 캄파넬라'를 자신 있게 치는 현역 피아니스트다. 영화에서 그녀는 담담하게 이야기한다.

"'라 캄파넬라'는 필사적으로 쳐야 하는 곡이라서 연주자의 내면이 저절로 드러날 수밖에 없어요. 모든 것이 보여지는 곡이죠. 모르는 사람은 누가 치든 비슷하게 들리겠지만, 아는 사람은 알아요. 나는 내가 최고의 연주를 하고 있다고 믿고 연주합니다." 기법을 잘 몰라도 후지코의 삶에 비추어 보면 그 말에 고개를 끄덕일 수밖에 없다. 동갑내기인 굴드처럼 그녀는 고독 속에서 정신을 단련했다. 그 시간들은 여전히 계속되고 있다.

여성들의 페다고지

셀린 시아마 감독, <워터 릴리스>(2007)와
마이크 밀스 감독, <우리의 20세기>(2016)

2007년 만들어진 영화 〈워터 릴리스〉가 2020년 한국에 정식 개봉했다. 그럴 수 있었던 이유가 있다. 감독 셀린 시아마의 명성 덕분이다. 그녀는 2019년 칸영화제 각본상을 받은 〈타오르는 여인 초상〉으로 세계 여성 영화의 아이콘으로 완전히 자리매김했다. 이후 한국에서는 시아마의 작품을 재조명하는 열풍이 불었다. 2011년 완성된 〈톰보이〉가 2020년 5월 관객과 만났고, 8월에는 그녀의 데뷔작 〈워터 릴리스〉를 극장에서 보게 됐다. 셀린 시아마의 특징 가운데 하나는 여성 인물을 입체적으로 포착한다는 데 있다. 아직 여성 인물 형상화에 '성모와 창부의 이분법'을 답습하는 작품들이 적잖이 나온다. 이를 감안하면 그녀가 왜 뛰어난 연출가인지 납득된다.

셀린 시아마는 숭고함과 천박함으로만 수렴될 수 없는 실제 여성의 이야기에 집중한다. 그녀의 작품에서 여성 인물은 기능적으로 작동하지 않고 감정적으로 생동한다. 첫 장편 영화 〈워터 릴리스〉부터 그랬음을 확인할 수 있다. 세 명의 10대 소녀가 주인공이다. 마리(폴린 아콰르)는 친구 안나(루이즈 블라쉬르)가 출전하는 싱크로나이즈드 스위밍 경기를 보러 간다. 그렇지만 마리의 눈을 사로잡은 사람은 안나가 아니다. 우아하고 절제된 동작을 펼치는 플로리안(아델 에넬)이다. 플로리안에게 매혹을 느낀 마리는 그 뒤 그녀 곁을 맴돈다. 안나도 마음에 품은 상대가 있다. 수영부원 프랑수아(워런 재킨)이다.

문제는 그가 플로리안과 사귄다는 데 있다. 여기까지 들으면 남자를 중심에 둔 삼각관계와 그로 인한 갈등이 이 영화의 주된 내용이겠거니 짐작할지도 모르겠다. 그러나 〈워터 릴리스〉는 그런 치정극과 무관하다. 프랑수아의 비중이 거의 없기 때문이다. 앞서 밝혔듯 이 작품의 주인공은 세 명의 10대 소녀다. 마리 · 플로리안 · 안나가 삼각관계의 각 꼭지점이다. 사랑과 우정, 동경과 질투, 비밀과 거짓이 이들 사이를 교차한다. 때로는 착하고 나쁘게, 그리고 이보다 자주 착하지도 나쁘지도 않게 말하고 행동한다. 파악하기 쉬운 한

가지 정체성으로만 그들은 고정되지 않는다. 여성 인물의 입체성은 이렇게 구성된다.

어른으로 성장하는 과정에서 마리 · 플로리안 · 안나는 저마다 애쓴다. 수면 위에서는 미소를 머금고 연기를 하지만, 수면 아래에서는 있는 힘껏 발버둥 하는 싱크로나이즈드 스위밍이 그러하듯이. 이 작품의 프랑스어 원제가 '문어(집념이 강한 사람)의 탄생'인 까닭도 거기 있다. 한데 그렇게만 물에 뜰 수 있는 것은 아니다. 몸에 힘을 빼면 된다. 영어 제목인 워터 릴리스, 곧 수련(睡蓮)처럼 말이다. 마지막 장면이 예증하듯이 적어도 두 소녀는 그 방법을 터득한다. 문어와 수련 중 어느 쪽이 나은가? 이런 물음은 중요치 않다. 소녀들이 문어이자 수련으로 살아서다. 더 나은 것은 하나보다 둘을 알고 실천하는 삶이다.

그럼 과거의 소녀들은 어땠나. 루소의 교육론이 담긴 저작으로 유명한 『에밀』(1762)을 참고해 볼 수 있다. 루소는 인위적 노력을 기울이기보다는, 인간 본연의 자연적 가치를 회복하는 성장에 중점을 두었다. 한데 당시 베스트셀러였던 이 책은 젠더적으로 보면 뜨악한 면이 적지 않다. 예컨대 15세 이후 청년기의 배움을 다룬 장에는 이렇게 쓰여 있다. "여자는 남자를 대담하게 만들지 않고 소심하게 만든다.” 이 책을 접하고 분노한 사람이 여성 운동가 메리 울스턴크래프트다. 나중에 그녀는 남녀 교육 차별을 반대하는 『여성의 권리 옹호』(1792)라는 소책자를 출간해 『에밀』을 논박했다. 교육을 둘러싼 18세기 중반과 19세기 초입의 세계관은 이 정도로 달랐다. 그럼 20세기는?

그중 하나의 답을 영화 〈우리의 20세기〉에서 찾을 수 있다. 이 작품의 원제는 〈20세기 여인들〉이다. 제목대로 영화는 1979년 산타바바라에 사는 여자 셋의 삶을 서사적 중심에 놓는다. 첫 번째 인물은 도로시아(아네트 베닝)다. 나이 마흔에 제이미(루카스 제이드 주만)를 낳은 그녀는 이제 사춘기에 접어든 아들이 올바르게 크지 못할까 봐 걱정스럽다. 두 번째 인물은 애비(그레타 거윅)다. 도로시아 집 세입자 중 한 명인 그녀는 자유분방한 만큼 불안감에 시달리는 사진작가다. 세 번째 인물은 줄리(엘르 페닝)다. 그녀는 본인이 미쳤다고, 곧잘 스스로를 방기하는 태도를 취한다. 제이미는 그런 그녀의 유일한 친구다.

도로시아는 애비와 줄리에게 한 가지 부탁을 한다. 제이미가 지금 시대의 혼란에 휩쓸리지 않고, 좋은 어른이 될 수 있게 도와 달라는 것이다. 이들은 각자 할 수 있는 범위—자기 인생 안에서 제이미를 교육한다. 그런데 알다시피 모든 교육은 일방적일 수 없다. 학습자뿐 아니라 교수자도 교육을 통해 달라진다. 이들은 교학상장 한다. 제이미가 선생인 양 세 사람을 깨우칠 때도 있다. 여기에는 감독 마이크 밀스의 자전적 요소가 담겼다. "내 유년기 대부분은 엄마와 두 여자 형제들이 함께했는데, 아마 그때부터 내 주위의 여자들을 이해하고 노력하는 것이 일종의 생존이라고 깨달았던 거 같아요. 그게 헤아리기 어려운 것이었을 때도 말이죠."

제이미도 마이크 밀스와 마찬가지로 여성과 어울려 살아가기 위해 애쓴다. 애비가 권한 페미니즘 서적을 읽으면서 그는 사고의 변화를 느낀다. 도로시아의 염려가 무색할 정도로 제이미는 괜찮은 성인이 되어 가는 중이다. 이쯤 되면 앞에 언급한 루소의 문장은 다음과 같이 바뀌야 할 것 같다. "여자는 남자를 소심하게 만들지 않고 사려 깊게 만든다." 애비처럼 도로시아 집에 세 들어 사는 윌리엄(빌리 크루덥)도 이른바 '남자다운 대담함'과는 거리가 먼 인물이다. 모든 사람을 배려하는 그의 모습은 20세기 에밀이 갖춰야 할 덕목이 무엇인가를 보여 준다. 제이미는 그 이상 잘 자랄 것이다. 20세기 여인들 덕분이다.

내가 얼마나 복잡한 영혼을 가졌는지

앨리슨 쉐르닉 감독, <이차크의 행복한 바이올린>(2017)과
줄리안 슈나벨 감독, <고흐, 영원의 문에서>(2018)

클래식 음악, 특히 바이올린 전공자에게 이차크 펄만은 '살아 있는 전설'로 받아들여질 테다. 하지만 클래식 음악에 깊은 조예가 없는 나는 이차크를 '유명 바이올리니스트' 딱 그 정도로만 알았다. 이제는 생각이 좀 바뀌었다. 단지 유명할 뿐인 평범한 사람과 전설이 된 천재의 차이를 확실히 느끼게 됐으니까. 그를 조명한 다큐멘터리 영화 〈이차크의 행복한 바이올린〉(Itzhak)을 본 덕분이다. 이 글에서는 이차크가 도달한 음악적 경지에 대해 이야기하고자 한다. 그를 늘 따라다니는 두 가지 키워드—소아마비 장애인과 유대인 이민자의 정체성도 여기에 녹아들 것이다.

먼저 이차크의 말부터 들어 보자. 그가 음악에서 무엇

을 중요하게 여기는지 친구에게 설명하는 장면이다. "테크닉이 좋다는 건 속주를 잘하는 게 아냐. 악절을 제대로 표현하는 기술이 바로 테크닉이지. 음악에 색채와 개성을 담아 아름답게 들리도록 하는 거야. 테크닉 다음으로는 비전이 있어야 해. 테크닉을 어떻게 쓸 건지. (……) 나는 연주할 때 계획을 세우지 않아. 음악이 내게 말을 걸면 응답할 따름이지." 이차크의 말을 나는 이렇게 요약했다. 기술자가 테크닉만 과시하려 든다면, 예술가는 음악과 자신이 나누는 대화를 정확하게 나타내기 위해 애쓴다고 말이다. 이는 기술자와 예술가를 구별 짓는 핵심적인 요소다.

원래 테크닉이 뿌리를 둔 단어 '테크네(techne)'는 기술과 예술을 함께 의미했다. 또한 이것은 상투화된 일상성을 뛰어넘는 힘을 가리키기도 한다. 따라서 테크네를 어떻게 응용할 것인가는 음악에만 한정된 물음이 아니다. 영화에도, 문학에도, 심지어 인생에도 적용 가능하다. 그것의 구체적 방법을 우리는 고민해야 한다. 그렇지 않으면 굳이 이 영화를 볼 이유가 없다. 역경을 극복한 성공담이야 이미 차고 넘치니까. 이런 점에서 나는 이차크가 2015년 오바마 미국 대통령에게 자유 훈장을 받는 모습, 수많은 청중의 환호를 받으며 공연하는 모습 등에 별반 흥미를 갖지 못했다.

차라리 나는 그가 소아마비 장애인으로 사는 불만을 퉁명스레 표출하고, 그가 유대인 이민자로서의 자부심을 지나치게 드러낼 때가 좋았다. 행복해 보이는 웃음 뒤에 가려진 이차크의 진짜 얼굴을 언뜻 본 듯한 기분이 들어서다. 그는 여전히 스스로와 격렬하게 싸우며 새로운 길을 찾는 중이다. 만약 이차크가 안온한 자기 화해에 머물렀다면 단지 유명할 뿐인 평범한 사람이 되고 말았으리라. 그가 전설이 된 천재일 수 있는 까닭은 지금도 계속되는 자기 불화에 기인한다. 이차크는 바이올린이 영혼을 그대로 복제한 악기라고 말한다. 듣고 보니 고개가 끄덕여진다. 그의 바이올린 연주가 왜 섬세한 감동을 주는지 납득돼서다. "영혼이 있는 자에겐 평온이 없다."(페르난두 페소아) 이차크는 얼마나 복잡한 영혼을 가졌는지!

페소아와 이차크 못지않게 복잡한 영혼을 가진 인물이 빈센트 반 고흐다. 그는 오늘날 신화의 주인공이 됐다. 생전 단 한 점 팔렸을 뿐인 고흐의 그림은 이제 전작이 값비싸게 거래되고, 그의 삶을 다룬 다양한 콘텐츠는 지금도 활발히 만들어지고 있다. 후대에 이러리라 1800년대 사람들은 거의 예상하지 못했을 것이다. 고흐 본인을 포함해서 말이다. 그런데 그가 집중 조명을 받는 흐름이 꼭 좋은 쪽으로만 가고 있는 것 같지는 않다. 없었던 일은 아니지만 고흐가 자기

귀를 자른 광인, 불운한 천재로만 아이콘화 되는 탓이다. 자주 그것은 그가 그토록 경계한 "거짓 위로"(1883년 12월, 테오에게 보낸 편지)에 그치고 만다.

예컨대 저스틴 에드가 감독의 단편영화 〈붉은 바보〉(The red fool, 2016)가 그렇다. 이 작품은 고흐가 자신이 신화화된 지금 이 시대를 본다면 행복하게 눈을 감으리라는 이야기로 귀결된다. 설마 그럴 리가. 이는 그에게 건네는 거짓 위로에 지나지 않는다. 진짜 위로를 하려면 고흐의 신화 자체를 탈구축할 필요가 있다. 이것은 그를 둘러싼 풍문 대신, 온전히 그의 예술에 초점을 맞춰야 한다는 뜻이다. 고흐는 800점이 넘는 그림을 남긴 성실한 화가였다. 그림을 열심히 그리기만 한 것이 아니다. 주로 자연을 화폭에 담았던 그는 "사라지는 것 속에서 사라지지 않는 것"(1885년 2월~3월, 테오에게 보낸 편지)을 포착하려 애썼다. 고흐는 무엇을, 어떻게, 왜 그려야 하는지를 늘 의식한 창작자였다.

〈고흐, 영원의 문에서〉는 이런 그를 형상화했다. 광인 혹은 천재로만 소비되는 고흐가 아니라, 집 안에서도 집 밖에서도 매일 작업에 몰두했던 화가 고흐를 부각한 것이다. 이를 강조하려는 듯 영화는 고흐(윌렘 대포)의 1인칭 시점을 빈번하게 사용한다. 관객은 그때마다 그가 되는 체험을 한다. 고흐가 프랑스 아를을 누비며 하늘의 다채로운 색과 바람의 질감을 느끼는 순간을 함께 체감한다. 이 같은 공명을 추구하는 방식은 고흐에 대한 연출가의 이해도가 높기 때문에 가능했다. 영화감독이면서 신표현주의 화가이기도 한, 줄리언 슈나벨은 고흐의 걸작이 완성돼 가는 과정을 마냥 신비화하지 않는다.

그가 해석한 고흐는 낭만주의 예술가라기보다 근면한 노동자에 가깝다. 실제로 대부분 예술은 부지런한 노동을 바탕에 두지 않고서는 탄생할 수 없다. 고흐가 번뜩이는 영감에만 의지하는 작가였다면 어땠을까. 그가 그린 그림의 가치가 재발견되는 우연이야 발생했을지 모른다. 그러나 폭발력과 지속성을 갖지 못하고 금세 사그라졌으리라. 내 그림은 죽지 않는다던 고흐의 믿음은 그런 점에서 근거가 있었다. 영화에서 고흐는 말한다. "편평한 풍경을 마주하면 내겐 영원만이 보인다." 그는 영원에 곧바로 도달하는 요행을 바라지 않았다. 보이는 대로 계속 그려 고흐는 영원의 문 앞에 서고자 했다. 꾸준함이 지름길이다.

마음이라는 물결의 무늬

루카 구아다니노 감독, <비거 스플래쉬>(2015)와
폴 맥기건 감독, <필름스타 인 리버풀>(2017)

수영장 딸린 미국 주택을 그린 〈비거 스플래쉬(A bigger splash)〉. 영국 화가 데이비드 호크니가 1967년 발표한 작품이다. 먼저 시선을 잡아끄는 것은 커다랗게 치솟은 물보라다. 화면에는 아무도 없지만 관객은 자연스럽게 보이지 않는 장면을 상상한다. 누군가 다이빙대에서 물속으로 뛰어들었고, 파란 수면 아래 바로 그(녀)가 있을 것이라고. 그렇지만 아무리 애써도 그(녀)에 대해서는 알아낼 수 있는 것이 없다. 미지는 그냥 미지인 채로 놓아두자. 우리는 보이는 것—커다랗게 치솟은 물보라에 집중한다. 이것은 정적인 풍경에 담긴 유일한 동적인 순간이다. 어떤 큰 충격이 가해지면서 물면은 요동친다.

호크니의 회화와 같은 제목의 영화를 만든 루카 구아다니노 감독은 안온한 균형을 깨는 힘에 관해 이야기하고 싶었던 것 같다. 욕망 안에서 사랑을 발견하겠다는 시구(김수영, 「사랑의 변주곡」)처럼, 그것은 사랑에 바탕을 둔 욕망의 다양한 얼굴이다. 영화 〈비거 스플래쉬〉는 헤어진 연인과의 재회를 출발점으로 삼기 때문이다. 가수인 마리안(틸다 스윈튼)은 성대를 다쳐 목소리를 제대로 내지 못한다. 그녀는 남자 친구 폴(마티아츠 쇼에나에츠)과 함께 이탈리아 판텔렐리아섬에서 휴양하기로 하고 여유로운 한때를 즐긴다. 그런데 갑자기 그곳에 마리안의 옛 애인이자, 폴의 친구이기도 한 음악 프로듀서 해리(랄프 파인즈)가 찾아온다. 장성한 딸 페넬로페(다코타 존슨)가 그의 동행이다. 그리고 짐작하는 그대로, 네 사람의 관계는 기묘하게 얽히고설킨다.

예전에 해리는 마리안과의 만남을 정리하고, 폴에게 그녀를 만나 보라고 해서 두 사람을 이어 주었다. 그랬던 그가 이제 마리안을 되찾고 싶어 한다. 폴은 해리의 꿍꿍이를 눈치채고 그를 경계한다. 한편 페넬로페는 폴에게 이성으로서의 관심을 보인다. 그 점이 마리안은 적잖이 신경 쓰인다. 해리-페넬로페 부녀의 등장으로 마리안-폴 커플의 결합에 균열이 일기 시작한 것이다. 고요하던 일상에 중대한 파문이 발생했다. 평화롭던 휴양지는 집착과 질투, 의심과 흑심이 가득한 장소로 바뀌어 간다. 전부 사랑과 연결된 욕망이 야기한 사건들이다. 네 사람은 도무지 어쩔 수 없는 감정의 격랑에 자신을 내맡긴다.

다시 호크니의 그림으로 돌아간다. 수영장에 솟구치는 물결은 과연 다이빙대에서 물속으로 뛰어든 사람에 의한 것일까. 그렇다고 한다면 평안을 뒤흔든 장본인은 해리-페넬로페 부녀일 것이다. 그러나 다르게 생각할 여지도 있다. 예컨대 물 밖에서 물 안으로 어떤 큰 충격이 가해져 그런 것이 아니라, 물 안에서 부글거리던 어떤 큰 힘이 물 밖으로 분출된 것이라고 말이다. 겉으로 잠잠해 보이지만 속으로 소용돌이치는 것은 수영장 물이나 사람 마음이나 마찬가지다. 마리안-폴 커플도 예외가 아니다. 그래서 호크니는 특정한 인물을 그리지 않고, 포말이 퍼져 나가는 찰나만 그렸는지도 모른다. 구아다니노가 포착한 '결정적 순간'(앙리 카르티에 브레송) 역시 그렇다.

그러나 사랑이 끝났다고 해서 두 사람이 주고받은 마음이 남긴 물결의 무늬가 사라지는 것은 아니다. 영화 〈필름스타 인 리버풀〉이 보여 준다. 이 영화의 원제는 '필름스타 돈다이 인 리버풀(Film stars don't die in Liverpool)', '유명 영화배우는 리버풀에서 죽지 않는다'라는 뜻이다. 이 제목은 배우 겸 작가 피터 터너의 회고록에서 따왔다. 실제 그가 겪은 이야기로 영화를 만들었기 때문이다. 제목을 좀 더 들여다보자. 우선 리버풀. 이곳은 피터가 나고 자란 고향이자, 그와 함께 유명 영화배우가 생의 마지막을 보낸 지역이다. 그럼 유명 영화배우는 누구일까. 바로 글로리아 그레이엄이다. 그녀의 전성기는 1950년대였다. 1950년에는 험프리 보가트와 같이 영화 〈고독한 영혼〉을 찍었고, 1952년에는 영화 〈악당과 미녀〉에 출연해 제25회 아카데미 여우조연상을 받기도 했다.

은막의 스타였던 글로리아와 배우 지망생 피터가 처음 만난 해는 1979년이었다.(사실 두 사람의 첫 대면은 1978년에 이루어졌다고 한다. 영화는 뒤에 이어지는 서사적 시간을 조밀하게 하려고 수정을 가했다.) 런던의 소박한 다세대주택에서 조우한 이들은 이웃에서 곧 연인이 되었다. 당시 글로리아가 56세, 피터가 27세였다. 둘의 나이 차이에 놀라는 사람이 많을 것 같다. 그렇지만 앞서 밝힌 대로 이것은 실화다. 영국 작가 줄리언 반스 역시 젊은 시절 나이 차이가 이 정도 나는 여성과 애정을 나눴던 일화를 소설로 쓴 적이 있다. 남들이 뭐라고 쑥덕거리든, 설령 지금은 우리가 헤어졌을지라도, 서로 사랑했던 단 하나의 이야기는 사라지지 않는다는 것이 핵심이다. 이는 각자에게 진실한 것으로서 간직된다.

(글로리아가 뉴욕에서 세상을 떠난 것과 상관없이)'유명 영화배우는 리버풀에서 죽지 않는다'라는 제목의 의미를 나는 이와 같은 맥락에서 납득할 수 있었다. 이 작품에서 피터 역은 영화 〈빌리 엘리어트〉의 주인공이었던 제이미 벨이, 글로리아 역은 다수 영화제에서 여우주연상을 수상한 아네트 베닝이 맡았다. 그들이 가장 빛났다고 느꼈던 장면은 이것이다. 객석이 빈 연극 무대에 두 사람이 올라가 희곡 『로미오와 줄리엣』의 대사를 주고받는 부분이다. 이때 피터와 글로리아는 영원한 이별을 앞두고 있었다. 그러나 이들은 그런 상황에 아랑곳하지 않고, 나이를 신경 쓰지 않고, 밀어를 속삭인다. 그 순간 무대에는 완전한 로미오와 줄리엣이 현현한다.

프랑켄슈타인과 하이드

하이파 알 만수르 감독, <메리 셸리: 프랑켄슈타인의 탄생>(2017)과
세르쥬 보종 감독, <미세스 하이드>(2017)

1816년 여름 제네바에는 많은 비가 내렸다. 연일 쏟아지는 비 때문에 외출이 어려울 정도였다. 네 사람은 집에 틀어박혔다. 무료한 나날이었다. 그때 한 남자가 이런 제안을 했다. "우리 각자 괴담을 써 봅시다." 역시 여름은 으스스한 이야기의 계절이다. 딱히 할 일도 없던 이들은 저마다 무서운 서사를 구상하기 시작했다. 특히 한 멤버가 누구보다 진지하게 여기에 매달렸다. 작품을 완성하고 나서 정식 출간까지 했다. 그녀는 이렇게 소감을 밝혔다. "독자로 하여금 두려워서 주위를 돌아보게 만들고, 간담을 서늘하게 하고, 맥박이 빨라지게 만드는 이야기를 만들고 싶었다." 정말 그랬다. 그녀가 빚은 '괴물'은 공포 캐릭터의 대명사가 됐다.

그 괴물은 이름이 없다. 그래서 제목으로 극중 괴물을 창조한 박사의 성(姓)을 붙였다. 바로 '프랑켄슈타인'이다. 그럼 장난 같은 기획에서 비롯된 이 소설로 유명 작가가 된 그녀는 누구일까. 정답은 메리 셸리다. 그녀는 페미니스트 메리 울스턴크래프트와 아나키스트 윌리엄 고드윈 부부의 딸이었다. 개혁 사상가를 부모로 둔 영향일 수도 있겠지만, 메리 셸리는 본인의 인생이 평범하게 흘러가도록 놔두지 않았다. 메리 셸리의 삶은 그녀가 쓴 『프랑켄슈타인』의 내용만큼이나 곡절이 많았다. 그런 메리 셸리의 젊은 시절—열다섯 살부터 스물한 살까지를 조명한 영화가 〈메리 셸리: 프랑켄슈타인의 탄생〉이다.

이 시기 그녀에게 일어난 사건 하나를 꼽자면 무엇보다 '연애의 도피'를 들어야겠다. 이것은 스캔들이었다. 당시 메리(엘르 패닝) 나이가 열일곱 살이었다는 사실보다는, 애인 퍼시(더글러스 부스)에게 아내와 아이가 있었다는 점이 문제였다. 세간의 비난을 받을 만한 불륜이다. 하지만 그녀는 퍼시와 함께 떠나기로 마음을 굳혔다. 메리에게 그것은 자기의 생을 걸 만한 유일한 사랑이었으니까. 사랑에 빠진 사람의 눈에는 연인밖에 안 보인다. 그리하여 '사랑의 주체'는 용감해서 한편으론 더없이 잔혹해질 수 있다. 메리도 다르지 않았다. 이상하게 들릴지 모르겠으나, 나는 『프랑켄슈타인』도 그렇게 해석 가능한 텍스트라고 생각한다.

영화를 제작한 하이파 알 만수르 감독도 이와 비슷한 인터뷰를 했다. 『프랑켄슈타인』에 메리의 삶이 상당 부분 투영되어 있어 놀랐다고 말이다. 그러나 그가 내놓은 결과물은 아쉽다. 메리의 삶이 평면적으로만 나열돼서다. 〈와즈다〉(2012)로 호평을 받은 사우디아라비아의 첫 여성 감독에게 관객이 걸었던 기대치는 이 정도가 아니었다. 그는 메리의 용감함만 부각하기보다 다음과 같은 메리의 실제 발언을 더 주목해야 했다. "나는 『프랑켄슈타인』에 애착을 느낀다. 행복하던 시절, 죽음과 슬픔은 그저 단어일 뿐 내 가슴에서 현실적인 울림을 찾아볼 수 없던 시절의 산물이기에." 알고 보면 이는 매우 잔혹한 말이다. 타인은 물론 메리 자신에게도.

이렇듯 인간의 내면은 투명한 샘이 아니다. 나는 나를 모른다. 세르쥬 보종 감독의 영화 〈미세스 하이드〉도 결코 단일할 수 없는 정체성에 관한 이야기를 하고 있다. '미세스 하이드'라는 제목에서 자연스럽게 유명한 소설이 떠오른다. 『지킬 박사와 하이드』(1886)다. 로버트 루이스 스티븐슨이 쓴 이 작품은 선인 지킬 박사와 악인 하이드가 사실 한 사람이었다는, 인간의 본성이 이중적이라는 모티프를 담고 있다. 이후 많은 예술가가 『지킬 박사와 하이드』의 "인간이 궁극적으로 다면적이며 이율배반적인 별개의 인자들이 모여 이루어진 구성체라는 가설"(로버트 루이스 스티븐슨, 조영학 옮김, 열린책들, 2011)을 변주한 창작물을 만들었다. 세르쥬 보종 감독도 그중 한 명이다. 그는 프랑스의 한 고등학교를 중심으로 모순적인 인간 내면, 그리고 그와 비슷하게 모순적인 교육 현장 이야기를 펼쳐 놓는다.

원작의 지킬 박사는 이 영화에서 물리 교사 마리 지킬(이자벨 위페르)로 등장한다. 교직 생활을 오래 했지만 마리는 학교에서 무시당하기 일쑤다. 학생들의 말을 들어 보면 이렇다. 수업 시간에 그녀가 필요한 내용을 제대로 가르치지 않고, 자신들과 소통하려는 의지도 없다는 것이다. 원작의 지킬 박사가 지녔던 높은 학식과 정숙한 성품은 마리에게 오히려 독선과 아집의 원인으로 작용한다. 과거에는 장점이던 요소가 현재에는 단점으로 받아들여지게 된 것이다. 반대 경우도 있다. 이를테면 원작의 하이드가 가진 폭력성이 (벼락을 맞은 뒤 하이드가 된)마리에게 과단성으로 전유되는 모습이 그렇다.

이와 관련하여 〈미세스 하이드〉는 '상호작용'이라는 개념을 강조한다. 영화에서는 지킬과 하이드의 정체성을 혼란스럽게 오가는 가운데 마리가 이것을 직접 설명한다. "상호작용은 두 가지 요소의 역할이 떼려야 뗄 수 없다는 거야. (……) 이렇게 두 원인 간에 상호작용이 있을 때 둘이 합쳐진 결과는 각각을 분리해 측정할 수 없어." 다시 말해 지킬이 선인이고 하이드가 악인이 아니라는 뜻이다. 한 몸에 깃든 지킬과 하이드는 뒤섞일 수밖에 없다. 이런 혼종적 주체가 하는 행동은 때로는 선으로, 때로는 악으로, 때로는 선악 어느 한쪽에 치우치지 않는 모호한 것들을 산출한다. 그 예는 한 개인을 넘어, 그런 개인들의 집합인 사회—교육 현장에도 똑같이 적용된다.

'생각하는 법'을 배우는 것은 그래서 중요하다. 더 정확하게 표현하면 '사유하는 법'을 익혀야 한다. 그렇지 않으면 선악 어느 한쪽에 치우치지 않는 모호한 것들을 일방적인 선, 혹은 일방적인 악으로 잘못 규정하고 만다. 마리의 지도로 학생 말릭(아다 세나니)은 그것을 깨우친다. 덕분에 그는 이 영화에서 그녀가 지킬이면서 하이드일 수 있는 존재임을, 동시에 그녀가 지킬도 하이드도 아닐 수 있는 존재임을 인정하는 유일한 사람이 됐다. 교육의 참된 효과다. 〈미세스 하이드〉는 만듦새가 그리 뛰어난 영화는 아니다. 하지만 이 같은 문제의식에 기초한 개인과 사회의 얽힘, 해결에 관한 메시지를 또렷하게 전한다.

예술이여, 인생이 되어라

데이미언 셔젤 감독, <라라랜드>(2016)와
저스틴 트리엣 감독, <시빌>(2019)

삶이 극적(劇的)일 수는 있어도, 삶 자체가 극일 수는 없다. 뮤지컬 영화에서는 어떤 상황에 어울리는 선율이 흘러나와 주인공이 춤추고 노래하지만 현실은 그렇지 않다. '나'라는 인생의 주인공이 행복에 겨워하든 비탄에 잠기든, 세상은 그에 알맞은 배경 음악을 틀어 주지 않는다. 그래서 사람들이 뮤지컬 영화를 보러 가는 것인지도 모른다. 무도회장에 가지 않고도 춤출 수 있고, 노래방에 가지 않고도 노래할 수 있다면, 그러니까 춤추고 노래하는 삶이 일상이라면 굳이 뮤지컬 영화를 볼 필요는 없겠지. 물론 다들 아는 대로 그것은 실현 불가능한 몽상이다. 하지만 바로 그렇기 때문에 환상의 세계와 꿈의 나라—뮤지컬 영화 〈라라랜드(La La Land)〉는 실재에 묶인 우리에게 역설적인 의미를 준다.

이런 점에서 데이미언 셔젤 감독의 말은 기억해 둘 만하다. "뮤지컬은 꿈과 현실 사이의 균형 잡기를 표현하기에 더할 나위 없는 장르라고 생각한다." 〈위플래쉬〉로 수많은 상을 받으며 이름을 알린 그가 후속작으로 뮤지컬 영화를 찍은 이유가 이 문장에 담겨 있다. 꿈과 현실, 어느 한쪽에 기울지 않고 무게중심을 찾는 것은 쉽지 않다. 그러나 이것은 어려운 만큼 중요한 작업이 될 것이다. 제목 '라라랜드'에는 두 가지 뜻이 있다. 하나는 위에 언급한 "환상의 세계와 꿈의 나라", 다른 하나는 "로스엔젤레스 및 남부 캘리포니아". 과연 이 작품은 로스엔젤레스를 배경 삼아, 미아(엠마 스톤)와 세바스찬(라이언 고슬링)이 이루려는 꿈의 과정을 보여 준다.

미아는 배우 지망생이고 세바스찬은 무명 재즈 피아니스트이다. 이렇게 보면 이들의 소망은 명확한 듯하다. 그녀는 배우가 되고 그는 유명해지는 것이다. 그렇지만 당연하게도 그런 바람은 성취하기 어렵다. 성공의 기회는 적은데 비슷한 꿈을 꾸는 사람이 너무 많은 탓이다. 천사의 도시라고 불리는 로스엔젤레스이지만, 이곳에서 모두가 천사가 될 수 있는 것은 아니다. 설령 원하는 것을 얻었다고 해도 그렇다. 목표에 도달했다는 환희 다음에는, 자신이 갈망하던 꿈이 겨우 이 정도에 불과했냐는 허무가 뒤따르기 마련이다. 현실로 바뀐 꿈은 깨어질 수밖에 없다. 따라서 우리를 살게 하는 힘은 꿈과 현실 가운데, 그 어디쯤에 놓일 것이다.

이와 같은 사실은 미아와 세바스찬이 부르는 노래에서도 드러난다. "꿈을 꾸는 그댈 위하여/ 비록 바보 같다 하여도/ 상처 입은 가슴을 위하여/ 우리의 시행착오를 위하여"(미아) "별들의 도시여/ 나만을 위해 빛나는 건가요/ 별들의 도시여/ 너무 눈부셔 쳐다볼 수 없네요/ 누가 알까요/ 이것이 황홀한 그 무언가의 시작일지/ 아니면 또 한 번/ 이루지 못할 한낱 꿈일지"(세바스찬) 그들이 춤추고 노래하는 여기는 〈라라랜드〉, 어쩌면 우리가 꿈꾸는 극 자체로서의 삶.

이를 급진적으로 실현시키려는 영화가 〈시빌〉이다. 주인공 이름이 시빌(버지니아 에피라)인데, 정신과 의사인 그녀는 소설을 쓰겠다는 열망을 품고 있다. 가벼운 바람은 아니다. 정신과 의사로 일하지 않고 온전히 집필에 매진하겠다는 각오를 했다. 시빌은 담당 환자들을 하나둘 정리하기 시작한다. 그런데 어쩌다 보니 마고(아델 에그자르코풀로스)의 상담을 새로 맡고 말았다. 그녀의 절박한 전화 목소리 때문이었는지도 모른다. 시빌을 찾아온 마고. 그녀는 자기

사연을 고백한다. 그런데 마고의 이야기를 듣는 시빌의 태도가 이상하다. 몰래 녹음을 하고 있다. 왜 시빌은 의사 윤리를 어기는 행동을 한 걸까.

마고가 겪는 문제를 소설로 쓰겠다. 이것이 시빌의 속셈이다. 그런다고 좋은 소설이 나오나? 그럴 수도 있지만 안 그런 경우가 더 많다. 사람들은 지금까지 살아온 자신의 인생을 풀어내려면 소설 몇 권으로도 모자라다는 말을 종종 한다. 사실일 테다. 평범한 삶이 뛰어난 소설보다 값지다. 정말 나는 그렇게 생각한다. 그러나 삶이 그대로 소설이 되진 못한다. 그것은 자화자찬하는 자서전이나, 신세타령하는 통속물로 변질되기 십상이다. 근사한 예술이 되려면 무엇보다 형식에 신경 써야 한다. 형식은 아무 쓸모없는 틀이 아니다. 작품을 구성하는 여러 요소를 아우르는 본질적인 원리다.

아직 소설을 써 본 적이 없으나 시빌은 형식의 중요성을 아는 사람이다. 그래서 마고의 고민을 듣고 조언하는 것을 넘어, 그녀의 삶으로 깊숙이 들어가는 선택을 한다. 시빌은 배우인 마고의 촬영장까지 간다. 그리고 마고의 부탁으로 그녀의 의사를 다른 배우에게 전달하는 역할도 겸한다. 영어 단어 시빌(Sibyl)의 뜻이 무녀다. 이쪽 세계와 저쪽 세계를 연결하는 자. 그러하기에 본인의 진짜 삶이 무엇인지 알 수 없어 혼란스러워하는 자. 그녀는 명실상부하게 무녀가 됐다. 이제 마고를 중심에 둔 시빌의 소설은 피상적으로 쓰일 수 없다. 두 사람이 긴밀하게 엮이면서 스토리는 새로운 방향으로 나아간다.

거기에는 당연히 시빌의 과거도 담긴다. 영화는 플래시백으로 그녀의 지난날을 보여 준다. 연애, 임신, 결별, 출산, 알코올 의존증 등 시빌의 경험은 마고의 현재와 겹쳐 증폭된다. 이럴 때 그녀가 쓰는 소설은 전적으로 마고의 인생일 수만은 없어진다. 무녀의 입을 통해 흘러나오는 전언이 반드시 신의 말씀이라고는 할 수 없듯이. 이는 무녀의 목소리이기도 하다. 소설뿐일까. 삶 자체가 바뀐다. 시빌은 마고에게 빙의된 것인 양 그녀를 연기한다. 정신과 의사가 경계해야 하는 것 중에 하나가 내담자와의 '(역)전이'임에도 불구하고 그녀는 통제에 실패했다. 그렇지만 이로써 시빌은 그동안 억눌러 왔던 내면의 어둠과 마주할 기회를 얻었다. 그녀는 인생을 소설로 쓴 게 아니다. 소설을 인생으로 다시 썼다.

당신의 달콤 쌉싸름한 변화

로쉬디 젬 감독, <쇼콜라>(2015)와
라시드 드자이다니 감독, <파리 투 마르세유: 2주간의 여행>(2017)

쇼콜라(Chocolat)는 프랑스어로 초콜릿을 뜻하는 보통명사다. 그런데 19세기 말 프랑스에서 쇼콜라는 한 남자를 가리키는 고유명사이기도 했다. 그의 진짜 이름은 라파엘이다. 하지만 그는 쇼콜라라는 예명으로 사람들에게 불렸다. 유럽에 노예로 여덟 살에 팔려 온 흑인 남성—라파엘에 관심을 갖는 프랑스인은 없었다. 다들 무대에서 우스꽝스럽게 발길질 당하는 흑인 광대—쇼콜라를 구경하며 깔깔대고 싶어 할 뿐이었다. 순진무구한 웃음은 세상에 존재하지 않는다. 웃음은 웃는 사람과 웃기는 사람의 위계에서 생긴다. 웃는 사람은 정상인 척, 웃기는 사람은 바보처럼 군다. 웃는 사람은 웃기는 사람보다 자신이 우위에 있다고 암묵적으로 믿는다.

"인간은 웃음으로써 물어뜯는다." 19세기 중반 프랑스를 산책하듯 살았던 시인 보들레르의 말이다. 그는 웃음의 본질에 대해 쓰면서, 웃음은 이렇듯 '악마적'이므로 또한 철저하게 '인간적'이라고 언급한다. 로쉬디 젬 감독의 영화 〈쇼콜라〉를 보는 일이 그렇다. 분명 이것은 100여 년 전 실존했던 웃기는 광대에 관한 작품이다. 그러나 관객은 박장대소하지 못한다. 이를 통해 악마적이어서 오히려 인간적인 웃음의 속성을 느끼기 때문이다. 여기에는 식민주의에 기반을 둔 인종 차별 문제도 도사리고 있다. 감독은 그것을 회피하지 않았다. "시대의 한계를 뛰어넘어 대스타가 된 흑인 광대. 이 흥미롭고 놀라운 스토리와 함께 우리의 식민주의 과거를 얼버무리지 않고 다루어야 한다고 생각했다."

이런 포부를 밝힌 대로 그는 '자유 · 평등 · 박애'의 가치를 내세우던 프랑스가 어떻게 쇼콜라(오마 사이)를 '억압 · 차별 · 조소'의 대상으로 취급했는가를 낱낱이 보여 준다. 그렇기 때문에 상투적 재현(쇼콜라를 경찰이 고문하는 장면)을 답습하거나, 과잉이라고 여겨지는 부분(쇼콜라가 길에서 절규하는 장면)도 나온다. 관객이 자문하도록 하지 않고, 관객에게 그냥 설명해 버리는 신(scene)도 눈에 걸린다. 그럼에도 불구하고 이 영화는 장점이 더 많다. 그중 하나가 쇼콜라의 파트너, 백인 광대 푸디트(제임스 티에레)라는 인물의 등장이다. 그의 진짜 이름은 조르주다. 그렇지만 그는 쇼콜라와 마찬가지로 평생을 푸디트라는 예명으로 불렸다.

영화에서 푸디트의 개인사는 거의 드러나지 않는다. 한데 그는 관객에게 강렬한 인상을 남긴다. 푸디트가 양면적인 캐릭터라는 점이 가장 큰 이유일 것이다. 공연장에서 그는 식민주의의 대리자를 연기한다. 제국—푸디트는 식민지—쇼콜라를 발로 걷어찬다. 반면 공연장 밖에서 푸디트는 쇼콜라를 돕는 유일한 친구다. 이와 더불어, 무대에서는 최고의 익살꾼인 그가 현실에서는 더없이 과묵한 남자라는 사실도 염두에 둘 필요가 있다. 푸디트의 이중적 모습은 웃으면서 우는 우리네 인생살이와 닮았다. 달콤하고 쌉싸름한, 초콜릿 같은 보통의 삶.

그럼 21세기 프랑스는 어떨까. 영화 〈파리 투 마르세유: 2주간의 여행〉은 제목처럼 파리에서 마르세유까지 가는 2주 동안의 여정을 그린 작품이다. 여행지와 여행 기간보다 더 중요한 사실이 있을 것이다. 여행을 같이하는 사람과 여행을 하는 목적이다. 이 영화에서는 두 사람이 파트너다. 보수 성향이 뚜렷한 아저씨 세르쥬(제라르 드빠르디유)와 아랍계 청년 래퍼 파훅(사덱)이다. 이 조합은 도무지 어울리지 않아 보인다. 세르쥬는 인종 차별 발언을 일삼고, 랩은 들어 본 적도, 들어 볼 마음도 없는 프랑스 기성세대의 전형이다. 그런 그와 2주나 동행해야 하다니, 파훅의 마음도 암담했으리라.

그럼 이 두 사람은 왜 함께 여행을 하게 됐나. 파훅에게 피치 못할 사정이 생겨서다. 그는 파리에서 불량한 래퍼 무리와 승강이를 벌이다 생명에 위협을 받게 된다. 프로듀서 빌랄(니콜라스 마레투)은 파훅에게 몸을 숨기라며, 곧 여행을 떠날 예정인 자기 아버지 세르쥬에게 전후 설명 없이 그를 보낸다. 세르쥬의 입장에서 보면, 파훅은 빌랄을 대신해 운전수 역할을 해 줄 사람에 지나지 않았다. 애초에 서로에게 호의를 가질 이유가 없는 까닭에, 둘은 계속 티격태격한다. 이제 세르쥬의 여행 목적을 말할 차례다. 한마디로 그는 그림을 그리기 위해 길을 나섰다. 18세기 화가 베르네의 자취를 밟으면서, 당시 그가 그렸던 회화를 재현하는 것이다.

이런 점에서 세르쥬와 파훅에게는 접점이 하나 생긴다. 두 사람이 미술과 음악—예술을 한다는 점이다. 이해 불가능한 타자로만 상대방을 대하던 세르쥬와 파훅은 각자의 예술을 매개로 조금씩 불통의 간극을 좁혀 간다. 아예 소통이

되지 않던 두 사람이 소통을 시도한다는 변화 자체가 놀라운 일이다. 감독 라시드 드자이다니는 현재 프랑스가 안고 있는 세대 갈등 및 인종 차별 문제를 '인간에 대한 예의'라는 관점으로 풀어낸다. 세르쥬의 막말을 견디다 못해 자리를 떠난 파훅이 처량하게 서 있는 그를 차마 외면하지 못하고 돌아와 말없이 안아 준다든가, 파훅이 곤란한 상황에 처하자 세르쥬가 발 벗고 나서는 장면을 보면, 사람이 가진 온기의 힘을 새삼 느끼게 된다.

영문학자 애덤 브래들리는 랩이 곧 시라는 주장을 담은 책 『힙합의 시학』(애덤 브래들리, 김경주 · 김봉현 옮김, 글항아리, 2017)에서 다음과 같이 썼다. "언어가 빚어내는 낮은 리듬은 베이스의 울림을 불러낸다. 한편 마음을 가로지르는 가사 구절은 고막을 통해 진동한다. 이제야 비로소 당신은 보는 것과 들리는 것이 일치하는 경험을 하게 되었다. 음악과 가사는 그대로 있었다. 받아들이는 당신이 바뀐 것이다. 그리고 이것이 바로 '힙합의 시학'이다." 음악과 가사는 그대로인데, 받아들이는 당신이 바뀌었다는 구절이 의미심장하다. 우리를 그럴 수 있게 만드는 것이 (파훅의)랩만은 아닐 것이다. 이 영화는 또 다른 그것이 무엇인가를 생각하게 한다.

5부
마음과 마음을 연결하는 길

재난 한가운데

스티븐 소더버그 감독, <컨테이젼>(2011)과
루벤 외스틀룬드 감독, <더 스퀘어>(2017)

코로나 19라는 재난의 한가운데를 지나는 중이다. 모두가 재난에 대해 한마디씩 할 수 있다는 말이다. 그러나 모두가 재난의 한가운데에 있는 상황에서 이를 총체적으로 들여다보기는 쉽지 않다. 우리는 재난 자체를 사유하지 못한다. 재난을 겪어 낼 뿐, 재난의 발생과 경과를 일목요연하게 정리하고, 재난에 대응하는 사람들의 모습을 다각적으로 조명하기 어렵다는 뜻이다. 그래서 관객은 재난의 한가운데 재난을 다룬 영화를 찾아보는 것인지도 모르겠다. 재난의 재현물을 통해 재난에 일정한 거리를 두기. 그렇게 함으로써 재난을 다시 생각해 보고 그에 대한 어떤 깨우침을 얻을 수 있을 테니까.

〈컨테이젼(Contagion: 전염)〉은 이런 바탕에서 재소환된 영화다. 이 작품은 스물여섯 나이에 칸영화제 황금종려상을 수상한 스티븐 소더버그 감독이 연출을 맡았고, 기네스 펠트로 · 멧 데이먼 · 마리옹 꼬띠아르 · 주드 로 · 케이트 윈슬렛 · 로렌스 피시번 등 유명 배우들이 출연했다. 평단의 평도 좋았다. 그렇지만 2011년 국내 개봉한 〈컨테이젼〉은 별다른 화제를 불러 모으지 못하고 묻혔다. 대중의 반응은 항상 난기류다. 한데 코로나 19가 퍼진 뒤 이 영화의 온라인 관람 열풍이 불었다. 코로나 19라는 재난의 한가운데를 지나는 우리 현실을 되돌아볼 수 있는 작품임이 알려져서다.

〈컨테이젼〉은 세 개의 장이 교차되는 구조다. 첫 번째 장은 홍콩 출장에서 미국으로 돌아온 베스(기네스 펠트로)로부터 시작된다. 그녀는 갑작스러운 고열에 시달리다 숨을 거둔다. 남편 토마스(맷 데이먼)는 어린 아들을 아내와 같은 증상으로 떠나보내고 비통해한다. 두 번째 장에서는 이것이 심각한 전염병임을 감지하고 조사관 미어스(케이트 윈슬렛)를 감염 현장으로 급파하는 질병 통제 센터 책임자 치버(로렌스 피시번)의 모습이 그려진다. 세계보건기구도 대처 방안을 강구한다. 홍콩에 간 조사관 오란테스(마리옹 꼬띠아르)는 감염 발생 경로를 추적하는 임무를 맡는다. 세 번째 장은 프리랜서 기자 앨런(주드 로)이 나온다. 그는 사실과 거짓이 뒤섞인 정보를 퍼뜨려 큰돈을 벌 계획을 세운다.

세 개의 장은 각각 '재난의 고통을 감내하는 시민', '재난의 혼란을 수습하려는 당국', '재난의 공포를 이용하는 세력'을 가리킨다. 보통은 첫 번째 장과 두 번째 장에 집중하기 마련이지만, 〈컨테이젼〉은 특히 세 번째 장을 주목한다. 재난의 공포를 이용하는 세력은 비단 앨런만이 아니다. 첫 번째 장과 두 번째 장에 나오는 인물들도 마냥 결백하지 않다. 이 영화는 모두가 재난의 한가운데를 지나고 있어도 모두가 같은 마음을 갖지 않는다는 서늘한 진실을 폭로한다. 동시에 〈컨테이젼〉은 희망도 제시한다. 극한 상황과 맞닥뜨려 인간으로서의 품격을 잃지 않는 이들이 바로 그 증거다. 인간으로서의 품격을 잃는 것 또한 역병의 창궐에 준하는 재난이다.

이때 우리에게 필요한 덕목이 윤리다. 〈더 스퀘어(The Square: 정사각형)〉는 윤리에 관한 영화다. 이 작품을 만들기 전, 루벤 외스틀룬드 감독은 같은 제목의 예술 프로젝트를 기획했다. 복잡한 예술품은 아니다. 벽돌로 정사각형 바닥을 만들어 놓고 이런 문구를 써 놓았을 뿐이다. "전시 '더 스퀘어'는 신뢰와 배려의 공간이다. 이 안에선 모두 동등한 권리와 의무가 있다.” 이게 대체 뭘까 싶다. 그의 설명에 따르면 이렇다. 현실과 차별화된 이상적 공간을 부각해, 타인에게 호의를 베풀기보다는 적대하는 사회 분위기에 경종을 울리고, 공동체의 구성원이 믿음 속에 상호 책임감을 가져야 한다는 메시지를 전하려 했다는 것이다. 영화 〈더 스퀘어〉도 그 연장선 위에서 만들어졌다.

그런데 이 작품의 미덕은 메시지에 담긴 내용에 있는 것 같지 않다. 관건은 메시지를 표현하는 형식이다. 만약 〈더 스퀘어〉가 관객의 깨우침을 강요하는 상투적인 방식을 가졌으면 어땠을까. 그랬다면 이 영화가 2017년 칸영화제 황금종려상을 받는 일도 없었을 테다. 내가 생각하기에 이 영화의 특별한 점은, 메시지 내용이 실제 삶에 적용될 수 있는가를 계속 시험하는 형식을 취한다는 데 있다. 크리스티안(클라에스 방)이 바로 그 시험에 든 남자다. 스톡홀름 현대미술관 수석 큐레이터인 그는 현재 더 스퀘어 전시 개최를 준비 중이다.

크리스티안은 더 스퀘어의 메시지를 사람들에게 그럴듯하게 해설하는 지적 능력이 있다. 한데 그가 더 스퀘어의 메시지를 생활에 옮길 수 있는 실천 능력까지 갖췄을까? 이와 같은 물음 아래 이제 그는 첫 번째 과제에 직면한다. 아침 출근을 하는 크리스티안 앞에 한 여자가 나타난 것이다. 그녀는 어떤 사내로부터 위협받고 있다면서 그에게 도움을 요청한다. 크리스티안이 과연 선택을 할까 우리는 궁금해진다. 혹시 곤란해질지도 모르니 여자를 모른 척할까, 아니면 용기를 내 여자를 도와줄까. 본인의 온전한 결단인지는 모호한 구석이 있지만 어쨌든 그는 후자를 따른다.

다행히 사건은 별 탈 없이 마무리됐다. 그러나 이후 크리스티안은 더 어려운 과제들과 마주한다. 이를테면 그가 여자를 구해 주었으나 그 와중에 지갑을 잃어버린 일이 그렇다. 알고 보니 소매치기꾼들에게 당한 것이다. 크리스티안은 선의의 행동이 자기가 호구였음을 입증하는 결과로 돌아왔음을 확인했다. 이럴 때 그는 또다시 더 스퀘어의 메시지를 따를 수 있을까? 답은 이 장면을 소개하는 것으로 대신하고 싶다. 스톡홀름 현대미술관에는 "나는 인간을 믿는다/ 나는 인간을 믿지 않는다" 하는 갈림길이 있다. 거기에는 각각의 길을 걸어간 사람들의 수가 표시된다. 크리스티안(그리고 그의 두 딸)은 어떤가 하면 숫자가 더 많은 쪽으로 발걸음을 뗐다. 이로써 적어도 한 가지는 분명해졌다. 더 스퀘어는 윤리가 이미 완성된 공간이 아니라, 윤리를 새로 생성해 가는 공간이라는 사실 말이다.

마음과 마음을 연결하는 길

정형민 감독, <카일라스 가는 길>(2018)과
토머스 스터버 감독, <인 디 아일>(2018)

카일라스는 티베트 고원 남서부에 위치한 산이다. 불교에서 언급되는 세계의 중심 수미산의 실제 모델로 알려져 있어 해마다 많은 순례자들이 카일라스를 찾는다. 이곳 주위를 돌면서 기원하면 업이 소멸한다는 믿음 때문이다. 그러니까 불교 신자가 카일라스를 목적지로 삼아 떠나는 여행은 드물지언정, 특별한 사건인 것은 아니다. 이를 다룬 다큐멘터리 영화 〈카일라스 가는 길〉도 심상하게 보일 수 있다. 하지만 이 작품은 특별한 사건에 해당한다. 주인공부터 예사롭지 않다. 카일라스로 향해가는 3개월의 고된 여정에 기꺼이 도전한 사람은 이춘숙. 여든네 살 할머니다.

이춘숙의 아들이 이 영화의 감독 정형민이다. 그는 노

모와 함께 불교 성지를 순례한 면면을 영상으로 기록하고 편집해 '카일라스로 가는 길'을 완성했다. 이쯤에서 분명히 해 둬야 할 사실이 있다. 이 작품의 주제가 종교 포교, 이를테면 불교 숭배나 성지 순례에 있지 않다는 점이다. 정형민은 말한다. "목적지까지 간다는 게 목표가 아니라, 어머니와 함께 길을 걷는 그 시간이 저에게는 목표였습니다." 이춘숙의 목표도 다르지 않았으리라 짐작한다. 그래서 모자(母子)는 카일라스로 가는 최단 루트 대신, 바이칼호수·고비사막·알타이산맥·파미르고원을 지나는 우회 루트를 짰다. 강조점은 카일라스가 아니라 '가는 길'에 찍힌다.

상투적으로 들릴지 모르겠지만 중요한 가치를 담고 있는 것은 일의 결과보다 과정이다. 순례도 마찬가지다. 신은 자신이 있는 장소에 얼마나 빨리 도착했느냐가 아닌, 어떤 마음가짐으로 여기까지 왔느냐로 순례자의 정성을 평가할 테다. 그렇다고 한다면 이춘숙은 A+를 받을 게 틀림없다. 순례 내내 그녀는 부처의 자비와 예수의 사랑을 언행으로 실천했기 때문이다. '제도로서의 종교'에 대비되는 '본질으로서의 종교적인 것'이다. 이춘숙은 세월호 희생자들을 위해 기도하고, 순례길에서 만난 사람들의 안녕을 빈다. 그리고 고향에 있는 고양이들의 안부를 걱정하고, 험지를 뛰노는 산양들의 생명력을 예찬한다. 온 존재가 그녀에게는 평등하게 귀하다.

타국에서 이춘숙은 한국어로 이야기한다. 그녀와 마주한 모든 이들은 그 메시지를 알아듣는다. (비)언어적 표현에 담긴 진심은 어디에서든 통하는 법이니까. 그렇지만 모두가 그렇게 하지는 못한다. 이춘숙에게는 생명을 보듬는 특유의 친화력이 있다. 덕분에 그녀는 〈카일라스 가는 길〉을 특별한 사건으로 만들어 낸다. 이 영화는 관객에게 설명을 잘해 주는 친절한 작품은 아니다. 내레이션을 통한 정보 전달조차 없다. 타국에서 한국어로 대화하는 이춘숙 같다. 그러나 그녀가 외국인에게 그랬듯 〈카일라스 가는 길〉도 관객과의 소통에 성공한다. 자비와 사랑이라는 종교적인 것을 속 깊게 공유해서다. 카일라스는 티베트에만 있지 않다. 카일라스는 이춘숙이 가는 길 곳곳에 있다.

이춘숙이 가는 길은 타인과 접속하는 통로이다. 토머스 스터버 감독의 영화 〈인 디 아일(In the aisles)〉도 타인과 접속하는 통로에 관한 작품이다. 제목 자체가 '통로에서'라는 뜻이다. 이 작품에서 통로는 여러 의미를 갖는다. 여기에선 두 가지만 이야기해 보자. 첫 번째, 대형 마트에 있는 통로다. 이는 영화의 주된 공간이 우리 주변에서 흔히 볼 수 있는 대형 마트라는 말이다. 독특한 점이 있긴 하다. 이 대형 마트가 옛 동독 지역에 위치해 있다는 사실이다. 좀 더 덧붙이자면 이곳은 원래 국영 트럭 회사 건물이었다. 그런데 1990년 동독과 서독이 통일되자 국영 트럭 회사에도 커다란 변화의 바람이 분다. 사기업이 인수를 하면서 트럭 회사를 대형 마트로 바꿔 버린 것이다. 트레일러를 운송하던 트럭 운전사들은 이제 대형 마트 물건을 나르는 지게차 운전사로 일해야 했다.

이것은 지게차 운전사가 트럭 운전사보다 못하다는 말이 아니다. 다만 노동자들이 원치 않게 자기 직업을 바꿔야 했음을 강조하고 싶을 뿐이다. 대형 마트 장기 근속자인 브루노(피터 쿠스)는 그래서 이렇게 중얼거린다. "길을 달리던 때가 그리워." 하지만 대형 마트에서 일하려는 크리스티안(프란츠 로고스키) 같은 젊은이도 있다. 수습 직원이 된 그는 브루노와 짝을 이뤄 천천히 업무에 적응해 간다. 그런 한편으로 크리스티안은 직장에서 자꾸 관심이 가는 이성도 발견했다. 캔디류 코너 담당 사원 마리온(산드라 휠러)이다. 마리온도 과묵하지만 상냥한 크리스티안에게 호감을 느낀다.

그럼 이쯤에서 두 번째 통로의 의미를 언급해야겠다. 어떤가 하면 그것은 '마음과 마음을 연결하는 길'이다. 이런 통로가 없다면 사람들은 고독하게 살 수밖에 없다. 물론 고독 자체가 나쁘지는 않다. 때로 자발적 고독은 삶에 꼭 필요한 법이다. 문제는 강제적 고독이다. 원치 않는 관계 단절은 생의 의지를 꺾는다. 예컨대 이를 철저하게 고립된 생활을 하던 크리스티안에 국한시켜 본다면 어떨까. 그에게 대형 마트 통로는 일터이기만 했던 것이 아니다. 그곳은 살가운 브루노와 매력적인 마리온과 만날 수 있는 기쁨의 장소이자, 통로의 정의 그대로 '누군가와 통할 수 있는 공간'이었다.

그렇게 대형 마트 통로를 인식하는 이에게는 거기가 바로 '자연—바다'나 다름없다. 그에게는 심지어 지게차가 내는 기계음마저 기분 좋은 파도 소리로 들린다. 클레멘스 메이어 작가가 쓴 동명의 단편 소설을 영화로 만든 토마스 스터버 감독은 그 메시지를 다음과 같이 썼다. "결국 남는 것은 공동체, 따스함, 약간의 행복이란 건 오직 대형 마트의 통로에서나 가능한 일이라는 깨달음이다." 그의 서술처럼 이 영화에서 대형 마트는 상품을 사고파는 곳 이상의 장소로 그려진다. 정말로 '공동체, 따스함, 약간의 행복'이 여기에 감돈다. 대형 마트에서 근무하는 동료들의 마음과 마음이 이어져서다. 통로는 혼자서 못 만든다.

회개하라, 신이 아닌 사람에게

나딘 라바키 감독, <가버나움>(2018)과
오쿠야마 히로시 감독, <나는 예수님이 싫다>(2018)

회개하지 않는 자들의 도시에 화가 닥칠 것이다. 예수 그리스도는 가버나움을 가리켜 단언한다. 이곳에서 그는 기적을 행하며 복음을 전했다. 하지만 가버나움 주민들의 태도는 바뀌지 않았다. 기적은 신기한 요술에 불과하고 복음은 지루한 교훈일 따름이었으니까. 이후 예수의 예언은 진짜 실현됐다. 몇 세기가 지나 가버나움은 몰락했다. 기독교인이라면 이를 신의 심판이라고 말할 수도 있겠다. 나는 좀 다르게 생각했다. 어떤가 하면 본인의 죄를 뉘우치지 않은 그곳 주민들 스스로가 가버나움을 무너뜨린 거라고 말이다.

이런 단계다. '죄는 부조리를 낳는다. 부조리는 체제와 윤리를 마비시킨다. 마비된 체제와 윤리가 공동체를 깨뜨린다.' 한데 가버나움 주민들은 회개하지 않은 것이 아니라, 회개하지 못한 것일지도 모른다. 회개도 뭘 잘못했는지 알아야 한다. 죄를 지었음에도 그것이 자신에게 죄로 받아들여지지 않는다면 회개할 수 없다. 타락이 별게 아니다. 잘못에 대한 무지와 무감각이 우리를, 우리가 사는 세계를 계속 나쁘게 만든다. 이것을 염두에 두고 나딘 라바키 감독은 레바논 빈민가가 배경인 이 영화의 제목을 〈가버나움〉이라고 붙였을 테다.

주인공은 열두 살 정도로 추정되는 소년 자인이다. 그의 나이를 어림짐작할 수밖에 없는 이유가 있다. 출생신고가 안 된 탓이다. "우린 그냥 벌레야. 서류 없는 삶을 인정하고 살든지, 창밖으로 뛰어내리든지 둘 중 하나야." 자기 신분을 증명할 만한 서류를 달라는 자인에게 아버지는 이렇게 목소리를 높인다. 양육 능력이 없음에도 아이들을 줄곧 낳기만 하는 부모. 그래서 자식에게 정규 교육 대신 험한 일을 시키는 부모. 열한 살 딸을 동네 청년에게 신부로 팔아버린 부모. 그런데도 왜 죽을힘을 다해 사는 우리를 비난하느냐고 항변하는 부모.

이들이 바로 회개하지 않는 것이 아니라, 회개하지 못하는 가버나움의 주민이다. 그들 말고 또 있다. 난민을 불법

체류자로 유린하는 자들이 그렇다. 잘못에 대한 무지와 무감각이 여기에 득시글댄다. 그러나 레바논 빈민가만 가버나움이 아니다. 이 영화를 보면 어쩐지 그런 마음이 든다. 잘못에 대한 무지와 무감각은 한국에도 만연해서다. 사방에서 비명이 터져 나오는데 정작 회개하는 사람은 드물다.

예수가 제자들에게 묻는다. 실로암의 탑이 무너져 죽은 사람들이 예루살렘 주민보다 더 많은 죄를 지은 듯싶으냐고. 제자들이 침묵하자 그가 답한다. "그렇지 않다. 너희도 회개하지 않으면, 모두 그렇게 망할 것이다."(누가복음 13:5) 새삼 예수의 경고를 되새긴다. 다만 회개를 신으로의 귀의, 하나로만 해석하지 않을 뿐이다. 회개는 잘못에 대한 지(知)와 감각을 새로 찾는 것으로부터 시작된다. 〈가버나움〉을 통해 나는 다시 회개를 배웠다. 망하기 싫어서다.

잘못은 신에게도 있다는 명제를 직접적으로 표명한 영화도 있다. 〈나는 예수님이 싫다〉. 기독교도에게는 신성 모독적인 발언이다. 그러나 이 영화의 주인공 유라(사토 유라) 입장에서라면 어떨까. 이 작품을 보고 나면 열두 살 소년이 왜 이렇게 예수를 미워할 수밖에 없는지 납득할 것이다. 그것을 구체적으로 언급하면 스포일러가 되겠지. 그래서 에둘러, 그렇지만 이 영화의 본질에 닿아 있다고 생각하는 이야기를 해 볼 작정이다. 우선 이 작품에는 '예수님'(채드 멀레인)이 나온다. 그에 대해 몇 가지만 염두에 두자. 예수님 몸집이 열쇠고리 정도라는 것, 예수님은 장난스러운 제스처만 취할 뿐 결코 입을 열지 않는다는 것, 예수님의 모습이 유라 눈에만 보인다는 것이다.

그러니까 이 영화의 예수님은 신약 성서의 예수 그리스도와 일치하지 않는다. 비유하자면 알라딘의 소원을 들어주는 지니와 같은 정령에 가깝다. 예수님은 유라가 뭔가를 바라 기도를 하면 이루어 준다. 예컨대 시골 마을로 전학 온 유라가 "학교에서 친구가 생기게 해 주세요."라고 하자, 동급생인 카즈마(오오쿠마 리키)와 단짝이 된 것도 기도발—예수님의 신통력이었다. 심지어 "돈 좀 주세요." 하는 기도도 어떻게든 들어준다. 액수가 크지 않아서 그렇지. 여기까지만 보면 예수님은 유라의 구세주가 분명하다. 한데 불현듯 이런 의심이 든다. 지니가 들어줄 수 있는 소원도 개수와 한계가 정해져 있지 않나. 혹시 예수님의 능력도 그렇지 않을까.

유라가 가장 예수님을 필요로 하는 순간에 예수님이 그를 돕지 않는다면, "나는 예수님이 싫다."고 유라는 얼마든지 외칠 수 있을 테다. 구약성서의 욥도 그랬다. 그는 신에게 반문한다. "어째서 하나님은 나를 피하십니까? 어째서 나를 원수로 여기십니까?" 신은 사탄이 욥의 재산을 빼앗고, 자식들을 죽이고, 몸에 악성 종기가 나도록 허락했다. 이러니 욥의 아내도 탄식하는 것이다. "차라리 하나님을 저주하고서 죽는 것이 낫겠어요." 물론 '욥기'는 해피엔딩이다. 하지만 이와 별개로, 욥이 받아들여야만 했던 영문을 알 수 없는 상실과 이것이 야기하는 고통의 문제는 명쾌하게 해소되지 않는다.

이처럼 자신을 외면한 예수님을, 나중에 아무 일도 없었던 양 슬쩍 다시 나타난 예수님을, 유라는 주먹으로 쿵하고 내리친다. '잘못은 신에게도 있다.'(조세희)는 명제를 오쿠야마 히로시 감독은 더 급진적으로 실행에 옮겼다. 그럼에도 이 영화는 반신론이나 무신론으로 귀결되는 작품이 아니다. 이 영화는 신도 어찌할 수 없는 인간의 지극한 슬픔에 대한 신학적 질문을 제기한다. 인간의 운명에 신의 개입은 한정적이다. 마치 유라의 돌아가신 할아버지가 문에 발라진 창호지를 손가락으로 뚫어 그 구멍을 통해서만 밖을 내다보는 오프닝 장면처럼. 신은 간접적으로 세상을 바라보는 존재다. 그리고 유라는, 우리는 직접 세상을 살아 내야 하는 존재들이고.

너를 사랑하면서, 그를 사랑하기

토마스 빈터베르그 감독, <사랑의 시대>(2017)와
드레이크 도리머스 감독, <뉴니스>(2017)

혁명의 시간은 짧고, 혁명 이후의 나날은 길다. "모든 권력을 상상력으로!"라고 외치며 일체의 억압으로부터 해방을 꿈꾸던 '68혁명'도 그랬다. 열정과 환희에 휩싸였던 혁명의 시간은 금세 지나갔다. 그러니까 청년 시절 68혁명에 참여했던 프랑스 철학자 알랭 바디우의 말대로, 중요한 것은 사건 자체가 아니다. 그로 인해 변화된 자기 자신—주체의 진리를 끝까지 밀어붙이는 충실성이야말로, 우리가 주의를 기울여야 할 테제다. 그렇지만 혁명의 시간을 간직한 채 혁명 이후의 나날을 보내기는 쉽지 않다. 과거에 경험한 찰나의 빛으로, 현재의 기나긴 어둠에 맞서야 하기 때문이다. 〈사랑의 시대〉는 바로 그런 난관을 그린 영화다.

이 작품은 1970년대 덴마크를 시공간적 배경으로 삼고 있다. 주요 등장인물은 유럽을 휩쓴 68혁명의 세례를 직접적으로 받은 사람들이다. 안나가 대저택을 개방해 친구들과 함께 사는 공동체 생활을 제안하고, 거기에 남편 에릭이 동의한 것은 이런 맥락에서 개연성이 있다. 그들은 남녀가 10명 정도 모여 사는 공동체를 조직해, 68혁명 이후의 일상적 혁명을 추구하려고 했다. 예컨대 공동체 구성원이 다 같이 벌거벗고 수영하는 모습이 그렇다. "우리 안에 잠자고 있는 경찰을 없애야 한다."라던 68혁명의 구호는 이처럼 기성 질서에 반하는 행위로 실현됐다.

〈사랑의 시대〉 원제가 〈공동체(The Commune)〉라는 사실을 생각해 보면, 이 영화의 초점이 어디에 맞춰져 있는가를 짐작할 수 있다. 실제로 감독 토마스 빈터베르그는 7살 때부터 19살 때까지 공동체에서 자랐다. 그는 영화를 찍는데 이때의 체험이 많은 영향을 끼쳤다고 고백한다. "〈더 헌트〉를 포함한 내 영화의 대부분은 공동체와 개인을 다루고 있다. 내가 생각하기에 공동체는 확장된 가족 같다. 함께 살다 보면 어느 정도 선에서 노력을 멈춘다. 많은 결혼 생활에서 발생하는 일이다. 같은 집에 살고 서로의 옆에서 자게 되면 겉모습은 벗어 버리게 된다. 인간으로서 우리는 다른 사람에게 보이길 원하는 대로 자신을 꾸민다고 생각한다. 하지만 공동체에서는 인간의 모든 것을 보게 된다."

68혁명의 여파로 탄생했으나, 공동체가 내건 이상은 현실과 부딪쳐 삐걱댄다. 가령 비싼 집세를 누군가는 내는데, 누군가는 내지 않는다는 경제적 문제로 인한 갈등이 불거진다. 그보다 심각한 것은 애정의 문제다. 대학생 엠마와 사랑에 빠진 에릭은 그녀를 공동체에 들이자고 한다. 그러면서 그는 본인이 대저택을 제공했고, 집세도 부담한다는 압력을 행사했다. 68혁명의 정신은 이렇게 변질됐다. 평소 자유연애 혹은 "자기감정을 따를 권리"를 존중하는 입장이던 안나의 내면도 그때부터 부서지기 시작한다. 집과 음식을 공유할 수는 있어도, 사랑을 공유할 수는 없기 때문이다. 이것은 혁명으로도 전복하기 힘들다. 사랑은 독점적 권력이다.

드레이크 도리머스 감독의 영화 〈뉴니스〉도 공유된 사랑의 독점적 속성을 조명한다. 뉴니스(Newness)는 새로움 · 신선함 · 생소함을 뜻하는 영어 단어다. 이 작품을 보면 뉴니스가 사전적 정의 외에 얼마나 복잡한 의미를 갖는 명사로 변주되는지 당신도 확인할 수 있을 것이다. 주인공은 물리치료 보조사인 가비(라이아 코스타)와 약사인 마틴(니콜라스 홀트)이다. 둘은 연인이다. 두 사람이 가진 직업의 공통분모를 고려하면 병원에서 만나 인연을 맺었으리라 예상하기 쉽다. 한데 그렇지가 않다. 가비와 마틴은 데이팅 어플(몇 장의 자기 사진과 간단한 자기소개를 담은 정보가 공유되고, 양자가 호감을 표시하면 매칭시켜 주는 시스템)을 통해 만났다.

이들이 사용한 데이팅 어플은 만남 목적을 처음부터 분명히 설정할 수 있도록 제작됐다. 가비와 마틴은 '일회성 만남'을 선택한다. 여러 명의 사진이 휴대전화 화면에 뜨는 가운데, 두 사람은 서로의 모습을 보고 '좋아요'를 누른다. 이제 가비와 마틴은 메시지를 주고받을 수 있다. 그가 묻는다. "재미 보고 싶고 조건 없음, 그쪽은?" 그녀는 승낙한다. 일회성 만남이 계기가 됐지만 대화가 잘 통했던 그들은 커플로서 관계를 지속하기로 한다. 이내 살림을 합치고 달콤한 나날을 보내는 가비와 마틴. 그러나 시간이 지나면서 조금씩 두 사람 사이에 균열이 생긴다. 점점 상대에게 싫증이 나기 시작했기 때문이다.

서로 사랑하지만 다른 사람과의 짜릿한 만남도 만끽하고 싶었던 가비와 마틴은 합의한다. 각자의 '개방적 연애'에 동의한 것이다. 더 정확하게는 '폴리아모리(Polyamory: 다자간 사랑)'를 실천하기로 한 이들은 파트너십을 유지하되,

누가 누구를 만나든 솔직하게 이야기하고 그 다양성을 존중하기로 한다. 영화에 등장하는 학자는 이렇게 설명한다. "한 명의 상대에게서 소속감과 자유를 동시에 충족하려는 이 시도는 현대의 사랑에서 아마도 큰 도전이 될 겁니다." 누군가는 폴리아모리를 용납하기 어려운 방종으로 볼 수도 있을 테고, 또 다른 누군가는 일대일의 독점적 결합이 야기한 폐해를 극복할 대안으로 여길 수도 있다. 그런 점에서 폴리아모리는 오늘날 사랑의 '큰 도전'이 될 만한 사안이다.

이에 대해 〈뉴니스〉는 어느 한쪽 입장에 서지 않는다. 그것이 이 영화의 장점이다. 데이팅 어플을 이용한 만남부터 폴리아모리에 이르기까지, 이 작품은 지금 우리가 마주한 사랑의 형식 자체를 곰곰 생각할 기회를 제공한다. 사랑은 본능적인 감정이다. 그렇지만 이것이 양식화된 연애와 결혼은 발명된 픽션에 지나지 않는다. 과장하거나 폄하할 것도 없는 이런 진실 앞에서 당신은 어떤 결정을 하게 될까. 현명한 판단을 내리려면 복잡한 의미를 갖는 명사 뉴니스의 개념 정립을 스스로 해야 한다. 새로움 · 신선함 · 생소함을 어떻게 재발명하느냐. 여기에 사랑의 미래가 달려 있다.

보이지 않는 사랑의 정치 신학

기예르모 델 토로 감독, <셰이프 오브 워터: 사랑의 모양>(2017)과
해리 클레븐 감독, <나의 엔젤>(2017)

사람이 사람과 사랑하는 것은 당연한 일이지만, 사람이 괴물과 사랑하는 것은 이상한 일이다. 그 이상한 일을 〈셰이프 오브 워터: 사랑의 모양〉의 엘라이자(샐리 호킨스)가 한다. 그녀는 아마존에서 포획된 괴물과 사랑에 빠졌다. 어떻게 그럴 수 있었을까. 따지고 보면 간단한 이유다. 괴물은 엘라이자에게 괴물이 아니었기 때문이다. 그녀에게 괴물은 사물로서의 '그것'이 아니라, 연인으로서의 '그'였다. 반면 보안 책임자 스트릭랜드(마이클 섀넌)에게 괴물은 이런 대상이었다. 인간과 비슷한 모습을 하고 있으나, 언어를 사용하지 못하고, 온몸이 비늘로 덮여 있는 기괴한 생물. 죽여서 해부해도 상관없는 '그것'이었다.

그렇다면 다시 섬세하게 물어야 한다. 무슨 사연이 있어 괴물이 엘라이자와 만나 '그'가 될 수 있었는지 말이다. 여러 답안 중 한 가지 확실한 것은 둘 사이에 소통이 이루어졌다는 사실이다. 괴물이 언어를 사용하지 못하는 것은 맞다. 그러나 괴물은 몸짓과 손짓 등 비언어적 표현을 구사한다. 이것은 언어 장애를 가진 엘라이자가 (표정을 포함한) 수어로 자기 생각과 감정을 전달하는 것과 닮아 있다. 언어는 편리한 의사 전달 도구다. 하지만 마음과 마음을 정확히 잇는 매개는 아니다. 사랑한다는 말이 사랑 그대로의 사랑을 담아내지 못하듯, 언어는 항상 넘치거나 모자라다.

이와 대비되는 것이 비언어적 표현이다. 다정한 눈빛을 주고받고, 부드럽게 포옹하며, 그녀와 그는 충분히 교감한다. 나와 당신은 서로 잘 알아서 사랑하지 않는다. 나와 당신은 서로 잘 느끼므로 사랑할 수 있다. 사람이 괴물과 사랑하는 이상한 일은 옳고 그름을 분석하는 이성의 영역이 아닌, 감각하고 감응하는 감성의 영역에서 일어난다. 그 상징이 일정한 형태가 없는 물이다. 영화 제목을 '물의 형태(Shape of Water)'로 정한 기예르모 델 토로 감독은 이렇게 언급한다. "나는 사랑에 형태가 없다는 점을 보여 주고 싶었다. 우리는 사랑이 어떤 모습을 하게 될지 알지 못한다. 또한 우리는 어떤 것이 형태를 이루어 사랑이 될지 알지 못한다."

사랑에 본래 형태가 없다면, 그래서 사랑의 형태를 나와 당신이 직접 만들어 가는 것이라면, 이 글의 첫 문장을 다음과 같이 고쳐야 할 듯싶다. '사람이 사람과 사랑하는 것이 당연한 일이 아닌 것처럼, 사람이 괴물과 사랑하는 것도 이상한 일은 아니다.' 사람은 자신에게 익숙하지 않은 존재를 보통 괴물이라고 부른다. 어쩌면 신이 눈앞에 나타나도 그렇게 부를지 모른다. 신이 인간의 불완전한 언어를 쓸 리 없고, 무엇보다 신의 형체를 누구도 본 적이 없어서다. 우리는 갈림길에 선다. 스트릭랜드의 길을 따를지, 엘라이자의 길을 따를지. 결국 느낌의 능력이 괴물 혹은 신을, '그것'과 '그'라는 상이한 형태로 빚으리라. 이것이 〈셰이프 오브 워터〉가 주창하는 사랑의 정치 신학이다.

영화 〈나의 엔젤〉에서 투명인간의 사랑도 이와 유사하다. 투명인간은 소년이다. 태어날 때부터 그랬다. 사라지는 마술이 특기인 (그리고 영영 돌아오지 않았던)아버지의 영향 때문인 것 같다. 어머니(엘리나 로웬슨)는 아들에게 평범한 이름을 지어 주지 않았다. 대신 '나의 엔젤'이라고 부른다. 보이지 않지만 자신에게는 더할 나위 없이 사랑스러운 아이라서 그렇다. 그렇지만 세월이 흐를수록 어머니는 걱정스럽다. 그녀는 아들을 마주한 채 한숨짓는다. "내가 없어지면 너는 어떻게 될까?" 어머니는 몸이 좋지 않다. 그녀가 세상을 떠나면 소년은 위태로워진다. 투명인간인 그의 존재를 긍정해 줄 수 있는 다른 사람이 없는 한, 그는 존재의 의미를 잃고 말 테니까.

어머니는 아들에게 유언을 남긴다. 자기가 죽은 다음에는 강가 외딴 오두막에서 혼자 살라는 당부다. 그녀는 본인 외에는 투명인간인 아들과 제대로 관계 맺을 수 있는 사람이 없을 테니, 차라리 아무도 없는 곳에서 아들이 홀로 지내는 것이 더 낫다고 판단했다. 타인에게 존재를 부정당하는 고통을 받기보다 스스로의 존재 자체는 지킬 수 있는 고립을 택해라. 이것이 어머니가 생각한 최선의 방안이었다. 그러나 소년은 그 뜻을 따르지 않았다. 소녀 마들렌(10대 역할: 마야 도리)을 기다리려고 그는 이곳에 남았다. 이미 오래전 소년은 이웃에 사는 그녀(유아 역할: 한나 부드로)와 친구가 됐다. 어머니는 모르는 사실이었다.

마들렌은 시각장애인이다. 하지만 눈이 보이지 않아 그녀는 오히려 소년을 잘 볼 수 있었다. 마들렌은 그의 미세한 숨소리를 듣고, 그의 희미한 체취를 맡아, 그가 여기 있음을 안다. 그녀에게 소년은 투명인간이 아니라 '나의 엔젤'이었다. 어머니가 운명한 뒤 소년이 대화를 나눌 수 있는 사람—그의 존재를 인식하는 사람은 이제 마들렌밖에 없다. 그런 그녀를 소년은 사랑한다. 마들렌도 지기인 그를 사랑한다. 한데 그녀가 집을 떠나게 됐다. 시력 회복 수술을 받기 위해서다. 이별, 그렇게 몇 년이 지났다. 드디어 앞을 볼 수 있게 된 마들렌(20대 역할: 플뢰르 제프리어)이 집으로 돌아온다. 그녀는 청년이 된 '나의 엔젤'을 애타게 찾는다.

영화 〈나의 엔젤〉 감독 해리 클레븐은 이런 코멘트를 남겼다. "사랑에 깊이 빠지게 되면 더 이상 본인을 있는 그대로 보지 못하게 된다. 하지만 동시에, 지금까지보다 더 본인이 살아 있음을 깨닫게 된다." 그의 말대로 사랑은 우리를 눈멀게 한다. 그러면서도 우리의 실존을 생생하게 만든다. 시각에 국한되지 않는 여러 감각을 사랑이 자극해서다. 상대적으로 둔감하던 촉각·미각·후각·청각은 예민해진다. 그것이 합쳐진 복합 감각과 그것이 전이되는 공감각은 우리가 이토록 넓고 깊게 감각할 수 있는 '느낌의 주체'임을 자각시킨다. 〈나의 엔젤〉 연출은 바로 이 점을 증명하는 데 초점이 맞춰져 있다. 사랑은 온몸으로 하는 것이다.

절대 고독, 절대 사랑

클레어 드니 감독, <하이 라이프>(2018)와
오카다 마리 감독, <이별의 아침에 약속의 꽃을 장식하자>(2018)

'하이 라이프'(High Life)는 '상류 계급의 생활'을 가리키는 숙어다. 클레어 드니 감독의 영화에서는 그런 뜻으로 쓰이지 않았다. 직역 그대로 '고도가 높은 곳에서의 삶'이다. 해수면을 기준으로 이들은 얼마나 높은 곳에 있을까. 수치로 나타내긴 어렵다. 기체에 탄 열 명 남짓한 여자와 남자들은 지구를 벗어나 기약 없이 우주를 날고 있기 때문이다. 사형수인 그들에게 주어진 선택지는 두 가지였다. 지구에서 죽을 것이냐, 우주에서 살 것이냐. 다들 후자를 골랐다. 하나 짐작하다시피 우주에서의 삶은 사형을 잠시 미룬 것에 불과했다. 블랙홀에 접근해 회전 에너지를 추출해 오라는 임무는 성공 가능성이 거의 없었으니까.

이런 한편으로 이들은 우주에서 아이를 인공수정 하는 실험에도 참여해야 한다. 그 일을 딥스(줄리엣 비노쉬)가 주도적으로 이끈다. 하지만 우주 방사선으로 인해 태아가 생존할 확률은 극히 적다. 해낼 수 없는 명령을 따르느라 그들은 지쳐 간다. 몬테(로버트 패틴슨)는 정자 제공자가 되기를 거부했다. 딥스는 그에게 불이익을 주진 않는다. 그녀가 몬테에게 호감을 갖고 있어서다. 다만 딥스는 특별한 방식으로 그를 인공수정 실험에 동원할 계획을 세운다. 과연 이들은 두 가지 미션을 완수할까. 그러하든 그러지 못하든, 사실 〈하이 라이프〉에서 이 문제는 별로 중요하지 않다. 이 영화는 클레어 드니 감독의 전작과 동일하게 욕망 탐구에 초점이 맞춰져 있는 까닭이다.

〈하이 라이프〉에서 욕망은 우주선의 폐쇄된 공간 안에서 비틀린다. 예컨대 그것은 해소되지 않는 성욕으로 표면화된다. 이곳에서 섹스는 금지돼 있으니까. 누군가는 폭력으로 분출하고, 누군가는 자위로 유예하며, 누군가는 금욕으로 맞선다. 그런데 여기에서 핵심은 성욕이 아니다. 힌트는 보이스(미아 고스)가 부르는 노래에 있다. "언제나 외로이/ 홀로 우울하게/ 내 고민을 나눌 이 아무도 없네/ 아무도 신경 쓰지 않네/ 나만의 사람이 없네/ 언제까지나 나 홀로 외롭겠지" 바로 '절대 고독'이다. 우주선의 명시적인 터부는 섹스지만 진짜 가로막힌 것은 사랑이다. 오랫동안 같이 우주에 있었으나 그들은 결코 함께인 적이 없었다.

그렇지만 사랑은 가끔 우리를 놀라게 한다. 도저히 생겨날 수 없는 때와 장소에서 기적처럼 피어올라서다. 〈하이 라이프〉도 마찬가지다. 이 영화에서 몬테는 절대 고독을 버텨 냈다. 그럴 수 있었던 데는 그가 '나만의 사람'을 곁에 둔 이유가 컸다. 사랑하는 그녀에게 헌신함으로써 몬테는 인생의 동력을 얻었다. "완전하게 파괴될 수 있어서/ 가장 아름다운 인간이/ 나의 곁에서 고르게 숨을 쉬며 잠들어 있었다"(하재연, 「27글자」) 『우주적인 안녕』의 시구와 그의 마음이 다르지 않았으리라. 그렇게 몬테의 생애는 '하이 라이프'의 또 다른 직역 '고귀한 삶'으로 어느새 탈바꿈했다.

그러나 고귀한 삶을 가능하게 하는 신은 숨어 있다. 예언자 이사야도 말하지 않았던가. "참으로 주는 자신을 숨기시는 하나님입니다." 정말 신이 있다면 어떨까. 그럼 우리는 이런 의문을 가질 법하다. 지금 이 순간, 신은 왜 내 눈앞에 나타나지 않는가? 사실 이에 대해서는 여러 신학적 답변이 이미 마련돼 있다. 그런데 이와 상관없이 나는 애니메이션 영화 〈이별의 아침에 약속의 꽃을 장식하자〉를 보고 다음과 같은 생각을 했다. 이 땅에 신이 강림하더라도 인간은 그(녀)를 결코 신으로 여기지 않을 것이라고. 신은 인간에게 보이지 않아 숨은 존재인 것이 아니라, 인간이 그(녀)를 신으로 보지 않음으로써 숨겨진 존재가 됐다고.

써 놓고 보니 걱정되긴 한다. 분명 어떤 사람은 타박할 듯싶다. 아무리 봐도 순정 만화풍의 작품에서 너무 거창한 주제를 끄집어냈다고 말이다. 하지만 나에게는 그렇게 보였다. 이 영화는 인간 세상에 정체를 드러낸 신의 무력한 사랑과, 그로 인해 역설적으로 위대해진 신의 자취를 담고 있는 것처럼 느껴진다. 이때 신은 마키아다. 어째서 그녀를 신으로 간주하느냐면, 마키아가 소녀·소년의 외모로 수백 년을 사는 요르프족의 일원이기 때문이다. 또한 요르프족은 기억을 간직한 세월의 천 히비오르를 짠다는 점에서 시간을 주관하는 신이라고 볼 수 있다.

그러나 요르프족은 힘없는 신이다. 이들은 자신의 영역을 군인들에게 빼앗기고 살해당했다. 군인들은 요르프족을 신으로 보지 않았다. 그들에게 요르프족은 오래 사는 괴물일 뿐이었다. 인간들에 의한 약탈과 살육이 벌어지는 가운데, 외따로이 마키아는 요르프족 마을에서 멀리 떨어진 들판으로 피신하게 된다. 그리고 그곳에서 그녀는 우는 아기를 발견한다. 강도의 습격으로 죽은 엄마 품에 안겨 우는 아기였다. 자, 어떡해야 할까. 마키아는 결단한다. 자기가 아리엘이라고 이름 붙여 준 아기의 엄마가 되기로. 이를 그녀의 뜬금없는 선택이라고 할 수는 없다. 외톨이 마키아가 외톨이 아리엘을 보듬기로 하면서 둘은 외톨이가 아니게 됐으니까. 이제 이 작품은 마키아의 양육기, 혹은 아리엘의 성장기로 부를 만한 이야기로 흐름이 바뀐다.

이쯤에서 제목을 보고 벌써 눈치챈 사람이 있을 것이다. 이들 만남에는 이별이 예정돼 있다. 마키아가 요르프족이고 아리엘이 인간이라는 설정을 감안하면 당연히 예상 가능한 결말이다. 수십 년이 지나도 여전히 소녀의 외양을 한 엄마는, 늙은 자식이 숨을 거두는 모습을 눈물겹게 지켜보게 되리라. 한데 이 영화는 그런 필연적인 슬픔을 신파조로 늘어놓지 않아서 특별하다. 앞에 쓴 대로 마키아는 아리엘을 향한 무력한 사랑을 실천하면서 위대해졌다. 그러니까 아리엘에게는 마키아가 신이었을 테다. 인간에게 보이지 않던 존재는 이렇게 현현한다. 우리 눈앞에 있는 그(녀)가 바로 신이다. 신은 숨어 있지 않다. 🎬

지옥에서 함께 불행한 사랑의 권력

요르고스 란티모스 감독, <더 페이버릿: 여왕의 여자>(2018)와
피에르 고도 감독, <다운 바이 러브>(2016)

「사랑은 나의 권력—페테르부르크 시편 2」(정현종)이라는 시가 있다. 남을 복종시키거나 지배하는 권력이 어떻게 사랑과 연결될 수 있나. 그런 의문을 품을지도 모르겠다. 이 시는 우리가 가질 수 있는 유일한 힘이 사랑에서 비롯됨을, 오직 사랑의 강제력으로만 우리를 억압하는 것들과 싸울 수 있음을 힘주어 말한다. 이와 같은 '사랑의 권력'을 나는 전적으로 옹호하는 입장이다. 한데 사랑과 권력은 순서를 뒤바꿔 결합되기도 한다. 그렇게 되면 사랑의 권력은 '권력의 사랑'으로 거꾸로 놓인다.

사랑이 목적인 권력은 그와 관련된 모두가 아름다워지는 쪽을 향해 간다. 반면 권력이 목적인 사랑은 그와 관련된

모두가 추해지는 쪽으로 점차 방향을 튼다. 사랑의 권력은 추구할수록 숭고해지는데 권력의 사랑은 매달릴수록 우스워진다. 그렇지만 사랑의 권력보다는 권력의 사랑이 세상에 흔한 게 사실이다. 역사적 사례로도 그렇다. 요르고스 란티모스 감독은 18세기 초 영국 왕실에서 그것을 찾아내 영화로 재현했다.

자칫하면 진부해지는 테마인 사랑을 근사하게 변주한 〈더 랍스터〉(2015)와 잘못 다루면 역시 독이 되는 테마인 복수를 독창적으로 해석한 〈킬링 디어〉(2017)를 연출한 그의 솜씨는 새 영화에서도 고스란하다. 일부러 수고를 들여 요르고스 란티모스 감독의 신작을 봐도 후회가 거의 남지 않는다는 말이다. 심지어 그는 이 영화에서 권력의 사랑뿐 아니라, 사랑의 권력까지 아울러 다루니까.

'더 페이버릿(The favourite)'은 누군가로부터 각별한 애정을 받는 사람을 뜻한다. '여왕의 여자'. 이런 부제를 달아 국내 개봉판은 '더 페이버릿'의 주체와 대상을 명확히 써 두었다. 이때 여왕은 스튜어트 왕조의 마지막 군주 앤(올리비아 콜맨)을 가리킨다. 그리고 여왕이 애정을 쏟았던 여자는 사라(레이첼 와이즈)다. 오랫동안 사라는 앤의 총애를 독점했고 나아가 그의 권력까지 대리했다.

둘의 관계는 애비게일(엠마 스톤)의 등장으로 흔들리게 된다. 사라와 애비게일은 여왕의 여자가 되기 위해 발버둥 치고, 그들의 다툼을 앤은 괴로워하면서도 즐긴다. 이것은 앞서 언급한 권력의 사랑으로 설명이 가능하다. 그러나 전부 풀이되진 않는다. 특히 사라와 앤의 질척거리는 사이(진흙으로 채워진 욕조에 두 사람은 함께 들어간다)는 해명이 어렵다. 그때 사랑의 권력이 힌트가 될 것이다. 권력은 나의 사랑이라는 흑과 사랑은 나의 권력이라는 백이 〈더 페이버릿: 여왕의 여자〉에 공존한다.

권력과 결부된 거기에 빠진 이들을 철저하게 굴복시킨다. 영화 〈다운 바이 러브(Down by love)〉의 제목은 '사랑에 무너지다'라는 뜻이다. '에페르뒤망(éperdument)'이라는 프랑스어 원 제목의 의미를 더하면 이해가 더 쉽다. 이 단어의 사전적 정의는 '제정신을 잃고·미친 듯이'다. 그러니까 감독 피에르 고도는 영화를 통해, 미친 듯이(제정신을 잃고) 사랑에 무너지는 이야기를 관객에게 전하고 싶어 했다고 봐도 될 것이다. 그는 실화를 바탕으로 〈다운 바이 러브〉를 만들었다. 2011년 1월 프랑스 뉴스에 40대 교도소장과 20대 죄수와의 부적절한 관계가 보도됐다. 여자 교도소장이던 남자가 수감자와 1년여간 벌인 애정 행각이 다른 재소자의 고발로 드러난 것이다.

고도 감독은 실제 사건의 뼈대만 취해 영화화했다. 현실에서 일어난 에피소드를 있는 그대로 재연하는 작업은 영화적으로 별 가치가 없을 수도 있다. 이 점을 잘 아는 그는 가십 거리에 지나지 않았던 소재를 각색해, 사랑의 본질적 속성을 묻는 질문으로 탈바꿈시켰다. 주인공 이름을 비롯한 기타 설정은 원래 사실과 다르다. 우선은 명예훼손 소송을 피하기 위해서였으리라. 하지만 다른 이유가 더 중요하다. 그것은 이를테면 실제 사건에서 모티프를 얻었다 해도, 이 작품이 독창적인 창작물임을 강조하려는 의도와 관련이 있다. '부적절한 관계'나 '애정 행각' 같은 매스컴 용어로는 해명되지 않는, 사랑의 진실을 파헤치려는 영화로서 말이다.

장(기욤 갈리엔)은 결핍이 없는 사람처럼 보인다. 그에게는 교도소장이라는 안정된 직업, 같은 일을 하는 동료로서 이해심 많은 아내, 그리고 부모를 잘 따르는 귀여운 딸이 있다. 그런데 어느 날부터인가 타 교도소에서 온 수인 안나(아델 에그자르코풀로스)에게 자꾸 눈길이 간다. 교도소에서 열린 패션쇼 이벤트에 모델로 선 그녀가 매력적인 모습으로 등장했을 때부터였다. 안나의 눈빛은 장을 관통했다. 안나에게 반한 장은 그녀를 자기 곁에 두기로 결심한다. 안

나에게 컴퓨터 재고 관리 업무를 맡겨, 그녀 혼자 사무실을 쓰게 한 것이다. 명백한 특혜였다. 이후 둘을 둘러싼 질 나쁜 소문이 교도소 안에 빠르게 퍼진다.

자신에게 특별한 관심을 쏟는 쟝을 안나도 좋아한다. 이들은 곧 은밀한 연인 사이로 발전한다. 쟝은 비극적 결말을 예감했을지도 모른다. 제도가 정한 금기를 넘은 사랑은 결국 파국으로 치닫기 십상이다. 그는 직장과 가정을 잃고, 이전에는 상상도 할 수 없던 결핍감을 느끼게 될 것이 틀림없다. 쟝은 안나와의 만남을 그만두려고 한다. 그러나 그는 그러지 못한다. 그녀도 마찬가지다. 쟝과 안나는 파멸이 손짓하는 쪽으로 같이 간다. 세상에는 천국에서 각자 행복하기보다는, 지옥에서 함께 불행하자는 사랑도 있는 법이다. 치명적일 수밖에 없는 사랑. 이것이 〈다운 바이 러브〉에 담긴 사랑의 본질적 속성이자 사랑의 진실이다.

지극한 연애의 전말

조나단 데이턴·발레리 페리스 감독, <루비 스팍스>(2012)와
마이클 쇼월터 감독, <빅 식>(2017)

김동인은 우리에게 문학 교과서에 실린 소설 「배따라기」·「감자」·「광염 소나타」 등을 쓴 작가로 잘 알려져 있다. 반면 그의 창작 방법론은 우리에게 덜 알려졌는데, 그것이 이름하여 '인형 조종술'이다. 김동인은 이렇게 주장했다. (소설을 쓰는)예술가란 무릇 하나의 세상을 창조해, 자기 손바닥 위에서 뜻대로 놀릴 만한 역량이 있어야 한다고 말이다. 이런 입장에서 보면 소설 속 캐릭터는 소설가의 한낱 꼭두각시에 지나지 않는다. 그런데 과연 그럴까? 이에 관해 영화 〈루비 스팍스〉는 사랑을 테마로 반론을 제기한다. 이것이 무엇인지 설명하려면, 우선 이 작품의 내용을 간략하게 소개할 필요가 있겠다.

〈루비 스팍스〉의 주인공은 소설가 캘빈(폴 다노)이다. 열아홉 살 때 출간한 소설이 베스트셀러에 올라 이른바 '천재 작가'로 불리며 유명세를 누리지만, 그의 인생이 그리 행복해 보이지는 않는다. 집필 작업은 슬럼프에 빠졌고 긴 연애도 종지부를 찍었다. 마음을 추스르기가 힘든 캘빈은 정기적으로 심리 상담을 받고 있는 상태다. 한데 그즈음 그에게 이상한 일이 일어난다. 꿈에 한 여자가 자꾸 나타나는 것이다. 그녀가 계속 눈에 밟히던 캘빈은 아예 꿈에 나오는 여자를 모델로 삼아 소설을 쓰기로 한다. 장르는 로맨스—그녀의 상대는 캘빈 자신이다. 그는 이상형의 면모를 불어넣은 그녀의 이름을 루비 스팍스로 짓는다.

이후 놀라운 사건이 발생한다. 캘빈이 허구화한 루비(조 카잔)가 실제 연인으로 그 앞에 모습을 드러낸 것이다. 소설은 진짜 현실이 됐다. 심지어 캘빈에게는 종이에 몇 문장만 써도 루비의 모든 것을 바꿀 수 있는 힘도 생겼다. 김동인이 주창한 인형 조종술처럼, 작품의 캐릭터인 그녀를 작가로서 제어할 수 있는 능력이다. 사실 입 밖에 내지 않아서 그렇지, 파트너를 내가 원하는 대로 다루고 싶다는 상상 다들 한 번쯤 해 봤을 듯싶다. 그 소망을 이룬 캘빈을 부러워하는 사람들도 많을 테다. 그렇지만 〈루비 스팍스〉는 우리의 기대를 배반하는 진실을 제시한다. 애인을 제멋대로 부리는 마법의 실체가 실은 사랑을 파탄 내는 저주라는 명제다.

왜냐하면 사랑의 속성 자체가 본래 그렇기 때문이다. 사랑은 둘이 합쳐 하나가 되는 동일성이 아니라, 둘이 함께 있되 하나가 되지 않는 차이의 원리에 기반을 둔다. 그래서 일방적으로 어느 한쪽에 기우는 관계는 금방 깨지고 만다. 사랑을 지속하는 비결은 서로의 고유성을 인정하고 지켜 주는 데 있다. 소설가의 소설 쓰기 역시 일종의 관계 맺기라는 점에서 이와 크게 다르지 않다. 위에서 김동인의 인형 조종술을 언급했다. 그러나 정작 그는 본인 소설의 캐릭터를 통제하지 못했다. 훗날 김동인은 회고한다. 등장인물들이 의지를 가진 존재인 양, 작가의 의도를 배반했다고. 캘빈은 루비에 대해 뭐라고 말할까.

지금도 낭만적 사랑 서사, 그러니까 영혼의 반쪽을 운명적으로 만나 완벽한 하나가 돼 지극한 행복을 누린다는 이야기가 계속 만들어진다. 시대와 장소와 캐릭터가 작품마다 달라지면 뭘 하나. 전달하는 주제가 변함없다는 점에서 사실상 이들은 한 작품이다. 〈루비 스팍스〉를 비롯한 이런저런 연애물을 섭렵하며, 다시 말해 여러 착오를 거듭하면서 내가 얻은 한 가지 교훈을 밝힌다. 뭔가 하면, 낭만적 사랑 서사와 거리가 멀면 멀수록 좋은 로맨스 작품이 된다는 것이다. 낭만적 사랑 서사는 사람들을 예쁜 환상 속에 가둔다. 그리고 그 안에서 실제 연애는 파탄이 난다. 현실에서 영혼의 반쪽을 운명적으로 만나 완벽한 하나가 돼 지극한 행복을 누리는 일은 거의 없기 때문이다.

좋은 로맨스 작품은 우리로 하여금 허상이 아니라 삶을 직시하게 만든다. 거기에는 당연히 '커다란 고통'이 뒤따른다. 사랑은 아프다. 〈빅 식(The big sick)〉은 그런 진실을 담아내는 영화다. 주인공은 미국 여자 에밀리(조 카잔)와 파키스탄 남자 쿠마일(쿠마일 난지아니) 커플이다. 현재 두 사람의 연애는 위태롭다. 그 원인은 우선 쿠마일 부모에게 있는 것처럼 보인다. 파키스탄인 며느리를 원하는 어머니 아버지는 아들에게 중매혼을 강요 중이다. 만약 이 뜻을 거스른다면 너를 가족에서 제명하리라. 과연 쿠마일은 어떤 선택을 할까. 그는 다음과 같이 하기로 마음먹는다.

①에밀리와의 교제를 부모에게 숨긴다. ②부모가 고른 맞선 상대들과 만나기는 하되, 그들과 관계를 이어 가지는 않는다. ③이상의 모든 사실을 에밀리에게 감춘다. 위에서 현재 두 사람의 연애가 위태롭다고 썼다. 한데 그 원인이 쿠마일 부모에게만 있는 것은 아닌 듯하다. 따지고 보면 문

제의 진짜 원인은 쿠마일에게 있다. 그는 "1400년 된 파키스탄 문화와 싸우고 있다."고 본인의 행위를 변명한다. 하지만 쿠마일은 1400년 된 파키스탄 문화와 제대로 싸운 적이 없다. ①~③에서 드러나듯 그는 사태를 회피하고 거짓말만 늘어놓았다. 모두를 덜 아프게 하고 싶다는 결정이 실은 모두를 가장 아프게 하는 결정이었던 셈이다.

낭만적 사랑 서사의 적은 인물 외부에 있다. 그것을 없애거나 이겨 내기는 쉽다. 적이 잘 보여서다. 반면 좋은 로맨스 작품의 적은 인물 내부에 있다. 그것을 없애거나 이겨 내기는 쉽지 않다. 적이 잘 안 보이는 것과 상관없이, 자기가 하는 사랑에 대한 적이 바로 자신이라서 그렇다. '빅 식'은 정의한다. 사랑의 성패는 스스로의 오류와 한계를 인정하고, 이를 바꿔 나가려는 노력을 충실하게 기울이는 데 달려 있다고. 이전의 자기 자신과 결별하기. 이것은 분명 '커다란 고통'을 준다. 그러나 영혼의 반쪽·운명·완벽한 하나·지극한 행복이라는 말이 감추는 고통보다는 훨씬 나은 고통이다. 이렇게 사랑(하는 사람)은 아프다.

서툴러서, 예쁜

로브 라이너 감독, <플립>(2010)과
토드 헤인즈 감독, <원더스트럭>(2017)

플립(Flipped)은 여러 가지 뜻이 있다. 옥스퍼드 영어 사전에는 이렇게 나온다. 〔①홱 뒤집다 ②(버튼 등을)탁 누르다 ③(손가락으로)툭 던지다 ④(화가 나거나 흥분해)확 돌아 버리다.〕 이 중에서 비격식 표현에 쓰는 ④를 유념할 필요가 있을 것 같다. 영화와 원작(소설)의 제목이 '플립'인데, 둘 다 ④의 의미가 두드러져서다. 주인공은 같은 중학교에 다니는 줄리(매들린 캐롤)라는 소녀와 브라이스(캘런 맥오리피)라는 소년이다. 두 사람의 인연이 시작된 것은 6년 전이다. 줄리네 집 맞은편에 브라이스네 가족이 이사를 오면서부터다. 줄리는 브라이스에게 첫눈에 반한다. 소설 구절을 통해, 그녀의 속마음을 알아보자.

"그 아이를 본 순간 정신이 나가 버렸다. 그 아이의 눈동자 때문이었다. 남다른 느낌을 주는 그 두 눈 때문이었다. 브라이스의 눈은 파란색이었고 검은 속눈썹이 주변을 둘러싸고 있었는데 눈부시고 찬란했다. 숨이 멎을 정도였다." 이때부터 싹 틔운 브라이스를 향한 줄리의 사랑은 일편단심이다. 자, 그럼 이제 눈동자 하나로 그녀를 사로잡은 브라이스의 속마음을 들어보자. "내 간절한 소원은 줄리가 나를 가만히 내버려 두는 것이다. 나한테서 떨어졌으면, 숨 돌릴 틈이라도 좀 줬으면 바랄 게 없겠다!" 짝사랑의 명확한 대비다. 줄리는 브라이스를 좋아하지만, 그는 그런 그녀가 귀찮을 뿐이다.

2001년 웬들린 밴 드라닌이 출간한 소설에서, 두 사람의 입장은 1인칭 시점으로 각기 서술된다. 함께 겪은 동일한 사건이라고 해도, 그것은 두 사람의 관점에 따라 다르게 해석되고 기억된다. 예컨대 줄리가 수박 향이 나는 브라이스의 머리카락을 보고 로맨틱한 상상에 빠진 그때, 브라이스는 킁킁대며 자기 냄새를 맡는 줄리를 이상한 애라고 여기는 장면이 그렇다. 소설의 한국어 번역본(김율희 옮김)은 제목을 '두근두근 첫사랑'으로 바꿔 달았다. 그렇지만 알다시피 첫사랑은 두근두근한 것만은 아니다. 그(녀)가 내 마음을 오해하거나 몰라주면 가슴이 아프다. 때로는 화가 나서 '확 돌아 버리기'도 한다.

영화 〈플립〉은 이런 다양한 감정의 소용돌이를 비롯해, 소설의 서사를 충실하게 스크린으로 옮긴 작품이다. 연출은 로브 라이너가 맡았다. 〈해리가 샐리를 만났을 때〉(1989)와 〈미저리〉(1990) 등 화려한 필모그래피를 자랑하는 유명 감독이다. 이번 영화에서 그는 달콤 쌉싸름한 첫사랑의 추억을 중심으로, 타인에 대한 배려와 공존의 가치를 담아낸다. 과하지도 덜하지도 않은 대가의 솜씨다. 원작의 장점—서툴러서 예쁜 소녀·소년의 이야기를 제대로 살려 냈다는 사실만으로도 이 영화는 볼 만하다.

〈원더스트럭(wonderstruck)〉도 서툴러서 예쁜 소년·소녀가 등장한다. '원더스트럭'은 "놀라움에 압도당하다." 또는 "경이로움에 타격당했다."라는 의미를 가진 영어 단어다. 그렇다는 것은 이 작품이 이상하고 야릇한 사건을 다룬다는 뜻일 테다. 〈원더스트럭〉에서는 두 가지 이야기가 교차되며 펼쳐진다. 하나는 1927년 뉴저지주에 사는 농아 소녀 로즈(밀리센트 시몬스)의 사연이다. 그녀는 아버지의 강압에 숨이 막힌다. 로즈는 집을 나와 뉴욕에 가기로 결심한다. 그녀가 기사 스크랩까지 하며 애정을 쏟는 배우 릴리언(줄리안 무어)의 공연이 그곳에서 열려서다.(로즈의 삶은 흑백 무성영화 기법으로 그려진다. 관객은 귀가 들리지 않는 그녀의 상태와 그 시대를 영화적으로 경험한다.)

다른 하나는 1977년 미네소타 주에 사는 소년 벤(오크스 페글리)의 사연이다. 그는 엄마 일레인(미셸 윌리엄스)이 교통사고로 세상을 떠난 뒤 이모 집에서 살게 됐다. 그러던 어느 날, 벤에게 한 가지 불상사가 더 일어난다. 벼락을 맞아 청력을 상실하게 된 것이다. 이를 계기로 그는 이곳을 떠나기로 마음먹는다. 행선지는 뉴욕이다. 엄마가 남긴 책 『원더스트럭』에서 발견한 단서를 따라가면, 한 번도 본 적 없는 아빠와 만나게 되리라는 막연한 기대를 품고서 말이다.(벤의 삶은 컬러 유성영화의 기법으로 그려진다. 그러다 사운드가 사라지기도 한다. 관객은 사고로 귀가 들리지 않게 된 그의 상태와 그 시대를 영화적으로 경험한다.)

이와 같은 두 가지 이야기가 어떻게 서로 연관을 맺을까? 우선 로즈와 벤의 공통점을 찾아보자. 앞서 언급한 대로 그들은 소리를 듣는 능력을 잃었다. 어떤 관객은 소녀와 소년을 불쌍하다고 여길지도 모르겠다. 그러나 감독 토드 헤인즈가 흑백 무성영화와 (때때로 음소거되는)컬러 유성영화 기법의 활용을 통해, 관객에게 바란 것은 다른 데 있다. 둘의 처지에 대한 동정이 아니라, 둘의 감각에 대한 느낌을 공유하는 일이다. 음성언어를 쓸 수 없을 때의 불편함, 하지만 곧 침묵 가운데 눈앞에 있는 사람의 비언어적 표현에 온전히 집중하는 자신을 발견할 때 관객은 깜짝 놀라게 된다. 말보다 더 긴밀한 소통이 가능해지기 때문이다.

또한 로즈와 벤은 생전에 일레인이 집에 붙여 놓았던 글귀로 묶이는 듯하다. "우리는 모두 시궁창에 있다. 하지만 그중에서도 어떤 이들은 별을 바라본다." 절망의 구렁텅이에서조차 희망을 붙잡으려는 사람들이 있다. 로즈와 벤도 그렇지 않았나. 두 사람은 더는 이렇게 살 수 없다고 생각하고(장애 탓이 아니다) 소망을 이루고자 모험에 나섰다. 밑바닥에서 별을 지향한 것이다. 실제로 〈원더스트럭〉은 로즈와 벤이 함께 밤하늘의 별을 바라보는 장면으로 끝난다. 이런 결말에 이르는 동안, 관객은 놀라움에 압도당하거나, 경이로움에 타격당할 수 있다. 지켜만 보지 않고 같이 느껴서 그렇다.

춤으로 싸우고, 화석으로 보존하기

레반 아킨 감독, <그리고 우린 춤을 추었다>(2019)와
프란시스 리 감독의 <암모나이트>(2020)

'조지아' 하면 애틀랜타가 위치한 미국 남동부 주를 떠올리기 쉽다. 커피 브랜드가 생각나는 사람 역시 적지 않겠지. 또한 국가 이름이기도 하다. 러시아·터키·아르메니아·아제르바이잔과 국경을 맞대고 있는, 소련에서 1991년 독립한 나라. 우리에게는 생소하다. 과거 공산권에 속한 신생국가이기에 그러한데, 〈그리고 우린 춤을 추었다〉는 바로 이곳을 배경으로 한 영화다. 감독 레반 아킨은 스웨덴에서 나고 자라 영화계에서 활동했다. 스웨덴인이 왜 조지아 영화를 만들었나 싶지만 그럴 만한 사연이 있다. 그의 부모가 조지아 출신이라 그렇다. 레반 아킨은 어린 시절부터 조지아를 드나들며 그곳을 주변인으로서 관찰했다.

그런 태도가 변한 시기는 2013년이다. 그는 조지아의 문제를 지켜보는데 그치지 않고 해결하는 데 힘쓰기로 결심한다. 거리 두기에서 현실 참여로의 변모는 조지자에서의 성소수자 권리 인정 행진에서 비롯됐다. 이들 퍼레이드가 성소수자를 혐오하는 수천 명의 군중에게 공격받은 것이다. 〈그리고 우린 춤을 추었다〉는 그래서 탄생한 작품이다. 2019년 조지아에서 개봉할 당시 곡절도 많았다. "동성애 영화를 상영한다는 것은 조지아인과 기독교 가치를 훼손하려는 시도이자 교회에 대한 공격"이라는 반대 시위가 거셌다. 그래도 표는 매진됐다. 영화를 통한 레반 아킨의 현실 참여가 성공을 거뒀다는 뜻이다.

이 작품의 가치는 퀴어 영화 제작 자체가 사건이 되는 문화권에서 최초로 퀴어 영화를 제작했다는 사실에만 있지 않다. 〈그리고 우린 춤을 추었다〉는 퀴어뿐 아니라 영화에도 같이 방점을 찍을 정도의 완성도를 가졌다. 그 중심에 '춤'이 놓인다. 여기서 춤은 조지아 무용이다. 타악기 리듬에 맞춰 절도 있는 동작을 취하는 조지아 무용은, 조지아의 전통이자 자랑스러운 민족성을 상징한다. 조지아의 얼이 서린 춤을 남녀노소 소중하게 여기는 것도 당연하다. 그렇지만 문젯거리가 있다. 조지아 무용을 옛날 방식 그대로만 이어 나가려는 고루함이 그것이다. 그로 인해 배제당하고 상처 입는 사람들이 생겨난다.

선생은 조지아 무용을 "남성적 춤"이라고 규정하면서 "약함은 설 자리가 없다."고 강변한다. 보통 남성 무용수와 달리 섬세한 몸짓 언어를 구사하는 메라비(레반 겔바키아니)에게 하는 말이다. 남성은 남성답게(?) 힘찬 몸짓 언어를 표현해야 한다는 강요에 그는 지쳐 간다. 이런 관습을 굳이 따를 필요가 없음을 깨닫는 것은 동료 이라클리(바치 발리시빌리)를 만나면서부터다. 사랑의 여러 효과 가운데 하나는 나도 몰랐던 나를 발견하는 것이니까. 메라비는 조지아가 가하는 억압에 조지아 전통이자 민족성의 대표격인 무용을 전유하여 맞선다. 춤추며 싸운 기록. 이를 담아 〈그리고 우린 춤을 추었다〉는 아름다울 수밖에 없는 영화가 됐다.

그런 아름다움의 종류는 다양하고 오래 보존되어야 한다. 화석처럼 말이다. 암모나이트는 국화 모양의 주름 껍데기를 가진 연체동물로, 중생대(약 2억 4500만 년 전부터 6500만 년 전까지)에 번성하다 멸종했다고 알려졌다. 채 100년을 살기 어려운 인간으로서 중생대 운운하기만 해도 아득해진다. 그것은 나 같은 사람에게는 잘 가늠조차 안 되는 무수한 시간의 집적이다. 그러나 중생대가 추상적이기만 한 지질 시대의 한 시기는 아니다. 이를 증거하는 구체적 사물이 존재해서다. 예컨대 암모나이트 화석이 그렇다. 이는 무수한 시간의 집적물이다.

이것을 '누군가는 알지 못하는, 우리만의 어떤 특별한 순간이 있었음을 나타낸 흔적'이라고 바꿔 표현해도 되지 않을까. 적어도 영화 〈암모나이트〉에서는 그래야 할 것 같다. 이 작품을 만든 감독 프란시스 리는 "과거의 사랑으로부터 큰 상처를 받은 사람이 다시 사랑하고, 사랑을 받기까지 마음을 여는 것이 얼마나 어려운지, 그것이 얼마나 연약한 것인지 보고 싶었다."고 이야기한다. 그러니까 영화의 열쇳말은 세 가지다. 상처, 사랑, 자취. 연결하면 '상처를 보듬은 사랑의 자취'다.

첫 번째 열쇳말 상처. 1840년대 영국에 사는 여성의 삶은 계층에 상관없이 쉽지 않았다. 유산계급의 유한부인 샬럿(시얼샤 로넌)은 유산의 아픔에 더해 자기 의견을 무시하는 남편 때문에, 무산계급의 고생물학자 메리(케이트 윈슬렛)는 경제적 곤란에 더해 자기 업적을 깎아내리는 남성 학자들 때문에 괴롭다. 우연히 만났지만 샬럿과 메리가 계층과 성별 관습을 넘어 가까워지게 된 것은 우연이 아니다. 상처의 유형이야 다를지언정 상처 입은 자는 또 다른 상처 입은 자를 알아보고 가까이 다가서는 법이다.

두 번째 열쇳말 사랑. 샬럿과 메리의 친밀한 관계는 연인으로 거듭난다. 남모르게 사랑을 나누면서 이들은 자신이 상처 입은 외톨이가 아님을, 서로의 상처를 보듬어 주는 짝일 수 있음에 기뻐한다. 물론 둘의 밀애는 밝힐 수 없는 동시에 한시적일 수밖에 없다. 샬럿은 메리와 함께 한 바닷가 마을을 떠나 남편이 있는 런던으로 돌아가야 한다. "어떤 것이 남긴 표시나 자리"를 뜻하는 세 번째 열쇳말 자취는 이런 맥락에서 등장한다. 두 사람이 공유한 나날이 끝났음에도 불구하고 이것이 결코 소멸하지 않는다는 말이다.

중생대가 지나가 버렸음에도 그때가 분명하게 실재했음을 가리키는 암모나이트 화석은 그런 까닭으로 세 가지 열쇳말을 이은, 상처를 보듬은 사랑의 자취를 은유한다. 보통의 회자정리(會者定離)는 분해돼 없어지기 마련이다. 하지만 '누군가는 알지 못하는, 우리만의 어떤 특별한 순간'은 암모나이트 화석처럼 길고 오래 남기도 한다. 프란시스 리는 이 점을 강조한다. 생존하지 못해도 보존됨으로써 〈암모나이트〉의 인물들은 스스로가 한때 '단단한 사랑의 주체'였음을 입증해 낸다. 샬럿과 메리가 영영 이별한다 해도 그 사실은 변하지 않는다.

법 앞에서 고독한 사건들

오드리 디완 감독, <레벤느망>(2021)과
샤이페이 웬 감독, <열대왕사>(2021)

레벤느망(L′evenement)은 프랑스어로 ‘사건’이라는 뜻이다. 국내 상영본은 이를 번역하지 않고 음차하는 방법을 택했다. 아무래도 밋밋한 제목이라 그럴 테다. 내용은 밋밋하지 않다. 이 작품은 여성의 몸을 둘러싼 법의 작용을 문제 삼는다. 낙태가 그것이다. 프랑스에서는 1975년 낙태를 처벌하지 않는 법이 통과되었다. 바꿔 말하면 이전까지 낙태를 하거나 이에 관여한 자들은 형벌을 받았다는 말이다. 〈레벤느망〉은 낙태가 죄이던 1960년대 프랑스를 배경으로 한 영화다. 원작 도서가 있다. 자전 소설을 쓰는 작가로 유명한 아니 에르노가 2000년에 발표한 『사건』이다.

주인공은 문학을 전공하는 대학생 ‘안’(아나마리아 바

르톨로메이)이다. 우등생인 그녀는 부모와 교수의 기대를 한 몸에 받고 있다. 이대로 공부에 힘쓴다면 안은 성공적인 경력을 쌓아 나갈 것이다. 그녀도 본인의 장밋빛 미래를 믿어 의심치 않았다. 그러나 예상한 대로 상황은 흘러가지 않는다. 임신이라는 변수가 생겨서다. 지금까지의 삶을 송두리째 뒤흔드는 변화라는 점에서 이것은 안이 맞닥뜨린 첫 번째 사건이다. 그녀는 전전긍긍한다. 상대가 씹던 껌을 기꺼이 자기가 다시 씹을 정도로 가까운 사이였던 친구들에게조차 사실을 털어놓을 수가 없다. 성문화가 극도로 억압되어 있던 당시 미혼모는 지탄의 대상이 되었던 탓이다.

아이와 인생을 바꿀 수 없다고 생각한 안은 임신 중절 방법을 알아본다. 발각되면 자신의 모든 것을 잃는다는 점에서 이것은 안이 맞닥뜨린 두 번째 사건이다. 그녀 주변에서 도와줄 사람을 찾기는 쉽지 않다. 앞서 언급한 대로 낙태 방조도 죄였으니까. 안은 홀로 낙태를 시도한다. 그녀는 뜨개질바늘을 아기집에 찔러 넣었다. 이를 포함한 잔혹한 장면을 오드리 디완 감독은 영화에 적지 않게 등장시킨다. 그 이유를 그녀는 이렇게 밝힌다. "그런 순간들을 회피하지 않는 것이 중요하다고 생각했다. 우리가 경험해 보지도 않으면서 주인공이 무엇을 겪고 있는지 설명하는 장면들을 촬영하고 싶지는 않았기 때문이다."

주인공과 관객을 떨어뜨리지 않으려는 감독의 의도는 카메라 배치와도 연관된다. 카메라는 안을 찍는다기보다 안의 시점을 대신하여 비춘다. 1.37:1 화면 비는 무엇보다 그녀의 시선을 프레임 중심에 둔다. 그러하기에 이 영화를 두고 새삼 낙태죄 찬반 논쟁을 벌이는 일은 별다른 효용이 없어 보인다. 2019년 헌법불합치 결정으로 한국에서 낙태는 죄가 아니게 되었다. 다만 다음과 같은 문장은 오래 붙들 필요가 있다. “늘 그래왔듯 임신 중절이 나쁘기 때문에 금지되었는지, 아니면 금지되었기에 나쁜지를 규정하는 일도 불가능했다. 우리는 법에 비추어 판단했고, 법을 판단하지는 않았다.”(아니 에르노, 윤석헌 옮김, 『사건』, 민음사, 2019) 반복하건대 이 작품은 여성의 몸을 둘러싼 법의 작용을 문제 삼는다. 법은 의외로 아무것도 모른다.

법 앞에서 그녀가 겪는 고독한 사건은 〈열대왕사(熱帶往事)〉에서 그에게로 옮겨 온다. 이 작품은 함축적 제목을 가진 영화다. 직역하면 ‘열대야에 있었던 일’이라는 단순한 뜻이지만, 이를 둘러싼 맥락이 단순하지 않다. 영어판 제목은 ‘오늘밤 당신 외로운가요?(Are you lonesome tonight?)’이다. 엘비스 프레슬리 노래로 널리 알려진 이 곡은 영화에서 주제가처럼 불려진다. 더위가 가시지 않는

밤을 대부분은 불쾌하게 여기겠으나, 열대야에 누군가는 외로움에 사무치기도 한다는 사실을 가리키는 설정이다. 외로움은 세상과 내가 단절되어 있다는 감각에서 비롯된다.

이렇게 잠 못 드는 밤을 보내는 남자가 왕쉐밍(펑위옌)이다. 그는 사람을 죽였다. 고의는 아니었다. 운전하나 잠깐 한눈판 사이 사람을 차로 치고 말았다. 무더운 밤 인적이 드문 곳이었다. 숨이 끊어진 피해자를 도로 옆 풀숲에 밀어 넣어 두고 왕쉐밍은 현장을 벗어난다. 아무에게도 들키지 않고 집에 왔지만 다 끝난 것은 아니다. 그때부터 왕쉐밍이 죄책감에 시달리기 때문이다. 열대야에 누구에게도 털어놓을 수 없는 범죄를 저지른 그는 세상으로부터 고립됐다는 느낌에 휩싸인다.

견디다 못한 왕쉐밍은 자수를 결심한다. 그러나 경찰서 내 열기 섞인 소란들과 마주한 답답함에 그곳을 뛰쳐나오고 만다. 방황하던 그는 실종된 남편을 찾는 전단지를 든 후이팡(실비아 창)과 조우한다. 전단지 속 남편이 자신이 유기한 사람임을 알아본 왕쉐밍은 그녀의 뒤를 따라가 거처를 봐 둔다. 언젠가 후이팡에게 진실을 알려야 한다고 생각해서다. 에어컨 수리 기사인 그는 후이팡 집 실외기 냉매를 일부러 빼 둔 다음, 문틈으로 업무용 전화번호가 적힌 스티커를 밀어 넣는다. 그녀와 재회하면 고백하리라. "제가 당신 남편을 죽였어요."

그렇지만 그는 이 말을 차마 입 밖으로 꺼내지 못한다. 오히려 후이팡이 왕쉐밍에게 여러 이야기를 건넨다. 어떤 비밀은 낯선 이에게만 속 시원히 털어놓을 수 있는 법이다. 이후 왕쉐밍은 후이팡의 곁을 맴돌면서 자신이 어떡하면 좋을지를 고민한다. 이처럼 〈열대왕사〉의 전반부는 죄와 벌, 속죄와 구원이라는 주제로 구성된다. 후반부에서는 추격전 등 스릴러적 요소가 가미되면서 작품 분위기가 달라진다. 한 편의 영화에서 두 편의 영화를 보는 듯한 연출을 선보인 감독은 샤이페이 웬이다. 그는 장편 데뷔작인 이 영화로 74회 칸영화제 특별 상영에 초청받았다.

관객마다 호불호가 갈릴 테지만 스타일리시한 홍콩 영화의 계보를 잇는 연출은 흥미롭다. 열대야 풍경을 이루는 빨강과 초록 등의 색감은 물론이고, 왕쉐밍이 시체를 버려둔 장면 뒤에 그의 연인이 영화관에서 눈물 흘리는 장면을 붙인 편집도 그러하다. 그녀는 마치 관객을 대신해 왕쉐밍의 악행을 슬퍼하는 것 같다. 죄와 벌, 속죄와 구원이라는 주제를 끝까지 밀어붙이지 못한 점이 아쉽긴 해도, 〈열대왕사〉는 이상의 이유로 볼 만한 영화다.

폭력에 대한 (비)폭력

클레버 멘돈사 필로, 줄리아노 도르넬레스 감독, <바쿠라우>(2019)와
켈리 라이카트, <퍼스트 카우>(2019)

브라질은 포르투갈에 1500년경부터 300여 년간 식민 지배를 당했다. 브라질 공용어가 포르투갈어인 까닭도 여기 있다. 30여 년간 일본에 식민 지배를 당한 우리 역사의 상흔도 결코 얕지 않은데, 브라질은 과연 어떨까 싶다. 식민 청산 과제도 막대할 것이다. 각자의 방식으로 예술가들은 그 작업에 임할 수밖에 없다. 일례로 한국에서 스테디셀러로 읽히는 『나의 라임 오렌지나무』를 떠올릴 수 있다. 아동 소설이라 알려진 이 작품에도 식민 지배층을 향한 민중의 분노가 엿보인다.

〈바쿠라우〉도 이러한 맥락을 염두에 둬야 하는 브라질 영화다. 그렇다고 공동 감독을 맡은 클레버 멘돈사 필로와

줄리아노 도르넬레스가 옛날로 거슬러 올라간 시대물을 만든 것은 아니다. 이들은 "지금으로부터 몇 년 후"라는 시간적 배경을 설정한다. 오늘날 이야기를 통해 현재 불거진 사회 문제의 뿌리가 과거의 정치 폐단과 맞물려 있음을 드러내려는 의도다. 행정 책임자 토니 주니어(타르델리 리마)가 대표적 인물이다. 그는 댐 건설을 하려고 바쿠라우의 식수를 끊어 버렸다. 그리고 더 큰 음모를 꾸민다.

외부 세력이 들어와 벌이는 일련의 사건은 바쿠라우 주민들을 불안에 떨게 한다. 식수 차량에 총알구멍이 났고, 전파가 차단돼 휴대폰도 먹통이 되었으며, UFO 모양 기체가 마을 주변을 맴돈다. 심지어 농장을 운영하는 일가족이 살해당하는 일까지 일어난다. 바쿠라우 사람들은 선택의 기로에 놓인다. 항복이냐, 도망이냐, 싸움이냐. 도망치는 사람은 있었지만 항복을 주장하는 사람은 없다. 룽가(실베로 페라라) 등을 포함한 바쿠라우 주민들은 항전에 나선다. 주목해야 할 점은 그들의 투쟁이 부당한 권력에 저항했던 선조와 연관된다는 사실이다.

이제 불안은 토니 주니어와 외부 세력에게로 옮겨 간다. 선조가 사용했던 무기를 들고 복수에 임하는 바쿠라우 주민이 무시무시한 전사로 돌변했기 때문이다. 도르넬레스 감독의 말마따나, 가난하고 외딴곳에 사는 사람들도 모두가 그렇듯 복잡하고 흥미로운 존재인 것이다. 이들은 외부 세력에게 묻는다. "우리한테 왜 이러는 거예요?" 그러나 합당한 답변을 듣지 못한다. 아니 애초부터 침략자에게 합당한 답변을 기대할 수는 없다. 이로써 바쿠라우 주민의 핏빛 복수극은 더욱 섬뜩하게 펼쳐진다.

〈바쿠라우〉는 제72회 칸영화제 심사위원상을 비롯한 전 세계 영화제에서 52관왕을 차지했다. 그만큼 만듦새가 뛰어나고 메시지가 풍부하다는 증거다. 또한 이 영화는 복합장르의 양식을 취해 액션이나 스릴러 등 특정 장르로 분류하기 어렵다. 복합장르는 보통 모 아니면 도인데 〈바쿠라우〉는 모를 내놓았다. 후회는 적고 여운이 길다.

폭력에 대한 비폭력적 대응을 하는 영화도 있다. '첫 번째 젖소'라는 단순한 뜻을 가졌지만 '퍼스트 카우(First cow)'도 후회는 적고 여운이 길다. 배경은 19세기 미국, 주인공은 이른바 서부 개척 시대를 살아가는 두 남자 쿠키(존 마가로 분)와 킹 루(오리온 리)이다. 쿠키와 킹 루가 본명은 아니다. 쿠키의 이름은 오티스 피고위츠다. 그렇지만 모피 사냥꾼들의 요리 담당인 그는 놀림조로 쿠키로 불린다. 중국 출신 킹 루의 본명은 나오지 않는다. 그는 사람들이 킹 루로 부른다고 본인 소개를 한다. 의기투합한 이들은 쿠키의 재능을 살려 빵 장사에 나선다. 시장에서 빵은 내놓기 무섭게 비싼 값에 팔린다. 이대로라면 금세 부자가 될 것 같다.

한 가지 위험 요소는 있다. 그들은 빵 만드는 데 필요한 우유를 몰래 훔친다. 마을에 단 한 마리뿐인 젖소의 소유자는 그곳에서 대장으로 군림하는 팩터(토비 존스)이다. 권력자의 소유물에 밤마다 접근해 쿠키와 킹 루가 우유를 짜왔으니 들키면 죽음을 면치 못한다. 한마디로 〈퍼스트 카우〉는 남의 우유로 빵을 구워 팔던 두 남자의 운명에 관한 영화다. 이처럼 내용 자체는 어려울 게 없지만, 이 영화는 섬세하게 감상하지 않으면 안 된다. 각기 다른 삶을 살지만 한편으로는 서로 연결돼 있는 세 여성을 초점화한 〈어떤 여자들〉(2016) 등을 제작해 온 감독 켈리 라이카트가 이번에도 풍부한 의미로 가득 찬 영화를 완성해서다.

형식적인 면부터 그렇다. 35mm 필름으로 촬영한 이 영화의 화면 비는 1.37:1이다. 블록버스터 영화가 1.90:1 아이맥스 화면 비를 채택하는 점을 고려하면 가로 폭이 좁다. 와이드스크린에 익숙한 관객은 답답하다는 느낌을 받을지도 모른다. 그러나 이 같은 형식에 감독이 전하고 싶은 메시지가 들어 있다. 〈퍼스트 카우〉는 서부 개척 시대 화려한

총잡이가 아닌, 평범한 혹은 소외된 사람을 주목하겠다는 의지를 내보이기 때문이다. 툭하면 무시당하는 쿠키나 이민자인 킹 루는 결코 당대의 주류에 속할 수 없던 까닭이다. 더불어 이 영화의 카메라는 백인의 하인으로 전락한 인디언들을 오래 비춘다. 미국 입장에서 서부 개척 시대라 명명한 19세기가 실은 학살의 역사임을 드러내는 장면이다.

이런 장면들도 생각에 잠기게 만든다. 인디언 땅을 빼앗은 펙터가 자기 우유를 잃었다는 사실에 격분해 쿠키와 킹 루를 죽이겠다고 선언하는 아이러니. 몸이 뒤집힌 도마뱀이 살 수 있도록 원래대로 돌려놓고, 우유를 제공해 주는 젖소에게 다정한 말을 건네는 쿠키의 온기. 오갈 데 없는 쿠키를 자신의 집에 머물게 하고 끝까지 그를 배신하지 않았던 킹 루의 믿음. 미국 역사에서 승자는 펙터로 기록되었을 테다. 그는 살아남고 쿠키와 킹 루는 죽었을 테니까. 영화 초반에 등장하는 두 구의 나란한 인골이 이를 방증한다. 하지만 이 영화를 보고 나면 알게 된다. 살아남았다고 다 승자가 아니라는 진실 말이다.

혐오 사회에서의 자기 배려

이시이 유야 감독,
<도쿄의 밤하늘은 항상 가장 짙은 블루>(2017)와 <마치다 군의 세계>(2019)

사이하테 타히라는 시인이 있다. 그의 네 번째 시집 『밤하늘은 항상 최고 밀도의 푸른색이다』(2016)는 세간의 주목을 받았다. 많이 읽혔다는 뜻이다. 지금 여기를 살아 내는 사람이 가질 수밖에 없는 고독의 정서를 이런 식의 시구로 표현했기 때문일 테다. "네가 가엾다고 생각하는 너 자신을 아무도 사랑하지 않는 동안은 세상을 미워해도 돼. 그러니까 이 별에 연애란 있을 수 없어."

외로움과 연민, 증오와 사랑을 그는 이렇게 언어화했다. 해석하기 어렵지 않게, 그러나 쉽게 읽고 금방 흘려버릴 수도 없게. 이 시집에 감응한 독자 중 한 명이 이시이 유야 감독이다. 출판사 직원들의 사전 편찬기를 다룬 미우라 시온의 소설 『배를 엮다』를 원작으로 영화 〈행복한 사전〉(2013)을 만들었던 그는, 사이하테 타히의 시집을 바탕으로 영화 〈도쿄의 밤하늘은 항상 가장 짙은 블루〉를 완성했다.

그러니까 관객 입장에서도 시 읽는 마음으로 영화를 보는 편이 나을 것 같다. 구체적인 내용보다는 그것을 전하는 형식적 감각에 집중해야 감상이 수월하다는 말이다. 이 작품에 쓰인 비유와 상징을 중심으로 접근하기를 권한다. 이를테면 왼쪽 눈이 잘 보이지 않는 남자 주인공 신지(이케마츠 소스케)가 보는 반쪽 세계의 프레임이라든가, 방에서 괜히 가라테 발차기를 연습하는 여자 주인공 미카(이시바시 시즈카)의 모습이라든가, 신지와 미카가 자꾸 마주치게 되는 버스커 공연 등이 그렇다.

그 외에도 이 영화에는 형식적 감각의 차원에서 분석할 부분이 많다. 한 가지 염두에 둘 점은 이를 관통하는 감정이 누군가의 죽음으로 인한 상실감, 힘든 일로 생존을 이어 나가야 하는 생활고라는 것이다. 이것은 신지나 미카나 마찬가지다. 그들뿐이 아니다. 도쿄에 사는 사람들, 서울에 사는 사람들도 다를 바가 없다. 우리는 홀로이나 바로 그런 점에서 쓸쓸함과 고통으로 묶이는 공동체다. 이 영화가 국경을 넘어 공감을 불러일으킬 수 있는 이유다.

혼자인 모두가 연결되어 있으므로 이 영화는 비관적으로만 끝나지 않는다. 미카의 목소리로 들리는 사이하테 타히의 시구가 그 사실을 방증한다. "물처럼 봄처럼 네 눈동자가 어딘가 있어, 만나지 않아도 어딘가에서 숨 쉬고 있어, 희망과 사랑과 심장을 울리고 있다." 이 구절에 기대자. 그러면 비약을 반복하는 것처럼 느껴지는 신지와 미카의 관계도 그럴 듯하게 납득된다. 논리만으로는 설명될 수 없는 것이 세상에는 한두 가지가 아니다. 이 같은 진실을 살면서 자꾸 잊게 된다. 그래서 이 같은 진실을 잊지 않으려고 우리는 시를 읽는다. 시로 만든 영화를 본다.

〈도쿄의 밤하늘은 항상 가장 짙은 블루〉 한국 개봉으로 내한한 이시이 유야는 인터뷰 말미 차기작을 언급했다. "내가 연출한 영화라고는 생각할 수 없을 정도로 아주 즐겁고 명랑한 영화다." 그 영화가 〈마치다군의 세계〉다. 과거 이시이 유야는 코미디로 분류되는 영화를 적잖이 만들어 왔다. 그러므로 '아주 즐겁고 명랑한 영화'를 선보였다는 사실이 그의 말처럼 새삼스레 놀랍지는 않다.

다만 이번에는 그 농도가 매우 짙다. 동명의 만화를 원작으로 삼았기 때문일 테다. 2016년 데즈카오사무 문화상

신인상을 받은 이 작품은 주인공 마치다(호소다 카나타)가 특히 눈길을 끈다. 고등학생인 그의 특기는 (원작을 인용하면)"사람들을 사랑하고, 사람들에게서 사랑받는" 것이다. 이것이 마치다가 가진 능력이다. 만인의 만인에 대한 적대감으로 가득한, 이를테면 '혐오 사회'라 할 만한 오늘날 그의 존재는 특별해 보인다.

마치다에 대비되는 인물이 동급생 이노하라(세키미즈 나기사)다. 그녀는 사람들을 미워하고, 사람들에게서 미움받는다. 사랑 대표와 미움 대표가 만나면 무슨 일이 벌어질까? 사랑이 미움 쪽으로 기울까, 아니면 미움이 사랑 쪽으로 기울까. 영화에 한정하면 힌트는 이미 제시했다. 이시이 유야 스스로가 '아주 즐겁고 명랑한 영화'라고 밝혔으니까. 그는 이렇게 덧붙이기도 했다. 이 작품은 성자 같은 마치다가 이노하라를 사랑하면서 평범한 사람이 되어 가는 이야기라고.

그것은 사랑의 독점적이고 배타적인 속성을 가리키는 동시에, 그런 사랑을 해야 '나도 몰랐던 나'를 발견할 수 있다는 메시지와 일맥상통한다. 예컨대 버스에서 노약자에게 자리를 양보하고, 풍선을 놓친 아이를 대신해 뜀박질하는 마치다는 타인의 고통에 민감하다. 하지만 자기의 고통에는 무감하다. 손을 다쳐 피가 철철 나는데도 전혀 아파하지 않는다. 마치다의 세계에는 다른 사람만 있고 정작 본인은 없다.

이 영화는 내면이 결여된 채 모두에게 친절만 베풀던 인형이, 모두와 함께 사는 가운데 자신을 돌보는 '자기 배려'(푸코) 방식을 고민하는 인간으로 변화하는 과정을 담아낸다. 시간이 갈수록 마치다가 "대체 어떻게 해야 좋을지 모르겠어." 하고 거듭하여 중얼거리는 까닭도 거기 있다. 이처럼 의외로 철학적인 물음을 던지는 원작과 영화는 독자와 관객을 사로잡을 만한 요소를 갖췄다.

그러나 이 영화는 만화를 실사화한 작품에 따르는 위험을 피하지 못했다. 만화 특유의 과장된 상상을 영화 장면으로 그대로 바꿔 놓기만 해서다. 만화라면 납득 가능한 에피소드가 영화에서는 납득 가능하지 않을 수 있다. 1000대 1의 경쟁률을 뚫었다고는 하나, 마치다와 이노하라 역을 맡은 배우들의 연기는 그래서 더 어색해지고 말았다. 〈마치다 군의 세계〉가 감독 말고 관객에게도 '아주 즐겁고 명랑한 영화'가 될까? 나는 즐겁고 명랑한 영화를 표방한 이 작품보다는, 적적한 아픔을 서로 잇는 전작 〈도쿄의 밤하늘은 항상 가장 짙은 블루〉의 관객으로 남겠다.

6부
있는 그대로 받아들이기 위하여

공감 연습

아나 로샤 감독, <리슨>(2021)과
사라 코랑겔로 감독, 영화 <워스>(2020)

말하기와 듣기의 균형을 맞추기 어려운 세상이다. 세상은 말하기를 장려한다. 말 잘하는 법을 가르치는 스피치(speech) 학원이 주변에 많은 이유다. 듣기 잘하는 법을 가르치는 학원은 없다. 누군가는 외국어 학원의 리스닝 반을 떠올릴지 모른다. 그러나 이곳은 통번역 기술을 습득하는 장소이지, 듣기 잘하는 법을 가르치는 데가 아니다. 내가 언급하는 듣기란 이런 문장에 닿아 있다. "타자의 말을 받아들이는 것이 말하는 이에게 자기 이해의 장을 열어 주는 길"(와시다 기요카즈, 길주희 옮김, 『듣기의 철학』, 아카넷, 2014)이라는 구절이다. 듣기는 듣는 이보다 말하는 이를 위하고, 말하는 이가 스스로를 더 잘 이해하도록 돕는다. 그래서 듣기는 윤리적인 행위다.

듣기의 이런 면에 주목해, '귀 기울여 듣는다.'는 뜻의 영화 〈리슨(Listen)〉을 살펴볼 필요가 있다. 포르투갈에서 영국으로 이민 온 벨라(루시아 모니즈) 가족이 주인공이다. 더 나은 삶을 꿈꾸며 타국으로 왔으나 현실은 녹록치 않다. 벨라는 가사 도우미로, 남편은 목재 야적장에서 열심히 일해도 살림살이는 팍팍할 뿐이다. 그래도 루(메이지 슬라이)를 비롯한 삼 남매 아이들과 함께 있기에 벨라 가족은 웃음을 잃지 않는다. 하지만 그들은 곧 웃음을 잃게 될 사건에 맞닥뜨린다. 복지관리국의 행정 집행 명령이 떨어져 삼 남매를 기관에서 데려가 버린 것이다. 벨라 가족이 겪는 생이별은 불법이 아니었다. 당국의 합법적 처사였다.

루의 등에서 멍 자국을 발견한 교사가 벨라 부부의 아동 학대를 의심해 복지관리국에 신고했기 때문이다. 농아인 루의 보청기 고장을 부모가 숨긴 점도 문제를 키웠다. 가정에서 장애아를 방치한다는 의혹이 들기에 충분한 증거였다. 아동 학대를 좌시해서는 안 되는 교사는 마땅히 루를 위한 조치를 취했다. 물론 관객은 안다. 벨라 부부는 아이들을 때리거나 무신경하게 내버려 둔 적이 없다. 루의 등에 멍이 든 것은 피부에 반점이 생기는 병이 원인이었고, 보청기 고장을 숨긴 것은 당장 신형 보청기를 살 돈을 구하지 못해서였다. 이 같은 사실을 교사나 복지관리국은 알지 못했다.

합리적 의심이 잘못은 아니다. 아동 학대를 안 했다고 거짓말하는 부모도 적지 않아서다. 그렇지만 뒤늦게 벨라 가족의 진실을 알게 된 복지관리국이 전과 다름없는 태도를 취하는 것은 큰 죄다. 당국은 루를 제외한 두 아이를 다른 가정에 강제로 입양시켰다. 자기 오류를 인정하지 않으려고 벨라 가족의 말을 듣는 척만 했다. 그럴 때 복지관리국이라는 명칭은 아이러니해진다. 말하는 이에게 자기 이해의 장을 열어 주는 듣기를 전혀 실천하지 않는 사람들이 과연 복지를 관리할 수 있을까. 타자의 말을 받아들이는 듣기의 윤리를 실천하지 않는 이들이 누군가의 행복한 삶을 이뤄 줄 수 있을 리 없다. 영국만의 사례는 아닐 것이다. 말 잘하는 사람은 흔한데, 듣기 잘하는 사람이 귀하다.

듣기의 중요성은 거대한 사건에도 똑같이 적용된다. 거대한 사건은 그 자체만큼이나 사건 전후가 중요하다. 사건 전후를 어떻게 파악하고 대처하느냐에 따라, 거대한 사건을 규정하는 시각이 달라지기 때문이다. 잘못 처리하면 이것은 두고두고 관련된 사람들을 괴롭힌다. 거대한 사건의 사례 중 하나로 2001년 9월 11일 미국을 대혼란에 빠뜨린 테러를 들 수 있다. 테러범이 납치한 비행기가 빌딩에 충돌했다. 사망자는 3500여 명이었다.

이러한 거대한 사건이 일어난 뒤 진행되는 일에 집중하는 영화가 〈워스〉다. 2018년 선댄스영화제 감독상을 수상하며 주목받은 사라 코랑겔로가 만들었다. 이 작품은 미국 내에서 9·11 테러 피해자 보상 기금 동의 서명에 관한 실화를 극화했다. 국가가 저지른 과오도 아닌데 국가가 알아서 보상까지 해 준다니. 마땅히 고마워해야 하지 않겠나. 이렇게 말하는 사람이 있다면, 그는 한 번도 피해자 입장에 서 본 적 없음이 분명하다. 9·11 테러 피해자 보상 기금 동의 서명 책임자가 된 변호사 켄(마이클 키튼)도 그랬다.

켄은 나라가 어지러운 상황에서 애국심을 발휘해 무보수로 일하겠다고 공언했다. 하지만 그의 선의는 9·11 테러 피해자들에게 가닿지 않았다. 희생자와 유족의 아픔에 공감한다고 했으나 켄의 행동은 달랐다. 그는 일률적인 보상 금액 공식을 고안했다. 직업·연봉·나이·부양가족 등에 따라 지급금이 결정되는 방식이었다. 켄은 그것이 합리적이라고 여겼다. 25개월 안에 9·11 테러 피해자 보상 기금 동의 서명을 80% 이상 받아야 하는 프로젝트도 별로 어렵지 않으리라 생각했다.

그러나 켄이 맡은 프로젝트는 답보 상태에 머물렀다.

9·11 테러 피해자들이 그를 신뢰하지 않은 탓이다. 켄은 희생자와 유족의 개별 사정을 제대로 알지 못한 채, 아니 알기를 거부한 채, 자기 편한 방법으로 '생명의 가치'를 돈으로 수치화했다. 그리고 이를 일방적으로 통보해 버렸다. 그가 인망을 잃는 것은 당연했다. 애초에 명분이 부족했던 면도 있다. 이는 9·11 테러 피해자들이 제기할 각종 소송이 끼칠 경제적 악영향을 우려한 미국 정부가 분쟁을 피할 목적으로 제정했으니까.

물론 켄은 소송을 한다고 희생자와 유족이 승소할 수 없음을 잘 안다. 설령 가까스로 승소한다 해도 시간과 비용이 너무 많이 드는 게 문제다. 이들 앞에 놓인 선택지 가운데 9·11 테러 피해자 보상 기금 동의 서명에 참여하는 것이 최선이다. 켄은 그 사실도 잘 안다. 진정으로 그들을 위하는 길은 무엇일까. 그는 돈으로 셀 수 없는 생명의 가치를 새삼 고민하기 시작한다. 거대한 사건일수록 오히려 섬세하게 접근해야 한다는 인생 교훈은 여기에서도 통용된다. 켄은 자신이 알기를 거부했던 희생자와 유족의 개별 사정을 들여다본다. 더불어 그는 타인의 사연을 경청한다. 비로소 켄은 피해자 입장에 섰다. 눈을 뜨고 귀를 열어야 윤리를 얻는 법이다.

의리 없는 세상의 의리녀

에드워드 양 감독, <공포분자>(1986)와
지아장커 감독, <강호아녀>(2018)

'공포분자(恐怖份子)'는 위협하는 사람들(The terrorizers)이라는 뜻이다. 테러범이라고 지칭할 수도 있겠다. 그러나 이 영화는 정치적 목표를 달성하고자 총기나 폭탄으로 인명을 해치는 자들의 이야기가 아니다. 영화 〈공포분자〉를 통해, 감독 에드워드 양은 위협하는 사람들이 무서운 불량배가 아니라 평범한 시민일지도 모른다는 섬뜩한 메시지를 전한다. 그러니까 1986년 대만에서 만들어진 이 작품을 2020년 한국에서 다시 볼 가치가 있는 것이다. 평범한 시민이란 위협하는 사람들이라기보다 위협당하는 사람들이지 않나? 이런 생각이 일상적 상식이다. 그렇지만 현실이 상식으로만 운용되지 않는다는 것. 이런 통찰이 에드워드 양의 영화적 상식이다.

그래서 관객에게 에드워드 양은 본인의 영화를 시를 읽는 마음으로 봐 달라고 부탁한다. 시는 이미지와 리듬의 언어화를 시도한 모든 자취의 기록이다. 이에 대한 성공과 실패의 흔적은 독자의 섬세한 시각 없이는 포착되지 않는다. 시를 읽는 마음은 어떤 과정이 하나의 목적으로 수렴되는 것이 아니라, 그런 과정 자체가 다양한 목적일 수 있음을 인정하는 태도에서 비롯된다. 바꿔 말하면 관객이 자아와 세계가 대결하는 서사를 좇지 말고, 세계를 자아화한 서정에 집중해야 한다는 뜻이다. 〈공포분자〉에서 에드워드 양이 자아화한 세계는 무관심의 우연들이 겹쳐 불행으로 끝나고 마는 인생의 아이러니다.

그는 여러 명의 인물(소설가·사진가·의사·소녀)로 그것을 직조한다. 소설가와 사진가는 직분에 충실하다. 소설가는 방에 틀어박혀 소설을 쓰려 애쓰고, 사진가는 밖을 돌아다니며 사진을 찍어 댄다. 의사와 소녀는 욕망에 휘둘린다. 의사는 승진하려고 동료를 모함하고, 소녀는 재미 삼아 장난전화를 건다. 이렇게 보면 소설가와 사진가는 바람직한 사람, 의사와 소녀는 바람직하지 않은 사람 같다. 하지만 에드워드 양이 그렇게 단순한 감독일 리 없다. 그는 소설가와 사진가 역시 결핍에 바탕을 둔 욕망에 휘둘리는 캐릭터임을 명징하게 그려 낸다. 이들은 거짓말과 도둑 촬영으로 자기 작품을 완성하니까.

〈공포분자〉는 '나'를 만족시키기 위해 저지른 별것 아닌 허물들이 기묘하게 서로 얽히면서 빚어내는 파국을 그린 영화다. 딱히 나쁜 의도를 갖지 않았음에도 불구하고 이것이 나쁜 결과로 이어지는 사례. 위에 언급한 바, 타인을 배제한 우연들이 겹쳐 불행으로 끝나고 마는 인생의 아이러니 속에서 우리는 피차 위협하는 사람들이 된다. 그럼 어떡해야 좋을까? 무관심을 관심으로 돌려야 한다. 에드워드 양은 이 영화에 관해 다음과 같은 발언을 한 적이 있다. 고통스러워하는 타인에 대한 '나'의 무관심은 그저 무관심으로만 그치는 것이 아니라 타인의 비운을 초래하는 폭력이 될 수 있다고. '공포분자'는 고통스러워하는 타인을 모르기보다, 모르고 싶어 하는 사람들이다.

'강호아녀(江湖儿女)'는 강호의 여자라는 뜻이다. 강호(江湖)는 강과 호수를 붙인 단순한 단어지만 그 쓰임은 폭넓다. 세속을 피해 은거한 사람들이 사는 '자연'을 가리키기도 하고, '세상 자체'를 비유적으로 일컫기도 한다. 특히 강호는 무협지를 좋아하는 독자에게는 익숙한 용어다. 거기에 등장하는 영웅호걸들은 본인이 몸담은 세계를 강호라고 칭하니까. 영화 〈강호아녀〉에서도 강호에 대한 정의를 내린다. 조직폭력배 빈(리아오판)과 그의 연인 차오(자오 타오)의 대화를 통해서다.

빈: (권총을 들고)"이 바닥에서는 죽이지 않으면 죽어."/ 차오: "그 바닥이 어딘데?"/ 빈: (권총을 물끄러미 바라보며)"강호"/ 차오: "난 그 바닥 사람이 아냐."/ 빈: (권총을 차오에게 건넨 뒤)"그거 알아? 지금 너도 강호에 있어."/ 차오: "영화를 너무 많이 봤네. 강호는 무슨. 지금이 옛날인 줄 알아?"/ 빈: "사람이 있는 곳은 다 강호야." 그리고 두 사람은 들판에서 같이 권총을 잡고 허공을 향해 방아쇠를 당긴다. 이렇게 차오는 남을 죽이지 않으면 자신이 죽는 강호의 여자가 됐다.

여기에서 짚고 넘어가야 할 점이 있다. 이러한 강호에서 절대적으로 떠받드는 가치가 하나 있다는 사실이다. '의리'가 그것이다. 사람으로서 마땅히 지켜야 할 도리, 약자를 돕는 정의 등 이에 대해서도 여러 설명을 덧붙일 수 있을 테다. 핵심은 분명하다. 의리의 관건은 맹세를 저버리지 않는 것, 믿음을 지키는 것이다. 선인이든 악인이든 간에 의리를 깨뜨리면 그 인물은 강호에 발붙일 수 없다. 이 작품은 초반부터 의리의 화신인 삼국지 관우 상(像)이 등장한다. 과연 의리를 강조하는 강호를 넣은 제목을 가진 영화답다.

그러나 김용의 『소오강호』를 비롯한 대부분 무협지가 그러하듯이, 의리를 끝까지 굳게 지니는 인물은 거의 없다. 〈강호아녀〉도 마찬가지다. 조직폭력배의 세계를 강호 운운하던 빈이 차오를 배신한다. 차오는 빈을 위해 스스로 죄를 뒤집어쓰고 5년 동안 복역했다. 빈은 면회 한 번 오지 않고 소식을 끊어 버린다. 출소 후 차오는 빈을 만나러 긴 여정에 나선다. 하지만 재회한다고 달라지는 것은 없다. 다들 예상하다시피 그는 차오를 버리고 새로운 연인과 지내고 있었다.

그럼 이제부터 차오의 복수극이 시작되지 않을까. 아니, 그러면 이것은 막장 드라마의 흔한 공식을 따르고 만다. 〈스틸라이프〉(2006)와 〈천주정〉(2013) 등을 만든 감독 지아장커는 거장이다. 거장은 뻔한 서사를 거부한다. 그는 이 영화를 재가 될 때까지 의리를 견지하는 차오의 이야기로 승화시킨다. 그래서 이 영화의 다른 제목이 '재는 가장 순수한 하양(Ash is purest white)'이기도 한 것이다. 얼마나 자기를 뜨겁게 태우고 또 태워야 애증이 그렇게 변할까. 이 고온은 잴 수 없다.

비밀이 깨진 다음 드러나는 것

그리머 해커나르손 감독, <램스>(2015)와
아이스링 친-이 감독, <우리가 이별 뒤에 알게 되는 것들>(2019)

숫양을 뜻하는 '램스(Rams)'가 이 영화의 제목이다. 아이슬란드의 양을 키우는 목장이 배경인 작품이라 수많은 양이 스크린에 등장한다. 그러나 이 작품은 양에 대한 이야기가 아니다. 양을 키우는 형제의 침묵과 반목, 그리고 우애에 대한 이야기다. 형인 키디(테오도르 줄리어슨)와 동생인 구미(시구르더 시거르존슨)는 한 목장을 반으로 나눠 각자의 영역에서 양을 치며 살고 있다. 울타리는 목장 경계에만 쳐진 것이 아니다. 두 사람 사이에도 울타리가 쳐 있다. 서로 대화하지 않고 지내 온 지 벌써 40년째다. 어쩌다 사무적으로 할 말이 생기면, 쪽지에 적어 키디의 애완견을 통해 전달한다.

불화하는 형제지만 공통점도 있다. 무뚝뚝하고 고집스러운 성격도 그렇지만, 누구보다 양을 아낀다는 점이다. 자신들이 키우는 양을 대할 때 두 사람은 순한 양처럼 변한다. 지극정성으로 양을 키운 덕분에 키디와 구미는 우수 양 선발 대회에서 나란히 1등과 2등을 차지하는 영예를 누린다. 물론 형에게 근소한 점수로 밀린 동생은 그 결과를 못마땅해하지만, 형제가 애정을 듬뿍 담아 양을 친다는 사실은 틀림없다. 반대로 말하면, 두 사람에게 일어날 수 있는 가장 큰 불행은 양을 잃는 일일 테다. 그런데 그런 끔찍한 사태가 벌어지고 만다. 마을에 갑자기 양 전염병이 돌면서, 양을 모두 도살해야 한다는 보건 당국의 명령이 떨어진 것이다.

정부의 강제 집행 절차에 따라, 형제는 어쩔 수 없이 키우던 양들을 죽이지 않으면 안 된다. 이런 방침을 키디는 순순히 받아들일 수 없다. 그는 공권력에 저항하다 붙잡혀 가기까지 한다. 동생은 다른 선택을 한다. 눈물을 쏟으며 본인이 직접 수십 마리의 양을 죽인 것이다. 의아스러운 구미의 행동. 여기에는 비밀이 숨겨져 있다. 극단적 조치로 검역 직원들의 주의를 돌리고, 나머지 양들을 자기 집 지하실에 숨긴 것이다. 양이 사라진 마을에서 그는 양을 (몰래)키우는 유일한 사람이 되었다. 이제 그것을 들키느냐 마느냐 하는 조마조마한 상황이 펼쳐진다. 과연 구미의 비밀은 계속 지켜질 수 있을까.

다들 예상하는 대로, 지켜질 수 없을 것이다. 모든 흥미진진한 스토리는 비밀이 깨지는 형태로 진행되기 마련이다. 이 작품도 마찬가지다. 이때 핵심은 어떤 비밀이 드러난 순간, 감춰져 있던 무엇이 함께 나타나느냐 하는 것이다. 비밀은 항상 의외의 진실이라는 그림자를 동반한다. 아주 오랫동안 남보다도 못하게 지내 왔으나, 위기에 처한 동생이 결국 도움을 청하는 사람은 형이다. 형도 동생의 부탁을 거절하지 않는다. 이러니저러니 해도 역시 혈육밖에 없다는 가족주의를 새삼스럽게 강조하려는 의도가 아니다. 중요한 것은 위급한 고비에 맞닥뜨렸을 때만, 스스로도 모르던 진짜 소중한 가치를 찾게 된다는 사실이다. 40년이 지난 뒤라도.

비밀이 깨진 상황 외에 '우리가 이별 뒤에 알게 되는 것들'도 있다. 영화 〈우리가 이별 뒤에 알게 되는 것들〉의 원제목은 '우리 중 나머지(The rest of us)'이다. 이때 남게 된 '우리'는 캐미(헤더 그레이엄)와 애스터(소피 넬리스) 모녀, 레이첼(조디 발포어)과 털룰라(애비게일 프니오브스키) 모녀다. 그들은 한 남자를 심장마비로 떠나보냈다. 그는 캐미의 전남편이자 애스터의 아버지였고, 레이첼의 현 남편이자 털룰라의 아버지였다. 불륜으로 인한 이혼과 재혼으로 얽힌 이들 사이가 좋을 리 없다. 그러나 (전)남편이자 아버지였던 남자의 갑작스러운 죽음은 네 여자를 한자리에 모이게 만들었다. 여기에서 우리가 이별 뒤에 알게 되는 것들 중 첫 번째 사실이 제시된다. '상실은 누군가와의 만남을 주선한다.'

장례식이 끝나면 어차피 두 번 다시 볼 일 없으리라 생각했을 것이다. 그렇지만 그들의 인연은 끊어지지 않는다. 캐미가 라자냐를 요리해 실의에 잠긴 레이첼을 찾아갔기 때문이다. 캐미를 환대하지는 않았지만, 레이첼은 그녀가 불륜을 저지른 자신에게 악감정만 품고 있지 않음을 느낀다. 그래서 레이첼은 남편이 남긴 빚으로 곤란하던 차, 캐미가 내민 도움의 손길을 뿌리치지 않았다. 집이 경매에 넘어가면서 머물 곳이 없어진 레이첼 모녀. 이들의 사정을 눈치챈 캐미는 그녀에게 자신의 집에 들어와 살라고 제안했었다. 여기에서 우리가 이별 뒤에 알게 되는 것들 중 두 번째 사실이 언급된다. '상실은 누군가 가진 의외의 모습을 드러낸다.'

복수하는 인간 – 동물들

제니퍼 켄트 감독, <나이팅게일>(2018)과
톰 포드 감독, <녹터널 애니멀스>(2016)

나이팅게일은 백의의 천사 혹은 현대 간호학의 체계를 정립한 인물로 우리에게 익숙하지만, 지저귀는 소리가 예쁜 자그마한 새를 가리키는 단어이기도 하다. 호킨스(샘 클라플린)는 목소리 고운 클레어(아이슬링 프란쵸시)를 나이팅게일이라고 부른다. 칭찬만은 아니다. 호킨스에게 클레어는 자기를 즐겁게 해 주는 애완동물에 지나지 않는다는 뜻이니까. 심기를 거스르면 때리거나 심지어 죽일 수도 있다. 1825년 호주에서 영국 장교 호킨스는 충분히 그럴 수 있는 권력을 가진 남자다. 더구나 클레어는 형기를 마쳤다고 하나 죄수 신분이 아니던가. 아이를 낳은 유부녀라도 그녀가 호킨스의 새장에 갇힌 새라는 사실은 변하지 않는다.

아내를 이제 그만 놓아 달라고 호소하는 클레어의 남편과 울부짖는 아이까지 호킨스가 죽였다. 눈앞에서 참극을 겪은 클레어는 그에게 복수를 다짐한다. 여기까지 들으면 〈킬빌〉이나 〈친절한 금자 씨〉 같은 핏빛 잔혹극을 떠올릴 듯하다. 그러나 클레어는 더 브라이드 같은 탁월한 검술 실력이 없고, 금자같이 치밀한 앙갚음 계획을 짤 여력이 없다. 이글대는 분노가 클레어가 가진 전부다. 영화 〈나이팅게일〉은 그래서 지극히 현실적인 복수담을 들려준다. 원수를 갚아야 한다는 일념으로 무작정 길을 나서긴 했다. 한데 시간이 지나니 춥고 배도 고프다. 막상 호킨스와 대면하면 어떻게 그를 처단해야 할지도 모르겠다. 아니 처단할 수나 있을까?

클레어에게 동행이 있긴 하다. 길잡이로 고용한 빌리(베이컬리 거넴바르)다. 그렇지만 그를 믿지는 못한다. 빌리는 원주민이다. 18세기 후반부터 대규모로 이주한 백인들은 원주민을 살해하고 그들의 터전을 빼앗았다. 원주민은 백인이라면 이가 갈린다. 이런 까닭에 클레어는 빌리가 자신에게 해를 입히지 않을까 두려워하면서 여정을 지속한다. 이때부터 이 작품에 현실적인 복수담 외 한 가지 테마가 더해진다. 낭만적인 연대의 타진이다. 처음에는 경계했지만 빌리의 사려 깊은 행동에 클레어는 조금씩 마음의 문을 연다. 빌리도 클레어가 오랜 세월 영국인에게 시달려 온 아일

랜드인임을 알게 되면서 그녀를 진심으로 도우려고 나선다.

이들의 흥미로운 연결 고리는 클레어의 별명이 나이팅게일(갈색 새)이고, 빌리의 본명이 망가나(검은 새)라는 데 있다. 자꾸 나빠지기만 하는 상황을 사람이자 새인 둘은 노래하면서 견딘다. 무력해 보이나 실제로는 유력한 아름다운 곡조의 가치다. 거기에 난관을 타개하겠다는 주술성이 가미된다. 그렇기 때문에 클레어와 빌리의 관계를 낭만적인 연대라고 표현할 수밖에 없었다. 식민지와 제국, 여성과 남성, 흑인과 백인의 위계가 중첩된 복잡한 사안. 이것을 제니퍼 켄트 감독은 자연과 인간, 인간과 인간의 결속으로 접근해 풀어냈다. 단호한 응징보다 훨씬 다루기 어렵고 중요한 문제의식이다.

이와는 상이한 인간—동물 복수담도 있다. "한 권의 책을 읽고 나면 그 전과는 완전히 다른 사람이 될 수도 있다. 이 책이 다른 책보다 더 내키지 않는 이유는 수잔의 마음속에서 부활한 에드워드가 그녀가 평소에 하던 생각과는 아무 관계가 없는 새로운 혼란들을 불러왔기 때문이다. (……) 그녀는 상자를 열고 '녹터널 애니멀스'(Nocturnal Animals, 야행성 동물)라는 제목을 봤다. 그녀는 들여다봤다. 동물원에 있는 사육장에 터널을 통해 들어가, 희미한 보라색 불빛에 비친 유리 탱크 속에서 낮이 밤이라고 생각하는, 바삐 움직이는, 거대한 귀에 눈이 동그란 작고 낯선 동물들을 봤다."(오스틴 라이트, 박산호 옮김, 『토니와 수잔』, 오픈하우스, 2016)

2009년 톰 포드 감독은 작가 크리스토퍼 이셔우드의 소설 『싱글맨』을 원작으로 같은 제목의 영화를 만들었다. 7년 뒤 그가 두 번째로 완성한 영화 역시 소설을 원작으로 하고 있다. 그것이 바로 작가 오스틴 라이트의 『토니와 수잔』이다. 이 작품을 직접 각색한 포드는 영화 제목을 '녹터널 애니멀스'로 바꾸었다. 이것은 영화화하면서 그가 중점을 둔 부분이 무엇인가를 짐작하게 한다. 맨 앞에 인용한 대로, 녹터널 애니멀스는 에드워드(제이크 질렌할)가 오래 전에 헤어진 연인 수잔(에이미 아담스)에게 보낸 소설이다. 영화에서 에드워드는 이런 쪽지를 남겼다. "당신 덕에 난 진정성 있는 글을 쓰게 됐어. 이 초고를 당신이 맨 처음 읽어 봐줘."

이렇게 뜬금없이 도착한 에드워드의 작품을 수잔은 '새로운 혼란'을 느끼며 읽는다. 이 소설을 읽지 않는 것은 불가능하다. 두 사람이 사귀던 시절 에드워드는 불면증에 시달리는 수잔을 녹터널 애니멀스라고 불렀고, "수잔에게"라는 헌사가 붙어 있는 이 작품은 그녀를 첫 번째 독자로 하여 쓰인 글이기 때문이다. 포드는 영화 속에 나오는 소설이 에드워드가 수잔과 이별하고 난 뒤의 여러 감정을 담아낸다고 언급한다. 그렇게 보면 그의 첫 번째 영화(애인과의 사별)와 두 번째 영화(애인과의 결별) 둘 다 '사랑의 상실감'을 다룬다고 할 수 있다.

그런데 〈녹터널 애니멀스〉의 경우에는 한 가지 감정이 더 추가된다. 19년 동안 벼린 '사랑의 복수심'이다. 수잔은 비전 없는 에드워드와의 만남을 견디지 못하고, 전도유망한 다른 남자에게로 갔다. 그때부터 에드워드에게는 콤플렉스가 생긴다. 자신의 나약함이다. 그가 수잔에게 보낸 소설은 그런 열등감의 문학적 승화—핏빛 잔혹극으로 그려진다. 에드워드의 자아는 아내와 딸을 잃은 토니(제이크 질렌할)뿐만이 아니다. 자기를 비난하면 모욕감을 느낀다며, 토니의 아내와 딸을 살해한 레이(애런 존슨)도 에드워드의 자아다. 책을 읽은 후 '그전과는 완전히 다른 사람이 될 수도 있다.'는 수잔의 예감은 틀리지 않았다. 에드워드가 쏜 애증의 문학적 화살을 맞아, 그녀는 다시 녹터널 애니멀스가 되었다.

애썼노라, 이겼노라, 거듭하노라

로런 해더웨이 감독, <더 노비스>(2021)와
토마스 빈터베르그 감독, <어나더 라운드>(2020)

궁정심리학에서는 자신이 가진 강점에 집중하여 행복감을 높이는 방법을 연구한다. 마이너스 감정을 지양하고 플러스 감정을 지향하면 삶이 만족스러워진다는 것이다. 심리학자 마틴 셀리그만은 이러한 메시지를 전하는 『긍정심리학』(2002)이라는 책을 펴냈다. 이후 그는 대학원 수업에서 흥미로운 학생을 만난다. 하버드대 수학과 우등생 출신이자, 다언어 능력자이며, 본인의 헤지 펀드를 운용하는 인물이었다. 긍정심리학의 아이콘이라고 할 만한 학생은 다음과 같이 말한다. "'긍정심리학'에는 커다란 허점이 있어요. 바로 성공과 정복이 누락되었다는 거죠. 사람들은 그저 승리하기 위해 성취하려고 하기도 해요."

충격을 받은 셀리그만은 행복에 관해 다시 고민하여, 긍정심리학을 '번성(Flourish)'이라는 개념으로 새롭게 변화시켰다. 여기에는 성취가 포함된다. 뭔가에 노력을 기울이는 까닭은 실리를 얻기 위해서가 아니다. 그저 경쟁자를 물리쳤다는 승리의 기쁨과 성공의 도취에 바탕을 둔 정복감 때문에 거기에 매달린다. 그러한 마음을 가져 본 적 없는 나 같은 사람으로서는 도통 납득이 안 되는 동기부여다. 이와 같은 인물에 영화 〈더 노비스〉를 통해 접근해 볼 수 있다. 주인공 알렉스(이사벨 퍼만)는 성취를 추구하는 캐릭터의 전형이다. 물리학과 학생인 그녀는 누구보다 시험 문제를 빨리 푼다. 그리고 제일 늦게 시험장을 떠난다. 완벽을 기하기 위해 시험 시간이 종료될 때까지 문제와 답안을 재검토하기 때문이다.

알렉스는 노를 저어 배의 속도를 겨루는 조정(Rowing)에도 열심이다. 이제 막 조정부에 들어온 그녀는 선배들로부터 '노비스(Novice=초심자)'라고 불린다. 승부욕만은 으뜸이다. 특히 동급생 제이미(에이미 포사이스)에게 라이벌 의식을 불태운다. 자기보다 운동 신경이 뛰어난 제이미가 코치로부터 칭찬받는 상황을 알렉스는 견디기 힘들어한다. 이기려면 온 힘을 다해 실력을 키우자. 그녀는 열심의 화신 같다. 매일 새벽에 일어나 탈진할 때까지 훈련한다. 그러면서 알렉스는 매번 스스로의 한계를 뛰어넘는다. 뭐든 열심히 하면 좋은 거라고 할지 몰라도 그녀의 경우는 도가 지나치다. 알렉스는 홀로 이기려고 할 뿐 동료들과 함께 번성하지 못한다.

자전적 독불장군 이야기로 감독 로런 해더웨이는 인상적인 데뷔작을 완성했다. 그녀는 "도전을 통해서 삶의 의미를 찾는 인간의 투지를 그리고 있다."고 언급하면서도, "이를 쉽게 이해할 수 있을 만한 기존의 문화적 경험"을 지닌 사람은 많지 않을 거라고 밝혔다. 실제로 내용 없이 폼만 잔뜩 부리는 영화라고 혹평하는 리뷰도 보았다. 그러나 그렇게까지 폄하될 영화는 아니다. 강박적으로 성취에 집착하는 알렉스를 담아낸 촬영과 음악과 편집 자체가 〈더 노비스〉의 매혹적인 내용을 이룬다. 그것을 이해할 수 없음이 곧 그것의 나쁨과 등치되지는 않는다.

그렇다고 이기는 데만 몰두하면 삶은 부러지고 만다. 긴장을 어떤 형태로든 풀 방법이 필요하다. 혈중 알코올 농도 0.05%를 유지하는 실험을 하는 사람들도 있다. 어나더 라운드'는 술집에서 쓰는 표현이다. 번역하면 "한 잔 더"라는 뜻인데, 제목에서 예상할 수 있듯 이 영화의 소재는 술이다. 덴마크어 원제(druk)도 그렇다. '음주'가 영화 제목이다. 토마스 빈터베르그가 연출했다. 그는 아동 성폭력 누명을 쓴 남자에게 가해지는 스산한 집단 폭력을 다룬 영화 〈더 헌트〉(2012)와 집단생활 실천의 명암을 다룬 영화 〈사랑의 시대〉(2016)를 만든 유명 감독이다. 전작에서도 드러나지만 빈터베르그 영화의 주제 가운데 하나는 공동체와 개인의 관계 탐색이다. 어떻게 우리는 공동체의 일원인 동시에 개인의 정체성을 지키며 살 수 있을까.

그는 〈어나더 라운드〉에서 한 가지 방안을 제시한다. 그것이 바로 음주다. 음주는 감정을 가장 손쉽게 바꿀 수 있는 방법이다. 술 한 잔 마시면 기분이 좋아진다. 용기가 생겨 조금 더 편하게 세상살이를 할 수 있을 것 같다. 그럼 일상을 술 한 잔 마신 상태로 계속 지내보면 어떨까? 〈어나더 라운드〉의 등장인물 마르틴(매즈 미켈슨)을 비롯한 중년의 네 남자는 한 정신과 의사가 펼친 이론을 검증해 보기로 한다. 혈중 알코올 농도가 0.05%로 유지되면 보다 침착해지고 개방적으로 변한다는 주장이 맞는지 그른지 따져 보자는 것이다. 이들은 몰래 술 한 잔을 마시고 근무에 임한다. 참고로 네 남자의 직업은 고등학교 교사다.

0.05% 알코올 섭취의 효과는 만족스러웠다. 특히 마르틴에게 유용했다. 학생들은 그에게 불만을 갖고 있었다. 마

르틴의 열정 없는 수업 태도 탓이다. 언제부터인가 휩싸인 무기력은 학교와 가정에서 그를 갉아먹었다. 그런데 술 한 잔을 마시자 무기력이 사라진다. 그는 학교에서는 수업을 흥미롭게 진행하는 교사로, 가정에서는 활력 넘치는 남편이자 아버지로 변했다. 마르틴의 삶은 술 덕분에 긍정적으로 바뀌었다. 이것이 알코올 0.05%의 효능이다. 그러나 문제도 생긴다. "한 잔 더"의 유혹이다. 술 마시고 시간이 지나면 혈중 알코올 농도는 떨어지게 마련이다. 0.05%를 유지하려면 일과 중에 틈틈이 술을 마셔야 한다.

짐작하겠지만 이는 알코올 의존증으로 가는 지름길이다. 초기에는 술 한 잔만 마셔도 흥이 난다. 하지만 전과 비슷한 정도의 흥분감을 느끼기 위해서는 차츰 알코올 섭취량을 늘릴 수밖에 없다. 마르틴이 적절하게 즐긴다고 여기던 술은 어느새 그를 지배하고 있다. 빈터베르그는 〈어나더 라운드〉가 통제할 수 없는 것을 위한 투쟁을 담고 있다고 말한다. 술이 중심이기는 하나 술만 해당되지는 않는다. 이를테면 늙음이 그렇다. 가는 세월은 막을 수 없다. 그래서 마르틴은 술을 마신다. 청춘으로 돌아간 듯한 마음에 흠뻑 취하고 싶어서다. 잠깐이면 괜찮은데 지속하려고 할 때 부작용이 생긴다. 술 한 잔은 공동체와 개인을 조화시킬 수 있다. "한 잔 더"가 공동체와 개인의 관계를 끊는다.

폭력의 예감에서부터 시작되는 폭력

자비에 르그랑 감독, <아직 끝나지 않았다>(2017)와
린 램지 감독, <너는 여기에 없었다>(2017)

『폭력의 예감』이라는 책이 있다. 오키나와 식민주의 테마를 연구하는 학자 도미야마 이치로의 저작이다. 제목에서 드러나듯, 그는 폭력에 관한 논의를 전개하면서 독특한 견해를 제시한다. 이는 폭력이 나에게 언제부터 가해지느냐 하는 시점의 문제와 연관된다. 보통은 누군가 나를 때렸을 때 폭력이 발생했다고 말할 것이다. 그러나 도미야마는 다른 주장을 펼친다. 폭력은 내가 누군가에게 얻어맞기 이전부터 존재한다고 말이다. 그에 따르면 폭력은 내가 누군가에게 얻어맞을 것이라고, 내가 폭력을 미리 느끼고 긴장하는 순간부터 작동한다. 실제 폭행 없는 폭력으로도 나는 큰 고통을 겪을 수 있다.

〈아직 끝나지 않았다〉는 이와 같은 '폭력의 예감에서부터 시작되는 폭력'의 공포를 정확하게 짚어 내는 영화다. 오프닝 배경은 프랑스 가정법원이다. 아빠 앙투안(드니 메노셰)과 엄마 미리암(레아 드루케)은 열한 살 아들 줄리앙(토마 시오리아)의 양육권을 놓고 다툰다. 부모에 대해 줄리앙은 이런 진술을 했다. "그 사람은 엄마를 괴롭히기만 해요. (……) 저도 안 보면 좋겠어요. 강제로 2주에 한 번 혹은 주말에 만나라고 하지 말고, 영영 안 보면 좋겠어요." 여기에서 '그 사람'은 앙투안을 가리킨다. 아들은 그를 '아빠'라고 부르기조차 싫어한다.

쟁점은 이것이다. 어린 줄리앙의 이야기를 있는 그대로 믿을 수 있을까? 앙투안은 사회적 평판이 좋은 남자다. 이렇게 특별한 잘못이 입증되지 않은 아빠가 주기적으로 아들과 만나겠다고 한다. 그러니까 그의 권리를 어떻게 제한하겠느냐 하는 점이다. 결국 재판부는 앙투안의 손을 들어 준다. 아들은 따로 살되, 정해진 날은 반드시 아빠와 함께 시간을 보내야 한다. 초반에 앙투안은 '아빠'의 얼굴을 보여준다. 그렇지만 점점 그는 '그 사람'의 면모를 내보인다. 앙투안의 흉흉한 기세에 눌려 줄리앙은 얼어붙는다.

물론 폭력에 노출된 사람의 움츠러듦이 부정성만 띠는

것은 아니다. 도미야마 이치로는 다음과 같이 쓴다. "폭력을 감지한 자들이 방어 태세를 취하는 그 수동성 자체에 의의가 있다는 것, 즉 '수동성에 잠재력이 항상 깃들어 있다는 것'이야말로 중요하다." 줄리앙은 나름대로 저항했다. 판사에게 자기 입장을 전달한 것, 엄마를 지키려고 앙투안에게 거짓말을 한 것 등이 그렇다. 하지만 전자는 받아들여지지 않았고 후자는 금방 들통났다. 방어 태세를 취하는 수동성을 아이가 적극적으로 전유하기는 아무래도 어려운 일이다.

"이제 끝났습니다." 결말에서 어떤 상황이 마무리되면서 언급되는 대사다. 영화 제목은 그와 정반대다. '폭력의 예감에서부터 시작되는 폭력'이 계속된다는 뜻이다. 상흔이 줄리앙에게 깊게 남았다. 소년은 목메어 운다. 그 모습을 보면서 그것을 진짜 끝낼 방안이 무엇인가를 생각하지 않을 수 없었다.

폭력을 자신과 타인을 지키기 위한 수단으로 쓰는 사람은 없을까? 영화 〈너는 여기에 없었다〉의 조(호아킨 피닉스)는 두 가지 싸움을 동시에 벌인다. 하나는 자기 밖, 다른 하나는 자기 안에서다. 자기 밖의 싸움은 그가 의뢰받은 사건을 처리하는 일과 관련이 있다. 조는 망치로 적을 제압한다. 이것은 위험하나 마음이 괴롭지는 않다. 반면 자기 안의 싸움은 다르다. 그것은 위험하고 마음도 괴롭다. 원작 소설에는 이렇게 쓰여 있다. "온종일, 매 순간, 조는 생각했다. '난 자살해야 해.' (……) 온몸에 점점 힘이 빠지며 마음 한구석에 그림자가 드리우자 한 줄기 목소리가 들렸다. '괜찮아. 그냥 가면 돼. 넌 원래 여기 없던 거야.'"(조너선 에임즈, 고유경 옮김, 『너는 여기에 없었다』, 프시케의 숲, 2018)

조는 끊임없이 자살 충동에 시달린다. 어린 시절 당한 학대 탓이다. 아직 그는 "넌 원래 여기 없던 거야."라는 은밀한 부추김에 굴복하지 않았다. 그러나 자기 밖의 싸움과 달리, 자기 안의 싸움은 끝날 기미가 보이지 않는다. 살아 있는 한 조는 늘 비상 상태다. 영화 '너는 여기에 없었다'는 바로 이런 그의 혼란한 내면에 집중하는 작품이다. 감독 린 램지의 솜씨는 여전하다. 영화 〈케빈에 대하여〉(2012)로 캐릭터 해석과 연출에 일가견을 보여 준 그녀는 신작에서도 자기 장기를 십분 발휘한다. 영화 〈모번 켈러의 여행〉(2002)도 그렇고, 린 램지는 원작 소설을 바탕으로 하되, 본인만의 관점으로 철저하게 재구성된 수작을 만드는 연출가다.

이번에 조가 새로 맡은 건은 상원의원의 실종된 딸을 찾는 것이다. 그녀의 이름은 니나(예카테리나 삼소노프).

알고 보니 니나는 변태 소아 성매매 업소에 넘겨진 상태다. 그녀를 구출해야 한다. 해결사로서 조는 곧 행동에 돌입한다. 그럴 때 이 영화가 범상한 작품이라면 어떨까. 아저씨가 악당들과 사투하는 액션이 강조되고, 마침내 그가 악의 수렁에서 소녀를 끄집어내는 해피엔드로 마무리됐을 테다. 그렇지만 〈너는 여기에 없었다〉는 그런 단순한 영화가 아니다. 위에 언급했듯이 이 작품은 조의 바깥 세계보다, 거기에 조응하는 그의 안쪽 세계에 훨씬 더 큰 비중을 두고 초점을 맞춘다.

그래서 원작 소설과 영화의 결말은 다를 수밖에 없다. 만약 당신이 둘 중 어느 쪽이 마음에 드느냐고 묻는다면, 나는 필경 영화 편에 설 듯하다. 이유는 간명하다. 영화가 니나에게 구원을 기다리는 피해자 역할만을 부여하지 않아서다. 분명 조는 자기 밖의 싸움을 통해 그녀를 도왔다. 한데 니나 역시 그에게 그랬다. 특히 조가 끔찍하게 여기는 자기 안의 싸움에서 말이다. 강철 같은 조의 구원자가 상처투성이인 니나일 수 있다는 사실—이 가능성을 개연성 높게 열어 둔 점만으로도 이 영화는 원작 소설에 앞설 만한 가치를 지닌다. 이는 또한 "넌 원래 여기에 없던 거야."라는 파멸의 유혹에 맞서는 영화적 답변이기도 하다.

믿고 나서 배신당할 것인가, 의심하고 고통받을 것인가

토마스 비더게인 감독, <나의 딸, 나의 누나>(2015)와
이상일 감독, <분노>(2016)

'테네시 왈츠'라는 노래가 있다. 미국 가수 패티 페이지가 불러 1950년대 많은 인기를 누렸던 곡이다. 한 프랑스 남자도 테네시 왈츠를 부른다. 1994년 10월 프랑스에서 열린 컨트리 웨스턴 축제(≒카우보이 축제) 무대에서다. 가사는 이렇다. "테네시 왈츠에 맞춰 사랑하는 사람과 춤을 췄다네/ 오랜 친구를 우연히 만나 소개를 했지/ 사랑하는 그에게/ 둘이서 함께 춤을 추더니/ 친구는 내 사랑을 빼앗아 갔네/ 지금도 기억해 그날 밤의 테네시 왈츠/ 이제야 얼마나 많은 걸 잃은지 깨닫네/ 그래, 내 예쁜 사랑을 잃고 말았지/ 그날 밤 테네시 왈츠의 아름다운 선율이 울려 퍼질 때".

처음에는 그의 가장 흥겨운 순간에, 나중에는 그의 가

장 고독한 순간에 이 노래는 한 번 더 흘러나온다. 영화 〈나의 딸, 나의 누나〉 시나리오를 쓰면서, 토마스 비더게인 감독은 테네시 왈츠를 듣고 영감을 얻었다고 밝히고 있다. 그래서인지 노래의 몇몇 가사는 영화의 모티프와 바로 연결된다. 이를테면 테네시 왈츠를 추던 밤, 사랑하는 사람을 원치 않게 떠나보냈고, 훗날 그때를 회고하며 얼마나 많은 걸 잃었는지를 깨닫는다는 내용이 그렇다. 이날 테네시 왈츠를 부른 남자의 이름은 알랭(프랑소아 다미앙). 그 곡에 맞춰 그는 딸 켈리(일리아나 자베트)와 즐겁게 춤을 추었다. 그리고 그날 밤, 알랭은 그녀라는 "예쁜 사랑을 잃고" 만다.

알랭은 테네시 왈츠 이야기의 당사자가 됐다. 그는 켈리를 찾기 위해 동분서주한다. 그녀가 무슬림 남자 친구를 따라 자발적으로 중동으로 향했다는 사실을 알지만, 자신을 찾지 말라는 편지까지 보내왔지만, 아버지는 딸을 찾는 일을 그만두지 않는다. 그렇게 십여 년이 흘렀다. 여전히 알랭에게는 켈리를 찾는 것이 제일 과제다. 그는 이제 장성한 아들 키드(피네건 올드필드)와 같이 다닌다. 아버지는 '나의 딸'을 찾기 위해, 동생은 '나의 누나'를 찾기 위해 본인의 인생을 내건다.

알랭은 직장과 아내를 잃고, 결국 목숨까지 잃었다. 그의 유지를 따르는 키드의 삶도 마찬가지다. 켈리를 찾는 동안 두 사람은 자기를 상실해 가고 있었다. 그렇지 않은 사람은 켈리의 어머니 니콜(아가시 드론)뿐이다. "내 삶은 내가 결정해요."라며 사라진 딸을 대체 어떻게 데리고 돌아올 수 있단 말인가. 스스로 원하지 않는 한, 그럴 수 없다는 것을 그녀는 알고 있다. 그것을 니콜은 인정했고, 알랭은 무시했으며, 키드는 반신반의했다. 그 차이가 그들이 사는 각기 다른 세상을 만들었다. 어머니는 옳았고, 아버지가 틀렸으며, 아들은 어중간했다는 말이 아니다. 다만 온전한 상태로 되돌리려는 상실 이후의 저항에 담긴 이면—잃어버린 대상 말고도, 그 밖에 우리가 "얼마나 많은 걸 잃은지"를 생각해 보자는 뜻이다. 세 사람이 잃은 것이 과연 켈리였을지, 아니면 그녀를 제외한 모든 것이었을지.

그것은 방향성을 잃은 분노로 귀결될지도 모르는 일이다. 이를 살펴보는 데 영화 〈분노〉가 도움이 된다. 이 작품은 제목처럼, 분노에 대한 이야기를 하는 것처럼 보인다. 그러나 여기까지 도달하는 데는 한 가지 전제 조건이 필요하다. 포스터 문구에 쓰인 대로, "믿음 불신 그리고 분노"의 순서를 따라야 한다는 것이다. 분명 이 작품은 분노라는 감정의 정체를 들여다보는 것을 앞세우고 있지만, 그 뒤에는 이런 물음—'무조건적인 타인의 환대는 가능한가?'라는 명제가 놓여 있다. 분노가 솟구치는 사례 중 하나는 타인을 철석같이 믿었다가 배신당한 경우다. 그럼에도 불구하고 잘 모르는 누군가를 기꺼이 받아들일 수 있겠느냐고, 이 영화는 세 개의 에피소드로 우리에게 묻는다.

첫째, 치바에서 벌어지는 일이다. 3개월 전 가출한 아이코(미야자키 아오이)는 윤락 업소에서 일하다 만신창이의 상태로 발견된다. 그런 딸을 겨우 찾아내 집으로 데리고 돌아온 요헤이(와타나베 켄)의 마음은 착잡하다. 동네 사람들은 아이코를 뒤에서 손가락질하지만, 항구에서 아르바이트하는 청년 타시로(마츠야마 켄이치)만은 그러지 않는다. 두 사람은 서로에게 끌린다. 그런데 요헤이는 자기 자신을 자꾸 숨기려드는 타시로가 수상쩍다.

둘째, 도쿄에서 일어나는 일이다. 회사원 유마(츠마부키 사토시)는 게이 클럽에서 만난 나오토(아야노 고)에게 함께 살지 않겠느냐고 제안한다. 나오토는 고개를 끄덕인다. 유마는 어딘지 불안하고 애처로운 느낌을 불러일으키는 나오토에게 호감을 가졌고, 나오토도 본인에게 호의를 베푸는 유마를 좋아했기 때문이다. 어느 날 유마는 나오토가 어떤 여자와 카페에서 만나는 모습을 목격한다. 그런 적이 없다고 시치미를 떼는 나오토를 보며 유마는 혼란에 빠진다.

셋째, 오키나와에서 펼쳐지는 일이다. 무인도에 놀러 간 고등학생 이즈미(히로세 스즈)와 타츠야(사쿠모토 타카라)는 그곳에 머물고 있는 배낭여행자 타나카(모리야마 미라이)와 만나게 된다. 친절한 다나카에게 이즈미와 타츠야는 여러 이야기를 털어놓는다. 그렇지만 얼굴에 언뜻언뜻 드리우는 그늘, 다나카는 뭔가 비밀을 가진 남자처럼 보인다.

세 개의 에피소드가 교차되는 가운데, 경찰에서 공개한 살인 용의자 사진이 뉴스에 보도된다. 어찌 된 까닭인지 타시로·나오토·다나카가 그와 닮았다. 슬금슬금 모두의 마음에 의심이 깃든다. 이상일 감독은 "〈분노〉는 스릴러 장르를 따르기는 하지만, 핵심에 있는 건 범인 찾기나 추리가 아닌 '믿는다는 것의 어려움' 혹은 '사람을 의심해 버린 어둠'"이라고 밝히고 있다. (원작을 쓴 소설가 요시다 슈이치도 후반부를 쓸 때까지 범인을 특정하지 않았다고 한다.) 분노가 치미는 사례 중 다른 하나는 타인을 끝까지 믿지 않았다가 낭패를 당했을 경우다. 그때 분노는 타인이 아니라 스스로에게로 향한다. 믿고 배신당하느냐, 의심하고 고통받느냐, 그것이 분노를 둘러싼 문제다.

환대의 필요충분조건

페르난도 그로스테인 안드레이드 감독, <에이브의 쿠킹 다이어리>(2018)와
아르노 비야르 감독, <누군가 어디에서 나를 기다리면 좋겠다>(2019)

미국 뉴욕에 사는 열두 살 소년의 이름은 에이브라함 솔로몬 오데(노아 슈나프). 에이브라함 외에 그는 아브라임, 이브라힘, 아비 등 다양하게 호명된다. 친척들이 그렇게 부른다. 여기에는 각자의 민족성이 반영돼 있다. 이에 관해 그들은 전혀 타협할 의사가 없다. 그도 그럴 것이 에이브라함의 모계는 이스라엘계 유대인 집안이고, 부계는 팔레스타인계 무슬림 집안이기 때문이다. 현재 진행 중인 이스라엘과 팔레스타인 간의 유혈 분쟁을 잠시 떠올려 보시길. 그러니까 에이브라함 부모의 결혼부터가 놀라운 사건이었다. 원수 가문인 로미오와 줄리엣의 사랑이 비극적 결말 대신 해피엔딩을 맞았다는 의미니까.

그러나 결혼이 극의 진짜 해피엔딩이 아니라는 사실은 오늘날 상식이다. 더구나 이들에게 갈등의 불씨는 여전히 남아 있는 상태다. 친척들이 모이는 날은 치열한 설전을 각오해야 한다는 뜻이다. 에이브라함은 가족 간의 감정 다툼에 힘들어한다. 유대인이기도 하고 무슬림이기도 한 그에게 어느 한쪽만을 택하라는 친척들의 요구가 있는 것은 물론이다. 그렇지만 에이브라함은 똑똑한 아이이다. 그는 양쪽 다 경험하면서 자기만의 새로운 길을 찾으려 한다. 에이브라함 스스로가 본인의 애칭을 정한 것이 그 사례 중 하나다. 나의 이름을 직접 짓는 행위는 주체적 결단의 표명이다. 그는 자신이 '에이브'(이 영화의 원제)이기를 원한다.

에이브는 자기 앞에 주어진 생의 난관을 어떻게 돌파해 갈까. 그는 자신이 가장 즐기면서 잘할 수 있는 것으로 승부를 건다. 무엇인가 하면 바로 요리다. 에이브는 색다른 음식 먹기를 좋아하고, 독특한 음식 만들기는 더 좋아한다. 그의 재능은 스승 치코(세우 조르지)를 만나 만개한다. 거리의 셰프 치코의 모토는 퓨전이다. "맛을 섞으면 사람도 뭉친다."는 콘셉트에 매료된 에이브는 치코의 지도를 받아, 친척들을 뭉치게 할 방법을 찾으려 애쓴다. 짐작한 대로 그것은 유대인 레시피와 무슬림 레시피를 섞어 에이브가 정성스레 요리한 음식들로 구현된다. 치코의 말마따나 퓨전과 마구잡

이를 구분하지 못했던 소년이 어엿한 셰프로 어느새 성장한 것이다.

에이브의 요리를 먹고 친척들의 관계가 좋아질까? 갑자기 그럴 수 있을 리 없다. 이 영화는 마법의 묘약이 나오는 판타지 장르가 아니다. 다만 이 정도는 언급할 수 있겠다. 에이브의 요리로 인해, 대립이 아닌 조화를 간절히 바라는 그의 소망이 담긴 음식 덕분에, 친척들 사이에 대화의 물꼬가 트이게 되었다고 말이다. 요리는 기술인 동시에 예술이다. 그래서 치코는 기분이 좋지 않을 때 요리를 만들면 안 된다고 에이브에게 조언해 주었다. 마음을 다한 결과물이 상대에게 반드시 가닿지는 않을 테다. 하지만 상대에게 가닿은 것은 전부 마음을 다한 결과물이다. 〈에이브의 쿠킹 다이어리〉에는 이 같은 삶의 교훈이 적혀 있다.

마음을 다한 결과물 중 하나가 환대다. '누군가 어디에서 나를 기다리면 좋겠다.'는 환대를 소망하는 문구다. 영화에서 유명 출판인은 이 제목을 단 소설집 원고를 신랄하게 비판한다. 두 가지 이유다. 첫째, 제목이 너무 길다. 둘째, '누군가'는 대체 누구이고, '어디에서'는 또 어디냐? 한마디로 뜻이 명확하지 않다. 그러니까 반드시 제목을 고쳐라. 이렇게 작가에게 조언(?)하며 유명 출판인은 소설집 원고를 반려했다. 그러나 이 제목은 살아남았다. 토씨 하나 안 바뀌고 다른 출판사에서 출간됐다.

이것은 영화 속 에피소드이자 실제 이야기이기도 하다. 안나 가발다는 1999년 이 제목으로 데뷔작을 냈을 뿐 아니라 독자의 열렬한 호응까지 이끌어냈다. 그해 프랑스 베스트셀러 목록에 1년 넘게 포함돼 70만 부 이상 판매되는 기록을 세웠으니, 유명 출판인의 안목도 틀릴 수 있다는 사례가 여기 추가됐다. 그나마 책 내용은 참신하고 재미있다고 평했으니 조금은 면피했다고 할까.

이 책의 70만 독자 중 한 명이 배우이자 감독인 아르노 비야르다. 그는 제목에 끌려(!) 소설집을 읽었고 개별 작품에 사로잡혔다. 무엇 하나 공통점이 없는 다양한 인물의 삶을, 재치 있는 문체로 선연하게 그려 낸 가발다의 솜씨에 반한 비야르는 동명 영화를 제작하기로 결심한다. 그의 독특한 각색 스타일이 인상적이다. 비야르는 하나의 단편을 스크린에 옮기지 않고, 여러 단편 속 캐릭터들을 재배치해 가족 드라마를 만들었다.

똑같은 제목을 쓰지만 소설과 똑같지 않은 영화라는 말이다. 그래서 마음에 든다. 유수 영화제에서 수상할 정도의 수준은 아닐지라도, 비야르는 오늘날 우리가 필요로 하는 '시민적 덕목'을 독자적으로 영상화하는데 성공했다. 한국 관객 역시 영화 주인공 사 남매(장피에르·쥘리에트·마티유·마고)에 감정이입 하기 어렵지 않다. 각자 상황이야 다를 테지만, 금전 관계와 인정 욕망 등을 바탕에 두고 이들이 겪는 가족 갈등을 충분히 납득할 수 있어서다. 명절 가족 모임이 화목하기보다 다툼의 장으로 쉽게 변하고 마는 성질은 프랑스나 한국이나 다르지 않다.

그럼 이 영화가 전하는 '시민적 덕목'은 무엇일까. 그것은 제목에서 드러나는 '무조건적 환대의 지속'이다. 범상하게 들릴 수 있겠으나 우리는 외롭다. SNS에 끊임없이 '나'를 알리는 행위의 이면에는 '누군가 어디에서 나를 기다리면 좋겠다'는 바람이 자리한다. 문제는 SNS '좋아요'가 이를 충족시켜 주지 못한다는 데 있다. '좋아요'는 외로움을 잠깐 잊게 하는 마취약이지 근본적인 치료제일 수 없다. 중요한 것은 그의 콘텐츠가 아닌 그의 존재 자체를 전제 없이 긍정하는 태도를 오래 계속하는 일이다. 도덕 교과서류의 뻔한 교훈일지도 모르지만 그게 한 사람을 살릴 수 있다면, 그 한 사람이 당신이라면 어떨까.

말할 수 있는 믿음의 온기

문창용·전진 감독, <다시 태어나도 우리>(2016)와
마코 폰테코보 감독, <파티마의 기적>(2020)

비트겐슈타인이라는 언어철학자가 있다. 그의 철학 전반은 잘 몰라도, 그가 남긴 명제는 들어 본 사람이 많을 것이다. "말할 수 없는 것에 대해서는 침묵해야 한다." 비트겐슈타인은 '세계의 관계를 담은 그림이 곧 언어'라는 요지를 담은 저서 『논리-철학논고』를 이렇게 끝낸다. 그에게 말할 수 없는 것은 종교 등의 테마였다. 그렇지만 비트겐슈타인이 형이상학을 부정한 것은 아니다. 같은 책에서 그는 이 세상에는 말할 수 없는 신비한 뭔가가 있고, 그것은 스스로 드러난다고 쓰고 있다. 그러니까 우리는 미지의 영역에 관해서도 말할 수 있는 것—보이고 느껴지는 것에 집중할 수밖에 없다. 다큐멘터리 영화 〈다시 태어나도 우리〉도 그렇게 한다.

이 작품은 라다크에 사는 앙뚜와 우르갼의 이야기를 전한다. 원래 앙뚜는 티베트 승려이자 의사인 우르갼을 섬기는 동자승이었다. 그런데 두 사람의 지위가 뒤바뀌는 사건이 일어난다. 앙뚜가 티베트 캄에서 수행했던 전생의 기억을 떠올리기 시작한 것이다. 티베트 불교에서는 고승이 새로운 몸으로 환생한 존재를 린포체라고 부르는데, 여섯 살 때 앙뚜는 린포체임을 공식적으로 인정받았다. 이제는 우르갼이 앙뚜를 보필해야 했다. 우르갼은 겸허하게 앙뚜를 뒷바라지하는 일을 맡았다. 린포체라고는 하나 아직 어린아이인 앙뚜도 우르갼을 계속 스승님이라 부르면서 그에게 의지한다.

앞서 언급한 비트겐슈타인에 따르면, 앙뚜가 진짜 린포체인지 아닌지는 우리가 말할 수 없는 것에 속한다. 린포체를 둘러싼 이적에 관해서도 마찬가지다. 문창용 · 전진 감독은 말할 수 없는 것에 대해서는 침묵한다. 대신 이들은 말할 수 있는 것만큼은 제대로 말하려고 애쓴다. 이를테면 앙뚜와 우르갼이 공유하는, 상대방을 향한 믿음의 온기 같은 것들이다. 아니, 믿음의 온기라니. 누군가는 이것이야말로 말할 수 없는 것이 아니냐고 반문할지도 모르겠다. 하지만 이 영화를 보고 나면 당신도 긍정하게 될 것이다. 〈다시 태어나도 우리〉에는 믿음의 온기가 확실하게 보이고 느껴진다. 앙뚜와 우르갼이 하는 말과 행동 전부가 그렇다. 그들은 사람과 사람이 절대적 신뢰로 맺어질 수 있다는 사실을 무수히 증명해 낸다.

예컨대 앙뚜와 우르갼은 이런 대화를 나눈다. "스승님과 함께하지 않았더라면, 저는 여기까지 오지 못했을 거예요." "린포체 님을 돕는 것이 저의 삶이랍니다." "스승님과 함께라면 항상 좋았어요." "그렇다면 앞으로도 계속 모셔야겠네요." 우르갼은 앙뚜를 린포체로서, 앙뚜는 우르갼을 스승으로서 받든다. 이를 단지 신앙의 힘으로만 해석할 수는 없을 것이다. 설령 앙뚜가 린포체가 아니었다 해도 두 사람은 지금과 같은 믿음의 온기를 주고받았으리라. 앙뚜와 우르갼이 서로를 수단이 아닌 목적으로 대하는 것이 보이고 느껴져서다. 우리는 믿음의 온기에 대해 말할 수 있다.

또 다른 기적, 이후의 삶도 있다. 포르투갈 파티마에서 일어난 일이다. 2017년 5월 프란치스코 교황이 이곳에 방문했다. 프란치스코 교황은 100년 전 같은 달 이곳에서 성모 마리아의 발현을 목격한 어린 남매를 성인으로 추대했다.(가톨릭에는 순교한 신자, 덕행이 뛰어난 신자, 기적을 체험한 신자 등을 복자나 성인으로 봉하는 의식이 있다.) 성모 마리아의 발현을 목격한 사람은 이들만이 아니었다. 사촌인 루치아도 있었다. 나중에 그녀는 수녀가 됐다. 결정을 내리는 데 열 살 때 겪은 독특한 경험이 크게 작용했으리라. 이런 루치아에 초점을 맞춰 진행되는 극영화가 〈파티마의 기적〉이다. 수녀가 된 현재 시점에서 소녀 시절의 '사건'을 돌아보는 구성을 취하는 작품이다.

일부러 사건이라는 단어를 썼다. 늘 비슷하게 흘러가는 일상의 리듬을 전혀 다른 방향으로 바꿔 놓는 계기를 철학에서는 사건이라고 부르기 때문이다. 기독교 박해자이던 사울이 빛으로 현현한 예수를 영접한 이후, 사도 바울로 회심한 사례도 그중 하나다. 기적은 분명한 사건이다. 그러나 상식적으로 납득되지 않는 기이한 일 자체는 실제의 껍데기에 불과하다. 기적을 겪은 사람이 그다음 걸음을 어떻게 내딛는가가 실제의 알맹이다. 우리는 기적보다는 '기적 이후의 삶'에 주목해야 한다. 기적 이후의 삶이 기적 이전의 삶과 똑같다면, 기적은 일어나지 않은 것과 마찬가지다.

따라서 성모 마리아가 아이들에게 알려 주었다는 세 가지 비밀의 실체를 파악하는 데 새삼 관심을 쏟을 필요는 없다. 예컨대 성모 마리아가 보여 준 지옥도는 현실에도 없지 않으니까. 굵은 밧줄을 허리에 꽉 묶고, 더운 날 물을 마시지 않는 아이들의 고행이 죄지은 사실을 모르고 사는 죄인들의 회개에 도움이 되는지도 알 수 없다. 파티마에 성모 마리아가 강림했다는 증거로 언급되는, 태양이 춤추듯 움직였다는 이적에 관해서도 덧붙일 말이 없다. 영화 역시 기적만 조명하지 않는다. 마코 폰테코보 감독은 기적을 뺀 '파티마'를 원제로 삼았다. 만약 이 작품의 제목을 새로 지을 기회가 주어진다면 〈파티마의 아이들〉이라고 하면 어떨까.

영화 주인공이 성모 마리아 혹은 신의 영험한 기적이 아니라, 루치아를 포함한 세 아이라서 그렇다. 아이들은 '기적 이후의 삶'을 충실하게 살아 냈다. 성모 마리아에게서 들은 것을 그대로 전했고, 성모 마리아가 발설하지 말라고 한 내용에 대해서는 침묵했으며, 세계 평화를 기원하는 묵주기도를 계속했다. 어른들은 세 아이가 거짓말을 하고 있다고 여겼다. 부모마저 의심의 눈초리를 거두지 않았다. 파티마 행정관은 이를 혹세무민으로 규정했다. 그는 아이들을 가둬 둔 채 너희가 거짓말을 했음을 인정하라고 다그친다. 끝내 굴복하지 않는 세 아이. 이 순간 이 작품은 종교 영화의 범주를 넘어선다. 〈파티마의 기적〉은 새로운 주체로 거듭나 진실을 지켜 낸 사람들의 영화다.

그렇게 걸어가는 게 우리 매일의 삶

루퍼트 굴드 감독, <주디>(2019)와
커트 보엘커 감독, <해피 어게인>(2017)

뮤지컬 영화 〈오즈의 마법사〉(1939)의 도로시 역을 맡았던 배우가 주디 갈랜드다. 주제곡 '무지개 너머'(Over the rainbow)를 부르며 일약 스타덤에 오른 그녀의 나이는 그때 불과 열일곱 살이었다. 열세 살에 영화계에 입문해 드디어 성공 가도를 달리게 됐다. 주디의 성취는 또래 아역 배우들의 부러움을 사기에 충분했다. 그러나 그녀의 인지도가 올라가는 것과 반대로 그녀의 자존감은 떨어지기만 했다. 인간의 기본 욕구를 통제당해서다. 매니저는 체중 관리를 내세워 주디의 식사량을 엄격히 제한했고, 하루 열여덟 시간이 넘는 촬영이 이어지는 가혹한 스케줄로 그녀는 편히 잠들지 못했다. 각성제와 수면제를 번갈아 삼키는 나날이었다.

그 뒤로도 삼십 년을 배우와 가수로 살았고, 대중과 평단으로부터 능력까지 인정받았으니, 이런 그녀를 대단하다고 평가할지도 모르겠다. 하지만 자세히 들여다보면 주디는 상처투성이였다. 고통은 가중될 뿐 한 번도 해소된 적 없었다. 결혼과 이혼을 거듭하는 와중에 스트레스와 빚이 쌓였다. 무엇보다 그녀는 외로웠다. 버거운 현실을 견디기 어려워 주디는 몇 차례나 스스로 목숨을 끊으려 했고, 그래도 어떻게든 버텨 보려고 알코올과 약물에 의존했다. 이와 같은 그녀의 인생을 담은 영화가 루퍼트 굴드 감독의 영화 〈주디〉다. 주디 역을 누가 맡아 어떻게 그려 내느냐. 이 작품의 성패는 주연 캐스팅에 달려 있었다.

주디 역에 낙점된 배우는 르네 젤위거였다. 그녀는 무대 위에서는 압도적인 존재감을 뿜어내고 무대 아래에서는 스러질 듯 존재감을 상실했던 주디의 양면을 정확하게 표현해 냈고, 덕분에 올해 아카데미를 비롯한 여러 영화제의 여우주연상 수상자가 됐다. 그러니까 관객은 르네 젤위거가 구현한 주디의 이중성에 주목해 이 영화를 볼 필요가 있다. 약물 중독으로 마흔일곱 살에 세상을 떠났던 그녀의 삶은 어둠에 가까웠던 게 사실이다. 그렇지만 그녀의 삶에는 분명 빛도 있었다. 바깥에서 운 좋게 비춰진 빛이 아니다. 연기하고 노래하는 주디 본인이 안에서부터 만들어 낸 빛이었다.

어둠과 빛이 교차하는 삶을 살다 간 사람은 많다. 그런데 그중에서 주디가 특별한 까닭은 어떤 점 때문일까. 그것은 그녀가 어둠 속에서 빛을, 빛 속에서 어둠을 포착한 인물이기에 그렇다. 어둠과 빛을 뚜렷이 나누는 이분법은 속은 편해도 실제와는 거리가 멀다. 힘든 것은 어둠과 빛이 뒤섞여 있다는 진실을 발견하는 일, 그 후에 이를 부정하지 않고 끌어안아 계속 살아 내려 애쓰는 일이다. 그 힘든 것을 주디가 했다. 그녀를 상징하는 '무지개 너머 어딘가'(Somewhere over the rainbow)의 가사처럼. 주디는 이렇게 곡을 설명한다. "'무지개 너머 어딘가'는 뭔가가 이뤄지는 노래는 아니에요. 늘 꿈꾸던 어떤 곳을 향해 걸어가는 그런 얘기죠. 어쩌면 그렇게 걸어가는 게 우리 매일의 삶일지도 몰라요."

삶에 대한 다음과 같은 격언도 있다. 영화 〈해피 어게인〉이 전하는 메시지다. "인생의 수많은 기쁨은 고통과 함께 오기도 한단다." 이제는 세상에 없는 엄마 지니(킴벌리 크랜달)가 아들 웨스(조쉬 위긴스)에게 남긴 이런 조언을 어떻게 받아들여야 할지 싶다. 이것은 두 개의 명제로 나누어 살펴볼 수 있다. 하나, '기쁨과 고통은 별개다. 다만 때때로 동행한다.' 이에 따르면 우리는 고통 없는 기쁨을 만끽하는 것이 가능하다. 그렇지만 운 나쁘게 기쁨에 고통이 따라오기도 한다. 그럴 때는 빨리 고통이 지나가라고 기원하는 수밖에 없다. 다른 하나, '기쁨과 고통은 실상 한 몸이다. 항상 둘은 붙어 다닌다.' 이에 따르면 고통 없는 기쁨이란 애초에 성립 불가능하다. 그런 한에서 우리는 기쁨과 고통을 새롭게 들여다볼 필요가 있다.

〈해피 어게인〉은 아무래도 뒤쪽의 명제를 따르는 영화 같다. 웨스가 크로스컨트리에 몰두하는 장면이 그것을 예증한다. 전학 간 학교에서 운동부에 가입해야 했을 때,(선택지가 별로 없기는 했지만) 그는 험한 코스를 통과하는 "가혹한 장거리 경주" 크로스컨트리를 고른다. 그러면서 웨스는 고통이 꼭 나쁘기만 한 것은 아니라는 사실을 배운다. 크로스컨트리는 고통과 싸워서 기쁨을 쟁취한다기보다, 고통을 끌어안음으로써 기쁨을 성취하는 스포츠이기 때문이다. 고통 없이는 러너스 하이(Runner's High: 오래 달릴 때 느끼는 쾌감)도 없다. 한데 문제는 그러기가 결코 쉽지 않다는 것이다.

"고통을 즐겨라!"는 실천하기 어려운 지침이다. 게다

가 이 말은 불합리한 구조적 폭력을 정당화할 때 자주 쓰는 '갑'의 표현이기도 하다. 그러니까 우리는 더 세밀하게 고통의 기쁨, 혹은 기쁨의 고통을 따지지 않으면 안 된다. 가령 이를 필연적인 인생의 본질로 생각해 보면 어떨까. '태어났으므로 죽는다', '만났으므로 헤어진다', 이와 같은 상실은 사람이 어찌할 수 없는 자연의 섭리다. 그러나 여기에는 '끝났으므로 시작한다'는 생성의 과정도 포함된다. 어떤 대상이 사라졌음을 슬퍼하는 애도는 좋았던 옛날에 머물기 위함이 아니라, 오늘을 좋은 날로 바꿔 가기 위해 수행하는 의식이다.

웨스의 아빠 빌(J.K. 시몬스)은 아내의 죽음 이후, 아들을 제대로 돌보지 못했고, 무엇보다 자기 자신을 내팽개쳤다. 모든 것을 바쳤던 사랑의 기쁨은 목적을 잃자 이별의 고통으로 변했다. '기쁨과 고통은 실상 한 몸'이라는 명제가 실감나는 순간이다. 그럼 빌이 마음을 다잡으려면 어떡해야 하나. 괴로운 일을 해야만 한다. 지니를 완전히 떠나보내야 하는 것이다. 커트 보엘커 감독은 웨스가 크로스컨트리를 하는 모습과, 빌이 아내의 유품을 정리하는 모습을 교차 편집했다. 고통스러운 가운데 기쁨이, 기뻐하는 가운데 고통이 생겨나는 모순적인 인생의 법칙은 그렇게 거기 담긴다. 엎치락뒤치락 행불행.

있는 그대로 받아들이기 위하여

마츠나가 다이시 감독, <하나레이 베이>(2018)와
크리스토스 니코우 감독, <애플>(2020)

내가 아는 한 무라카미 하루키 소설을 원작으로 제작된 영화는 다음과 같다. 〈바람의 노래를 들어라〉(오모리 카즈키, 1981)·〈토니 타키타니〉(이치카와 준, 2004)·〈신의 아이들은 모두 춤춘다〉(로버트 로지볼, 2008)·〈상실의 시대〉(트란 안 홍, 2010)·〈빵가게 재습격〉(카를로스 쿠아론, 2010)·〈버닝〉(이창동, 2018)·〈드라이브 마이 카〉(하마구치 류스케, 2021). 이 중에서 나는 하루키의 단편을 영화화한 작품을 아낀다. 감독들 간 역량 차이가 있긴 하지만, 그쪽이 원작의 밀도를 높이면서 감독의 창조적 해석을 더하는 데 성공적이었기 때문이다. 예를 들면 〈토니 타키타니〉와 〈버닝〉과 〈드라이브 마이 카〉가 하루키의 단편을 영화화해 성과를 얻은 사례로 꼽힐 것이다.

2019년 전주국제영화제에 초청된 〈하나레이 베이〉는 하루키가 쓴 동명의 단편을 원작으로 하고 있다는 점에서 내심 기대했던 영화다. 이 작품의 주인공은 사치(요시다 요). 어느 날 그녀는 하와이 주재 일본 영사관으로부터 연락을 받는다. 아들 타카시(사노 레오)가 하나레이 베이에서 서핑을 하다 상어의 습격으로 사망했다는 비보였다. 망연자실한 채 사치는 아들이 숨진 카우아이섬—이곳에 하나레이 베이가 있다—으로 향한다. 그러니까 갑작스러운 누군가의 부재와 덩그러니 남겨진 자의 애도가 이 작품의 주조음이다. 여기에 마츠나가 다이시 감독은 어떤 변주를 했을까.

세부를 하나하나 열거할 수는 없으나 영화가 소설보다 온정적이라는 사실은 확실히 이야기해 둘 수 있겠다. 바다를 보던 사치가 뒤돌아 뭔가를 발견한 뒤, 웃음 짓는 영화 엔딩이 대표적이다. 이 점이 소설과 비교해 특별히 나쁘거나 좋다는 뜻은 아니다. 마츠나가 다이시는 이런 식으로 원작을 바탕으로 하되 그것과 구별되는 본인만의 영화를 만들었다. 자연스럽게 영화의 사치도 소설의 사치와 다른 캐릭터가 됐다. 양자의 공통분모도 있다. 이를테면 사치가 세상에서 아들을 제일 사랑한 반면, 한 인간으로서는 다카시에게 전혀 호의를 가질 수 없었다고 털어놓는 장면이 그렇다.

모순처럼 보이는, 그러나 틀림없는 그녀의 진실한 감정이다.

어떤 사람이 완전무결하지 않아도 그의 없음에 충분히 슬퍼할 수 있다는 걸, 애도는 단 한 번으로 끝나지 않고 십 년 넘게 이어지는 반복의 과정이라는 걸, 죽음에도 불구하고 끝내 사라지지 않는 존재가 있다는 걸, 소설과 영화 〈하나레이 베이〉는 똑같이 담아낸다. 영화가 더 마음에 들었던 부분도 있다. 커다란 나무를 사치가 온힘을 다해 미는 신(Scene)이다. 당연히 나무는 꿈쩍하지 않는다. 원작에 없는 에피소드를 다이시 감독은 왜 넣었을까? 이것을 나는 아래 소설 구절에 저항/응답하는 적확한 영상화라고 생각했다. "이곳에 있는 것들을 있는 그대로 받아들이지 않으면 안 된다. 공평하건 불공평하건, 자격 같은 게 있건 없건, 그냥 있는 그대로." 있는 그대로 받아들여라. 이게 커다란 나무를 혼자 밀어내려는 것만큼이나 힘들다.

영화 〈애플〉에도 하나의 '상실'이 배회하고 있다. 다른 것은 빼앗지 않는다. 그 상실이 잃게 만드는 것은 자신에 관한 '기억'뿐이다. 이름이 무엇인지, 어디에 사는지를 포함해 자기에 대한 어떤 정보도 떠올리지 못한다. 예컨대 신분증 없이 버스를 타고 가다 갑자기 상실과 맞닥뜨린 사람은 졸지에 신원 미상자가 되고 만다. 그런 이들은 병원으로 이

송된다. 의사라고 치료법이 있는 것은 아니다. 임시 보호를 하고 있다가 가족을 찾으면 그를 인도한다. 가족을 못 찾으면? 그에게 '새로운 자아 찾기 프로그램'을 적용시킨다.

이것이 〈애플〉의 세계에서 벌어지는 일이다. 지문 확인 등 여러 방법을 활용하면 신원 미상자의 주민 등록 사항을 알아낼 법도 하다. 하지만 〈애플〉의 세계에서 이런 일은 일어나지 않는다. 여기에는 인터넷이나 스마트폰 등 지금 우리가 보편적으로 쓰는 정보 통신 기구도 나오지 않는다. 〈애플〉의 세계는 우의적이다. 실제 현실에서 영화적 메시지를 전달하려는 것이 아니라, 영화적 메시지를 전달하려고 가상 현실을 창조했다는 말이다.

데뷔작 〈애플〉로 단숨에 촉망받는 그리스 감독의 반열에 오른 크리스토스 니코우가 던지는 영화적 메시지는 다음과 같은 물음이다. "정체성, 상실, 기억, 그리고 고통에 관한 모든 질문들". 포괄적이고 추상적인 주제지만 그는 납득 가능한 구체적인 형태로 의문을 전개한다. 이를테면 상실에 습격당한 주인공 알리스(알리스 세르베탈리스)가 반복적으로 사과를 먹는 장면이 그러하다. 〈애플〉이라는 영화 제목도 거기에서 따온 것인데, 도대체 사과는 무슨 의미를 담고 있는 걸까.

제기될 수 있는 해석 가운데 하나를 소개한다. 그것은 자신에 관한 머릿속에서 기억이 사라지더라도, 몸이 반응하는 감각이나 몸에 새겨진 습관은 사라지지 않는다는 사실이다. 기억을 잃기 전이나 잃은 뒤나 알리스는 변함없이 사과를 좋아한다. 그러니까 앞의 문장을 다시 수정할 필요가 있다. 기억은 두뇌에만 저장되는 것이 아니다. 온몸에 구석구석 퍼져 있다. 그래서 새로운 자아 찾기 프로그램은 효과가 없다. 백지가 아닌 이미 완성된 작품에 또 다른 작품을 그려 넣으려는 작업이기 때문이다.

심지어 의사는 모두에게 똑같은 경험을 할 것을 요구한다. "자전거를 타요." "가장무도회에 가요." 새로운 자아 찾기 프로그램인지, 동일한 자아 형성 프로그램인지 구별이 안 될 정도다. 그럼에도 알리스는 성실하게 의사가 권하는 방법을 따른다. (불가능하지만)그가 본인의 '정체성'을 재구축하려는 이유는 '고통'과 관련이 있다. 알리스는 몽땅 기억을 잃어서 고통을 느끼는 것일까, 아니면 뭔가를 또렷하게 기억하고 있어서 고통을 느끼는 것일까? 실은 쉽게 답할 수 있는 문제다. 인생을 리셋하고 싶을 정도로 무지막지한 괴로움에 시달려 본 사람이라면 더 그럴 것이다.

그럼에도 불구하고 우리는 복이 많다

김초희 감독, <찬실이는 복도 많지>(2019)와
오키타 슈이치 감독, <모리의 정원>(2018)

"찬실이는 복도 많지, 찬실이는 복도 많아. 집도 없고 돈도 없고, 찬실이는 복도 많네." 소리꾼 이희문이 부른 영화 〈찬실이는 복도 많지〉의 엔딩곡이다. 집도 없고 돈도 없는데, 설상가상 청춘도 가 버리고 연인도 생기지 않는데, 찬실(강말금)이가 복도 많다니. 상식적으로 어떻게 그럴 수 있나? 관객 입장에서는 이 점이 궁금하다. 누군가는 반어법이라고 할지 모르겠다. 김초희 감독은 실제와 반대되는 표현으로 '찬실이는 복도 없지'를 전하고 싶었던 거라고. 한데 영화를 다 보고 나면 어떨까. 당신도 나처럼 그렇지 않다는 결론에 도달할 것이다. 이 제목은 아이러니의 효과로 어설픈 웃음을 유발하려는 의도에서 붙여진 게 아니라고.

노래처럼 찬실이는 집도 없고 돈도 없고, 청춘도 가 버리고 연인도 생기지 않는 게 맞다. 영화 프로듀서로 오래 일했던 그녀는 감독의 갑작스러운 죽음으로 일자리를 잃었다. 마흔이 된 지금은 산동네 셋집살이 중. 생계는 배우 소피(윤승아)네 가사 도우미로 아르바이트하며 근근이 꾸려 간다. 그런 찬실의 눈에 소피를 통해 알게 된 남자 김영(배유람)이 들어온다. 오랜만에 느끼는 설렘이다. 그러나 그는 그녀를 누나 이상으로는 여기지 않는다. 찬실에게 봄날은 도무지 찾아오지 않는 듯하다. 그런데도 그녀는 복이 많은 게 사실이다. 내가 보기에 '찬실이는 복도 많지' 앞에는 '그럼에도 불구하고'라는 역접의 관용구가 생략돼 있다.

찬실이가 왜 복이 많은가? 그녀를 아끼는 사람이 많아서다. 주인집 할머니(윤여정)는 찬실에게 밥을 지어 주고, 유령으로 출몰하는 홍콩 배우 장국영(김영민)도 그녀를 응원한다. 찬실을 누나 이상으로 여기지 않는다는 김영도 그녀가 무안하지 않도록 배려하고, 찬실에게 가사 도우미 일당을 주는 소피도 그녀에게 살갑다. 그러니까 찬실이는 (인)복이 많은 것이다. 김초희 감독 본인이 그렇게 생각할 듯싶다. 장편 데뷔작인 이 영화는 그녀의 자전적 이야기가 짙게 깔려 있으니까. 김초희 감독은 이렇게 말한다. "가진 게 많고 일이 잘 풀리면 복이 많다고들 하지만 앞으로 나갈 수 있는 힘만 있어도 복"이라고.

그 복은 혼자 만드는 게 아니다. 그것은 당연히 사람들로부터 비롯된다. 돈도 명성도 보장해 주기 어려운 감독의 첫 장편 영화에 기꺼이 참여해 준 능력 있는 배우들과 스텝들이 없었다면, 이 작품이 이 정도의 높은 완성도로 제작됐을 리 없다. 김초희 감독은 복도 많지. 이를 증명하듯 영화의 처음과 마지막 장면 모두 찬실은 사람들과 함께 있다. 따지고 보면 자신이 혼자라고 절망하던 순간에도 그녀는 혼자가 아니었다. 장국영은 수호천사처럼 찬실을 격려한다. "당신 멋있는 사람이에요. 그러니까 조금만 더 힘을 내 봐요." 상투적인 말인데 이상하게 상투적인 말로 들리지 않는다. 어쩐지 복이 많음에도 그 복을 모르고 사는 나에게 하는 말 같아서.

이를 알려면 무언가를 천천히 들여다보아야 한다. 나태주 시인의 시 「풀꽃·1」이 전하는 의미도 동일하다. 꼼꼼하고 지속적인 관심을 기울이면, 보잘것없는 존재도 보잘 것 있는 존재로 거듭난다는 메시지. 나처럼 평범한 사람은 여기에 위로받는다. 쿠마가이 모리카즈(1880~1977)의 그림도 마찬가지다. 일본 근대 미술을 대표하는 화가 가운데 한 명인 그는 「풀꽃·1」의 메시지를 철저하게 실천한 선구자였다.

모리카즈는 보잘것없는 존재를 자세히 보면서 예쁨을, 오래 보면서 사랑스러움을, 살아 있음 자체의 기쁨을 화폭에 담아냈다.

모리카즈는 '붉은 개미'(1971)를 그렸다. 모델은 자신의 정원에 사는 붉은 개미들. 이게 뭐 대수인가 싶을 수 있다. 그러나 그가 30년 동안 집 밖에 나가지 않고 매일 정원을 산책했다는 사실을 당신이 알고 나면 어떨까. 그것은 대수로운 사건이 된다. 이 작품은 모리카즈가 붉은 개미를 흘낏 보고 그린 그림이 아니다. 그는 엎드려서 붉은 개미를 자세히, 오래 보았다. 십수 년의 세월이다. 그런 모리카즈의 노년을 영화화한 작품이 〈모리의 정원〉(2018)이다. 〈남극의 쉐프〉(2009) 감독 오키타 슈이치의 연출작으로, 연기파 배우 야마자키 츠토무(모리카즈 역)와 키키 키린(히데코 역)이 부부로 출연해 명불허전의 모습을 보인다.

그러니까 〈모리의 정원〉에서 주인공은 셋이다. 모리카즈와 히데코, 그리고 정원이다. 두 사람과 자연은 떼려야 떼어지지 않는 삼위일체다. 정원 옆의 아파트 건설은 훨씬 전부터 정해져 있었다고 말하는 개발 업자에게 히데코는 이렇게 대꾸한다. "하지만 해를 가릴 거라는 말은 하지 않았잖아요. 여기에는 많은 나무와 벌레가 살고 있으니까요." 정원은 모리카즈뿐 아니라 그녀의 것이기도 했다. 히데코 역시 자세히, 오래 보는 사람이다. 50년 넘게 그녀는 남편을 그렇게 보아 왔다. 두문불출하여 세상 사람들에게 신선 혹은 요괴로 불리는 모리카즈는 그래서 히데코의 입장에서 기인이 아니었다. 작은 것에서 진리를 포착하는 일을 그녀도 하고 있었으니까.

나태주 시인이 쓴 시 「풀꽃·2」의 구절처럼 〈모리의 정원〉은 이웃을 친구로, 친구를 연인으로 변화시키는 데 무엇이 필요한지 생각하게 만든다. 내가 찾은 답은 시간과 정성이다. 시간을 들인다는 것이 곧 정성을 기울인다는 거니까. 이것이 인식을 우정으로, 우정을 사랑으로 바꾼다. 이런 점에서 이 영화는 생태주의가 단순한 환경보호에 국한되지 않는 사상임을 일깨운다. 존재의 고유성을 자세히, 오래 들여다보라. 보잘것없는 존재는 하나도 없다. '모리가 있는 장소'(원제)에서만 그렇지는 않을 테다.

당신의 독자적인 슬픔을 존중해

초판 1쇄 발행 2023년 10월 18일

지은이 허희
펴낸이 이계섭

책임편집 박찬세
디자인 이라희

펴낸곳 (주)백조
주소 경기도 화성시 남여울3길 19 201호
출판등록 2020년 8월 14일
전화 031-8015-0705
팩스 031-8015-0704
E-mail baekjo1120@naver.com

ISBN 979-11-91948-15-8(03810)
값 18,000원